World
History

余世存
作品

一个人的
世界史

话语如何改变我们的精神世界

1900—2000

余世存 - 录

SPM
南方出版传媒
广东人民出版社
·广 州·

图书在版编目（CIP）数据

一个人的世界史/余世存录. —广州：广东人民出版社，2016.7（2017.1
重印）

ISBN 978 - 7 - 218 - 10903 - 9

Ⅰ. ①一… Ⅱ. ①余… Ⅲ. ①小品文—作品集—中国—当代
Ⅳ. ①I267.3

中国版本图书馆 CIP 数据核字（2016）第 124784 号

Yigeren De Shijieshi

一个人的世界史

余世存 录

出 版 人：曾　莹

责任编辑：赵世平

封面设计：今亮后声 HOPESOUND
pankouyugu@163.com

责任技编：周　杰　黎碧霞

出版发行：广东人民出版社

地　　址：广州市大沙头四马路 10 号（邮政编码：510102）

电　　话：（020）83798714（总编室）

传　　真：（020）83780199

网　　址：http://www.gdpph.com

印　　刷：北京彩虹伟业印刷有限公司

开　　本：880mm×1230mm　1/32

印　　张：15.5　字　数：390 千

版　　次：2016 年 7 月第 1 版　2017 年 1 月第 2 次印刷

定　　价：52.00 元

如发现印装质量问题，影响阅读，请与出版社（020 - 83795749）联系调换。
售书热线：（020）83795240

浩浩荡荡的世界文明主流

我这一代人的世界眼光几乎跟近代以来的中国历史同命运。天下文明在鸦片战争以后受制受困于西方及其民族国家体系，闭关锁国、全面开放、崇洋媚外、中体西用……这种封锁或自闭、开放或媚外，几乎构成了我们的两极。面对西方或域外文明，我们中国的自处和相处之道经历了曲折和反复，这个坎陷而不得不自强新生的道路是奇异的，又是屈辱的、险恶的。师生、敌友、异端、战略伙伴关系……这样的非常情绪影响了我们安身立命的状态。

直到今天，我国的社会思潮动荡仍跟对外关系有关。在反对外人妖魔化我们时，我们敏感的神经也难以健全平易。看着年轻一代人激进的民族主义宣言，作为过来人，我们有着一言难尽的感慨。

回忆我一生的世界眼光是有趣的。在冷战时代，我们是封闭的，我们一方面不得不独立自主、自力更生，一方面宣称"我们的朋友遍天下"。那时自顾不暇，谈外谈洋色变；我们自卑又自大，但为什么我们一穷二白呢？朋友在哪里呢？谁在妨碍我们发展呢？……从国家到个人，我们都离世界文明主流相去甚远。

30年来的改革开放使得我们取得举世瞩目的成绩，我们度过了短缺经济，成为世界第二大经济体……我们个人也不再是计划体制下的灰色人，而是跟国际社会近乎同步的文明的受益者。这一经验只是中外文明交往的一个小小案例，却也雄辩地说明开放成全的可能性，而敌意、紧张等则败坏了文明。事实上，洋务运动、北洋时代、国民政府主政的黄金十年……凡是中国快速发展的时期，都是开放的。

我们富强后的目的是什么？我们繁荣起来的价值观何在？我们服务于世界和人类文明的关键在哪里？遗憾的是，这些问题尚未得以解答，我们社会反而陷入一轮又一轮的弱者情绪里。我们对外尚未知人论世、平等相待，就再度想当然地以为他们有阴谋了，以为他们失落失态，以为他们也有如余英时教授说的"嫉羡交织"之心了。

因此，看到余世存编著的这本书，我是认可并赞同的。从孙中山以降的政治家，到顾准、钱锺书这样的学问家，都明白开放心智的通感，都明白开放行为带来的文明福祉。世界大势，浩浩荡荡，顺之者昌，逆之者亡。东海西海，心理攸同；南学北学，道术未裂……这些话说得多好啊。

梁启超说过，中国有着中国之中国、亚洲之中国、世界之中国的文明阶段。我们现在处在第三阶段的入口处，我们理应对国际社会的人物故事如数家珍，他们跟中国的历史一道构成了我们的文明财富，熟悉、了解他们，将有益于我们自身，有益于文明的健康发展。当今的世界文明也处于一体化进程的"深水区"，其状态仿佛我国的春秋时代。这本书是个性的展示，是每个人的"一家之言"；又是新的"国语"，它指向新的国家文明和个人文明。

是为序。

——吴敬琏

希望在此，此乃善愿

这部中文微型巨著，搜集了外国人的语录，他们的言行思考，题材从女人到美食均有涉及。这也是一次关于历史和人类学的尝试——就中国读者所感兴趣的话题，编者呈现了"他者"中流行的、与中国人迥异的思维与观点。这本书的编者为余世存，一位中国人，他的名字本身已经足够引起读者的兴趣。

事实上，这部选集对外国人而言也富有吸引力，因为通过研究本书的选材，外国人可以了解中国人对外部世界的兴趣点和好奇心。

也是出于这个原因，我认为应该将这部具有"微言大义"的中文著作翻译成英文。尽管中文其来有自，但我们应该撇开其源，直接将余先生或说中文世界的演绎或转译再度翻成英文。事实上，阅读本书，既令我感到似曾相识，个中味道又与我的记忆不同，有些偏离了西文原初的含义，而具有完全不同的意蕴。当然，精准并非阅读或文化传播的关键点。我们都知道，任何阅读都是一次演绎或再创造，每一种演绎都是对原义的误读或部分的背叛。而这，正是阅读的精义所在；至于正确或不正确，并非阅读的本质。

外国人会觉得这部书非常有意思，因为它反映了中国人是如何观察外国的人和事，尽管包括我在内的外国人并不一定认同这种眼光或方式。比如，中国人心里"外国人"这一概念，涵盖了所有俄罗斯人、美国人、法国人、德国人等等，而本书将所有这些国家的政客、文人各式人等集结在一起。但是，作为一个意大利人，我可以断言自己和俄罗斯人之相似并不比中国人多，那么，为何中国人要把我们意大利人和他们俄罗斯人相提并论？

这就让我看到了中国人的思维方式。中国人通常将世界划分为"中国"和"非中国"，在灰色的中间地带则夹杂着一部分的"半中国"（如日本和泰国），以及一部分的"非中非外"（如印度、伊斯兰世界和非洲）。在中国人眼里，纯粹"非中国"的那一部分就是西方世界，从海参崴延展至洛杉矶，其大部分居民是说印欧语系语言的高加索人，犹太人和巴斯克人也是其中之一。

在上述的三部分世界中，最能引起中国人和余先生好奇的，无疑是纯粹的"非中国"部分，也就是西方世界。这一部分与中国的巨大差异及其一个多世纪以来对中国造成的影响，是造就这种好奇心的主要因由。

对于许多中国人而言，这些西方世界的老外们一如聊斋故事里的鬼神狐仙——与正常人（中国人）如此不同，却又成为中国人生活的一部分，为他们所熟悉。但无论如何，人毕竟还是人，鬼也还是鬼。不管这个外国人对中国有多亲近，即便是娶或嫁了一个中国人，他或她也还是外国人。

这不是一个个人自主的方式，而是中国社会的偏好。大多数中国人喜欢以一种特别方式跟外国人交往，跟外国人打交道的中国人也总被提醒他也是中国人而非外国人，且他必须如此。（孔子的"夷夏之辨"："居夏则为夏。"）同时，中国人会恭维一个外国人说："你的汉语说得很好"，或者"你是一个中国专家"，言下之意："大多数老外对中国什么都不懂，不过你很幸运，你懂中国。"

当然，中国人与外国人的疏离在过去30年里逐渐削弱了。20年前，当我漫步北京街头的时候，来往行人盯着我的目光犹如遇到一个鬼怪，更别提要与我交谈了。那个时候我不通中文。不过，如果我当时懂中文可能情况会更糟糕，我肯定会被当做间谍、特务一类。从当年对中文一窍不通到今天"你是一位中国专家"，其间只经过了20年，这也就让我们有理由对中国文化的未来和融化力感到乐观。

也许中国文化的未来通过卡通式人物阿凡提可以得到一二说明。阿凡提是一个骑着毛驴、行走新疆的维吾尔小商人，他是机智的象征。除了他的鹰钩鼻和络腮胡子不是中国特征外，他的姿态、他对事情的反应，以及他的心理，都是不折不扣的中国汉人。可见，阿凡提这个源自中亚的人物，摆脱了中国政治的束缚，成为中国形象的一部分。就如同马克思一样，这个德国的犹太人如今更像是一个中国人，而不是一个老外。

在这一逻辑之下，余先生的外国人语录自然就极为中国化。而在另一方面，就像聊斋的鬼神让人类世界更加奇幻、阿凡提和马克思让中国脸孔更加丰富一样，余世存摘要的言论让中国更为国际化，将中国与世界、尤其是"非中国"的那部分连成一体。

在这里，中国化或化中国有更丰富的意义。就我所知，余先生不是一个哲人，他是一位诗人，块垒郁结，而一旦情感和思绪在他心中风云变幻，自然电闪雷鸣。中国人在与外国人打交道，或者在参与外部世界的时候，也经常会表现出这般强烈的情感。鬼神的天地，外国人的国家，颠覆了中国人眼里的世界。从吃穿住行方面完全不同于中国传统的方式，今天也在中国社会发生着：中国人喝起了咖啡、葡萄酒、冷饮料，而不是仅仅着迷于茶和二锅头……

在这个奇异的世界化进程里，余先生及其国人没有突变成洋鬼子。他们停留在了一个中间地带——他们已经不复以往父辈、祖辈们的模样，但也没有转变成金发碧眼的纯粹外国人。

在我们外国人看来，这种非中非外的中间状态极为难得，令人艳羡。余先生以及像他那样的中国人既通晓传统文化，却又对外来文化心怀兴致，能够穿梭于两个世界，吸收并享受两边的精华。中国将接纳他们并视为继往开来的族人；外部世界也对其怀抱极大兴趣，试图解码他们的神奇魔力，发掘他们身后博大精深的中华文化。

从外人的视角来看，余先生及他的中国同仁理应为此欣慰，但事实上他们并无喜悦之情。他们认为自己是在地狱的边缘游走，甚至是深陷炼狱之中。从无别人像他们那样，挣扎在两个世界和两种文化之间，就像聊斋里的书生，奔走于人鬼天地之间。做人好，还是做鬼神更好？在两个世界之间不断地适应，不断地变换角色，不断地受折磨……然而，在两个世界左右夹击之下又更懂得，更知晓，更丰富，生命与灵魂如花朵般徐徐绽放，或许，这并非炼狱，而是美好天堂……

这也许就是人类灵魂最深沉的悲剧——对自身命运永远怀有愤懑与哀思。从来没有任何国家的文学像现代汉语这样，灵魂与肉身持续撕裂。汉语世界的人们借由西方文献，找到灵感、乐趣与惊奇，从而将其视为中国文学的一部分。然而，真相并非如此……在东西方之间，两个世界犹如两面相互对照的镜子，站在两者之间我们往往感到混乱、迷失。然而，就在惶惑之际，我们看到一串串指向清晰的言语，一句又一句的引言，我们顿时找到了自己，而余先生的汉语也找到了他们自己。

中国读者们，祝你们借由此书享受一次心灵之旅。

——弗朗西斯科·郗士

（欧洲著名学者、记者，哲学博士，前意大利驻华使馆文化参赞）

实践人类的情怀

这本五年前出版的书有机会以新的面貌与读者见面，一时有欲言又止的感慨。

五年前出版此书，有一种急迫的心情。虽然当时刚从云南回到北京，但我认定并预感时代风尚正在转移，即个人和时代社会都日益"内卷化"。我希望尽快把自己了解到的切近的世界性的人物言行呈现给读者，让读者在一种封闭的生存中把握到某种"世界精神"。

书出版时，我一度有过奢望：读者们会有热烈反应，我甚至期望市场会推双语版；但我收获的既有惊喜也有遗憾。五年来，我和一些朋友几乎只能眼睁睁地看着时代和个人的变异；甚至越来越多的人也感觉到了，"山寨"一词的流行即是证明。无论我们如何自得，我们是山寨的，而跟"世界性的"有着距离。

这次重新修订，再次确认这本书不只是"段子"而已，其中有不少令我读来仍觉新鲜的事实和仍激动的日常尊严。尽管有人说《非常道》是我的"鲁迅版"，这本书是我的"胡适版"，但这本书远非只有编录方式那样区隔了胡、鲁。"赳赳民国"也好，"民国多大师"也好，已经成为历史。而这本书中的许多人物，仍是我们活着的世界知识和人物，我们今天的生活多受惠受用于他们，尽管不少人对他们"日用而不知"。

记得乔布斯去世时，一个艺术家朋友很奇怪国内年轻人的情绪，有人告诉他，没有乔布斯，你的很多艺术创作就实现不了，他这才知道自己用于绘画设计的某种电脑操作系统来自乔布斯的贡献，他真诚地说，那确实应该感恩。有人说，数一数我们今天须臾不可离开的生产生活产品，从铅笔、圆珠笔、钢笔、打字机、打印机、复印机、传真机、电脑，到手电筒、电灯、电话、手机、卫星，到股票、债券、抽水马桶、自动售货机……上百项人类的发明中，几乎全部是外人的贡献。一个意大利人多年前曾经告诉我，我们以为当下的生活多跟传统相关，但传统只是背景和生活的习惯，文明在当代的日用产品，更多地来自二十世纪以来的贡献；作为一个欧洲人，他遗憾地说，其中大部分是新大陆人的贡献。联合国教科文组织的数据统计则显示，英语是这个星球举足轻重的文明介质或平台，相比较而言，汉语世界仍是一个封闭的信息孤岛，现代中国人对人类整体知识的贡献非常小，由中文译出或译入的书籍，只占人类社会全部翻译书籍的3%，远低于英语（其比例为60%），甚至低于日语（其比例为6%）……语言是存在的家，对以汉语为家园的人来说，此类事实足令有耻之"汉语人"勇猛精进，以贡献于汉语思想，服务于汉语和人类世界。

本书中不少人物的发明创造增进了我们人类生活的福祉，有些发明甚至夯实了当代乃至今后的文明。而我们清楚地知道，科学发现和技术发明仍在加速度地升级换代，无论发达还是发展中国家和地区的人们，都被裹挟或被邀请到技术文明的洪流中去。有对VR技术有感知的华人感叹，如果发展中国家落后的人民仍无个体自觉或文化自觉，那么在VR来临之时，他们将只会见到一个"由全息立体技术所建构的古罗马斗兽场虚拟实境秀"，他们的命运注定是供某个阶层娱乐的角斗士。类似悲观的言论时见于移动互联网上，一些发达社会的有识之士也对技术的前景忧心忡忡。但读过本书的人或者能够消除这一忧虑，因为本书大部分人物的言行足证他们在努力安顿世道人心，在兼济天下，人性中的"善良天使"越来越闪光并为我们带来更多的福利。

对世界本质的理解不是来自当下的事件，而是源于我们对世界史的认知。

关于世界史，我们又不应把它分割成为某种观念的历史，而应该立足于人的目的。正是在这个意义上，每一个人都有他的世界史，只要他立足于人和人类的目的，他就可以超越教科书式的、学院式的历史叙事，而形成他自己的世界史观。民族、国家、文明间形格势禁的历史叙事只是一种方式而已，世界史应该成为人的历史。就如本书收录的一则世界语的创始人柴门霍夫的故事，柴门霍夫年轻时发现，真正含义的人是不存在的，只有俄罗斯人、波兰人、日耳曼人，犹太人等等。他深受折磨，下定决心，"待我长大成人，就一定要消除这一灾难"。

我的朋友曾经感叹，从非洲走出的智人经过了几万年的疏离和较量，他们的后代今天在网络世界里握手联谊，他们能消除彼此间知识的不平等吗？他们能消除彼此间心性心量的不同吗？事实上，年轻一代人早已在实践这一人类的情怀或目的。

再次重读本书内容，让我想起《金刚经》里的句子："我念过去无量阿僧祇劫，于燃灯佛前，得值八百四千万亿那由他诸佛，悉皆供养承事，无空过者。"一个人为什么听闻那些遥远地区的人物言行，因为那些人物言行是我们在荒芜的人生社会中有幸"得值"的诸佛，是我们有限而局部生存中难得的"空谷足音"，需要我们"供养承事"，"无空过者"。

释迦牟尼佛还说，"若复有人，于后末世，能受持读诵此经，所得功德，于我所供养诸佛功德，百分不及一，千万亿分乃至算数譬喻所不能及。"这是信言的语！而我们今天知道，佛陀的"得值"经历，是他演说佛经的资粮；受持读诵者有福，但受持读诵者更应该同情并成为无空过者。阅读本书，有心人将会发现，其中绝大部分人物的人生没有耽误，他们没有浪费造化赋予自己的才华，他们善用了这些才能，而不同程度地贡献于人类文明，从观念、产品、模式、生存本身等多维度加持了人类，惠及当时、今天乃至后世。

也因为这样的原因，再版时把"一个时代的世界史"置于人名简介中附录上来，让我们了解曾经一个时代的世界印象，其中的妖魔化语言可笑可叹。

这样多维度的得值，理解一个时代的烙印，我们所谓的"山寨生活"才不算空过。

　　是为序。

——余世存

2016 年 4 月写于"世界读书日"

饮食第一

Food And Drinks

萧伯纳曾说，他的论敌有时仅仅由于他是素食主义者便感到自卑。萧伯纳把吃肉称做咀嚼动物的尸体，把打猎叫做残杀的兴奋。有一回因足踝扭伤躺在床上，医生要他吃肉，他回答说："宁可死去，也不愿让肚子成为动物的坟墓。"

尼采说，在考察一切审美价值时，他使用的一个主要尺度是："这里从事创造的是饥饿还是过剩。"

凡尔纳年轻时很顽皮，有一次他撞在一位胖绅士身上。道歉之后随口询问对方吃饭没有，对方回答说刚吃过南特炒鸡蛋。凡尔纳听罢摇头，声称巴黎根本没有正宗的南特炒鸡蛋，因为他就是南特人而且拿手此菜。胖绅士闻言大喜，诚邀凡尔纳登门献艺。从此，凡尔纳就跟着这位叫大仲马的胖绅士，连吃带住，学习写作。

列夫·托尔斯泰在民众的生计问题上很纠结。一个寡妇来找他，他事后激动地说："我的天哪，她这一冬该怎么过呀——我给她的 3 个卢布能顶什么用啊！"他常独自去走访村民，回来就讲他们的饮食："我到村子里去了一趟，我发现他们从早晨就吃干巴巴的土豆，一点儿面包也没有……"

马克·吐温应一富翁的邀请赴宴。主人为了炫耀其富，一一说出桌上每盘菜的价格。一盘葡萄上桌时，主人对来宾们说："哟，好大的葡萄呀！每颗值 1 美元呢！"客人们很快吃完了这道菜，马克·吐温从座位上站起来大声说："味道真美呀！请你再给我 6 美元吧，先生。"

十月革命后，诗人曼德尔施塔姆经常处于饥饿之中。他经不起佳肴美馔的诱惑，去参加革命新贵们的酒宴。有一次他去蹭饭，放开肚皮吃喝，看见革命党人布柳姆金。布柳姆金掏出一摞签过字的空白逮捕证，有人对布柳姆金说："伙计，你干什么呢？来，为革命干杯。"布柳姆金回答道："等一下，我先填完逮捕证再说……西多罗夫，西多罗夫是谁？枪决。彼得罗夫……哪个彼得罗夫？枪决。"曼德尔施塔姆冲动地撕了逮捕证，闯下了大祸。

有一次，饥饿的曼德尔施塔姆忽然想吃砂糖拌蛋黄。他有 39 个卢布，一点砂糖，没有鸡蛋。在花了 7 卢布在女摊贩那儿买了一个鸡蛋往回走时，他碰见一个卖巧克力的，40 卢布一块，他被吸引住了。但他的钱不够。他忽然灵机一动，对小贩说："我只剩 32 个卢布，再添上这个鸡蛋行不行？"刚一成交，在远处盯着他的女摊贩便尖叫起来："快抓投机倒把分子！他 7 卢布买了我的鸡蛋又 8 卢布卖出！"

希特勒年轻时常常挨饿。曾经有连续 5 天的时间，他都靠牛奶、面包和黄油度日。有时候，他一生气便高声怒喊："真是牛马不如的生活！"希特勒一星期要去戏院或歌剧院几次，所需费用都是靠省吃俭用得来的。比如，他的裤子是放在席子底下"熨平"的。

"契卡"领导人捷尔任斯基被称为"铁腕人物费利克斯"。在1919年闹饥荒的时候，有一次捷尔任斯基到他姐姐家做客，当时他瘦得皮包骨头，疲惫不堪。姐姐给他烤了他爱吃的软饼。他问姐姐从哪儿弄到的面粉，当他听说是从投机倒把商儿买来的时，勃然大怒："什么？我没日没夜地跟他们斗，你可倒好……"他抓起软饼就扔到窗外去了。

奥地利歌唱家舒曼·海因克长得很胖，平时胃口极好，她也毫不在乎别人说她好美食。一天，另一个胃口很大的贪食者走进一家饭店，看见舒曼·海因克正埋头进餐。正当她要吃一块硕大的牛排时，他走上去问道："舒曼，你一定不会单独把那牛排吃下去吧？""不，不，当然不是单独吃。"歌唱家说完就咬了一口。贪食者大喜过望，以为会分享一份，但歌唱家说："单独吃没意思，我要和着马铃薯一块儿吃。"

甘地说："我觉得，当心灵发展到了某个阶段的时候，我们将不再为了满足食欲而残杀动物。""一个国家伟不伟大、道德水准高不高，可以从它对待动物的方式评断出来。"

在一次星期日家宴上，冯·卡门教授在玻尔面前放了一只彩色酒杯，他给别人酒杯里倒满了法国白兰地，却忘了给玻尔斟酒。玻尔一边畅谈自己的原子结构理论，一边拿起那只空酒杯喝酒，他这样接连空喝了三次后，卡门教授再也沉不住气了："尼尔斯，您喝的是什么呀？"玻尔愣了一下，再往酒杯里看看。"啊哟！"他惊奇地说，"我也奇怪，怎么一点儿酒味也尝不出呢？"

1926年9月，法国政治家白里安和德国政治家古斯塔夫·施特雷泽曼就战争善后问题举行了成功的会谈，他俩因此获得当年的诺贝尔和平奖。但如此重大的主题，他们多是在谈笑间进行。一次，他们在乡村的饭店里共进午餐后，两位政治家为付账友好地争了起来。白里安起来说道："不用争了，我来付饭钱，你来赔款。"

满怀信心的胡佛以"更大的繁荣"为口号取得了白宫入场券，他在竞选时宣称："我将继续推行过去 8 年来的各种政策，那么，在上帝的帮助下，我们很快就将目睹贫困被放逐于这个国家之外的那一天。"其深合民意的"每家锅里一只鸡，车库里有两辆车"的诺言在全美国不胫而走。

芥川龙之介对饮食很敏感。他讨厌羊羹，原因是他觉得"羊羹"两个字看着很恶心，就好像会长出毛一样。他的敏感是惊人的，他不吃生姜，有一次在吃完生姜蛋糕后，被告知该蛋糕中加了生姜，没想到芥川听说后，马上拉了肚子。

德国对波兰的"闪电战"开始后，希特勒正在一辆专列上，他的心情很沉重。当列车东驰时，希特勒把秘书林格叫到餐室内，令他此后为他准备更简朴的饮食。"请你注意，"他说，"普通德国人能有什么吃的，你就给我吃什么。我有责任作出典范。"

1939 年 8 月，弗洛伊德病情迅速恶化，已经不能进食。这位老人最后阅读的书是巴尔扎克的《驴皮记》。他说："这本书正好适合于我，它所谈的主题就是饥饿。"

巴顿将军欲显示他关心部下生活，曾突然去参观士兵食堂。他见两个士兵站在一个大汤锅前。"让我尝尝这汤！"巴顿将军向士兵命令道。"可是，将军……"士兵正准备解释。"没什么'可是'，给我勺子！"巴顿将军拿过勺子喝了一大口，怒斥道："太不像话了，怎么能给战士喝这个？这简直就是刷锅水！""我正想告诉您这是刷锅水，没想到您已经尝出来了。"士兵答道。

甘地无意在英国人统治下的印度与世长辞。回到孟买后，他居住在一位富有的支持者的别墅里，身体逐渐得以康复。副王蒙巴顿多次急电丘吉尔说，印度饥馑日益严重。首相在电报中简明扼要地问道："为什么甘地至今仍活在人间？"

1941年8月31日，鞑靼自治共和国叶拉布加镇一位俄国妇女上吊自杀。她的死没有惊动任何人，只有房东大婶叹道："她的口粮还没有吃完呢，吃完再上吊也来得及啊！"这个自杀者就是俄国的天才诗人茨维塔耶娃。

蒙巴顿有贵族风度，"二战"中，他多次倒霉。一次，他刚击沉几艘德国舰船，就遭到德军大批飞机的报复，他的舰船也被击沉。由于得到救护，蒙巴顿死里逃生。他虽然难过，但仍对官兵们喊道："小伙子们，唱歌吧，打开啤酒吧，放出快乐吧……"

美国作家斯坦因移居巴黎后，跟一些杰出画家如马蒂斯、布拉克等人十分交好。斯坦因的艺术见解给了这些艺术家许多启迪，有些人的代表作就是在她的影响下创作出来的。但斯坦因对毕加索尤其赞赏。有传闻说，斯坦因的厨子用她最好的煎蛋款待毕加索，但是对马蒂斯只供给他油炸鸡蛋。"身为一个法国人，他当然知道这是不太尊重的表示。"

1943年8月24日，法国哲学家西蒙娜·薇依辞世。她执意分担仍生活在法国本土的人们所经受的磨难，以致拒绝医生因她过度疲劳而特别规定的食品供应，她严格地按照法国国内敌占区的同胞们的食物配给量领取食品。她的健康因此严重恶化。她最后的告白是："教学的最重要方面＝对教会的认识（从科学意义上说）。"

杏沿丝绸之路从中国一直传到了中东，又从中东传到了意大利。因为很酸，所以当时意大利人给它起的名字和"酸"字有关系，但是英国人说不出来里面的一个音，就把这个音变成 Apricot。罗素说："不知道为什么，了解了杏的故事，我觉得我吃的每一个杏都更有意思。"

1945 年，富兰克林·罗斯福第四次连任美国总统，一人问其感想。罗斯福没有回答，而是客气地请其吃一块"三明治"。此人吃后，总统微笑着又请他吃第二块"三明治"。如此接二连三，此人勉强为之。罗斯福在其吃完第三块后又说："请再吃一块吧。"此人告饶，罗斯福说："现在，你不需要再问我对于这四次连任的感想了吧，因为你自己已经感觉到了。"

1947 年是英国人的第八个紧缩年头，几乎所有消费品，诸如食品、燃料、酒类、水电、衣服，直至举世闻名的板球，均需实行严格的配给制度。圣诞节期间，每五户中仅一户人家方可购买到一只火鸡。在商店的货架上和橱窗内，经常挂着"货物售完"的布告牌，人们买不到土豆、木材、煤炭、香烟和熏猪肉。经济学家梅纳德·凯恩斯早就说过："我们是一个贫穷的国家，因而我们必须学会如何生活。"

1947 年 10 月，34 岁的日本法官山口良忠因饥饿而死，临死前，他在病榻上写下这样一段话："粮食统制法并非良法，但它一旦作为成文法，每个国民都应该绝对服从，自己宁愿饿死也不能违反法规购买黑市商品。平素我非常羡慕苏格拉底那种明知是孬法仍然竭诚服膺的精神。因而，我毅然决定向黑市挑战，直至饿死。自己每天的生活就是走向死神的行动。"

在访美期间，丘吉尔应邀去一家供应冷烤鸡的简易餐厅进餐。在取第二份烤鸡时，丘吉尔很有礼貌地对女主人说："我可以来点儿鸡胸脯的肉吗？""丘吉尔先生，"女主人温柔地告诉他，"我们不说胸脯，而习惯称它为白肉，烧不白的鸡腿肉称为黑肉。"第二天，那位女主人收到了一朵丘吉尔派人送去的漂亮的兰花，花旁还附有一张卡片，上面写着："如果你愿把它别在你的'白肉'上，我将感到莫大的荣幸——丘吉尔"。

作曲家贾科莫·普契尼和意大利音乐家、乐队指挥阿尔图罗·托斯卡尼是一对老搭档。每年圣诞节贾科莫都要给他的朋友送一块蛋糕。有一年圣诞节前夕，贾科莫同阿尔图罗吵了一架，因此想取消送给他蛋糕的计划，但为时已晚，蛋糕已经送出了。第二天，阿尔图罗收到贾科莫的电报："蛋糕错送了。"他便随即回了份电报："蛋糕错吃了。"

作家伊夫林·沃好酒。20世纪20年代他在牛津上学时，择友标准是"有能力不被酒精俘虏者"。1956年，他给女儿办了场晚宴，亲自书写请柬，列举了一堆菜谱之后，最后一句为："陈年香槟供应，但唯我一人独享。"

戴高乐将军担任了11年的法国总统，给人们留下了不少治理法兰西的经典短句，其中最著名的一句是他在20世纪60年代中期政局动荡又被人指责为独裁时发出的感慨："你们说，我到底怎样才能治理一个有246种不同奶酪的国家？"

麦克米伦的名言："自从罐头食品问世以来，要享受饮食文明，只有到中国去。"

1959年，数学家厄多斯听说有一个12岁的匈牙利小男孩已经掌握了全部中学数学课程，便邀请他共进午餐。结果让厄多斯大为震惊，因为他当初花了10分钟才找到的证明方法，这个小男孩只用了半分钟！后来厄多斯经常与他见面讨论问题，同时请他喝咖啡。厄多斯的母亲对他给这么小的孩子喝咖啡大为光火，厄多斯回答说："放心，他会这么说：'夫人，我做着一名数学家的工作，喝着一名数学家所喝的饮料。'"

赫鲁晓夫有一句名言"土豆加牛肉等于共产主义"，这被苏联人嘲笑得无以复加。为了推广养殖乌克兰猪，赫鲁晓夫亲自上阵，大作宣传，报纸刊登了题为"赫鲁晓夫同志与猪在一起"的照片，结果又成为政治笑话的题材。

印尼总统苏加诺跟黛维小姐相处的初夜，就对她说："我希望你能给我愉快，给我力量！"这个已有几个妻子的老人经常在夜间独自开着吉普车和黛维去街边小摊上吃"沙嗲"（烤肉串），警卫人员小心翼翼地暗中尾随，唯恐坏了这对忘年情侣的兴致。

1960年2月5日，在斋月前3周，突尼斯总统布尔吉巴做出惊人之举。在对他的新宪政党干部做出的"重要讲话"中，布尔吉巴指出，先知穆罕默德为对付敌人曾在斋月期间正常用餐，"同样，我要求你们为了对付你们的敌人而不要守斋。你们的敌人就是贫穷、困苦、屈辱、腐败和不发达"。

苏联外长葛罗米柯曾跟总书记勃列日涅夫同坐一车，葛罗米柯建议："我们得管管伏特加了，否则，人民全变成酒疯子了。"勃列日涅夫回答说："俄罗斯人民离了这个什么也做不了。"

著名导演希区柯克以悬念出名。有一次，他看妻子做好蛋奶酥饼后把它放进炉子。"那里面在干什么呢？"他盯着炉膛门问妻子，甚至每隔几分钟他就问一下，嗓门压得很低，好像害怕蛋奶酥饼听见会发怒似的。酥饼香味扑鼻的时候，希区柯克太太打开炉膛门，取出一块香甜可口的烤熟了的酥饼，希区柯克却紧张得浑身精疲力竭。"下次做酥饼时一定得有个装着玻璃门的炉子，好看清里面发生的一切。"希区柯克气喘吁吁地说，"我实在受不了这个悬念。"

1969年的一天，卡扎菲带着许多秘密传单乘车从的黎波里返回班加西，途中翻车出了车祸，幸好没有人受伤。有人感慨地说："是万恶的酒造成了这次事故。"革命成功后，卡扎菲不仅自己不饮酒，还在利比亚提出恢复伊斯兰教的"纯洁性"的口号。利比亚原是酒的出口国，但卡扎菲颁布法令禁止酿酒和出售一切烈性饮料。卡扎菲自己则喝矿泉水和驼奶。

巴菲特曾激烈抨击富翁们的奢侈生活，他指名道姓地批评那些把财产留给子孙后代的大富翁。比如说，后期的杜邦公司"对社会的贡献几乎没有，却多次声称捐献了产值的多少"。巴菲特讽刺说，杜邦"可能认为自己很有眼光，发现穷人们的食物越来越少了"，但他们自己的"食物都多得吃不了"。

"维生素有什么用？"在 75 岁高龄时，钢琴家鲁宾斯坦这样解释自己保持青春活力与热情的秘诀，"吃大虾，吃它一磅鱼子酱——然后生活！"除演奏钢琴之外，他最喜欢讲有趣的故事，抽上等雪茄，品尝美味佳肴和吸引女性。

戈尔巴乔夫上台后颁布禁酒令，伏特加从宴会桌上消失，取而代之的是清一色的矿泉水，俄罗斯人戏称戈氏为"矿泉水书记"。当时广为流传的笑话是：厂长和女秘书偷情，突然有人敲门，厂长慌忙穿上裤子，女秘书阻止说：别急着穿衣服，不然人家还以为我们关着门在喝酒呢。

伊朗最高领袖哈梅内伊的父亲是一位知名的宗教学者，非常虔诚，深居简出，生活过得非常艰难。哈梅内伊后来说："我还记得，有许多个夜晚，我们家出现过没有晚饭可吃的情况。我母亲非常辛苦地为我们准备了晚餐，但那也只是大饼和葡萄干。"

法国总统密特朗精力旺盛，有时一晚可接连跟三个情人幽会，这使得他的司机疲于奔命。密特朗解释说："偷情就如同按照菜谱用餐一样，有头盘，有主菜，还要来点甜品！"

当听说穷人吃不起"伟哥"时，一位投资公司总裁格林伯立刻拿出了100万美元，救济那些买不起伟哥的"穷人"。有人说，100万美元应该用在更有用的地方，比方说捐助给癌症或艾滋病治疗基金会等等。但格林伯不以为然，他反驳说："媒体说我的捐助增加了人们对性的困惑，其实什么是性，在于每个人自己的胃口。性是每天的三明治，不是蒂凡尼的法国大餐；是渴了就要喝的水，而不是香槟酒。"

叶利钦贪杯，他的工作人员只得给他喝兑水的伏特加酒。如果他问起为什么酒的味道特别淡，人们就会回答说："是啊，这酒是柔和了点。"有一次，叶利钦总统冲进厨房，说要进行检查。结果找到两瓶原装的伏特加酒，叶气得要命，当场倒了满满一杯，一扬脖子，全部下肚。过后，他命令把厨房里所有的员工解雇，原因是"他不喜欢人家骗他"。

在《饥饿艺术家》中，卡夫卡借人物之口说："因为我找不到喜欢吃的东西吃，相信我，如果我能找到，我绝不会去表演，一定会随心所欲地大吃大喝，就像你们大家一样。"在临死前他那瞳孔已经扩散的眼睛里，流露着的虽然不再是骄傲，却仍然是坚定的信念：他要继续饿下去。"我虽然可以活下去，但我无法生存。"

萨缪尔森回忆说，凯恩斯一生未曾遭遇写作的困境。晚年时有人问凯恩斯，如能重来一次，他会做一些什么不同的事，他的答复是："我会喝更多的香槟。"

美国社交网站 Facebook 创办人扎克伯格成为全球最年轻的亿万富翁后，依然租住着一室一厅的小公寓，一床、一桌、两椅即全部家具。他的早餐多是一碗麦片。每天步行或骑自行车上班。"曾为女朋友煮过晚餐，结果不理想。"他们第一次约会吃的是老鼠形状的巧克力；结婚时，婚礼上的食物也并不丰盛，全部是"家常菜"。

　　诺贝尔经济学奖得主阿玛蒂亚·森作过大饥荒研究，他的结论是，在现代史上，民主国家从未发生过大饥荒，而发生大饥荒的地方，没有一次是因为粮食不足。

男女第二

Men And Women

诗人里尔克爱上了大他十几岁的女作家莎乐美。当时莎乐美已经36岁，她有能力用理智来制约自己的情感。里尔克的激情则像孩子般毫无遮拦地喷涌出来，他用诗人的语言向莎乐美发起了炽热的情感攻势，像孩子一样向莎乐美苦苦哀求："我不要鲜花，不要天空，也不要太阳，我要的唯有你……"

1904年的时候，尤金涅和姐姐莱迪娅同时与宗教哲学家别尔嘉耶夫相识，并且都爱上了别尔嘉耶夫，但别尔嘉耶夫选择了莱迪娅。尤金涅曾经说过：别尔嘉耶夫对她姐姐的爱，是一种"美和伦理"的爱。别尔嘉耶夫与莱迪娅的婚姻是一种"精神的结合"，他们像早期的圣徒那样相爱。

伊藤博文好女色。"醒掌天下权，醉卧美人膝。"他曾对身边人说，"我对你们什么也不指望。在我终日为国事操劳而头痛之时，与其晚餐时让你们给我倒杯酒，服侍我换衣服，大概还不如天真漂亮的艺伎的玉手可解我心宽呀。"

1906 年，甘地决定终身禁欲，他立誓之后把这一决定告诉了妻子。为克制本能的欲望，甘地进行过各种艰苦卓绝的斗争，也发展了他自己的禁欲理论。他一般每逢宗教忌日或特定日子都奉行绝食或只吃一顿，严格限制进食量。他虽然在饮食和节欲方面找到联系，但认为心灵的作用仍是主要的："一个人如果心灵不洁净，改变饮食也没用。""色欲的心灵不但不能控制情感，反而成为情感的奴隶。"

1908 年 7 月，演员茅德·冈小姐从巴黎给诗人叶芝寄来信件，说她被一种感觉抓住了。"昨天晚上我有一个美好的经历，我必须马上知道：这种感觉你是否体会到？怎样体会到的？"她在信中这样写道，"昨天晚上 11 点一刻，我穿上了你身体和思想的外衣，渴望着来到你的身旁。"叶芝将这封信粘在了笔记本上。

1913 年埃莉诺·罗斯福聘请了 22 岁的社会工作秘书露西·塞默尔。从此，这位风华绝代的美人闯进了罗斯福夫妇的二人世界。埃莉诺在 1918 年发现丈夫邮件中的情书后，带着孩子去了坎波贝洛。1920 年露西同大她 30 岁的富翁拉瑟弗德结婚，风暴似乎就此平静。但此后的岁月中，两人一直保持着隐秘而愉快的关系。埃莉诺从那时起就毅然开始寻找家庭以外的独立生活的道路，她最喜欢引用一句话说："平静的背后无不隐忍着压抑的痛苦。"

"一战"前，隆美尔在舞会上邂逅漂亮女生露茜，露茜一开始对隆美尔并无兴趣，觉得他太严肃，但隆美尔发动的一系列炫目而强大的爱情攻势最终将其征服。隆美尔戎马空闲时总要给露茜写信以解思念之苦，这些信后来积攒起来竟有十多箱！隆美尔成为德国名将后，无数女孩都发疯似的追求他，但他从未动心，他说："背叛露茜就是背叛生命。"

斯大林的第一位妻子叶卡捷琳娜·斯瓦尼泽是他同村的姑娘，两人婚后非常幸福。但好景不长，斯瓦妮泽死于伤寒。斯大林说过："这个娇娆的精灵曾叫我那铁石心肠为之融化，她一死，我对人们最后的一点温情也随她而去了……"

劳伦斯遇见弗利达时，弗利达是他尊敬的教授的妻子，31 岁，育有 3 个小孩，是典型的贤妻良母。26 岁的劳伦斯却一眼看穿弗利达外表下的那颗不安的灵魂。他写信给她："你是全英格兰最出色的女人。"他们相识 6 周后就私奔了。

马斯洛被贝莎吸引，却找不到进一步发展感情的办法。贝莎的姐姐安娜帮他解困了。有一天，她一边把马斯洛推向贝莎，一边说："看在彼得的分上，吻她吧！吻！"马斯洛先是大吃一惊，但还是在安娜的胁迫下，吻了贝莎。贝莎没有反抗或拒绝，而是还吻了他。这第一次亲吻成了他生活中重要的时刻，他获得的是一次真正的"高峰体验"。

列宁曾说："性生活没有节制是资产阶级的没落现象，它是腐朽的标志。无产阶级是个正在上升的阶级，它不需要性生活放纵的陶醉。"尽管如此，十月革命后一度风行"杯水主义"口号：同喝一杯水止渴没有什么区别，性欲是应该得到满足的；爱情是资产阶级的神话，男女之间的关系可以完全是肉体的。

1922 年，已经有了情人秋子的作家有岛武郎又认识了晶子。晶子酷似有岛死去的妻子，两人的感情一天深似一天，甚至到了谈婚论嫁的地步。秋子绝望之余，提起情死的事，有岛武郎应允了她。第二年，有岛武郎与波多野秋子一起自杀，留下悲痛欲绝的晶子。时年有岛 45 岁，秋子 30 岁。他的遗书说："不管我怎样抗争，我还是朝向这个命运走去。"

20 世纪 20 年代末，被称为美国"爵士时代的桂冠作家"的斯科特·菲茨杰拉德曾经说过这样一句话："海明威每写一部小说都要换一位太太。"海明威的一生先后娶过 4 位太太。

苏联女导演阿丝娅·拉西斯到卡普里疗养时，本雅明一见之下，惊为天人。有一天，拉西斯在商店里买首饰，身边有人问："夫人要帮忙吗？"买完首饰，那人又问："要我帮忙拿盒子吗？"并自我介绍是本雅明博士。拉西斯的印象是：此人眼镜反光，头发浓密，笨手笨脚把盒子掉落地上，可见是个文雅之士。本雅明则对人说："我结识了一位俄国革命者，她是我见过的最出色的女人。"这种倾慕最终是南柯一梦。

泰戈尔的美国女友安娜要求他给她起个独特的名字，他就取了个美丽的孟加拉国名字——纳莉妮。他把这名字编织进诗里。安娜听完朗诵说："诗人，我想，假如我躺在临终的床榻上，你的歌声也能使我起死回生。"但泰戈尔对安娜的表白浑然不觉。

1931 年，作家黑塞如愿以偿地盖起了属于自己的房子，并寻找到了自己的终身伴侣。在结束了与上一任妻子短暂的婚姻生活后不久，他与妮侬·多尔宾结婚，如他自己所说的，他"被她以牛鼻桊穿过鼻子套上了"。她是黑塞的最佳伴侣，两人的婚姻维持了 30 年之久，直到黑塞辞世为止。

据说，作家菲茨杰拉德的夫人泽尔达曾是当时瞩目的美人，为了一睹芳容，部队士兵到她家附近的大道上操练。军队飞行员也用花哨的特技飞行表演和编队低空飞行从她家上空呼啸而过，直到有个不幸的飞行员机毁人亡。而当战争结束，全城出动观看大阅兵，军警不得不在她周围拉了一道警戒线。

莎乐美一生有很多男人，真正让她动情的不多，吉洛牧师、保尔里、尼采、丈夫安德烈亚斯……以及在里尔克之前给予她性爱的"泽梅克"

等人都不是。只有里尔克，莎乐美在回忆录中认真地写道："如果说我是你多年的女人，那是因为，是你首先向我展现了真实：肉体和人性那不可分割的一体，生活本身那不可怀疑的真实状况……"

爱德华放弃王位，娶了辛普森夫人，让很多人困惑不已，那个两度离婚的美国女人既不漂亮，又是位不折不扣的泼妇。还有证据表明，这位辛普森夫人曾经在爱德华身上试验过她从东方青楼里搞到的房中秘技，这就使整个事情变得更加荒诞可笑。爱德华身边的一位朝臣尤利克·亚历山大认为，爱德华已被"某种性反常和自贬情结"所控制。

历史学家们一直想搞清楚，辛普森夫人有什么厉害手段，让爱德华对她言听计从。爱德华的前情人沃德说："只要我想控制他，我就可以轻而易举地控制他。我可以对他为所欲为！爱情就是他身上的咒符，不论他爱上谁，他都会全心全意地变成对方的奴隶，完全依赖于对方。这是他的天性吧，他完全可以算得上受虐狂，他就是喜欢变得低贱，喜欢降低身份。他对此求之不得！"

美国五星上将马歇尔在他驻地的一次酒会上认识了一位小姐，他请求小姐答应让他送她回家。这位小姐的家就在附近不远，可是马歇尔开了一个多小时的车才把她送到家门口。"你刚来这里不久吧？"她问，"你好像不太认识路似的。""我不敢那样说，如果我对这个地方不熟悉，我怎么能够开一个多小时的车，而一次也没有经过你家的门口呢？"马歇尔微笑着说。这位小姐后来嫁给了马歇尔。

1936年4月，诗人狄兰·托马斯与凯特琳相遇，一见钟情。凯特琳的老画家男友约翰为此跟狄兰决斗，将狄兰打倒。狄兰不甘心，接连不断地给凯特琳写情书："我并非只想要你一天，一天是蚊虫生命的长度：我要的是如大象那样巨大疯狂的野兽的一生。"凯特琳终于离开了约翰，投入狄兰的怀抱。

在大多数美国人心目中，第一流的严肃音乐家是 1937 年以后的鲁宾斯坦。那一年他在卡耐基音乐堂历史性的复出，标志着他艺术的新境界。有人说他年轻时浪荡，把时间分给了酒、女人和音乐。鲁宾斯坦回答说："我承认这种说法。那时候我百分之九十的兴趣在女人身上。"

日本海军大将山本五十六和妻子的关系不睦，他在外面有一个情人：温柔美丽的艺伎千代子。一贯冷酷的山本被千代子迷得如痴如醉。每当远离东京的时候，山本对美人的思念就如同太平洋波涛一般。他曾说："在千代子面前，我是如此的脆弱。"

有人说以色列总理梅厄很强悍，跟她相比，她丈夫柔弱得不值一提。一旦她认识到犹太人没有其他出路，除非有个民族家园，她就说："我决定去那儿。"当问她不应留下新婚丈夫独行时，她说："我也会去的，但会伤心。"

革命家托洛茨基被送到医院，护士给他理发，他还记得昨天娜塔莎就想请理发师给他理发，结果理发师没来。此时他向妻子眨眨眼幽默地说："你瞧，理发师不是来了嘛！"为了进行手术，护士们开始替他脱衣服，当准备脱最后一件外衣时，他很严肃地对娜塔莎说："我不要她们脱，我要你替我脱。"当脱下衣服后，她弯下身子吻他的嘴唇，他们一次又一次接吻，这是他们的最后告别。

被誉为"计算机之父"的冯·诺伊曼的年纪比数学家乌拉姆要大一些，不过两个人是最好的朋友，经常在一起谈论女人。包括他们坐船旅行，除了讨论数学之外，就是旁边的美女，每次诺伊曼都会评论道："她们并非完美。"有一次，他们在一个咖啡馆里吃东西，一个女士优雅地走过，诺伊曼认出她来，并和她交谈了几句。他告诉乌拉姆这是他的一位老朋友，刚离婚。乌拉姆就问："你干吗不娶她？"后来她真的成了诺伊曼的妻子。

1942 年，正在疗伤的苏联元帅罗科索夫斯基结识了著名的电影演员瓦连京娜·谢罗娃。贝利亚向斯大林告密说，谢罗娃去前线探望罗科索夫斯基，并一直在司令部内留宿。斯大林羡慕不已："谢罗娃？是那个美丽的女演员吗？她真是美若天仙。"贝利亚插话说："但元帅的声誉会因此一落千丈，我们该怎么办？""我们该怎么办？怎么办？"斯大林喃喃自语，"我们该羡慕，贝利亚同志，我们该羡慕才是！"

"二战"期间，欧洲各国受封锁。有一次数学家阿尔福斯获准从芬兰去瑞典，看望妻子，但他身上只有 10 元钱。他翻出了菲尔兹奖章，把它拿到当铺当了，从而有了足够的路费。阿尔福斯说："菲尔兹奖章给了我一个很实在的好处。"

纳粹上台后，哲学家雅斯贝尔斯因妻子的犹太身份而受到当局的迫害，这位德国著名的哲学教授随即失去了工作，他的著作被禁止出版。他的妻子不想连累丈夫的学术前途而要求丈夫放弃自己，雅斯贝尔斯回答说："我如果这样做的话，我的全部哲学没有任何意义。"

有一次，在丹麦，德国剧作家布莱希特跟情人玛丽娅一起望着星空。布莱希特用一根手指指着天上问道："你看见那个 W 了吗？5 颗星组成一个仙后座。从现在开始，它就是我们的星相，赖荼。我们的眼睛将在那里相遇，我们永远在那里。"他们在仙后星座下接吻。布莱希特给玛丽娅写了这样一句话："你的爱能给五大洲带来幸福。"

艾薇塔对阿根廷总统贝隆说的第一句话是："谢谢您的存在。"他 49岁，丧偶；她 25 岁，单身。艾薇塔丝毫不在乎别人的眼光，她热心陪伴贝隆出席各种场合，与穷人握手交谈，用得体的举止和温婉的笑容征服了百姓的心。艾薇塔还认真地对贝隆说："相信我，我是最适合你的女人，我的好会令你吃惊。"

泰勒与伯顿于1962年在拍摄《埃及艳后》时相识，他俩分别扮演艳后和安东尼。当时，他俩一个是有夫之妇，一个是有妇之夫。两人的绯闻马上传开，甚至连梵蒂冈教廷都为此特意发表声明，谴责两人"通奸"。尽管有诸多阻挠，两人的爱情却不可阻挡。伯顿对泰勒说："如果你离开我，我就只能自杀。没有你，我了无生趣。"

阿拉法特年轻时曾说："无数的艰难困苦在等着我，我决定终身不娶。我认为，我应该为我的人民，为所有的孩子作出牺牲！"后来，60岁的阿拉法特遇到28岁的苏哈，他却决定结婚了，他说："我为什么突然决定要结婚呢？因为我终于找到了一个能够接受我的女人，而这样的女人在世界上只有一个。"

英国保守党政治家哈利法克斯伯爵在生活中喜欢演一些即兴的幽默恶作剧。有一次他坐火车，同车厢的是两位互不相识的中年妇女，端庄而又矜持，他们三人谁也没有主动去打破沉默。火车开过一条隧道时，哈利法克斯在自己的手背上吻了好几个响吻。火车开出隧道时，这位显达的政治官员问两位旅伴："刚才隧道里的荣幸，我应该感谢哪一位漂亮的夫人呢？"

日本首相吉田茂深爱他的妻子雪子。雪子病逝后，吉田茂再没有结婚。有一次，当有人问他对续弦有何打算时，他简洁地说："自从我的妻子去世后，我就不再考虑这个问题了。"

被困巴黎期间，加缪遇到了他一生中最重要的情人——西班牙裔女演员玛丽娅。两人迅速坠入情网，在抵抗法西斯时期共同度过了难忘的岁月。"二战"结束，弗朗丝来到巴黎。加缪对玛丽娅说，他将弗朗丝视为妹妹。当他告诉玛丽娅这位"妹妹"怀孕后,玛丽娅一气之下便与他分手了。1948 年 6 月 18 日,他们再度在巴黎圣日耳曼大道邂逅。两人的爱情自此一直持续到加缪出车祸去世。加缪将玛丽娅称为"独一无二的"。

1950 年 1 月,名扬欧洲的阿伦特首次回到令她伤心的德国弗赖堡,她和海德格尔在旅馆中相见。虽然此时的海德格尔犹如一条失魂落魄的狗,但阿伦特仍然激动不已:"服务员说出你的名字,当时好像时间突然停止不动了。"

在意大利同居的日子里,诗人聂鲁达和玛蒂尔德每天早上醒来后在床上度过一段美妙的时光,下午在海边尽情地散步,晚上聊天。聂鲁达常常给玛蒂尔德一些意外的小礼物,最意外的礼物是 1952 年 5 月 1 日的晚上,聂鲁达把她拉到海边,为她戴上了一枚戒指。他俩在月光下自行举行了一个别致的"婚礼",两人对着月光发誓,无论今后发生什么,两人从此永不分离。当然,这个婚姻既不被法律所承认,也不被世人所认可。

1956 年,诺贝尔文学奖由流亡波多黎各的西班牙诗人希梅内斯获得,祝贺的电报传到波多黎各时,希梅内斯的妻子正患癌症躺在波多黎各的一家疗养院里。希梅内斯说:"我恳求各位转达我对那些帮助我获奖的人们的最深切的谢意。我的一切成就都应当归功于我的妻子。对于获得这项殊荣我本应感到高兴和自豪。然而,由于她沉疴不起,我无法体会这种心情。对此,我深深地感到遗憾。"

1957 年 8 月,大提琴演奏家卡萨尔斯 80 岁高龄时,同他的大提琴学生 21 岁的玛尔塔·家塔尼斯结婚。他们住在波多黎各桑特斯海滨一所令人愉快的现代化住宅里。卡萨尔斯喜欢一早起来散步,然后开始用钢琴演奏巴赫的作品。卡萨尔斯说："那像是对住宅的祝福。"

数学家葛立恒说："我知道一位数论学家，他仅在质数的日子和妻子同房：在月初，这是挺不错的，2，3，5，7；但是到月终的日子就显得难过了，先是质数变少，19，23，然后是一个大的间隙，一下子就蹦到了 29······"

经济学家弗里德曼年轻时上第一堂经济课，座位是以姓氏字母编排，他紧随一名叫罗斯的女生之后，两人 6 年后结婚，从此终生不渝。弗里德曼曾说他的作品无一不经罗斯审阅，更笑言自己成为学术权威后，罗斯是唯一胆敢跟他辩论的人。当弗里德曼病逝时，罗斯说："我除了时间，什么都没有了。"

在一次电影招待会后，美国喜剧女影星霍莉迪发现自己被一个好色的制片商盯梢了好长时间，最后，她从容不迫地从内衣里抽出胸罩，转身把它递给那个目瞪口呆的盯梢者："喂，给你，我想这是你想要的东西吧！"

有一次，在一个科幻小说界的聚会上，阿西莫夫走近一位美女，摆出他最具男子汉气概的姿势，问："你会对一个小混蛋说点什么呢？"美女立即答道："你好，小混蛋！"

罗素在九十八年的生命中结婚 4 次，中间还有过无数个情人。1952 年罗素在 80 岁高龄离婚，然后他娶了一位来自布莱恩·莫尔学院的教师，伊迪丝·芬奇，她照料完了罗素的余生，被称为唯一一个能征服罗素的女人。当罗素被指控反美时，他潇洒地回答道："我的妻子们有一半是美国人。"

诗人休斯写他跟诗人普拉斯第一次做爱："你苗条、柔嫩、滑腻，像条鱼。/ 你是新大陆。我的新大陆。/ 你就是亚美利加了，我惊讶。/ 美啊，美丽的亚美利加。"

1964 年，作家卡尔维诺和辛格在哈瓦那结婚。"在我的生命中，我遇到过许多有强大力量的女性，我不能没有这样一个妇女在我身旁。"

1969 年 3 月 20 日，与考克斯离婚后，小野洋子正式与列侬成婚。利用当时媒体对他们蜜月的大肆报道，两人在阿姆斯特丹和蒙特利尔上演了"床上和平运动"。列侬说："我和小野洋子的关系就是一杯用爱情、性欲和忘却兑成的怪味鸡尾酒。"

法国总统戴高乐下班后，喜欢出去散散步。有一天，他与一位朋友在公园里散步。当那位朋友看到一对依偎在一起的情侣时，十分感叹地说："还有什么比一对青年男女更美好的呢！"戴高乐安详地答道："有，老夫老妻。"

1972 年，英国王子查尔斯与卡米拉初次相遇。那个晚上，卡米拉对他说："我的曾祖母和你的曾曾祖父是情人，你怎么看？"

哲学家萨特十分珍视小说作家萨冈对他的感情。有一天，他想再找人读一遍她的"情书"，以便回味萨冈对他的所有称赞，但又怕被人笑话。后来，萨冈整整花了 3 个小时，反复朗读，录制了这封"情书"，把她对萨特的感情全部收进一盘磁带里。后来萨特对萨冈说，每当夜里他感到消沉的时候，就独自听听这段录音，于是心中便涌上一丝温暖的亲切。

简·芳达总是迷恋强壮的男人，这是潜意识地想获得从未曾从她那强壮而冷漠的父亲那儿得到的爱，但她发现在她与别人的关系中，往往她更强壮，而不是他们。她说："如果你是个强健、著名的女人，找到一个不被吓倒的男人很不容易。"后来她找到了声名显赫而富有权势的泰德·特纳。

德斯坦在未当选法国总统之前，他的政敌曾将他的风流韵事和偷情证据送给了当时的总统戴高乐，试图搞垮他。戴高乐却说："他在行使男人的职责。"以至于有人感慨，像戴高乐这样古板的人都把一件暧昧的事情说得如此轻松风趣，法国人真是骨髓里都透着浪漫。

女船王克里斯蒂娜的私人小岛斯波皮奥斯岛，地理位置极为重要。苏联间谍为此以"美男计"引诱她。当人们援引美国中央情报局提供的材料质询克里斯蒂娜："你的情人是克格勃间谍吗？"沉溺于爱情之中的克里斯蒂娜根本不相信，她反唇相讥："你怎么知道他是克格勃间谍？难道他穿着间谍衣服和戴一副墨镜吗？我可以肯定他不是间谍，因为我爱他。"

美国剧作家马克·康奈利谢顶得很厉害，有人认为这是智慧的象征，也有人拿它取笑。一天下午，在阿尔贡金饭店，一个中年人用手摸了摸康奈利的秃顶，讨他便宜说："我觉得，你的头顶摸上去就像我老婆的臀部那样光滑。"听完他的话，康奈利满脸狐疑地看了看他，然后他也用手摸了摸，回答说："你说得一点儿不错，摸上去确实像摸你老婆的臀部一样。"

世界著名杂志《花花公子》的创刊人休·海夫纳承认，有一段时间他试图同时维持与七个女人的关系。他说："这令我名声不好，同时也会带来冲突，因为女孩们并不都是相处融洽。因此我决定缩减规模，最后剩下三位非常特别的美女。"

英国侦探小说家阿加莎·克里斯蒂两度结婚。第二任丈夫马克斯·马洛温是一位著名的考古学家，因在美索不达米亚发掘古物出名。

一次，克里斯蒂同丈夫从中东返回英国时，有人问她，和一位对古董有浓厚兴趣的男人结婚，感受如何？她回答说："一位考古学家是任何一个女人所能拥有的最好的丈夫。因为她的年纪越大，他对她的兴趣也越浓厚，绝不会喜新厌旧。"

当歌剧女王卡拉斯遇见船王亚里士多德·奥纳西斯后，其他的情人就都无所谓了。她说："当我遇见亚里士多德，生活充满了生气，我成为另一个女人。"

波伏瓦说她和萨特："我们已经建立了我们自己的关系——自由、亲密而坦率。"她曾经拒绝萨特的结婚建议，他们也曾经想过建立三人关系，但不太成功。他们的关系在双方的生活中都占据中心位置，用萨特的概念说是一种"基本爱情"。他们准许，至少在理论上准许双方有节制地与其他人保持不重要的关系则一直是成功的。"我知道他不会给我任何伤害，除非他死在我前面，"波伏瓦说，"从我21岁开始（那一年遇到萨特），我就再没有孤独过。"

1977年11月，在一次乡村狩猎时，戴安娜第一次看到查尔斯王子时，心里想："一个多么忧郁的人。"王子后来说道，他觉得戴安娜是个"快乐而迷人的"姑娘，"很有趣"。

香奈儿比她的许多密友长寿，她感到很孤独。她一生未嫁，这不是因为她喜欢独身，据说这是因为她"从来不把男人看得比鸟重"。

里根被诊断患有老年痴呆症，南希投入全部精力照顾已经完全不认识她的丈夫。有一次里根在保镖的陪同下出去散步，当走到一幢由篱栅围起来的别墅前，里根突然停住了脚步，试图推开别墅大门。那位保镖以为里根又犯糊涂了，轻轻地将他的手从大门上拿开，并对他说："总统先生，这不是我们的院子，我们该回家了。"里根吃力地对保镖说："哦，我⋯⋯我只是想为我的爱人摘一朵玫瑰。"

在比尔·盖茨与梅琳达结婚之后，微软帝国中又出现了一位吸引盖茨目光的女雇员——斯特凡妮·宙赫尔。比尔·盖茨直率地告诉斯特凡妮，自己十分想同她交往，然后用膝盖轻触她的腿，甚至凑到她面前低声地说："你太迷人了，太美了，我可能已经身陷爱河。"因为这一出轨行为，盖茨的个人财产损失高达 80 亿美元。

经济学家卢卡斯与前妻 1982 年分居，1989 年正式办理离婚手续。在办手续时，前妻提出：若是卢卡斯在 1995 年前获得诺贝尔奖，她要分得全部奖金的一半。卢卡斯心想：获诺贝尔奖，这不是开玩笑吗？他因此漫不经心地答应了。7 年后，也就是 1995 年 10 月 10 日，诺贝尔奖评审委员会宣布了卢卡斯获奖的消息，此时离前妻约定的最后期限只差 80 多天，卢卡斯不得不按离婚合同的约定将奖金的一半分给了她。

1998 年世界杯期间，法国总统希拉克成了头号球迷。早餐时，他一边喝咖啡，一边看"足球评论"；晚餐时，他一边吃着"法国大餐"，一边看着电视转播，全神贯注；晚上则看日间赛事的录像直至深夜，上床后倒头便睡，完全忘记了做丈夫的天职。结果尊贵的法兰西第一夫人成了名副其实的"足球寡妇"。她说："一言不发的法式晚餐实在令人难以忍受，我真想让他吃一粒伟哥！"

2001 年，作家奈保尔在接受美国 NPR 电台采访时就坦承嫖妓一事。他说她们给予他安慰，给他生活中别处无法寻得的性慰藉。"我无法去追求其他的女人，因为这耗费时间。"但是，他对妓女的态度嗤之以鼻："这种女人不会教给我们什么东西。"

"萨科齐宝贝"包括：嫁给萨科齐的 40 岁新婚妻子卡拉·布吕尼，以及 4 名美女部长——31 岁的女人权副部长拉马·亚代、42 岁的女司法部长拉奇达·达蒂、52 岁的女财政部长克里斯蒂娜·拉加德、61 岁的女内政部长米谢勒·阿利奥·马里。她们个个美艳动人，必将成为萨科齐身边的一道靓丽风景。法国前总统希拉克曾对米谢勒评价称："她有着党内最漂亮的一双腿。"

早于 20 世纪 70 年代，缅甸政治人士昂山素季跟阿里斯在牛津订下婚姻盟誓前，研究西藏文化的英国学者迈克·阿里斯就知道，有一天命运会叫他们在家与国之间作出抉择。他说："我永远不会站在你和你的祖国之间。"这句爱的承诺，最后通过死亡来体现。他的爱，是别在昂山素季发上的那朵白花，素净而坚贞。

人生第三

Of Life

.

美国钢铁大王安德鲁·卡内基曾告诫自己："人生必须有目标，而赚钱是最坏的目标。没有一种偶像崇拜比崇拜财富更坏的了。"他一度沉浸在商海之中，一旦他醒悟过来，他的改变令他不朽。

埃塞尔在朋友家里结识了米哈伊尔·伏尼契，后者讲自己的革命经历时，突然目不转睛地盯着埃塞尔："你在某年的复活节是在华沙过的吗？"埃塞尔点点头。"你去过城堡对面的街心花园吗？"埃塞尔有些吃惊。"当时我因为参加革命活动被捕，被囚禁在城堡里。天天望着花园发呆，有一天偶然发现了你。后来，你就永远留在我的记忆中了。没想到能在这里再见到你。"两年后，埃塞尔成了伏尼契夫人，后来成了写作革命英雄故事《牛虻》的作家。

威尔第曾说："20岁时，我只说我；30岁时，我改说我和莫扎特；40岁时，我说莫扎特和我；而50岁以后我只说莫扎特了。"

1916年的一个夏夜，大数学家斯坦豪斯在一个公园里散步，突然听到了一阵阵的谈话声，更确切的是有几个词让他感到十分惊讶。当听到"勒贝格积分"这个词的时候，他就毫不犹豫地走向了谈话者坐着的长椅，原来是巴拿赫跟人在讨论数学。斯坦豪斯就这样发现了巴拿赫，并把他带到了学术界。他说："巴拿赫是我一生最美的发现。"

以色列政治家拉宾的父亲曾想去保卫耶路撒冷，但因为平足没有通过体检，最后在本·古里安的默许下如愿以偿。多年以后，以色列的首任总理本·古里安拍着拉宾的肩膀说："小子，当年要不是我让你老爹通过体检，你就不可能出生在耶路撒冷了！"

哲学家卢卡奇结识俄国女子叶莲娜，对他的一生有重大影响。叶莲娜16岁参加革命党，一度怀抱婴儿与炸弹，行刺沙皇重臣。事败后她流亡巴黎，幸得卢卡奇接济，两人闪电结婚。婚后叶莲娜移情别恋，卢卡奇继续资助她，并将自己的一本书题献给这个"炸弹女郎"。哲学家布洛赫说，通过结婚，卢卡奇"拥抱了陀氏的俄国"。另有人说，与叶莲娜邂逅，标志卢卡奇挣脱韦伯铁笼，转向激进主义。

随着第一次世界大战结束，小说家黑塞找到了真正适合他的生活状态，他结束了战俘辅导等工作，一心投入创作。"宁愿当个怪人、流浪者度过半生，也不愿牺牲心灵，当一个尽职责的绅士。"

据说阿道夫·希特勒曾到一个精神病院视察。他问一个病人，是否知道他是谁，病人摇摇头。于是，希特勒大声宣布："我是阿道夫·希特勒，你们的领袖。我的力量之大，可以与上帝相比！"病人们微笑着，同情地望着他。其中一个人拍拍希特勒的肩膀说道："是啊，是啊，我们开始得病时，也像你这样子。"

大数学家希尔伯特的博士宣誓仪式由校长主持："我庄严地要你回答，宣誓是否能使你用真诚的良心承担如下的许诺和保证：你将勇敢地去捍卫真正的科学，将其开拓，为之添彩；既不为厚禄所驱，也不为虚名所赶，只求上帝真理的神辉普照大地，发扬光大。"

39 岁那年，特伦查德的命运出现转机。他见年轻人玩飞机，自己也被强烈吸引，决定学习飞行。很多人不理解他："您都 40 岁的人了，还冒啥险？"他后来被尊称为英国"皇家空军之父"。

朗道曾经无奈地说："漂亮姑娘都和别人结婚了，现在只能追求一些不太漂亮的姑娘了。"他指的是量子力学，量子力学是现代物理学的基础，由海森堡、薛定谔、索末菲和狄拉克等幸运儿建立，朗道因为比他们小几岁所以没能赶上这次物理学史上关键的淘金行动。有的人感叹：朗道生不逢时。

罗斯福夫人安娜·埃莉诺年轻时从本宁顿学院毕业后，想在电信业找一份工作，她的父亲就介绍她去拜访当时美国无线电公司的董事长萨尔洛夫将军。萨尔洛夫将军非常热情地接待了她，随后问道："你想在这里干哪份工作呢？""随便。"她答道。"我们这里没有叫'随便'的工作，"将军非常严肃地说道，"成功的道路是由目标铺成的！"

卡夫卡一生孤独忧郁。德国文艺批评家龚特尔·安德尔这样评价卡夫卡："作为犹太人，他在基督徒中不是自己人。作为不入帮会的犹太人，他在犹太人中不是自己人。作为说德语的人，他不完全属于奥地利人。作为劳动保险公司的职员，他不完全属于资产者。作为资产者的儿子，他又不完全属于劳动者，因为他把精力花在家庭方面。而'在自己的家庭里，我比陌生人还要陌生'。"

小沃森对父亲所经营的 IBM 没什么好印象。小时候参观工厂，最深刻的印象就是浓烈的烟雾、噪声以及刺鼻的金属味。1937 年，小沃森前往 IBM 销售学校，熬了两年坚持到学业结束。小沃森成了正式销售员，但他把大部分时间和精力都花在飞行和泡妞上。他的风流韵事在公司内沸沸扬扬。他有股倔劲："我不能让 IBM 支配我的生活。"

查理·卓别林 5 岁时偶然开始了他的表演生涯。他的母亲是音乐厅演员，一次演出中失了声，不得不离开舞台。查理上台唱了一首名曲。歌唱到一半，雨点般的钱就扔到了台上。查理停下来，对观众说，他先要捡一下钱，然后再把歌唱完。观众笑了。这是卓别林神话般生涯中赢得的几百万次笑声中的一次。

1925 年，美国著名的犹太裔出版人贝内特·瑟夫和他的搭档唐纳德·克劳弗尔举债收购"现代文库"，1927 年正式创办兰登书屋。最初只是打算每年"偶尔"出版几种珍藏版图书，所以取了这个英文名字，谁曾想就此演绎了一段 20 世纪出版界的传奇，成为一个巨无霸式的出版王国。贝内特的墓志铭是："每当他走进房间，人们总是因为他的到来而更快乐。"

1936 年，不愿节制而不断肥胖下去的好莱坞影星罗斯顿在英国伦敦演出时，突然晕倒在舞台上。人们手忙脚乱地把他送到伦敦最著名的汤普森急救中心，经诊断，他是因心力衰竭而导致发病。紧急抢救后，他虽勉强睁开了眼睛，但生命依然危在旦夕。尽管医院用了当时最先进的药物和医疗器械，最终还是没能挽留住他的生命。弥留之际，罗斯顿喃喃自语："你的身躯很庞大，但你的生命需要的仅仅是一颗心！"

马斯洛认为，人类价值体系存在两类不同的需要：一类是沿生物谱系上升方向逐渐变弱的本能或冲动，称为低级需要和生理需要；一类是随生物进化而逐渐显现的潜能或需要，称为高级需要。马斯洛理论把需求分成生理需求、安全需求、社交需求、尊重需求和自我实现需求五类，依次由较低层次到较高层次。马斯洛说："心若改变，你的态度跟着改变；态度改变，你的习惯跟着改变；习惯改变，你的性格跟着改变；性格改变，你的人生跟着改变。"

经济学家科斯年轻时开了一门课——"企业组织"。他给朋友写信说，他非常喜欢这门课，虽然他并不知道他表达的观念有那么重要，但他个人很是满足："对这门课来说，我采用的是全新的教法，所以我觉得极为满意。有一点我感到很自豪，这些全都是由我一个人构思出来的。"后来他在诺贝尔奖的获奖演说中回顾说："当年我只有 21 岁，阳光从未停止照耀。"

数学家哈代说："从实用的观点来判断，我的数学生涯的价值等于零。"

杜鲁门在宣誓就任总统后，对记者们说："孩子们，如果你们祈祷的话，那现在就为我祈祷吧。我不知道你们这帮家伙是否曾有过一车干草劈头盖脸地落在身上的感觉，但当他们昨天告诉我发生了什么事时，我觉得好像月亮、恒星和所有的行星都落在了我的身上。""祝您好运，总统先生。"一个记者喊道。"我希望你没有这样称呼我。"杜鲁门叹道。杜鲁门就这样当上了总统。当年，杜鲁门参加副总统竞选也出于类似的无奈。

第二次世界大战后，丘吉尔见到了铁托，于是对他大声说道："你可知道，在战争期间，我可不大喜欢你。但是现在，由于你所采取的立场，我比较喜欢你了。"铁托笑笑说："我可不是为了你的喜欢而活着。"

丹尼尔·贝尔曾是一个叫丹尼尔·波洛斯基的少年，他后来改了美国姓氏并扬名立万。"就这样，一伙贫穷而骄傲的外省青年，伫立在生活边陲，盼望着跨入门槛的机遇。"屈瑞林说，这类英雄故事早在福楼拜、詹姆斯小说中重复了多遍，可它依旧充满了现代含义。无论那英雄的名字是皮普、于连还是海辛斯，"命中总有一只巨手，托举他穿过丛林，成为伦敦、巴黎、圣彼得堡的名流"。

随着年龄增加，毕加索在作品中表现的色情越来越强烈，但更多把自己置于偷窥者的地位。他自己承认："我们上了年纪，不得不把烟戒了，但是抽烟的欲望还是有的。爱情也一样。"

萨缪尔森回顾自己的一生说："行将迈入古稀之年，我的感觉如何？和音乐家瓦格纳与威尔第同等高寿的歌德曾说，年老与年轻之别，在于年轻人的体力总是呼之即来，随时待命；反之，八旬老翁只有在巅峰状态下，才能有最佳表现。"

在回首创业历程时，雅诗·兰黛夫人说："我一生中工作的每一天，无不与推销有关。假如我相信一样东西，我就推销它，不遗余力。"

据说作曲家埃林顿自跟钢琴结伴后几乎没有一天不从事创作。他说："你知道情况是怎样吧。你一回家就想上床。当你正往床那里走，你得经过钢琴，它似乎在向你调情。于是，你坐下来弹几下，当你抬起头看时，已是早晨 7 点了。"自然，埃林顿把他 1973 年发表的自传取名为"音乐是我的情妇"。他写道："音乐是我的情妇，她在我生活中占主要位置。"

辛普森夫人是爱德华的理想伴侣。她对待前国王的态度仿佛是在教育不懂事的孩子，脾气暴虐，言语刻薄。大多数情况下她都不加掩饰地表达着自己对爱德华的轻蔑，而且经常弄得爱德华眼泪汪汪的。"天啊，那女人真是个泼妇！"有人发现，爱德华在向她求婚的时候就已"完全失去了自信，像狗一样追随着辛普森夫人"。在她的影响下，爱德华的生活从此变得异常空虚。

丘吉尔是一个孝子，他的母亲临终前颇感欣慰地说："能为自己养育一个丘吉尔，是我的幸福；能为英国养育一个丘吉尔，是我的骄傲⋯⋯"

1958年，为了庆贺朗道50岁的寿辰，苏联原子能研究所送给他一块大理石板，石板上刻着朗道一生工作中的10项最重要的科学成果。人们借用宗教上的名词，把这些成果称为"朗道十诫"。

婆萨不到14岁时，厄多斯已经把他当做成年数学家来讨论问题。他们当年合作发表了第一篇论文，15岁时，婆萨在图论方面完成了他最著名的工作。但20岁那年，他就停止证明和猜想，改行去做小学教师了。厄多斯说："我觉得非常可惜。他虽然活着，但无异于行尸走肉，我非常希望他能尽快真正活过来。其实当他16岁那年告诉我他宁愿做陀思妥耶夫斯基，而不做爱因斯坦时，我就开始隐隐有些担忧了。"

虽然晚年患有肾病，小号演奏大师阿姆斯特朗最大的烦恼是由于长年吹奏小号唇部生起的硬疤。他得敷特殊油膏，缓解病痛。他说："小号超过一切，甚至超过我的妻子。我爱露西尔，她也理解我和我的小号。"

物理学家费曼的夫人去世后，费曼似乎并没有感到悲伤，还是像往常一样授课，从事研究。也许夫人的死，在他心中并没有造成多大的冲击。有一天，费曼在道路一旁的橱窗中，看到一件晚礼服。费曼想，如果我的夫人穿起这件衣服，一定是光彩夺目，非常漂亮。这时费曼突然意识到，他与他的夫人已生死两隔，她再也不可能穿上这件晚礼服了。费曼一个人站在道路中间，如同小孩子一般，泣不成声。

导演皮斯卡托娶了一位电器大王的遗孀，住着一栋大房子。一个朋友说，他家里最令人难以忍受的，是金鱼缸，再就是他妻子披着水貂皮披肩在屋里走来走去。布莱希特说："看得出来，用电灯泡可以收买当今最伟大的导演。"

英国警官梅耶，为了抓捕一名强奸杀害女童埃梅的罪犯，查了十几米厚的文件和档案，足迹踏遍四大洲，打了 30 多万次电话，行程多达 80 多万公里。经过 52 年漫长的追捕，终于将罪犯捉拿归案。当他铐住凶手时，他已经是 73 岁的高龄了。有记者问他，这样值得吗？梅耶说："一个人一生只要干好一件事，这辈子就没白过。"

诗人艾略特在 70 岁那年说："我刚刚才开始长大，才开始走向成熟。在快到 60 岁的那些年里，我做的每一件事都带着孩子气。"

盖博是好莱坞一个神话式的人物，他集中地体现了美国式的独特魅力。他的最后一部影片是《不合时宜的人》，拍完后不久他就去世了。他的一生正如他自己所描述的："他曾走运，并很有体会。"

一支 24 人的探险队，到亚马孙河上游的原始森林探险。热带雨林的特殊气候使许多人的身体严重不适，队员们相继失去联系。两个月之后，他们在原始森林中遇险。他们当中只有一个人创造了生还的奇迹，这个人就是著名的探险家约翰·鲍卢森。很多人问他："为什么唯独你能幸运地死里逃生？"他说："世界上没有比人更高的山，也没有比脚更长的路。"

曾有人问杜尚："你一生中最好的作品是什么？"杜尚说："是我度过的美好的时光。"

惠特妮·休斯顿在母亲的教育下，培养出了良好的歌唱才能。17 岁那一年，一次她正在为当晚与母亲同台演出的演唱会做准备时，突然接到了她母亲声音嘶哑打来的电话："我的嗓子坏了！不能再唱了。"母亲鼓励她说："你完全能够一个人唱，因为你很棒！"于是，休斯顿因为母

亲的这次意外得病，而第一次独自走上了舞台。休斯顿一举成名，一唱
而成了美国的王牌歌手。

1967年10月8日，切·格瓦拉被俘。政府军和美国中央情报局未
经过任何法律程序，在关押24小时后，于10月9日把他就地枪决。当
时他年仅39岁，和他同时遇害的还有其他34名游击队员。格瓦拉有
这样一句诗："我踏上了一条比记忆还长的路，陪伴我的是，朝圣者的
孤独！"

科学家的创造年华通常是很短暂的，所以学术机构中都设有终身职
位，以保证科学家的生活。但当代最伟大的数学家厄多斯拒绝找一份稳
定的职业，朋友们劝他尽快找一份终身职位，他们说："你那走江湖数学
家的生涯还要维持多久？"他回答说："起码40年。"

香奈儿是法国社会的宠儿，公爵和花花公子们的好友，富人和名流
的知己，她厌恶虚伪做作，我行我素，绝不自欺欺人。她曾说："我受
不了千篇一律的呆板生活，我有时间工作和爱，没有时间干其他事。"尽
管香奈儿喜好奢侈并有众多显贵朋友，但她一直是一个时装民主化的提
倡者。她的朋友毕加索曾说："她是欧洲最敏感的女人。"

小说家纳博科夫身高6英尺并且身材强壮，很像一名运动员；但当
他戴上他的角质眼镜，他又像一位老教授。他的嗓音像一位熟练的演
员，能够表达任何感情，所以他的谈话就像能镇住听众的话剧。"我不钓
鱼，不下厨，不跳舞，不背书，不签署声明，不吃牡蛎，不喝醉，不去
看心理医生，不参加任何示威。我是一位温和的绅士，非常善良。"

歌剧艺术大师卡拉斯常说："我着魔于完美"，"我不喜欢中庸之
道"。卡拉斯一直是个工作狂，她能说："我工作，所以成为我。"她与
抑郁较量，她往往由于神经紧张和身不由己的工作狂而精疲力竭，她不

断为疾病和疲倦看医生，考珀医生告诉她："你很健康，你没有任何紊乱的地方，所以根本不用治疗。如果你真有病，那是思想有病。"

有一天，罗素的一位年轻朋友来看他。走进门后，只见罗素正双眼看房屋外边的花园，陷入了沉思。这位朋友问他："您在苦思冥想什么？""每当我和一位大科学家谈话，我就肯定自己此生的幸福已经没有希望。但每当我和我的花园谈天，我就深信人生充满了阳光。"

尼克松引用过莎士比亚的话："有人生来伟大，有人变得伟大，有人的伟大是别人强加给他的。"他认为，丘吉尔的一生给人们提供了所有上述三种类型，丘吉尔不像那些为权力而谋求权力，或是为了拥有权力以便自行其是的那些领袖人物，他谋求权力是因为他真正地意识到自己能够比别人更好地运用它。他相信自己是他那个时代唯一的有能力、有资格和有勇气去处理某些重大危机的人。尼克松说，他是对的。

奥登一生都在创作，即使晚年，兴趣依然如故，喜欢写散文、书评，但首先是诗歌，似乎他的生命以此为依托。"我脑子里总是装着两样东西——主题和体裁，"他说，"体裁寻找主题，主题也寻找体裁，两者碰到一起，便产生了创作。"

在一次被问到"你可以为我们做些什么"的问题时，信奉"自由主义"经济观、作风强硬的撒切尔夫人毫不犹豫地说："我唯一能给你的就是：让你更自由地为自己做事。"

弗里德曼说，当他回想个人以及其他人的生命历程时，不禁深刻感受到纯粹的偶然在人们一生中所扮演的角色。这让他想起了弗洛斯特几行著名的诗句："双岔道自黄树林中分出，遗憾我不能同时走两条路。我选择人迹较少的一条，自此面对截然不同的前途。"

佩罗为什么会受到美国人的欢迎呢？因为他为美国人树立了最佳的个人主义的榜样。他在别人的公司工作时感到憋闷，于是辞职创建了自己的公司——电子数据系统公司，创造了几十亿美元的财富。佩罗常常喊的口号是："苍鹰孤影，它们永远形单影只。"

有人说，诗人博尔赫斯是一个渴望着像但丁那样爱着贝雅特丽齐的人，但他发现自己不是但丁，身边也没有那个几近完美却又不可企及的贝雅特丽齐，因此人生充满了无奈。作家曼古埃尔评价博尔赫斯："也许他的悲哀最终来自一种认识：他的才能不会带给他渴望的高尚的情色遭遇，却只是带给他失败。"

当年海德格尔讲到亚里士多德的时候，只用了一句话："他出生，他工作，他死去。"德里达也很欣赏这句话。哲学家仿佛无须别人来理会他的私生活，但福柯这个人注定会有太多的人来关注他的生死爱欲。

据说霍金有一次作报告，有人问到关于作研究的快乐，他回答道："作研究跟做爱差不多，不过前者更持久。"

埃里森说过，最优秀的人才非但不以哈佛、耶鲁为荣，而且坚决舍弃那些荣耀。他举例说，世界第一富比尔·盖茨，中途从哈佛退学；世界第二富保尔·艾伦，根本就没有上过大学；世界第四富，他自己，被耶鲁大学开除；世界第八富戴尔，只读过一年大学……至于微软总裁斯蒂夫·鲍尔默在财富榜上大概排在十名开外，他与比尔·盖茨是同学，为什么成就差一些呢？埃里森说："因为他是读了一年研究生后才恋恋不舍地退学的……"

据说，阿拉法特一生遭遇了 50 多次暗杀行动，他多次化险为夷，"60% 是靠他自己的鼻子，或者说他对危险的警觉，30% 是运气好，10%是安全机构的作用"。

指挥家小泽征尔从青年时代就养成晨读的习惯。他说:"我是世界上起床最早的人之一,当太阳升起的时候,我常常已经读了至少两个小时的总谱或书。"

经济学家保罗·克鲁格曼的职业生涯存在一个规律:当他集中注意力于学术研究几年后,就会厌倦并想要服务于政界;而当他从事政策制定一段时间以后,又会开始重新渴望作真正的研究。

美国哲学家乔治·桑塔亚纳选定4月的某天结束他在哈佛大学的教学生涯。那天,乔治在礼堂讲最后一课,想到就要结束教学生涯,不免有些伤感。快结束的时候,一只美丽的知更鸟落在窗台上不停地欢叫着,他打量着小鸟,许久,他转向听众轻声地说:"对不起诸位,失陪了。我与春天有一个约会。"说完便匆匆地走了。

电影演员嘉宝在晚年曾意味深长地总结了自己的一生:"我荒废了一生,现在要改变它已经晚了。我散步的目的是逃避现实。当独自一人时,我常想到自己过去的一切,有好多值得深思的问题,总之我对这辈子是不满意的。"

一生坎坷的诗人之子古米廖夫以"欧亚主义"主张出名,他解释欧亚主义的口号是:"不要去寻找那么多敌人——他们已经够多了;而应当寻找朋友——这才是人生的主要价值。"

索罗斯寻找那些具有哲学敏感性的人,而对那些仅仅赚了许多钱却没有思想的人不屑一顾。他曾对一个朋友说:"你的问题就在于:你每天都去上班,并且你认为,既然我来上班了,就应该做点事情。我并不是每天去上班,我只有感觉到必要的时候才去上班……并且这一天我真的要做一些事情。而你去上班并且每天都做一些事情,这样你就意识不到有什么特别的一天。"

曼德拉最喜爱的运动就是拳击，年轻时曾参加过比赛。年逾八旬的曼德拉在谈到"一生遗憾"时首先提到了拳击运动："我非常遗憾没能成为一名世界级拳击冠军。"

晚年的哲学家列维·施特劳斯不愿多说话，他认为，面对这个日益庞大和复杂的社会，思想大师的时代已经结束。"与其想象这是一个简单的世界而自我欺骗，不如知道自己失落在一个复杂的世界里，这岂不是更好吗？"关于自己，他重申自己只是一个手工匠，他推动了自身领域的发展，而且"还有别人会继续下去，他们有自己的分析框架和更令人满意的诠释办法。这才是永不终结的"。

临终第四

Deathbed

1900 年 8 月 25 日，尼采死于肺炎。他的朋友加斯特在葬礼上致哀悼词道："愿你神圣之名受所有后代彰显！"

1901 年 1 月 22 日，维多利亚女王去世，终年 82 岁。她的后人很多都和欧洲各国的王室成员结婚，因此被称为"欧洲的祖母"。维多利亚在世时，曾有一张和这些著名的孙子辈亲戚们的全家福合影。第一次世界大战实际是在这些亲戚们之间打起来的。她的名言："看见继而信仰。"

1901 年 9 月 6 日，麦金莱在出席布法罗泛美博览会时，被一名无政府主义者射伤。身中两枪的麦金莱让人保护刺客："别让人伤害了他！"八天后，他在布法罗去世，享年 58 岁。麦金莱是美国建国后被刺身亡的第三位总统。他以微弱的声音说出自己最喜爱的圣歌歌词："更加与主接近。更加"此后便昏迷过去，再也没有醒来。

1902 年 9 月 29 日，左拉因壁炉烟道被施工瓦砾所堵，导致烟气中毒而在夜睡时去世。在 10 月 5 日举行的葬礼上，法朗士沉痛致悼词，他说，左拉是"人类良心的一刹那"。1908 年，法兰西共和国政府以左拉生前对法国文学的卓越贡献，为他补行国葬，并使之进入伟人祠。

1903 年 5 月 8 日，高更在远离文明世界的海岛上辞世。他的名言是："我们从哪里来？我们是谁？我们往哪里去？"

1904 年 7 月 1 日晚上，刚过半夜，契诃夫醒来对医生说："我就要死了。"他要过一杯香槟酒，"我很久没有喝香槟了。"他喝干了那杯酒，安静地躺下去，面朝里，不一会儿就永远沉默了。他的名言："小狗不应该因为有大狗的存在而慌乱不安，所有的狗都应该大声叫——就按上帝给的嗓门大声叫好了！"

1905 年 3 月 24 日，作家凡尔纳去世。有人说："他既是科学家中的文学家，又是文学家中的科学家。"一位法国院士甚至说："现代科技只不过是将凡尔纳的预言付诸实践的过程。"

1906 年 10 月 15 日，塞尚在野外写生时碰上暴雨，受凉昏倒在地。10 月 22 日，在接受了临终圣事之后，塞尚与世长辞。他说过："要使印象主义成为像博物馆的艺术一样巩固的东西。"他生前即被推举为"新艺术之父"。

1907 年 2 月 2 日，门捷列夫去世。他醉心于工作。"对于我来说，最好的休息就是工作。停止工作，我就会烦闷而死。"葬礼之日，送行的人们举着无数面巨大的横幅，上面画着元素周期表。

1908 年 3 月 12 日，亚米契斯去世。他的一生似乎是为了一部书《爱的教育》而来，他曾对母亲说："我得了职业狂热病，我没有别的选择，我没有丝毫的睡意，要是我真的睡着了，那就是梦见了这部书。"

1909 年 2 月 17 日，杰罗尼莫辞世，他作为美国印第安人不屈精神的象征而被永久纪念。在弥留之际，杰罗尼莫说："我与我的家人过着宁静的生活……我很满足。现在，我们的人已所剩无几了。"

1910 年 4 月 21 日，马克·吐温因狭心症不治逝世。临死时，他的病床旁聚集了很多人，作家含笑着与他们作了最后诀别："再见，我们还会相逢呀！"

1910 年 11 月 7 日清晨，托尔斯泰对一直守护在他身边的医生说了最后一句话："世界上有千百万人在受苦，为什么你们只想到我一个？"

迪南晚年贫病交加，一直住在疗养院。1910 年 10 月 30 日晚上 10 时，迪南因病去世。他的墓碑上没有墓志铭，只有一幅大理石浮雕：一个救护者跪在一个垂死之人的旁边，喂着他生命的甘露。碑的背面刻着："琼·亨利·迪南，1828—1910，红十字会创始人。"

1911 年 10 月 29 日，普利策辞世。他的老对头、事业上最大的竞争对手赫斯特写下这样的赞词："一位美国和国际新闻界的杰出人物已经去世了，在国家生活和世界生活中的一支强大的民主力量已经消失，一种代表民众权利和人类进步而一贯行使的强大权利已告结束。约瑟夫·普利策已经与世长辞。"

1912 年 5 月 14 日，斯特林堡逝世。临终最后的一句话是："不要管我了，我已经是死人了！"

1913 年 3 月 31 日，华尔街大亨皮柏·摩根，这个控制着美国 1/34 经济、从华尔街不断发出指令的国际垄断资本巨头，在去埃及开罗旅行途中突然去世了，终年 76 岁。临死之前，他的最后一句话是："我要爬山喽。"

1914 年 5 月 26 日，记者雅各布·里斯逝世。他生前警示过他的同胞们："不能让人像猪一样生活⋯⋯我们不必等待太平盛世来摆脱贫民窟。我们现在就能够做。"

1915 年 8 月 20 日，德国细菌学家埃尔利希逝世。他刚跨进医学院大门，便决心用毕生的精力向小小的细菌宣战："我一定要发明一种神奇的子弹，让它只射杀人体内的病菌，而不敢伤害人体。"寻找"魔术子弹"是他一生的梦想，他实现了自己的梦。

1916 年 11 月 22 日，杰克·伦敦在他的豪华牧场里服用过量吗啡自杀，终年 40 岁。他曾说最喜欢诗人朗费罗的句子："在命运的闷棍之下，我流血了，但绝没有低头。"

1917 年 9 月 27 日，德加逝世于巴黎，享年 83 岁。他一生未婚，他说他只有一颗心，只能献给艺术："一边是爱，一边是工作，而心只有一颗。""当我死后，人们将会发现，我曾何等地勤奋工作过。"

1918 年 3 月 25 日，德彪西身患绝症期间被进攻巴黎的德军炮弹炸死，他曾自称为"法兰西作曲家"。他说过："我最鄙夷那些唯唯诺诺企图制造意义的音乐。"

1919 年 1 月 6 日，西奥多·罗斯福在自己的居所内平静地离世，享年 60 岁。他的儿子给亲友们发电报说："老狮子去世了。"

1920 年 6 月 14 日，马克斯·韦伯在慕尼黑逝世。雅斯贝尔斯对其评价较为独到，他认为，韦伯是一位集政治家、科学家、哲学家于一身的人物。"尽管由于命运和环境的捉弄，他没有在政治方面享有显赫的地位，但毫不减损他杰出政治家的本色，他的伟大就像一个没有手的拉斐尔，没有功绩但有无限的潜力。"

1921 年 2 月 8 日，克鲁泡特金在莫斯科逝世，成千上万的人打着无政府主义的黑旗为他送葬。为了纪念他，苏联政府将远东的一座城市命名为"克鲁泡特金"。他的名言："人不单是靠面包生活。"法国作家罗曼·罗兰评价他在生活中实现了托尔斯泰追求的理想，英国作家王尔德说他是自己见到的仅有两位真正快乐的人之一。

1922 年 8 月 2 日，电话的发明者贝尔在生命的最后时刻，仍口诉他研究的结果，让妻子记录下来。由于他的语速很快，他的妻子无法跟上，便请求他说话慢一点，不要着急。但他马上反对说："必须要快。我们已经完成的工作实在太少，而要做的事情还有很多很多。"他的遗体安葬在布列塔尼角岛的一座山顶上，他的墓穴直接凿造在山顶的岩石里。在他下葬的那一天，全北美大陆上的电话都停止使用一分钟。

1923 年 2 月 10 日，物理学家伦琴逝世。他发现了 X 射线，蜂拥而至的企业家曾想出高价购买专利，他说："我的发现属于全人类……"他没有申请专利权。

1924 年 2 月 3 日，伍德罗·威尔逊去世了。这个梦想破灭的、备受创伤的人临终前告诉一位朋友："我是一部破损的机器。当机器破损时……"他说过："我信仰民主政体，因为它使每个人都能发挥出自己的能力。"

1925 年 10 月 31 日，在手术 30 个小时后，苏联红军统帅伏龙芝死于心脏停搏，年仅 40 岁。他曾患有胃溃疡，经过食疗后基本没有复发过。他不想做手术，但是医生和斯大林坚持让他去做手术，说这可以"一劳永逸"地摆脱胃溃疡。他真的一劳永逸了。

1926 年 12 月 29 日，里尔克因白血病逝世。他的最后一首诗是："来吧你，你最后一个，我所认识的，肉体组织的无药可救的痛楚。"

1927 年 9 月 14 日，现代舞蹈创始人邓肯围着的长围巾突然卷进汽车轮子里，飞旋的车轮当场把她勒死，时年 49 岁。她将她的盲目模仿者们批评为"与我的各种思想背道而驰"，她在临死前所说的最后一句话是："再见了，我的朋友们！我将要走向光荣。"

1928 年 2 月 4 日，洛伦兹去世。为了悼念这位荷兰近代文化巨人，举行葬礼的那天，荷兰全国的电信、电话中止三分钟。世界各地科学界的著名人物参加了葬礼。爱因斯坦在洛伦兹墓前致辞说，洛伦兹是"我们时代最伟大、最高尚的人"。

1929 年 9 月 29 日，田中义一患心肌梗死死去。另有一种说法，说他死在女人的肚子上。他的名言："欲征服世界，必先征服支那；欲征服支那，必先征服满蒙。"

1930 年 7 月 7 日，作家柯南·道尔爵士去世，他因其"福尔摩斯探案集系列"作品而闻名。他的墓志铭是："真实如钢，耿直如剑。"

1930 年 4 月 14 日，马雅可夫斯基送女友波隆斯卡娅回剧院，他微笑着对她说："我给你打电话。你有坐出租车的钱吗？"波隆斯卡娅说没有，马雅可夫斯基给了她 20 卢布。波隆斯卡娅刚走出房门，屋里响起枪声，马雅可夫斯基自杀了。诗人说过："生活之舟已经搁浅……"

1931 年 8 月 1 日，爱迪生身感不适。8 月 4 日《纽约时报》刊登的医疗公报称："爱迪生先生就像在危险丛生的海峡中航行的一条小船，也许能安全通过，也许会触礁。"10 月 13 日爱迪生撞上了"暗礁"，并陷入昏迷。临终前，他曾清醒过一会儿。"那边真美！"他说。1931 年 10 月 18 日，爱迪生逝世，终年 84 岁。为了纪念爱迪生，1931 年 10 月 21 日 6 点 59 分，好莱坞和丹佛熄灯；7 点 59 分美国东部地区停电一分钟；8 点 59 分，芝加哥的有轨电车及高架地铁停止运行；从密西西比河流域到墨西哥湾陷入了一片黑暗；纽约自由女神手中的火炬于 9 点 59 分熄灭。在这一分钟里，美国仿佛又回到了煤油灯和煤气灯的时代。一分钟过后，从东海岸到西海岸重又灯火通明。

1932 年 9 月 26 日，《国际歌》作曲者皮埃尔·狄盖特在巴黎逝世，当时有 5 万人参加了他的葬礼。他一生为人民大众鼓与呼，他参加了苏联十月革命十周年庆典，听到自己谱曲的歌声，"这是我一生最大的荣誉"。苏维埃政权当时愿向他提供终生养老金，但他谢绝了这种盛情，回到法国，做一名普通的街灯工人。

1933 年 1 月 31 日，英国作家高尔斯华绥逝世。文学家弗吉尼亚·伍尔芙为此说："那个自以为了不起的老顽固死了。"

1934 年 8 月 2 日，兴登堡病死。此前希特勒去看望他时，躺在病床上的兴登堡把希特勒当做德国皇帝，称之为"陛下"。兴登堡死后，对希特勒来说他成为独裁者的最后一个障碍也消除了。

1934 年 5 月一个晴朗的下午，居里夫人在实验室中工作到 3 点半钟，感到异常疲乏。她低声对同事说："我在发烧，要先回家去了。"此后不久，居里夫人就去世了。

1935 年 6 月 7 日，米丘林逝世，他一生培育了几百种新型果树。列宁在拍给他的电报中说："你在获得新植物的实验上，具有全国意义。"他的宏愿是："我们不能等待自然界的恩赐，我们的任务是向自然索取。"

1936 年 2 月 27 日，巴甫洛夫在病中挣扎起床穿衣时，因体力不支倒在床上逝世。他最后的一句话是："巴甫洛夫很忙……"

1937 年 10 月 19 日，物理学家卢瑟福因病在剑桥逝世，与牛顿和法拉第并排安葬，享年 66 岁。他是一位伟大的导师，他的助手和学生先后有 11 人获得诺贝尔奖。人们称他："从来没有树立过一个敌人，也从来没有失去过一个朋友。"

1938 年 5 月，诗人曼德尔施塔姆再次被捕，年底死于集中营。克格勃档案中这样记载："一块木板捆在他的腿上，在木板上用粉笔写着他的编号。"

1939 年 1 月 28 日，诗人叶芝在法国曼顿的快乐假日旅馆逝世。人们依照诗人的遗愿，将他的遗体移至他的故乡斯莱戈郡。他的坟墓后来成了斯莱戈郡一处引人注目的景点。他的墓志铭是诗人晚年的一句诗："投出冷眼 / 看生，看死 / 骑士，策马向前！"

1940 年 6 月巴黎陷落，文学评论家本雅明尾随一群难民，逃到法国南方一个小镇，打算从那里翻越比利牛斯山，取道西班牙去美国。8 月，霍克海默为他弄到了美国签证。可他没有护照，又被边境警察拘留。9 月 26 日晚，本雅明服用吗啡自杀，时年 48 岁。半个世纪后，一座以"通路"为名的本雅明纪念墓碑落成，镂刻在玻璃屏上的墓志铭摘自他的遗作——"纪念籍籍无名者要比纪念赫赫有名者艰难得多。历史的建构要归功于那些无名之辈。"

早在 1937 年的大审判中，革命家托洛茨基就被斯大林缺席判处死刑，在 1940 年 8 月 20 日，这一判决终于被执行了，托洛茨基被克格勃特务击伤头部。他意识到自己生命垂危，也许是害怕在祖露爱意之前死去，他对妻子说："娜塔莎，我爱你！"他说得庄重、严肃，虽然微弱。

1941 年 3 月 28 日，文学家伍尔芙在自己的口袋里装满了石头，投河自杀。此前，她给丈夫写信说："我不能再继续糟蹋你的生命。"此前，她还对朋友说过对丈夫的感激："要不是为了他，我早开枪自杀了。"

1942 年 2 月 22 日，作家茨威格和夫人伊丽莎白·奥特曼在里约热内卢的寓所内双双服毒自杀。他的遗言是："与我操同一种语言的世界对我来说业已沉沦，我的精神故乡欧罗巴亦已自我毁灭……我向我所有的朋友致意！愿他们经过这漫漫长夜还能看到旭日东升！而我这个过于性急的人要先他们而去了！"

1943 年 2 月 14 日，数学家希尔伯特在格丁根辞世。他曾经说："无限！再也没有其他问题如此深刻地打动过人类的心灵。"

1944 年 12 月 30 日，作家罗曼·罗兰逝世，享年 78 岁。他一生以人道主义来反抗现实社会的庸俗龌龊："让我们把窗子打开！让我们把自由的空气放进来！让我们呼吸英雄的气息！"

1945 年 7 月 20 日，诗人瓦雷里逝世。根据戴高乐将军的建议，法国为其举行了隆重国葬，墓碑上铭刻着他的诗句："放眼眺望这神圣的宁静，该是对你沉思后多美的报偿！"

1946 年 8 月 13 日，作家威尔斯最后一次走出家门参加选举。3 个星期后，他死于肝癌，享年 79 岁。他自承："我是英国人，但我算是早期的人类。我一直被流放在我所渴望的国际社会之外。我愿意向无数代人之后的那个更好、更广阔的世界致敬！或许日后，在那个世界中会有人愿意回顾并感激来自我这个祖辈的敬礼。"

1947 年 4 月 3 日，汽车大王亨利·福特去世。葬礼的那一天，美国所有的汽车生产线停工一分钟，以纪念这位"汽车界的哥白尼"。他的名言是："如果他们愿意把工作分割成一个个小部分，便没有无法处理的工作。"

1948 年 1 月 30 日，甘地在信徒们陪同下，参加一次祈祷会。当他步入会场时，早已隐藏在人群中的纳图拉姆走到甘地面前，一面弯腰向甘地问好，一面迅速地掏出枪，抵住甘地枯瘦赤裸的胸膛连放三枪，殷红的鲜血染红了他洁白的缠身土布。甘地捂着伤口，发出最后的声音："请宽恕这个可怜的人。"

1948 年，今天已列入世界经典的《1984》写竣并出版，伊顿公学的高才生、终生自苦的奥威尔有了转机，这个上流社会的浪子才开始有钱了。然而他没有享受什么，1950 年 1 月即因肺病去世，年仅 47 岁。有人说："多一个人看奥威尔，就多了一份自由的保障。"

1948 年 9 月 11 日，当生命的最后时刻来临时，巴基斯坦立国运动领导人真纳面对医生的安慰，神态清醒地凝视着他说："我知道自己不久于人世了。"在真纳逝世后，巴基斯坦人花了相当于 15 亿元人民币的钱和近 30 年的时间，为他建造了一座雄伟的"国父墓"。

1948 年 12 月 23 日，日本甲级战犯松井石根在东京被送上绞刑架。松井石根眼中的中国，是闭塞、固执、暴虐和窒息的，他想以大哥的身份来指导中国。他曾经在法庭上为侵华战争狡辩，他说，这就像一家内，当哥哥的，实在无法忍受弟弟的乱暴，而打了他，这是因为太爱他，而促使他反省的手段。

1949 年 8 月 16 日，玛格丽特·米切尔因车祸而丧生。自《飘》出版后，她再也没有发表任何作品。有人说，从她成名之刻起，"她停止了成长，实质上她已从精神上死亡。她本可以成为美国历史上最幸福的女人，可她没有"。

1950 年 11 月 2 日，萧伯纳在赫特福德郡埃奥特圣劳伦斯寓所因病逝世，终年 94 岁。临终前他对女佣说："太太，你想让我像古董一样永远活下去吗？我已经完成了我要做的，我要走了。"萧伯纳毕生创造幽默，他的墓志铭虽只有一句话，但恰巧体现了他的风格："我早就知道无论我活多久，这种事情迟早总会发生的。"

1951 年 4 月 29 日，哲学家维特根斯坦在他失去知觉以前，对看护他的贝文夫人说："告诉他们，我度过了极为美好的一生！"

1952 年 7 月 26 日，艾薇塔无限遗憾地走到了生命的尽头。她说："我这一生，只有生病时才会流泪。"最后一刻，她对贝隆说："小瘦子走了。"这一年，她 33 岁。她的名言："如果我为阿根廷而死，请记住：阿根廷，别为我哭泣……"

1953 年 11 月 26 日，剧作家尤金·奥尼尔在波士顿的谢尔顿旅馆离世，在死前他从病榻上微微抬起身，气息奄奄地说："生于一家旅馆……可诅咒啊……死于一家旅馆！"1888 年 10 月 16 日，尤金·奥尼尔出生在纽约的巴特雷旅馆里。

1954 年 11 月 3 日，马蒂斯逝世，享年 85 岁。他是唯一终生保持野兽派画风的人，他说："我所企望的艺术是一种平衡、纯粹与宁静的艺术，我避免触及令人苦恼或窒息的题材，艺术作品要像安乐椅一样，使人的心情获得安宁与慰藉。"

1955 年 4 月，爱因斯坦的生命到了尽头。两个月前，他说："我已经达到了这样的境界：把死亡看做是一笔最终总是要偿还的旧债。"13 日，他说："当我必须走时，就应该走。人为地延长生命是毫无意义的，我已尽了我的责任，是该走的时候了。我会走得很体面的。"他坚持不注射吗啡。18 日凌晨，爱因斯坦停止了呼吸。

1956 年 8 月 14 日，戏剧家布莱希特在柏林逝世。他曾在《致后代人》中说："我的确生活在黑暗的时代。"他请求说："你们，那离开了我们正沉入其中的洪水而出现的人啊，请想想——当你们谈论我们的弱点时，请你们也想想这黑暗的时代，这造就了我们的弱点的时代。"

1957 年 5 月，狂热极端的反共产主义者麦卡锡的生命走到了尽头。在此之前，他给艾森豪威尔写信，顽固地坚持关于美国"面临共产主义巨大威胁"的谏言。临死前，他歇斯底里地狂叫："他们要谋杀我！他们要谋杀我！"

1958 年 6 月 16 日早晨 6 时，纳吉被处以绞刑。这个有着 40 多年党龄的国际共产主义工人运动的知名人士结束了生命，罪名是"阴谋暴动推翻匈牙利合法制度，叛国投敌，军事哗变"。"如果现在需要用我的生命来证实共产主义者并非人民的敌人，我情愿作出这一牺牲。"纳吉在绞刑架上喊出的最后一句话是："社会主义的、独立的匈牙利万岁！"

1959 年 10 月 16 日，马歇尔病逝，全美国举哀一日。他留有遗言："简葬我，一如军中忠诚为国之寻常将士。切忌铺张，典式毋盛，追悼会宜简，到场只限族亲，尤须悄然为之。"葬礼按其遗言进行。这位为打败法西斯建立了丰功伟绩的一代英才静静地长眠于阿灵顿公墓。

1960 年 11 月 16 日，盖博正在翻阅的一本杂志突然从手中落下，他在妻子的最后热吻里闭上了眼睛。盖博在《乱世佳人》中的白瑞德一角的成功，标志着他艺术事业的最高峰。当时的美国，曾流行这样一句话："你以为你是谁，克拉克·盖博吗？"

海明威的名字是与硬汉的形象融为一体的，他有一个广为人知的写作习惯——站着写作。1961 年 7 月 2 日，他去世后，墓志铭刻着一句话："恕我不站起来了。"

1962 年 8 月 5 日，玛丽莲·梦露神秘去世，年仅 36 岁。她才华横溢，却一直未摆脱"美丽而愚蠢"的形象，她说过："在好莱坞，人们愿意用 1000 元交换你的吻，但只愿意付 5 毛钱买你的灵魂。"

1963 年 2 月 11 日，诗人普拉斯走到楼上孩子的卧室里，放下两杯牛奶、一碟面包和黄油后，她回到了厨房，用毛巾死死地堵住了门窗的缝隙后，打开了煤气……她写诗说："死去，是一种艺术，和其他事情一样。我尤善于此道。"

1965 年 1 月 24 日，丘吉尔逝世，享年 91 岁。1 月 30 日，英国为他举行了隆重的国葬。此前他曾回顾自己所走过的路程："我曾取得过很多成就，但到头来却是一场空。"

1965 年 9 月 4 日，人道主义者史怀哲逝世。90 岁的他说："上帝啊! 当跑的路我跑过了，尽力了，我一生扎实地活过了。"他被葬在医院旁边他夫人的墓边。简朴的墓前，经常有黑人来献上鲜花。

1966 年 12 月 15 日，沃尔特·迪士尼病逝。他的名言是："向着未来走去。"而"一切都从一只老鼠开始"，他成了"米老鼠之父"。

1967 年 10 月 9 日，39 岁的切·格瓦拉被枪杀。一位当地妇女剪下了他带血的头发，转给了他的古巴亲人。闻讯赶来的神甫清扫了留在地上的血迹，神甫想对他说："上帝相信你。"据说他死后的样子酷似受难的基督，他的遗言是："我在想，革命是不朽的。"

1968 年 6 月 1 日，海伦·凯勒在睡梦中去世，享年 87 岁。这个出生后 18 个月就失聪失明的聋哑人，奇迹般地走完了一生。她的名言是："假如给我三天光明。"

1968 年 12 月 21 日，小说家斯坦贝克因心脏病发作逝世。他关心自己的国家："战后的美国社会是富有了，但产生了一种厌倦情绪、一种消耗性的病态。"

1969 年 9 月 2 日，胡志明溘然长逝，终年 79 岁。他要求火化遗体，但遗体被保留了下来。越南劳动党中央发布讣告："在胡志明主席患病期间，我们党和国家的领导同志日夜守护着他，并委托一位有资格的和经验丰富的教授和医生组成的小组想尽一切办法为他治疗。每人都尽了自己的最大力量，决心不惜任何代价把主席的病医治好。但是由于他年事很高，病情严重，胡志明主席与我们永别了。"

1970 年 9 月 28 日，埃及总统纳赛尔因心脏病突发去世，他被称为"正确独裁者"。几十万人为他送葬，人们唱着："世间唯一的神安拉，纳赛尔是他的爱儿。"

1971 年 1 月 10 日，香奈儿独自为即将到来的时装发布会工作到很晚很晚，凌晨时她服用安眠药睡了，却从此再也没有醒来。香奈儿的哲学是："我解放了身体。"

1971 年 9 月 11 日，赫鲁晓夫逝世。两天后，苏联人民才得知这一消息。这天的《真理报》上刊载了一条短讯："苏联共产党中央委员会第一书记、特别养老金领取者赫鲁晓夫逝世，终年 78 岁。"没有讣告，也没有提葬礼的时间和地点。

1972 年 4 月 16 日，日本作家川端康成自杀，在被送往急救途中，他对司机说了最后一句话："路这么挤，真辛苦你了。"这个"新感觉派作家"未留下只字遗书，他早就说过："自杀而无遗书，是最好不过的了。无言的死，就是无限的活。"

1973 年 4 月 8 日，艺术巨人毕加索去世，享年 92 岁。他曾经说过："我不怕死，死亡是一种美。我所怕的是久病不能工作，那是时间的浪费。"

1974 年 8 月 26 日，美国飞行员林德伯格死于癌症。在去世后 4 年，他的《价值标准的自述》与公众见面，书中用超越世俗的一笔作为结尾："我死后，我身体里的分子将回到大地和天空中去。它们来自星辰，而我就是星辰。"

1975 年 11 月 20 日，83 岁的弗朗哥死了。弥留之际的弗朗哥是痛苦的，医生不得不用手指塞进他的喉咙抠出窒息着他的血块，他对医生说："死也这么费劲。"弗朗哥死后，国内有些人用香槟酒庆祝，大街上空空荡荡，悄然无声，人们长期的积怨倾泻在这种空荡和安谧之中。著名诗人阿尔维蒂说："西班牙史上最大的刽子手死了，地狱的烈火烧他，也不足解恨。"

1976 年 2 月 1 日，物理学家海森堡在慕尼黑逝世。他在床榻临终前说的最后一句话是："人们去了，但他们的功绩却留了下来。"其墓志铭暗含他的测不准原理："他在这里，也在别处。"

1977 年 12 月 25 日，圣诞节，查理·卓别林去世。据说，卓别林生前最讨厌的就是圣诞节，他认为这个节日过于"商业化"。当全家人兴致勃勃地装饰圣诞树、准备礼物时，曾经生活窘迫的卓别林郁郁地说："我小时候过圣诞节，能有一只橘子就很幸运了。"

1978 年 12 月 8 日，以色列女总理梅厄夫人病逝于耶路撒冷。她年轻时说过："我希望我死前能看到的唯一东西，是我们的人民不再需要同情的词句。"这位"铁娘子"还说过："只有阿拉伯人对孩子的爱超过对犹太人的恨的时候，中东才可以获得真正的和平。"

1979 年 8 月 27 日，英国海军元帅蒙巴顿在北爱尔兰游艇中被炸翟难，这个尊重当地风俗的王室后裔，实践着自己的主张："让我们按各自的信仰行事吧。"他却未能幸免于难。事后，爱尔兰共和军宣称，这起爆炸事件是他们干的。

1980 年 3 月 20 日，哲学家萨特住进医院，4 月 15 日辞世。人们以为他进去后很快会出来，但终究没有出来。陷入昏迷之际，他给波伏瓦留了最后一句："我很爱你，亲爱的小海狸。"

1981 年 10 月 6 日，埃及总统萨达特遇刺身亡。当时，医疗小组的一位成员对聚集着等待消息的官员、友人和医院工作人员说了《古兰经》上一句简单的话："只有真主永存。"萨达特为自己写的墓志铭是："穆罕默德·安瓦尔·萨达特总统，战争与和平的英雄。他为和平而生，他为原则而死。"

1982 年 8 月 29 日，好莱坞影星褒曼迎来了自己的第 67 个生日。这天早上，她感到十分不适，痛楚万分。她强忍着剧痛，款待宾客，替他们斟满香槟，举杯共饮。不过，她再不能像过去那样一饮而尽了，她只是把酒杯同嘴唇"亲了亲"，便放下了。就在当晚，她离开了人间。她说过："幸福就是强健健康的身体加上个糊涂的记忆。"

1982 年 12 月 20 日，钢琴之王鲁宾斯坦在他的寓所内安然去世，享年 95 岁。如果说他有什么秘密的话，那就是活下去。"如果你爱上的是一位面无表情、头脑空虚的美丽金发女郎，也没有关系，尽管和她结婚，享受人生吧！"

1983 年 10 月 17 日，历史学家阿隆因心脏病突发而猝然去世。他的名言："暴力一旦自认为服务于历史的真理和绝对的真理，它就会成为更加惨无人道的东西。"

1984 年 3 月 6 日，德国牧师马丁·尼默勒与世长辞。他写于 1945 年的名言仍在世界范围内流传：在德国，起初他们追杀共产主义者，我没有说话，因为我不是共产主义者；接着他们追杀犹太人，我没有说话，因为我不是犹太人；后来他们追杀工会成员，我没有说话，因为我不是工会成员；此后他们追杀天主教徒，我没有说话，因为我是新教教徒；最后他们奔我而来，却再也没有人站出来为我说话了。

1985 年 9 月 19 日，作家卡尔维诺去世，并与当年的诺贝尔文学奖失之交臂。在他患病期间，主刀医生表示，他从未见过任何大脑构造像卡尔维诺的那般复杂精致。关于自己的生平，卡尔维诺说："我仍然属于和克罗齐一样的人，认为一个作者，只有他的作品有价值。因此我不提供传记资料，我会告诉你你想知道的东西，但我从来不会告诉你真实。"

1986 年 4 月 14 日，波伏瓦逝世，享年 78 岁。她说过："人长到 5 岁时就成了完整的人。"她还说过："我们不是天生就是女人的，而是变成女人的。"

1986 年 6 月 14 日，作家博尔赫斯去世。这位双目失明的图书馆长曾经自嘲："命运赐予我 80 万册书，由我掌管，同时却又给了我黑暗。"他要有光，于是成了"作家中的作家"。

1987 年 12 月 17 日，作家尤瑟纳尔去世。她晚年被选为法兰西学院院士，成为历史上第一位女性院士。她说过："有些书，不到 40 岁，不要妄想去写它。年岁不足，就不能理解存在……"

1988 年 2 月 15 日，费曼逝世。这位半是或完全是天才、半是或完全是顽童的物理学家说过："没有任何疑点的事，不可能会是事实。"

1989 年 7 月 16 日，指挥大师赫伯特·冯·卡拉扬正在为萨尔茨堡音乐节排练，中午，他突然感到极度不适，他的妻子伊丽埃特赶忙前来搀扶，他躺在妻子怀中说："我看到了上帝朝我微笑。"

1990 年 10 月 14 日，音乐指挥大师莱奥纳德·伯恩斯坦因心脏病突发与世长辞，享年 72 岁。当年柏林墙倒下后，伯恩斯坦曾指挥将《欢乐颂》改为《自由颂》。"我肯定，贝多芬会同意咱们这么做的。"超过20 个国家的人通过电视转播收看了他指挥的音乐会。

1991 年 9 月 12 日，费正清将生平最后一部书稿《中国新史》送交出版社，两天后平静辞世，享年 84 岁。他生前被称为美国"头号中国通"，但他备受误解。美国方面曾认为他是"中国共产党的长期辩护人"，苏联则称他是"资本帝国主义的辩护士"，中国大陆说他是"美帝国主义的第一号文化特务"，台湾地区指责他是"披着学者外衣的共产党同路人"、"出卖台湾的罪人"。他的逝世，被欧美媒体称为西方中国学学术史上"一个时代的结束"。

1992 年 10 月 8 日，德国前总理勃兰特逝世。他的名言是："谁忘记历史，谁就在灵魂上有病。"他 22 年前在波兰犹太人纪念碑前下跪谢罪，被誉为"欧洲约一千年来最强烈的谢罪表现"。

1993 年 1 月 20 日，奥黛丽·赫本在瑞士托洛谢纳的住所，因结肠癌病逝。此前，诺贝尔和平奖得主特蕾莎修女获悉赫本病危的消息时，号召所有的修女彻夜为她祷告。赫本去世后，伊丽莎白·泰勒无比伤感地说："她是一位回到上帝身边的天使。"

1993 年 12 月 31 日，小沃森因中风并发症去世，享年 79 岁。他最具价值的遗产可以归结为几个字："IBM 就是服务"。

1993 年 10 月 31 日，费里尼在罗马溘然长逝。他的追悼仪式如同他的电影场景一样铺张庞大，在意大利近代史上也属罕见。他最喜欢的演员、好朋友马斯特洛亚尼却直言不讳道："他们不在他生前帮他拍电影，却到了他死后才来褒扬他。现在所有人都在说他是如何了不起的天才，但这几年没人肯认真地给予协助。要了解这个人有多伟大，大家还需要有更多的反省。"

1994 年 4 月 21 日傍晚，尼克松陷入"深度昏迷状态"；22 日逝世，享年 81 岁。"水门事件"前，葛培理一直认为尼克松是一个正直的人。"水门事件"的真相表明，葛培理被骗了。但葛培理在尼克松的葬礼上发表讲话说："每个人都有失败的时候，人无完人。所以，我原谅了他。"

1994 年 7 月 27 日，以《饥饿的苏丹》获 1994 年普利策新闻奖的凯文·卡特自杀身亡。他的遗言是："真的，真的对不起大家，生活的痛苦远远超过了欢乐的程度。"

1995 年 11 月 4 日深夜，法国后现代哲学家德勒兹从自家窗户跳楼身亡，享年 70 岁。他说过："如果你还困在他人的梦想里，那么你被操了。"

1995 年 11 月 4 日，拉宾一行在人们的簇拥下走过广场，准备乘车离去。拉宾一边走一边与热情的群众握手。就在此时，拉宾突发奇想，他对佩雷斯说："你跟我说过，在这个大会上有人要行刺，不知道这人群中有谁会开枪？"佩雷斯把此当做笑话，一笑了之。他真的遇刺了，当晚死去。这一天，是犹太教的安息日。

1996 年 12 月 20 日，天文学家卡尔·萨根辞世。他说："任何一个社会，如果希望在下个世纪（21 世纪）中生活得更好，且其基本价值不受影响的话，那么都应该关心国民的思维、理解水平，并为未来作好规划。"

1997年9月5日，特蕾莎修女走完了87岁的人生历程。印度政府为她举行国葬，来自20多个国家的400多位政府要人参加了她的葬礼。她跟穷人生活在一起，并使自己成为穷人中的一员。她说过："爱，直到受伤，然后永远。"

1998年4月15日，柬埔寨红色高棉领导人波尔布特突然暴亡。在他的红色高棉政权统治下，不足千万人口的柬埔寨在数年内减少了几百万人。这个生前被称为"书记大叔"、"党心"，或直接被呼为"组织"的共产主义意识形态的清教徒，在被监禁期间曾对美国记者说，他的"良心是清白的"。他说："我没有屠杀，我只是在战斗。"

1999年3月12日，音乐史上"罕见的神童"梅纽因逝世，享年83岁。他未上过正规学校，13岁时即确立了巡回演奏大师的声誉，并让爱因斯坦相信了上帝的存在。他说："我天生就会拉小提琴。"据说，在梅纽因心目中，中国是一个令他神往的国家，一本德文版的《老子》伴随他50多年之久，他认为这是世界上最伟大的书籍之一。

非命第五

Don't Believe Destiny

著名哲学家威廉·詹姆斯被人称为"美国的穆勒"。他说:"我们这一代最伟大的发现就是,人类可以经由改变态度而改变生命。"

1900 年 8 月 8 日,数学家希尔伯特给出了著名的 23 个数学问题,推动了一个世纪数学的发展,那年他才 38 岁。当时他踌躇满志地说:"我们必须要知道!我们也终将能够知晓!"31 年后这个理想被哥德尔推翻了,令他很是震惊了一下。不过这句话还是被刻在他的墓碑上。

法国象征派大师瓦雷里毕业前后,就有了一种柏拉图式的清心寡欲情绪。后来他同家人前往热那亚度假,遭遇了一个暴风雨交加的"可怕的夜晚",为此他决定放弃诗歌和爱情,献身于"纯粹的和无私的知识"。

画家马蒂斯有着非凡的绘画热情,偶然的绘画机缘成为他一生的转折点。用他自己的话说:"我好像被召唤着,从此以后我不再主宰我的生活,而是它主宰我。"

法国军方曾以"诬陷罪"起诉作家左拉，接着判一年徒刑和 3000 法郎的罚金，左拉被迫流亡英国。马克·吐温为此说："一些教会和军事法庭多由懦夫、伪君子和趋炎附势之徒所组成；这样的人一年之中就可以造出一百万个，而造就出一个贞德或者一个左拉，却需要五百年！"

约翰·洛克菲勒继承了母亲勤俭的美德，他把母亲关于勤俭的信念视为"商业训练"，一生中恪守"不俭则匮"的准则；从中他还引申出自己的结论："只有数字作数。"

玻耳兹曼是热力学和统计物理学的奠基人之一，不幸的是他一生在与自己的学术对手做斗争，被迫不停地宣传原子论；更不幸的是学术上的斗争竟然引起了人身攻击，攻击他的人就包括爱因斯坦很佩服的马赫；不幸的玻耳兹曼最终死于自杀，最大的不幸是他刚死，他的对手就都承认了原子论。他自承："我只是一个软弱无力的与时代潮流抗争的个人。"

诗人勃洛克的传记作者说他死时的面容像堂吉诃德，勃洛克说过："在俄罗斯这种人很多······他们在追求火，想赤手空拳抓住它，因而自己化为灰烬。"

有一年"愚人节"，纽约的一家报纸跟马克·吐温开了个玩笑，报道说："马克·吐温某月某日辞世了。"当马克·吐温亲自迎来那些吊唁的朋友时，许多人又惊讶，又气愤，大家纷纷谴责那家不负责任的报纸。马克·吐温说："报纸报道我死是千真万确的，不过把日期提前了一些。"

爱迪生一生发明不断，有一年，他申请专利立案的发明就有 141 种，平均每三天就有一种新发明。当有人称爱迪生是个"天才"时，他解释说："天才就是 1% 的灵感加上 99% 的汗水。"

在苏联内战最激烈的时刻，列宁曾作过最坏的设想。他对托洛茨基说过："如果白卫军把我们俩打死的话，布哈林和斯维尔德洛夫能担当得起来吗？"

早于 1923 年，凯恩斯就在他的《货币改革理论》中对单纯的市场调节提出了质疑，认为这个调节的过程可能会过于缓慢，导致巨大的经济损失和社会动荡。他反对古典学派的不干预，因为："从长期看来，我们都会死。"

1925 年，诗人叶赛宁自缢身亡。他的最后遗言是："在这样的生活中死并不新鲜，而活着当然更不是奇迹。"

有一位客人去拜访甘地。他看见甘地的一位门徒正苦练瑜伽，双脚朝天，头部着地；另一门徒双腿盘坐；第三位躺在地上；至于圣雄，他安坐在便桶椅上，目光远视，茫然若失。客人放声大笑。"你为何发笑？"甘地愕然质问。客人回答："请您看看这房间里的人。他们一个倒立，一个与彼世对话，另一个正在酣睡，而您作为他们的首领，正坐在宝座上大便。您想想看，您带领这帮人马能解放印度吗？"

德国著名犹太人物理学家豪特曼斯对自己是一个犹太人从不感到自卑和苦恼，他常常对人说："当你们的祖先还生活在森林里的时候，我的祖先已经在制造假支票了！"

劳厄在科学家中以正直著称。就在纳粹掌权的当年，他作为德国物理学会会长，在全德物理学家年会上致开幕辞。他引用伽利略坚持哥白尼的日心说而遭到教会迫害这一历史事件，间接指责纳粹党徒对爱因斯坦等犹太科学家的攻击。"地球仍在转动。"在发言结尾时，他用意大利语重复了伽利略临终时的话。

1932 年的美国总统竞选是在严重经济危机的背景下进行的。民主党总统候选人罗斯福主张实行"新政"，政敌们常用他的残疾来攻击他。罗斯福说："一个州长不一定是一个杂技演员。我们选他并不是因为他能做前滚翻或后滚翻。他干的是脑力劳动，是想方设法为人民造福。"

1933 年 5 月，柏林正式宣布弗洛伊德的书是"禁书"，并焚烧了所有弗洛伊德的著作。弗洛伊德为此回应说："这是人做的事吗？在中世纪的话，他们肯定会烧死我；而现在，他们只好满足于烧毁我的书！"后人记住了他对自己事业的表白，也是他对于捍卫人类文明的呼吁："战斗没有结束！"

小说家毛姆晚年时这样解释自己的性倾向："我是四分之一正常，四分之三同性恋。不过我尽力想说服自己是四分之三正常，四分之一同性恋。那是我最大的错误。"

1934 年，土耳其大国民议会授予凯末尔"阿塔图尔克"为姓，意为"土耳其之父"。凯末尔说："我的微小的躯体总有一天要埋于地下，但土耳其共和国要永远屹立于世。""军事胜利对真正解放来说是不够的，在民族的政治、社会生活中，在民族的思想教育中，我们的指南将是科学和技术，这对能否成为现代文明的国家，是生死存亡的问题。"

在意大利共产党领袖葛兰西身患重病时，法西斯当局通知他，只要向墨索里尼亲自递交宽恕申请书，就可获释。葛兰西的回答是："这是建议我自杀，然而我没有任何自杀的念头。"

本雅明说："我们生活在灾难时代，这并非特殊现象，而是永恒规律。"他又说："史学家仅从进步中发现变化。"

1937 年，数学家艾肯写了一个关于庞大的计算机器的建议。他说：

"为了节省在算术计算上的时间和精力，避免人们发生错误的倾向，这种期望就同算法科学本身那样是完全可能的。"但在当时，有关计算机的设想被认为是"懒汉的思想"而遭到嘲笑。

在苏联红色恐怖时期，作家帕斯捷尔纳克也曾上过黑名单，据说是斯大林的一句话救了他："不要触动这个天上的人……"

在德国进攻苏联之前的几个小时，希特勒对部下说："我觉得自己好像正在推开一扇门，里面一片漆黑，以前从未见过，一点儿都不知道门后会出现什么。"

在斯大林极权统治下的恐怖时期，许多人已经习惯在一个手提箱里放些随身之物，回到家里发呆，等着克格勃随时在某个夜晚将自己带走。肖斯塔科维奇就这样时刻等待着不需任何理由的枪决："我怀着一种有罪的感觉坐着，而事实上我没有犯任何罪。"

有一次法国作家贝尔纳说了句俏皮话，把朋友们逗得捧腹大笑。有人恭维他说："只有你才能说得出如此妙不可言的话来。"贝尔纳告诉他，这句俏皮话是他刚刚从报纸上看来的。"是吗？可你说得那么自然，就像是发自你的内心一样。""这一点算你说对了，"贝尔纳得意地说，"不同的是，我把它权威化了。"

苏联最高法院曾在贝利亚的办公室审讯叶若夫。叶若夫语无伦次，并像他的前任雅戈达一样，到最后都保持着对斯大林的忠心，拒不接受所谓密谋杀害斯大林的罪名。他说："我想作为一个光荣的人被从地球上抹掉。"叶若夫跪在贝利亚膝前，祈求贝利亚给他几分钟时间向斯大林澄清一切，但被拒绝了。他发誓说："我将喊着斯大林的名字死去。"当宣布他被判处死刑时，他昏了过去，不得不被人抬出办公室。

"二战"开始,英国国王乔治六世召见丘吉尔,令其组阁。一小时后丘吉尔会见工党领袖艾德礼,邀请工党加入内阁并获得支持。三天后丘吉尔首次以首相身份出席下议院会议,发表了著名的讲话:"我没有别的,只有热血、辛劳、眼泪和汗水献给大家……你们问:我们的目的是什么?我可以用一个词来答复:'胜利',不惜一切代价去争取胜利,无论多么恐怖也要争取胜利,无论道路多么遥远艰难,也要争取胜利,因为没有胜利就无法生存。"

指挥家瓦尔特在谈及马勒音乐时认为:"音乐不是白昼的艺术,它的秘密根基或者说它的深刻内涵都产生于受伤害的灵魂中。"他还说过:"我越来越深刻地感觉到,音乐是连接天国的纽带。"

在与美国外交官罗伯特·墨菲的最后一顿午宴上,法国海军上将达尔朗对墨菲说:"你知道吗?至少有四种力量在图谋刺杀我。"有人说:"如果我们能够联合起来成功打败德国,达尔朗将军将进入法国历史上民族英雄的名人堂。"但达尔朗最终被称为"卖国贼"。

1942 年,艺术家弗利德接到被遣送的通知。当地的小店主回忆说,弗利德走进她的商店说:"希特勒邀请我去赴会呢,您有什么保暖的衣服吗?"小店主给了她一件灰色的外套,又暖和又耐穿,怎么都不肯收钱。弗利德最后送了她一张画。弗利德曾说:"这里是如此祥和,哪怕在我生命的最后一刻,我都坚信,有一些东西,是邪恶永远无法战胜的。"

死于集中营之中的安妮·法兰克因日记而为世人所知。著名美国诗人约翰·贝里曼认为,日记描写的内容独特之处,在于它不仅描述了青春期的心态,而且"细致而充满自信、简约而不失真实地描述了一个孩子转变为成人的心态"。

爱因斯坦有一次和儿童心理学大师让·皮亚杰进行了一次关于儿童

游戏的对话。在听完了皮亚杰有关儿童游戏研究的介绍之后，爱因斯坦深深地为其中包含的那些隐秘而深刻的生命内容和文化信息所震撼，他感慨地说："看来，认识原子同认识儿童游戏相比，不过是儿戏。"

继《卡萨布兰卡》之后，鲍嘉又一次被提名为奥斯卡奖最佳男主角。也许是想起拍《非洲皇后号》时深入热带丛林的千辛万苦，他说："从刚果腹地到好莱坞潘提吉斯剧院相隔万里之遥，我很乐意告诉大家，我宁愿待在这里。"

回顾自己的人生道路时，马斯洛承认，是桑代克使他觉得自己成了"重要人物"。当他在学术上遭到谁的反对想打退堂鼓时，会在半夜醒来，叫道："老天爷，我可比他聪明！"

哲学家雅斯贝尔斯在 1946 年发表《德国人的罪责问题》一书，区分了四种罪行：刑事罪、政治罪、道德罪、形而上学的罪。在雅斯贝尔斯看来，形而上的罪感起于"不能与人类保持绝对的团结……它不只是我谨慎地冒生命危险去阻止某事发生……当别人被杀害而我却活下来的时候，我的内心有声音告诉我：我因侥幸活着而有罪感"。

就在父亲去世的那年年底，作家帕斯捷尔纳克开始构思并创作他称之为"我生存的目的"的《日瓦戈医生》。1946 年 1 月，帕斯捷尔纳克几乎在"第一时间"写信告诉曼德尔施塔姆遗孀娜捷日达："我想写一部关于我们生活的叙事作品……"

美国移民局没有给数学家厄多斯再入境许可证。厄多斯请了一名律师提起上诉，结果被驳回。厄多斯说："我没有取得再入境许可证便离开了美国。我想我这样做完全是按着美国最优良的传统行事：你不能让自己任凭政府摆布。"

1955 年 12 月 1 日，时年 42 岁的美国民权运动的传奇人物帕克斯在一辆公共汽车上就座时，一名白人男子走过来，要求她让座。帕克斯拒绝了白人男子的要求。当年早些时候，蒙哥马利就有两名黑人妇女因同样遭遇而被捕。这次也没有例外，帕克斯遭到监禁，并被罚款 4 美元。30 年后，她追忆当年："我被捕的时候没想到会变成这样。那只是很平常的一天，只是因为广大民众的加入，才使它意义非凡。"

在丘吉尔 75 岁生日的茶会上，一名年轻的新闻记者对丘吉尔说："真希望明年还能来祝贺您的生日。"丘吉尔拍拍年轻人的肩膀说："我看你身体这么壮，应该没有问题。"

1957 年 11 月，帕斯捷尔纳克在国外出版了小说《日瓦戈医生》，1958 年 10 月他因此书而获得诺贝尔文学奖。苏联作协召开会议讨论开除帕斯捷尔纳克的会籍问题。表决时很多人到休息厅吸烟，拒绝表决。当会议主席斯米尔诺夫宣布大会一致通过把帕斯捷尔纳克开除作家协会时，台下响起女作家阿利卢耶娃的质问声："怎么说一致通过呢？我就举手反对。"斯米尔诺夫只好装作没听见，匆匆宣布散会。

1960 年，法国与阿尔及利亚的殖民战争打到最激烈的时候，萨特发起"121 宣言"，号召法国士兵放下枪杆不服从指挥。这件事激怒了政府和军人。萨特创办的《现代》杂志被封，老兵们在香榭丽舍大街一边游行一边高喊："枪毙萨特！"《巴黎竞赛画报》社论的通栏标题是："萨特，一部发动内战的机器。"法院也准备逮捕萨特。但戴高乐在最后一刻说："伏尔泰是不可抓的。"

真正让海洋学家卡森获得广泛关注的是《寂静的春天》，该书部分章节发表于 1962 年 6 月的《纽约客》。从 1945 年开始，卡森关注 DDT 等一系列杀虫剂的问题，她组织专家向美国农业部呼吁停止使用对自然有害的杀虫剂，否则小鸟将消失，春天将是一片寂静。1963 年，在接受电视采访时，卡森说："人是自然的一部分，对抗自然就是对抗自己。"

1964 年，约翰逊总统有一次请教葛培理，谁适合做他的竞选伙伴。当葛培理正准备回话时，妻子鲁思在桌子底下踢他的脚。葛培理不解，问她为什么踢他。鲁思回答说："你的建议应该仅仅限于道德和精神领域，不应该沾政治的边。"约翰逊望着葛培理说："她是对的，你专注传道吧，我就专注政治。"

在近一个世纪里，艺术家杜尚成了一个新的起点。无数人试图超越他。人们发现，模仿他是如此的容易，但是没有人能超越他。杜尚的启示是：探寻真相的过程就像是剥洋葱，洋葱的中心什么也没有！在杜尚的世界里，一切是如此自由。杜尚唯一不能容忍的就是：没有新的事物出现。

飞行员林德伯格多次在坠机时成功逃生，创造了飞行员逃生纪录，被同行赞为"幸运小子"。辉煌的飞行履历与年轻人的热血豪情促使林德伯格孤注一掷。"我不喜欢冒险，但不冒险又会一事无成。人类社会的每一次进步无不伴随着冒险……"

汤因比谈及他写的《历史研究》时说："我在世上活得越久，我对恶毒地夺走这些人生命的行为便越发悲痛和愤慨。我不愿我的子孙后代再遭受同样的命运。这种对人类犯下的疯狂罪行（指进行的世界大战）对我提出了挑战，我写这部书便是对这种挑战的回应之一。"

简·芳达是个被列入尼克松臭名昭著的"敌人册"中的一人，被冠以"无政府主义者"罪名，被 FBI（美国联邦调查局）看做美国的反政府敌人。6 个秘密情报人员授命在她女儿幼儿园处监视，她无论走到哪儿，都遭到 FBI 的骚扰和纠缠，她不断受到恐吓威胁。她说："正是这么些组织机构试图损害我的信誉……让像我这样反对尼克松政府的人看上去是不负责任、危险和恶语咒骂的人。"

在波兰思想家米奇尼克访问西欧回国之前，库隆打电话给他，希望他能带一个油印机回来。米奇尼克认为库隆"疯了"，"在波兰什么地方可以藏这样一件玩意儿？"

曾有人问特蕾莎修女："您是否在教导穷人应该忍受苦难？"她回答说："我认为，穷人接受自己的命运，与受难的基督分享痛苦是非常美好的。我认为，穷人受苦会对这个世界更有帮助。"

诗人米沃什 90 岁高龄时，曾自言当时仍然坚持写作到夜晚。"根本不可能活腻的，我还是感到不够。"他说，"到了这种年纪，我仍然在寻求一种方式、一种语言来形容这个世界。"

罗尔斯曾在课堂上讲关于"无知之幕"的理论，那是他的公正理论的逻辑起点。一个学生突然举手提问："老师，你讲得很好，我都能接受。可是，这套理论如果碰到了希特勒，怎么办？"罗尔斯怔住了，他说："让我想一想，这是个重要的问题。"他在课堂上沉思，整个教室了无声息静静地等着，十分钟以后，罗尔斯抬起眼来，严肃而平和地给出了一个答复："我们只有杀了他，才能讨论建设公正的问题。"

匈牙利著名经济学家科尔奈说："回顾过去的 50 年，可以得出如下结论：哈耶克在（同计划经济）辩论的每一论点上都是正确的。"

据古巴安全部门统计，卡斯特罗被计划暗杀达 634 次之多，居各国领导人之首。卡斯特罗幽默地说："今天我还活着，这完全是由于美国中情局的过错。"他还说过："如果奥林匹克运动会有一个项目是躲避暗杀的话，那么金牌非我莫属。"

在数学上获得斐然成就后，詹姆斯·西蒙斯开始寻找新的方向。据说西蒙斯曾经找到国际数学大师陈省身先生咨询是从政好还是经商好，陈先生告诉他，从政比数学复杂多了，不适合他，还是经商吧。于是西蒙斯就转向了投资。他表示："我是模型先生，不想进行基本面分析，模型的优势之一是可以降低风险。而依靠个人判断选股，你可能一夜暴富，也可能在第二天又输得精光。"

布尔吉巴领导的突尼斯一度取代埃及成为阿拉伯世界的中心。1975年3月，布尔吉巴被选举为终身总统。1987年11月7日，他被自己任命的新总理本·阿里推翻。本·阿里说，布尔吉巴是个伟大的人物，但再伟大也有老糊涂的时候。

迈克尔·杰克逊说："我已经厌倦了被人操纵的感觉。这种压迫是真实存在的！他们是撒谎者，历史书也是谎言满布。你必须知道，所有的流行音乐，从爵士到摇滚到 hip-hop，然后到舞曲，都是黑人创造的！但这都被逼到了史书的角落里！……他们叫我畸形人，同性恋者，性骚扰小孩的怪胎！他们说我漂白了自己的皮肤，他们做一切可做的来诋毁我，这些都是阴谋！当我站在镜前时看着自己，我知道，我是个黑人！"

一位牛津数学家、同性恋者安德鲁·哈吉斯，写了一本脍炙人口的传记——《谜样的图灵》，让英美大众对图灵有了较全面的认识。1998年6月22日，英国下议院通过修改法条，使得16岁以上同性或异性间的自愿性行为均属合法。第二天，图灵诞生的房子正式被指定为英国的历史遗产，哈吉斯在揭开纪念碑仪式的献词里，替图灵的人生作了一句最好的结语："法律会杀人，但是精神赋予生命。"

昂山素季并不喜欢政治，她更想当作家。"但我参加了，就不能半途而废。"

哲学家哥德尔说过："世界的意义在于事与愿违和心想事成。"

明鬼第六

Knowing Ghosts

据说摩根每个月都要就生意上的事务请教他的占星师，这位银行巨头说过："百万富翁不信占星，而亿万富翁却信。"

德国数学家闵可夫斯基在一次上拓扑课时，提到当时尚未解决的四色问题。他说四色问题之所以未被解决，是因为研究这个问题的都不是第一流的数学家。他说他可以解决它，而且当堂就试着演算这个问题；当然，他没有演算完。下一堂课，他又试了；这样连着试了好几个星期都没有成功。最后在一个雷雨的早晨，他走进教室时突然响起惊天动地的雷声，他对学生说道："上天在责骂我的自大，我也没办法解决四色问题。"

英国学者弗里德里克·迈尔斯曾说所谓的灵魂是一种"看不见的能量"："与其将'鬼魂'描述为一个能和生者进行沟通的已逝者，我们还不如将其定义为一种可以恒久存在的、人类肉眼所看不见的生命能量之表现形式。"

俄裔美国音乐家拉赫玛尼诺夫经历了严重的创作危机，他没有灵感了。他托关系见到了托尔斯泰，但他还是写不出一个音符来。后来接受心理治疗时，其治疗师要他坐于漆黑的房间内，听治疗师不停重复说："你将开始创作协奏曲……你会工作得称心如意……你的协奏曲会是最好的……"经过一段时间的治疗，拉赫玛尼诺夫真的度过了危机。

1923 年 9 月，希特勒收到了一封令他心神不安的信。这封信是"你们党的一个老党员、一个狂热的党员"写的。写信人指出，在著名的占星学家埃尔斯伯特·埃伯汀太太所著的年鉴里，载有一条令人吃惊的预言："一个出生于 1889 年 4 月 10 日的行动家"，在未来战斗中，他注定要扮演"元首的角色"；他也注定要"为日耳曼民族牺牲自己"。

1930 年秋，在哥尼斯堡举行的科学哲学讨论会上，年仅 25 岁的哥德尔宣布了那个革命性的发现——不完全性定理：在一个稍微复杂的形式系统中，存在一些命题，我们既不能证明它是真的，也不能证明它是假的。这个不完全性定理大大颠覆了人们的观念，打碎了无数人的美梦。对此，德国数学家外尔哀叹道："上帝是存在的，因为数学无疑是兼容的；魔鬼也是存在的，因为我们不能证明这种兼容性。"

弗洛伊德曾说："我打扰了这个世界的睡眠。"当弗洛伊德生平展在美国开始时，《华盛顿邮报》感叹："是什么令这么多人对弗洛伊德如此愤恨？"一个最经典的回答当然是："愤怒的原因不在于弗洛伊德本身，而在于他的批评者自身的问题和幻想。"

1932 年，一位名叫马丁·佩弗科恩的占星术师创立了纳粹占星术研究小组。他们到处游说并预言："一种伟大的精神力量将拯救德国，希特勒是太阳系中的一颗星，德国的希望在他身上。"

德国基督教神学家朋霍费尔不相信希特勒的统治会长久："人们对政

治无疑十分厌倦，都希望像小孩子将困难交给父亲那样，把全权交给领袖。"他在电台演说时，首先追溯希特勒"领袖原则"的来龙去脉。由于过去十几年里德国一直处于混乱状态，德国青年便把"领袖至上原则"当做救国良方。朋霍费尔警告说："盲目信任权威有极大危险！"

德国数学家希尔伯特曾有一个学生，给了他一篇论文来证明黎曼猜想，尽管其中有错，希尔伯特还是被吸引了。第二年，这个学生死了，希尔伯特要求在葬礼上作一个演说。那天，风雨瑟瑟，亲友们悲哀不已。希尔伯特致辞说，这样的天才这么早离开我们实在是痛惜呀。众人同感，哭得越来越凶。他接着说，尽管这个人的证明有错，但是如果按照这条路走，应该有可能证明黎曼猜想。他冒雨讲道："事实上，让我们考虑一个单变量的复函数……"

克罗齐说："一切历史都是当代史。"他启发了很多人，科林伍德就因此说："一切历史都是思想史。"

1934 年，美国神学家尼布尔写了一段祈祷文："愿神赐我恩典，能够泰然接受不可改变之事；赐我勇气，去改变当变之事；并赐我智慧，能够分辨二者；也赐我对公义之信心，不与罪孽世界同流。按着你的真实，而非我的意愿。相信只要委身于神的旨意，凡事都将被归正，路也会被修直。如此，我可以和家人度过今生，与神同在，享受永生的幸福。阿门！"这就是有名的《宁静之祷》，随着千千万万奔赴"二战"的美国士兵而传遍世界。

意大利作家邓南遮非常迷信，他曾在一位侯爵夫人家遇到一算命女人。这女人头戴一顶尖尖的高帽子，披着巫婆的斗篷，手里拿着纸牌给邓南遮算起命来。"您要飞上天空，做出一些惊人业绩。您会从天上掉下来，落在死亡的大门口。但是，您会死里逃生，只是从死亡旁边经过，然后享受富贵荣华。"

法国思想家西蒙娜·薇依认为，苏联是一个由暴力和政治组成的联合体，她不信任建立了国家专政以后可以使劳动者获得解放。不管变换了怎样的名目，"法西斯"也罢，"民主"或"无产阶级专政"也罢，只要仍是一部行政的、警察的和军事的机器，就有可能成为敌人。她说，苏联捍卫的根本不是世界无产阶级的利益，而是自己的国家利益，它甚至毫无忌惮地同资产阶级联合起来对付工人。

西格蒙德·弗洛伊德曾向家人承诺，一旦纳粹上台，全家便离开奥地利。他曾对他的英国同事埃内斯特·琼斯医生说："这是我的岗位，不能离开它。"弗洛伊德后来承认，奥地利已不复存在，同意去英国这块"早年梦寐以求的土地"。

年轻的维特根斯坦经常深感郁闷，到罗素那里，几个小时一言不发，只是踱来踱去，已到中年名满天下的罗素勋爵就这么陪着他。有一次罗素问他："你到底在思考什么？逻辑，还是自己的罪孽？"维特根斯坦回答："两者都有。"

物理学家费曼曾想揭穿一名心理学家公开演示的现场催眠，他为此主动报名成为接受催眠的志愿者。催眠师演示了一些动作，说他做了就不会直接走回座位，而是绕场一周。费曼说他当时偏要直接走回到座位去，但是他承认："我如此不自在，以至于无法继续径直走下去，结果乖乖地绕场转了一周。"

最著名的白宫闹鬼故事跟丘吉尔有关。据说，丘吉尔在一次访问美国夜宿白宫时，遇到了美国前总统亚伯拉罕·林肯的鬼魂。当时丘吉尔刚刚在淋浴间洗好澡，他一手夹着雪茄，一手端着一杯苏格兰酒，全身一丝不挂地走进林肯套房中。这时他看到了美国前总统林肯的鬼魂正站在卧室的壁炉边，他们互相对视了几秒钟，接着"林肯"就从他眼前消失了。丘吉尔坚称自己看到了林肯的"鬼魂"，并拒绝再在林肯套房中过夜。

第二次世界大战前，当戴高乐仅是一名法军上尉军官时，他所作的星占中有一个预言，他将成为法兰西的统治者。他后来还请瓦塞给他占卜，人们经常见到他们两人亲切交谈，不会想到他们是在谈星运。戴高乐曾对他说："瓦塞，你真行，既是好战士又是好占卜师。"

希特勒的副手鲁道夫·赫斯利用占星术给自己算了一卦，说自己应该飞往英国寻求和平。他到了英国之后，却被关进了监狱。德国外长里宾特洛甫说：赫斯"想出一个愚蠢至极的主意，试图通过英国法西斯集团开展工作，以诱降英国人"。在英国方面发布消息后，德国方面声称："赫斯显然已精神失常，成了精神错乱的牺牲品。"

在《米开朗琪罗传》的结尾，罗曼·罗兰说，伟大的心魂有如崇山峻岭。"我不说普通的人类都能在高峰上生存。但一年一度他们应上去顶礼。在那里，他们可以变换一下肺中的呼吸与脉管中的血流。在那里，他们将感到更迫近永恒。以后，他们再回到人生的广原，心中充满了日常战斗的勇气。"

诺贝尔奖获得者布坎南一直记得，20世纪40年代芝加哥大学流行一个说法："上帝并不存在，但奈特是它的先知。"他说，他就是在奈特的影响下而转变的，因为奈特一心一意地传达这样的信息：无论在科学的学术领域之内或之外，这世上都不存在其信息值得被捧到至高无上的神。

作家米勒在他的作品中多次列举了占星术具有象征主义的事例，他说过：占星学表明"宇宙有一种律动的模式"。

1944 年，解放的声音传遍了整个欧洲，第三帝国的日子已屈指可数。希特勒和戈培尔在慌乱之际，又一次捡起了占星术这根救命稻草，他们找人绘制了占星图。图上预言，战争将在 1945 年 4 月发生转折，第三帝国将重新崛起。4 月 12 日，美国的罗斯福总统突然去世。戈培尔立刻打电话给希特勒，兴奋地尖叫："我的元首，我祝贺你，罗斯福死了！这就是转折点！"

英国小说家弗吉尼亚·伍尔芙在谈到俄国小说家及小说中出现的人物时说："这些人活得多认真啊！"美国历史学家施莱辛格也有这样精炼的名言："在自由社会，焦虑驱使人民成为自由的叛徒"，在美国，"每个人的胸中都有一个斯大林"。

《纽约邮报》表达对罗斯福总统哀思的方式，简单隆重。有人评价说若总统有灵，也会深为感动。该报只是在每日伤亡栏栏首，发布一则消息：华盛顿 4 月 16 日电：最近一批部队死伤名单及其近亲的姓名：陆军—海军阵亡，富兰克林·德·罗斯福，总司令。妻：安娜·埃莉诺·罗斯福，地址：白宫。

泡利天生不适合做实验。据说他出现在哪里，哪里的实验室仪器就会有故障。有一次，某个著名物理学家的实验室仪器突然失灵。他们就开玩笑说："今儿泡利没来这地方啊。"过了不久，泡利告诉他们，那天他乘坐的火车在那个时刻在他们的城市短暂停留了一下。

爱因斯坦说："在我们的经验之外，隐藏着为我们心灵所不可企及的东西，它的美和崇高只能间接地通过微弱的反光抵达我们。满怀惊异地预感和寻求这种神秘，谦恭地在心灵上把握存在的庄严结构的暗淡摹本，对我来说，已是足够了。"

1957 年，吴健雄与她的合作者验证了杨振宁和李政道提出的宇宙不守恒。对于这个实验，泡利当初坚决认为不会得到预期的结果，他说，他不相信上帝是一个无能的左撇子。后来听到实验已经证实后，泡利几乎休克。

著名作家斯泰隆的母亲是名占星家，她曾预言斯泰隆会成为一名作家。斯泰隆也非常相信占星术，为了使自己将来的孩子有一个好的星相，他还同妻子塞奇商量好怀孕的日期。有一个占星师曾让斯泰隆特别当心那些重型的机械，不久以后，他在一家健身房刚锻炼完身体，一个重 300 磅的器械倒在他的身上，压伤了他的一块肌肉。

美国生态学家蕾切尔·卡森曾说："我们关注宇宙中自然奇观和客观事物的焦点越清晰，我们破坏它们的尝试就越少。"

卡洛尔·沃伊蒂瓦继位教皇后，成为约翰·保罗二世。保罗二世对聚集在圣彼得广场的人群致辞的时候只有 58 岁，他是 20 世纪最年轻的教皇。他对信众说："不要害怕。"这样的信息深深扎根于教皇本人的背景。

埃德温·哈勃研究了 46 个星系，证明了星系正在远离地球，也证明了远离的速度与星系和地球的距离有直接的关系。哈勃发现越远的星系，远离的速度越快，这个科学定律称为"哈勃定律"。以前人们还以为宇宙是静止的、不变的。哈勃说："这意味着宇宙可能开始于一次令人难以置信的大爆炸，也就是宇宙大爆炸。"

维特根斯坦说："凡可说的，都是可以说清楚的"，"凡不可说的，应当沉默"。

美国经济学家萨缪尔森记得他曾跟统计学者弗利曼打赌："如果魔鬼和你谈一笔交易，以一项精彩的理论交换你的灵魂，你会怎么办？""我不会答应，"弗利曼说，"但如换到的是不平等理论，则另当别论。"

画家巴克斯特为伊莎多拉·邓肯画了一张速写，表现了她非常严肃的神情，几绺鬈发感伤地垂在一边。巴克斯特还给她看了手相。"你会获得很大的荣耀，"他说，"但你会失掉你在人间最心爱的东西。"

为了向莫洛尔女士解释俄国革命，罗素曾说，布尔什维克专制虽然可怕，好像恰是适合俄国的那种政府："自问一下，要如何治理陀思妥耶夫斯基小说里那些角色，你就明白了。"

数学家哈代拒绝涉足任何带有崇拜色彩的地方，为了迁就他，剑桥大学特意在校规里加了一条，使他"可以豁免某些职责，不参加礼拜"。

英国著名作家毛姆晚年因患右臂疼痛症影响写作。当医生将毛姆的右臂右手检查一遍之后，就警告他说："先生，你不会写字，你拿笔的手指部位也错了，你右臂放在台子上的位置也错了！"毛姆听到医生的诊断后并不为忤，只轻声地答："医生先生，我已经这样写了几十年了。"医生听了毛姆的话大不以为然，他惋惜地说："可怜的人——你错了几十年了。"

苏联宇航员捷列什科娃经常回顾她返回地球时的场景："我降落在一片空地上，顷刻间有成千上万的人向我涌来。"一位老奶奶好奇地问："姑娘，你在天上看见上帝了吗？"捷列什科娃回答说："没有看到，也许我的轨道与上帝的轨道不同。"老奶奶感激地说："谢谢姑娘，你没有骗我。"

杜尚避免了一切对生命可能构成束缚的东西，其中包括对我们平常人来说必不可少的东西：职业、地位、财富和家庭。他在晚年总结说："我有幸在很早的时候就意识到人生不必拥有太多的东西，妻子、孩子、房子、车子，这些东西全都让人操心不已，人生沉重不堪。我一生总是轻装，不带任何负担，连计划打算亦是没有，那些也是负担。我只是随心任性地活着，所以我活得实在是很幸福。"

美国科普作家卡尔·萨根对地外生物的存在坚信不疑，他有一句名言："宇宙比任何人所能想象的还要大，如果只有我们，那就太浪费空间了。"

玻尔是丹麦伟大的物理学家，他在更广泛的逻辑关系上提出了解决彼此不兼容但又互为完整描述的一些现象，即互补原理。"'互补'一词的意义是：一些经典概念的任何确定应用，将排除另一些经典概念的同时应用，而这另一些经典概念在另一种条件下却是阐明现象所同样不可缺少的。"

美国演员格劳乔·马克斯在一次婚礼上大声训斥神甫："你为什么走得那样快？这是交了5美元的仪式，难道我们没有权利占用你5分钟吗？"

一天，法国文学家、艺术家简·科克特参加一个有不少熟人在场的聚会。中途有个人提到了有关天堂和地狱的话题，并请科克特发表自己的高见。科克特彬彬有礼地拒绝道："请原谅，我不能谈论这些问题，因为无论是天堂还是地狱，都有一些我的亲朋好友在那儿。"

在牛津上学的最后一年，斯蒂芬·霍金发现自己的行动越来越笨拙，他无缘无故地从楼梯上摔下来，差一点因此失去记忆。最终医生诊断他患了卢伽雷病，即运动神经细胞病，并宣判说，这个21岁的青年只能活两年。霍金后来说："我出院后不久，就做了一场自己被处死的梦。我突然意识到，如果我被赦免的话，我还能做许多有价值的事。另一个我做了好几次的梦是，我要牺牲自己的生命来拯救其他人。毕竟，如果我早晚要死去，做点善事也是值得的。"

钢琴大师鲁宾斯坦有非凡的耳朵。他的耳朵帮了他很多忙，其中之一就是使他能在观念中体验音乐。"早饭的时候，我脑海里响起勃拉姆斯的交响乐。"他说，"然后我去打电话，半个小时后我发现这部交响曲在继续进行并已到了第三乐章。"

阿西莫夫直至开始创作《撒谎者》，才真正总结出著名的机器人三大定律，这三条定律诞生于 1940 年 12 月 23 日，阿西莫夫去坎贝尔那儿与其探讨一个故事的构思。坎贝尔对他说："阿西莫夫，你必须记住，任何机器人都必须遵循三条定律。首先，它们不能伤害人类；其次，它们必须执行命令，而同时又不能伤及人类；最后，它们必须保护自己不受伤害。"

数学家托姆是法国人，35 岁得到数学界的最高奖菲尔兹奖。有一次，他同两位古人类学家讨论问题。谈到远古的人们为什么要保存火种时，一位人类学家说，因为保存火种可以取暖御寒；另外一位人类学家说，因为保存火种可以烧出鲜美的肉食。而托姆说，因为夜幕来临之际，火光灿烂多姿，是最美最美的。

"太阳女士"索莱伊，成名于 20 世纪 50 年代，70 年代开始在欧洲电台、电视台把持星相节目 20 多年，直到 1996 年 83 岁时去世。她家喻户晓的名气也有一半得自法国总统，说是在蓬皮杜时期的某次爱丽舍宫新闻发布会上，总统为搪塞记者顺口说了句"我又不是太阳女士"，意思是自己并非先知先觉，这句话一时成了法国人民的街头流行语。

阿姆斯特朗死后，在新奥尔良，成千上万的人走出家门，向出生在这块土地上的小号大师致敬告别。著名指挥马修·豪斯顿说："我们在葬礼上不需要死者的遗体，只需要死者魂归西天，与主同在。"一位曾经是鼓手的乐队指挥说："我们一路上本来要一直吹奏凄凉的乐曲，但人群中没有一个怀有凄凉情绪。"

年近 80 岁的杜尚接受一位作家的访问，作家问他："您想到过死吗？"杜尚回答说："我并不要另外一次生命或者轮回什么的，这有多麻烦。了解了所有的这些就很好，人会死得很幸福。"杜尚最后说："我非常幸福！"

1978 年夏天，福柯因车祸脑震荡而入医院。福柯曾对人说："从那以后，我的生活发生了改变。车祸时，汽车震撼了我，我被抛到车盖上面。我利用那一点时间想过：完了，我将死去；这很好。我当时没有意见。"

里根在任时笃信占星术。因为 1981 年 3 月 30 日，里根总统在华盛顿希尔顿饭店召开的一次劳工集会上发表演讲，在返回自己的轿车时遭到枪击，胸部受伤，而占星师琼·奎格利说她曾预测到 3 月 30 日会不利于总统，后来里根夫人南希与琼·奎格利关系密切，以致南希让里根一举一动都要按琼·奎格利所排出的日历行事。"南希找占星大师算命"成为公开的秘密。

泰西埃既是星相大师，又美貌可人。据说，密特朗通过私人秘书，电话约她在总统府图书馆共进早餐，欢谈一个半小时，让门外候见的美国黑人政客杰克逊干等。密特朗每次都对她提同样的问题："我的运程如何？法国如何？"

1993 年，普京的妻子遭遇了一次车祸，一场大火又烧毁了他们的房屋。普京因此成了一名东正教徒。在一次访问以色列之前，他的母亲给了他一个十字架并嘱咐他戴上。后来普京回忆说："我遵照她说的做了，将十字架戴在了脖子上。从那以后，我再没摘掉过它。"

法国哲学家利奥塔说："如果哲学家们帮助了这样一种观点：在不存在权威的地方存在权威，并予这种权威以合法性，那么他们就不再是在真正地思考。"

伊朗总统内贾德曾在演说时，多次提到西方国家对于章鱼保罗的推崇，称他们的行为是"迷信"。内贾德说，章鱼保罗传达出"西方宣传与迷信思想"，也体现了与伊朗为敌的一些国家的衰落与腐朽。内贾德称："对于像伊朗这样追求人性的完美、热爱所有神圣价值观的国家，其领导人不应该是相信这种事情的人。"

古巴革命领袖卡斯特罗有一句名言："我知道我会下地狱，但是我会在那里看到大资本家、窃贼、刽子手和美国总统们。"

暴言第七

Violent Words

十月革命前，俄国多次发生内乱。有一次，当国会议长打电报给沙皇尼古拉二世报告形势危急时，沙皇说："这个胖子又来对我胡说八道，我甚至无须回答他！"

据说，因为没有得到莎乐美的爱，尼采对女性的仇视和轻蔑在生命的最后七年达于极致："你到女人那儿去吗？别忘了带上你的鞭子。"罗素为此评论说："但是十个妇女有九个要除掉他的鞭子，他知道这点，所以他躲开了妇女，而用冷言恶语来抚慰他受创伤的虚荣心。"

德国物理学家普朗克说过一句常常被引用的话："女子从事学术研究是与她们的天性相违背的。"

德加的"厌女症"也是有名的。他说过："我结婚？我怎么可能结婚？如果我太太在我每次完成一幅画后，就娇声细语说：'好可爱的东西！'我不是一辈子都要痛苦不堪吗！"他又承认："我或许太过于把女人视为动物了。"

"一战"后，克列孟梭遭到无政府主义者埃米尔·科坦的狙击。科坦开了8枪，只中了1次，没有打死克列孟梭。科坦被捕并被判死刑。克列孟梭出面干预对这桩刺杀案的判决。他说："我们刚刚赢得这场历史上最可怕的战争，可是这位法国同胞使我们大失颜面——对着靶子开8枪，只中1次。当然由于他使用了危险武器，应受到制裁。但我建议：判他8年监禁，好让他集中精力在靶场上练练枪法。"

列宁和高尔基最后一次见面是在1920年10月20日，两个朋友谈得很不愉快。这次相聚也是分手，列宁一再要高尔基移居国外："如果你不走，那么我们就不得不送你走了。"

海克尔是德国优生论的启发人。他说过："我们的文明国家人为地养育着成千上万得了不治之症的人，比如神经病者、麻风病人、癌症病人等等，这对这些人本身和对整个社会没有任何好处。"

托洛茨基对知识分子无情，这名"赤色犹太人"早于戈培尔在德国而发出了同一威胁："历史的铁扫帚会把你们和其残渣余孽一起清除！"

伊戈尔·斯特拉文斯基曾经不屑于争论。1929年，他傲气十足地宣称他的音乐是"不需要讨论或批评的"。他说："人们对处于实用状态的人或事物是不作批评的。鼻子不是制造的，它是一种存在。我的艺术也是如此。"

衡定原则是弗洛伊德心理学的基本信条，这是他对精神病和其他一些现象的解释中最基本的部分。他说："当俾斯麦必须在国王面前压抑他的愤怒时，过后他往往把一只昂贵的花瓶摔到地上泄愤。"

1930年夏天，列宁夫人克鲁普斯卡娅在一个党组织的代表会议上演讲，批评斯大林的农业集体化与列宁的合作化方案毫无共同之处。在她发表演讲时，会议组织者立即向卡冈诺维奇报告，卡冈诺维奇赶到现场，反驳克鲁普斯卡娅："克鲁普斯卡娅不应该想当然地认为，由于自己是列宁的妻子，就可以垄断列宁主义。"

1933年1月，戈林等人策划了臭名昭著的国会纵火案，并将其嫁祸于共产党人，以此为由迫害德国的共产党，此事成为一个谜。戈林曾经兴奋地拍着自己大腿说："只有我真正了解国会大厦，因为我放火烧过它。"但他在受审时拒不承认。

1931年，《西线无战事》被列入纳粹的"放逐单"，即"黑名单"。1933年4月26日，这部小说又上了纳粹党的"褐名单"，成了典型的禁书之一。1933年5月10日，纳粹分子开始在柏林焚烧被禁的书，他们一边把禁书抛向熊熊大火，一边喊着"焚烧格言"。纳粹分子给雷马克的作品写的"焚烧格言"是："反对在文学上背叛世界大战中的士兵，为了本着真实精神教育人民，我把埃里希·马里亚·雷马克的作品扔到大火里！"

1933年，海德格尔与雅斯贝尔斯分道扬镳。海德格尔主张大家都投入纳粹运动，他本人卷入得很深，雅斯贝尔斯私下向海德格尔表示不快，海德格尔没有回答。雅斯贝尔斯以反犹为例力证纳粹之恶劣，海德格尔的回答是："然而犹太人确实有一个十分危险的国际联盟。"雅斯贝尔斯的夫人是犹太人，已经处于危险之中。

在大部分美国人已经支持妇女投票权的年代，霍尔姆斯仍然坚决反对，他对此的解释是："恕我直言，如果一个女人明确地问我为什么，我会回答她：'喔女王，因为我是公牛。'"

1936年，当墨索里尼吞并埃塞俄比亚，成功干预西班牙内政时，他在罗马的威望达到了顶峰。几万人聚在罗马的大广场，向墨索里尼致意，而他则流着眼泪激动地向他的民众宣布："我向你们保证，意大利已经成为一个世界强国了！"顿时响起狂热的欢呼声！"我要让意大利空军海军的马达声压倒一切声音，叫他们的天空盖住意大利上空的太阳，叫地中海成为意大利的内湖！"

1937 年，哲学家杜威领导了一个旨在调查当年莫斯科大审判真相的委员会，托洛茨基对委员会作过如下表白："我的生活经历既不乏成功，也不乏失败，这不仅没有毁掉我对光辉灿烂的人类未来的信念，反而使它更强烈了。这是对理性、真理、人类和谐的信念，我在 18 岁时就抱着这一信念。"

在纳粹德国发动入侵波兰战争之前，戈培尔操纵宣传机器煽动战争狂热。《柏林日报》大字标题警告："当心波兰！"《领袖日报》标题："华沙扬言将轰炸但泽——极端疯狂的波兰人发动令人难以置信的挑衅！"《十二点钟报》报道波兰人攻击 3 架德国客机。《人民观察家报》："波兰全境处于战争狂热中！上西里西亚陷入混乱！"……

邓尼茨为希特勒所欣赏，他最初只是个少将，但五年内就被元首提升为海军元帅。1943 年，元首又任命邓尼茨为海军总司令。邓尼茨也对希特勒无比崇拜，狂热忠诚，他说过："凡是自认为比元首强的人都是白痴。"

有传奇制片人之称的刘易斯·梅耶和电影明星的关系十分微妙，电影明星们都很害怕他。他曾经对一个明星怒吼："我造就了你，我也可以毁了你！"

"二战"开始，在跟墨索里尼会晤时，希特勒破口大骂西班牙人，因为他们参战的要价是 40 万吨粮食和相当大数量的煤油。希特勒说，当提到偿还的问题时，弗朗哥竟有脸回答说："这是一个将理想和物质相混湉的问题。"希特勒非常生气，因为弗朗哥竟将他说成是个"渺小的犹太人似的，为人类最神圣的东西进行讨价还价"！

十月革命以后，别尔嘉耶夫创建了"自由精神文化学院"，在各种研讨班上讲授自己的理论，并一度担任过莫斯科大学历史和哲学系的教授。1921 年，他因涉嫌"策略中心"案而被捕，经审讯后，被释放。次年夏天，他再度被捕，并被驱逐出境，理由是别尔嘉耶夫"已经不可能转向共产主义信仰"。

卡夫卡把他的《乡村医生》一书献给了父亲。当他的父亲接受这本书时，只说了这么一句："放在桌上吧。"

1941 年 10 月，东条英机任日本内阁首相。此前，他发表宣扬法西斯精神的"战阵训"，强调日军士兵"命令一下，欣然赴死"、"不自由应思为常事"。11 月初，以东条为首的日本政府，在御前会议上通过了对美国、英国和荷兰开战的决定。11 月中旬，东条在临时议会上发表战争演说，号召国民节衣缩食，声称"一亿国民齐上阵"。

1948 年 6 月，费雯丽和丈夫奥利弗抵达澳大利亚。夫妇发生了几次争吵，有一次，费雯丽拒绝上台演出，奥利弗打了她一巴掌，费雯丽给予还击并咒骂他，直到她走到舞台上。在巡回演出结束后，两人都精疲力竭并且身体不适，奥利弗对人说："你也许不知道，你在和一对骨瘦如柴的人说话。"后来他承认他在澳大利亚失去了费雯丽。

有一位正统的苏联画家被介绍与毕加索见面时说："我早已知道你是一名不错的共产党员，但恐怕我不喜欢你的绘画。""我也想对你这样说，同志。"毕加索回击道。

尼赫鲁曾同印度总督林利思戈勋爵有过一场争论。尼赫鲁对勋爵说："如果十年以后印度不能独立，我愿下地狱。"勋爵回答说："噢，您没有任何危险，我在世的时候，印度不会独立，尼赫鲁先生，您在世的时候也不会。"

在戈林访问罗马的这一天，美国总统罗斯福给希特勒和墨索里尼一封私函，力劝他们保证在 10 年之内，"或者，如果我们看得更远一些的话，甚至在 25 年之内"不再进行侵略。墨索里尼对此不屑一顾，最初拒绝看这封信，后来加了个蛮横的批语："小儿麻痹症的后果！"

"二战"后，戈林被关押起来。一次，在美国精神科医生对戈林诊病时，戈林对他讲："虽然我现在是纳粹的第一把交椅，但我不怕任何危险了！请你转告安德烈上校，他有幸与我们这些历史人物相处在一起，是他一生的骄傲！"

哈耶克组织的"朝圣山"学社，名字很难确定，章程不易出台，观点的交锋亦激烈。在一次开会讨论时，哈耶克和弗里德曼在货币问题上不能达成一致，而米塞斯因为有人支持政府干预收入再分配愤而退出会场，他说："你们都是一群社会主义者！"

尽管奥斯威辛集中营最终获得解放，110 万永远无法复活的幽灵却仿佛一条鞭子。哲学家阿多诺说："奥斯威辛之后，写诗是野蛮的。"

物理学家泰勒曾受人非议，因为他在 1954 年奥本海默忠诚问题的听证会上作了对奥本海默不利的证词："如果共和国的事务掌握在别人手里，我个人认为会更加安全。"听证会结束，奥本海默在国防科学方面走到了尽头。尽管奥本海默成为政治牺牲品的原因很多，泰勒的证词更不是奥本海默命运的决定性因素，但多数核物理学家还是认为泰勒背叛了奥本海默而无法原谅他。

人们能记住杜鲁门的女儿玛格丽特，是因为一位音乐评论家的轻蔑话语和她父亲的尖锐回应。当时，华盛顿的一位评论家保罗·休姆对玛格丽特的表演、音乐及演唱很不客气地批评了一番，她的总统父亲大怒并公开向全国发表了对那位评论家的看法。几年后回想起此事时，杜鲁门仍耿耿于怀。"第二天，这个休姆写下了最肮脏可耻的东西。我回了他一封信，告诉他要是让我抓住，我会敲掉他的下巴，踢出他的肠子。"

著名诗人庞德在"二战"时站在纳粹一边。兰登书屋要出版一本《英美著名诗选》时，老板贝内特·瑟夫看到书稿中有庞德的诗，非常生气，他说："要是我出版埃兹拉·庞德，我就该下地狱了。凡是在我名下出版的书，一律不能收录他的东西。"结果，没有收录庞德诗的书一出版就遭到舆论的普遍指责。

1954 年，数学家厄多斯被邀请参加一个在阿姆斯特丹举行的学术会议，他因此向美国移民局申请再入境许可证。那时正是麦卡锡时代，美国处于一片红色恐惧之中。移民局的官员问他："你母亲是否对匈牙利政府有很大的影响？你读过马克思、恩格斯或者斯大林的著作吗？""没有。"厄多斯回答。"你对马克思如何评价？""我没有资格评价他，但毫无疑问他是个伟人。"

当苏共总书记赫鲁晓夫在共产党大会上谴责斯大林的罪行时，有人从听众席中给他递了一张条子，问他："那时候你在哪里？"赫鲁晓夫通过扩音系统把条子念了一遍，并且喊道："谁写的这张条子谁就站起来。"没有人站起来。赫鲁晓夫说："好吧！我当时就在你现在的那个地方。"

印度尼西亚总统苏加诺多次离婚，女友和情妇无数。突尼斯总统布尔吉巴在回忆录中说，当年苏加诺访问突尼斯，两国首脑举行会晤时，本来有许多重要的问题要商谈，不料苏加诺向布尔吉巴提出的第一个要求竟然是："我要一个女人。"

帕斯捷尔纳克获得了诺贝尔文学奖，苏联反应强烈。他被苏联作家协会开除会籍，甚至有人举着标语游行要求将其驱逐出境："犹大——从苏联滚出去！"帕斯捷尔纳克只好拒绝领奖，他告诉诺贝尔委员会："鉴于我所从属的社会对我被授奖所作的解释，我必须拒绝领奖，请勿因我的自愿拒绝而不快。"

1964 年，布罗茨基被法庭以"社会寄生虫"罪判处 5 年徒刑，送往边远的劳改营服苦役。从那以后，只写过一些诗作的 23 岁的布罗茨基变成了一位受到"群氓"审判的原型诗人。本来还没有多大名声的他，因这荒唐的审判成了家喻户晓的人物。法国诗人夏尔多勃发表强烈的谴责：在一个卫星在太空中飞行的时候，列宁格勒却在审判一位诗人！

在越南战争期间，美国影星卜合到越南前线劳军演出。他的搭档问他："你经常拿总统、议员、州长和其他大人物开玩笑，怎么从没出过毛病？""没有出过毛病？"卜合反问，"你想我怎么会一再到越南来的？"

赢得罗马奥运会金牌的时候，阿里只有 18 岁。在获得冠军后，阿里久久不愿意摘下金牌。在回到美国之后，有 25 辆汽车组成的车队来迎接他。不过当他戴着金牌，走进一家汉堡店要点一杯饮料时，他还是听到了一句话："只给白人营业。"阿里一怒之下，将这块金牌扔进了河里。

法拉奇问基辛格："基辛格博士，人们说您对尼克松根本不在乎，说您关心的只是您干的这一行，同任何一位总统都可以合作。"虚荣而傲慢的基辛格同意说："我丝毫不怕失去群众，我能使自己做到想说什么就说什么，就像独自骑马领着一支旅行队走进一个狂野的西部神话。"付出代价的基辛格后来说，他"一生中做的最愚蠢的事"就是接受法拉奇的

"采访"。

纳博科夫自承，许多知名作家对他来说并不存在。布莱希特、福克纳、加缪，还有许多别的作家，对他来说完全不存在。他说："当我静观查泰莱夫人的性行为或者庞德先生——一个十足的骗子——做作的胡言乱语被批评家和低能作家尊为'伟大的文学'时，我真是怀疑他们是不是在戏弄我的智力。"

数学家厄多斯喜欢创建一些"密语"，例如他把上帝称呼为"崇法SF"，意为"Supreme Fascist"，"最大的法西斯"。不过这一习惯对于不了解他的人很"残忍"。

博尔赫斯攻击贝隆说："阿根廷的先民用残剩的黑种奴隶充当炮灰是明智之举，清除国内印第安土著是历史性的成就，使人遗憾的只是留下了无知的种子让贝隆主义滋长。"1976 年，他从独裁者皮诺切特手中接受了大十字勋章。他曾连续十几年获得诺贝尔文学奖提名，但没有获奖。在他接受皮诺切特的勋章之后，瑞典文学院院士阿瑟·伦德克维斯特发表公开声明：这一勋章让博尔赫斯永远失去了获得诺贝尔文学奖的机会。

伊朗国王穆罕默德·礼萨·巴列维曾对采访他的女记者说："妇女很重要，除非她们漂亮、娇媚、有女人味。在法律上男女是平等的，但是在智力上不平等。"

1979 年苏联入侵阿富汗。英国勋爵卡林顿到莫斯科去提议就阿富汗问题举行国际会议，葛罗米柯冷冷地回答说，这是不现实的要求。卡林顿问他："你不认为阿富汗 1900 万居民中 300 万或 400 万因苏联的干涉而成为难民逃到巴基斯坦这一事实很可怕吗？"葛罗米柯说："他们不是难民。阿富汗人一向都是游牧民族。"

艾柯卡被解雇一周后，负责公共关系的墨菲接到了大老板亨利·福特二世半夜里打来的电话："你喜欢艾柯卡吗？""当然！"墨菲回答。"那你被开除了。"

阿隆对暴力有过研究，他说："暴力本身的吸引力、诱惑力要大于排斥力！"他的破解之道仍在于自觉："永远不要急于下定论，也不要以绝对真理已掌握在自己手中的姿态来判定自己的论敌。"他为此常引用伯克的名言："审慎是这个俗世的神。"

英国作家萨曼·拉什迪因出版一本名为《撒旦诗篇》的小说，遭到了伊斯兰世界的强烈反对。伊朗宗教领袖霍梅尼宣布判处拉什迪死刑。拉什迪为此公开道歉："我认识到世界各地穆斯林因我的小说出版而忧伤。我对该书出版后给伊朗伊斯兰教忠实信徒造成的痛苦而深感遗憾。"但是拉什迪的道歉被霍梅尼拒绝了。霍梅尼说："即使拉什迪忏悔并成为虔诚的人，也不能得到宽恕，每个穆斯林应以自己拥有的任何手段送他去监狱。"

凯斯·桑斯坦研究过群体行为的心理学，他想回答的问题是："恐怖主义为什么在全世界蔓延？为什么会发生激进的学生运动或群体事件？互联网上为什么充斥着极端的言论？人们为什么疯狂地投资房地产或股市直到泡沫破灭？……简而言之，人们为什么会走极端？"结论是，这是群体思维——社会流瀑效应作怪。

埃里森曾在耶鲁大学校庆上口出狂言，他把自己和比尔·盖茨等非大学毕业者大夸了一通，最后还安慰那些自尊心受到伤害的耶鲁毕业生，他说："不过在座的各位不要太难过，你们还是很有希望的；你们的希望就是，经过这么多年的学习，终于赢得了为我们这些人（退学者、未读过大学者、被开除者）打工的机会。"

—

变异第八

Variation

—

托尔斯泰没有获得过诺贝尔奖，瑞典文学院曾解释说，托尔斯泰落选的原因在于，他对道德持怀疑态度，对宗教缺乏深刻认识。尽管外面闹得沸沸扬扬，托尔斯泰本人却十分淡漠，他说幸亏没获奖，因为金钱"只会带来邪恶"。

罗丹发现了卡米尔，意识到她是一位了不起的大师，他们相爱了。卡米尔多次要求罗丹在妻子和她之间作出选择，她甚至怀有身孕。而罗丹退却了，他显出了优柔寡断和患得患失。他无力地为自己辩解说："我需要宁静、忘却和创作……"卡米尔的激情变成了自己的坟墓，无论爱情还是创作。她的母亲跟疯人院院长说："正是她自己宣判了自己的死刑。"

19世纪末20世纪初的剑桥有一个引人注目的团体，凯恩斯曾说，这个团体几乎全是女士，一个学期内一次或两次由每个人在家里轮流做东。女主人不仅要备办一顿美餐（但不准喝香槟），还要提出一个适宜的谈论题目。如果必要，还可以介绍一位外面的女士参与进来。团体人物一时称盛。经济学家马歇尔的夫人暮年回忆时感叹说："看来，如今的'人物'不像以前那么多了。"

勃洛克高歌十月革命，他曾任全俄诗人协会彼得堡分会主席，预言莫斯科点燃的火焰将烧遍全球。这名发誓"以全部身体、心灵和智慧听命革命"的首席红色诗人，却因为外祖父的庄园被农民付之一炬而精神崩溃，心脏破碎，卒年40岁。

摩尔根父亲和母亲的家族都是当年南方奴隶制时代的豪门贵族。虽然由于南北战争中南方的失败，家境已经败落，摩尔根父亲和母亲却都以昔日的荣耀为自己最大的自豪，并希望小摩尔根能够重振家族的雄风。摩尔根家族出过外交官、律师、军人、议员和政府官员，却从来没有出过一名科学家，摩尔根是一个"异类"。用他自己日后所创造的遗传学术名词来形容的话，他是摩尔根家族中的"突变基因"。

1916年，杜尚在美国完成了他划时代的第一件"现成品"作品：一把雪铲。杜尚从商店里买来便送去展览，美国人问："何意也？"杜尚答："无意。"美国人说："否，得有意义。"杜尚便在上面写了一行字："胳膊折断之前。"美国人再问："此乃何意也？"杜尚答："铲雪的时候会折断胳膊。"杜尚一直在为这所谓的"意义"感到遗憾。

1918年11月8日，在法国东北部的贡比涅森林，福煦元帅作为协约国谈判首席代表在行军列车里接受了德国的停战谈判。福煦傲气凌人地对德国人说："汝等来此做甚？"德国方面回答："想听贵方停战建议。"福煦说："停战建议？吾人无。吾人愿继续战斗。"如此好说歹说……第一次世界大战正式结束，福煦以"大战终结者"载入史册。

庇古是经济学家中以古怪个性而著称的人之一，他的性格经历了一次极端的转变。在早年，他是一个快乐的、爱开玩笑的、爱社交的、好客的单身汉，但是后来他变成了一个相当怪僻的隐士。他的朋友解释他的转变："第一次世界大战对他是一个很大的冲击，战后他就不再是原来那样了。"

威尔逊在巴黎和会上提出的"十四点原则"被很多政治家质疑，在国内国外都受到非议，实践更不如意。英国政治家尼柯尔森形容威尔逊倡导下的巴黎和会："我们初来巴黎时，对即将建立的秩序满怀信心；离开时，则已经觉悟，新秩序不过比旧秩序更加纠缠不清。"

美国有一位百万富翁，他的左眼坏了，花很多钱请人装了一只假眼。这只假眼装得特别逼真，让百万富翁十分得意，常常在人面前炫耀自己。有一次，他碰到作家马克·吐温，就问他："您猜得出来吗，我哪一只眼睛是假的？"马克·吐温指着他的左眼说："这只是假的。"百万富翁万分惊异："您怎么知道的？根据是什么？"马克·吐温回答说："很简单，因为你这只眼睛里多少还有一点点慈悲。"

韦伯谈到资本主义时说："没有人知道将来是谁在这铁笼里生活；没有人知道在这惊人的大发展的终点，会不会又有全新的先知出现；没人知道会不会有一个老观念和旧思想的伟大再生；如果不会，那么会不会在某种骤发的妄自尊大情绪掩饰下产生一种机械的麻木僵化呢，也没人知道。因为完全可以这样来评说这个文化发展的最后阶段：'专家没有灵魂，纵欲者没有心肝；这个废物幻想着它自己已达到了前所未有的文明程度。'"

曾任苏俄外交人民委员的契切林终身未婚，生活如同清教徒，每天几乎只靠面包和清水过日子。除了工作，就是弹莫扎特的曲子。他说："我有的只是革命和莫扎特。"

卢森堡自称是一个永远的理想主义者。她说："确保以纯洁的良心去爱所有的人，那样一种社会制度是我的理想。只有在追求它并为之奋斗时，我才有可能产生憎恨。"1917 年，斯巴达克同盟鉴于她在狱中健康恶化，考虑到她拥有俄属波兰地区的出生证，试图向官方提出要求，放她出狱到俄国去。她拒绝了这一营救计划。在革命队伍中，她以思想激进和意志坚强著称，所以，帝国主义者及右翼分子称她为"嗜血的'红色罗莎'"。

西蒙娜·薇依曾引用古西班牙诗句，说君主如何整体地消化了被征服者，把他们连根拔起；而革命，同样把对王冠俯首称臣的人民锻炼成为一个整体。这句诗是："这块土地 / 可耻地征服了自身。"

弗洛姆在批判独裁者如恺撒、希特勒的自恋时说："他越是想成为神，他自身就越与人类种族相分离；这一分离使得他恐慌，每个人都成为他的敌人。而且，为了免受恐慌之苦，他不得不增强他的权力、他的残忍和他的自恋。"

据房东太太说，希特勒作讲演前，必先在大镜子前练习其姿势，一练就是几小时。不久，他便熟练地掌握了各种各样的风格，在会议开始前，他总要问清听讲的对象是什么人。"我该用什么风格？民族的，社会的，还是感伤的？当然啰，这一切我样样齐备。"

作家穆齐尔这样描述他的祖国奥地利："在法律面前所有的公民是平等的，但是并不是所有的人正好都是公民。"奥威尔则在《动物庄园》中写道："所有的动物一律平等，但有些动物比其他动物更平等。"

1927 年，麦克阿瑟发表过一篇演讲，向那些愿意听的人们阐述了他的军人职业价值观。他说，这个国家应感谢军队，"从《大宪章》时代到现在，我们这个制度的几乎一切有价值和值得保留的成就都是靠武装士兵取得的"。他还说，西方文明如今面临的最大危险不是野蛮的战争，而是一种新的、潜伏的威胁："野蛮的讲排场的奢侈。"

在爱因斯坦发表《不回德国的声明》后，普鲁士科学院公开谴责爱因斯坦，说他"不仅成为德国现政府的敌人，而且也是德国人民的敌人"。普鲁士科学院指出，爱因斯坦本来可以"为德国讲句把好话，在国外本来会产生巨大的影响"。爱因斯坦对此回答道："要我去作你们所建议的那种见证，就等于要我放弃我终身信守的关于自由和正义的见解。"

1933 年春，海德格尔突然对纳粹运动大感兴趣，让雅斯贝尔斯大为惊讶。当雅斯贝尔斯问他，像希特勒这样一个没受过教育的粗人如何能领导德国，海德格尔的回答是："教育根本无关紧要，你就看看希特勒那双手，多了不起的手。"雅斯贝尔斯没有继续与他争辩。

早在 1934 年，当赫斯代表全体纳粹党人向希特勒效忠时，其所说的话从麦克风中传到了每一个德国人的耳朵里，在他们的内心中引起了共鸣。"这个宣誓使我们把生命寄托在一个人的身上。照我们所相信的，这个人是替天行道的。不要用你们的头脑去寻找希特勒，他是存在于你们的心灵之中。希特勒就是日耳曼，日耳曼就是希特勒。日耳曼就是我们在地球上的上帝。"

高尔基晚年回到苏联，有意无意地做了御用文人。在苏联集体化时期，高尔基提出了一个口号："敌人不投降，就让他灭亡！"他还为斯大林的政策辩护说："必须无情地、毫无怜悯地消灭敌人，不要理睬那些职业的人道主义者的喘息和呻吟。"

斯大林曾在高尔基的一本书后面留下轰动一时的批示："这本书写得比歌德的《浮士德》还要强有力，爱情战胜死亡。"批示上"爱情"一词的俄文拼写有误，少了末尾一个字母。一时间，大家手足无措。有两名教授论证说："世界上存在着腐朽没落的资产阶级爱情以及新生健康的无产阶级爱情，两种爱情截然不同，拼写岂能一样？"编辑请斯大林过目一下。斯大林的指示是："笨蛋，此系笔误！"

法西斯甚嚣尘上之际，教会虽未把希特勒看成弥赛亚或上帝，但也对他的 50 寿辰表示庆贺。日耳曼人的每个教堂都特地做了许愿弥撒，"祈求上帝保佑元首和人民"。梅因斯的主教还号召各教区的天主教徒特意为"帝国的鼓舞者、扩大者和保护者元首和总理"祈祷。教皇也给希特勒发来了贺电。

丘吉尔很早就以反布尔什维克知名。他宣称："在历史上所有的暴政中，布尔什维克的暴政是最坏的，最具破坏性和最为卑劣。"他认为英国对苏联的政策应当是"把德国养起来，并迫使它同布尔什维克主义斗"。曾有人问他说："您对俄国的政策是什么？"丘吉尔回答说："消灭布尔什维克，同德国佬接吻。"

德国吞并奥地利当天，红衣主教英尼泽划着十字向希特勒表示问候，并说，只要教会能保持其自由，奥地利的天主教徒们就会"变成大帝国的最忠实的儿子。在庄严的今天他们已被带回大帝国的怀抱"。据说，听到这位红衣主教的爱国言论希特勒很是高兴，希特勒热烈与他握手，"保证他要什么给什么"。

"二战"期间，意大利外交部部长齐亚诺在日记中写道："要打仗了，真是的，该死的战争，诅咒你，不能让我的晚上好好快乐，不能让我在明媚的阳光下打高尔夫！"而他此前在公众场合上的话是："战争，无疑是一个意大利人高贵血统中最珍贵最本质的部分！为了战争，欢呼吧，伟大的罗马人！"

奥威尔为了体验穷人的生活，曾经伪装成酒醉的流浪汉，去辱骂一个警察。他想被抓到监狱里去，以便尝尝跟穷人一起过圣诞节的滋味。但是那个警察从他醉酒后的口音中，一下子听出这个身披借来的破烂衣服的醉鬼是一个出身伊顿公学的地道绅士，他没有上钩，而是善意相劝，叫奥威尔乖乖地回家去。奥威尔说："英国人的阶级烙印是打在舌头上的。"

为了争取法军归顺，试图"兵不血刃"地取得战役成功，英美策划营救出被囚禁的法国将军吉罗，并将其送到直布罗陀盟军司令部。美国驻阿尔及尔总领事墨菲也积极争取北非法国驻军首领魏刚和朱安等法军将领。这些法国军人本来就不愿为德军打仗，魏刚曾对墨菲说过："假如你仅仅带 1 个师来，我将向你开枪；假如你带 20 个师来，我就要拥抱你了。"

贵族出身的作家阿·托尔斯泰回到苏联后，受到政府的青睐，无产阶级政府甚至准许他留用过去的仆人。据说，阿·托尔斯泰的仆人常常在电话中这样回答对方："殿下这会儿在党中央委员会。"1945 年，这位"托尔斯泰同志"逝世的消息是用一份特别电文向全国公布的，签名的有政府、党、军队、科学的官员，他的殓仪场面相当于国葬。

以色列国父本·古里安当面对魏茨曼说："我一生都爱你，毫无疑问，你是值得整个犹太民族尊敬和爱戴的。"但他背后又常常说魏茨曼的坏话，对他进行冷嘲热讽，揶揄挖苦，说魏茨曼"长相邋遢"，"缩头缩脑"，讲话"谎话连篇"，为人"恬不知耻"等等。

1946 年，苏共中央作出决议，开展一场以女诗人阿赫马托娃和作家左琴科为靶子的批判运动。法捷耶夫在批判大会上作报告，他严厉谴责两位作家是"阶级异己分子"，他还批评诗人帕斯捷尔纳克"不问政治，无思想性，脱离人民群众生活"。可是几天后他同爱伦堡聊天时忽然说：

"你想听听真正的诗歌吗？"接着便朗诵起帕斯捷尔纳克的诗来。

本尼迪克特谈到日本人曾说："只要有天皇下令，纵然只有一杆竹枪，（日本人）也会毫不犹豫地投入战斗。同样，只要是日本天皇下令，他也会立即停止战斗。……如果天皇下诏，日本在第二天就会放下武器。……连最强最好战的满洲关东军也会放下武器。……只有天皇的圣旨，才能使日本国民承认战败，并情愿为重建家园而生存下去。"

盟军与达尔朗达成协议一事在英美国内以及在自由法兰西的拥护者中引起了强烈不满。罗斯福遂于 11 月 18 日发表声明称："目前在北非和西非所作的安排，仅是由于战事紧迫而不得已采取的一种权宜之计。"两天后罗斯福又对记者引用了一个流传在巴尔干的古老的希腊教会的格言："在大难临头之际，你们可与魔鬼同行。"声名狼藉的达尔朗哀叹自己"仅是一个被美国人挤干后将要扔掉的柠檬"。

波兰数学家伯格曼离开波兰后，先后在美国布朗大学、哈佛大学和斯坦福大学工作。他不大讲课，生活支出主要靠各种课题费维持。他的外语得不到锻炼，无论口语还是书面语都很晦涩。伯格曼本人从不这样认为。他说："我会讲 12 种语言，英语最棒。"事实上他有点口吃，无论讲什么话别人都很难听懂。有一次他与波兰的另一位分析大师用母语谈话，不一会儿对方提醒他："还是说英语吧，也许更好些。"

1944 年底，欧洲战事行将结束。在洛斯·阿拉莫斯研制原子弹的科学家们开始从道德角度，思考继续研制这种大规模杀人武器的必要性。实验物理部主任威尔森就此问题和奥本海默进行了长时间谈话。他建议，举行一个正式的会议来公开讨论原子弹是否必要的问题。威尔森发现奥本海默面有难色："他建议我们说点别的什么，因为他不想让那些安全人员来找我的麻烦。"

1946 年 8 月 14 日，当时的苏共中央作出决议，严厉批判左琴科和阿赫玛托娃。文学界红人、向来讲话"义正词严，高屋建瓴，势如破竹"的日丹诺夫，在报告中发表了赫赫有名的评价，指斥阿赫玛托娃："不知是修女还是荡妇，更确切地说，是集淫荡与祷告于一身的荡妇兼修女！"

1949 年 2 月，有人问法共领袖莫里斯·多列士："假如苏联军队占领巴黎，法国共产党将会怎么办？"多列士回答说，法国工人将伸出双臂欢迎他们。

巴巴耶夫斯基是苏联作家歌颂派的代表，他的《金星英雄》和《光明普照大地》是美化苏联农村生活的代表，他只会死乞白赖、蛮不讲理地歌颂。法捷耶夫接到上面送来的手稿后说："世界末日到了，我们简直没法儿活了。"但这部小说荣获 1948 年斯大林文学奖一等奖后，巴巴耶夫斯基一步登天，日丹诺夫把他召到莫斯科，问他有什么需要，党都将满足。巴巴耶夫一时荣华富贵，"所有的人都向他鼓掌喝彩⋯⋯人们称他为人类的伟大诗人。"

在贝隆统治时期，因为从图书馆管理员"升任"市场家禽及家兔稽查员而受辱的博尔赫斯成了反贝隆主义者，他多次不惜用最尖刻的语言怒骂贝隆与伊娃·贝隆。在美国接受采访的时候，人们问他对贝隆的看法，他说，"百万富翁们的事我不感兴趣"；人们又问他对艾薇塔·贝隆的看法，他说，"婊子们的事我也不感兴趣"。

果尔达·梅厄 19 岁时与莫利斯·麦尔森结婚，婚后两星期，她接受任务到美国西海岸通过宣传犹太复国主义筹集资金。她父亲火冒三丈："谁会撇下新婚丈夫独自出行！"梅厄是个着魔于犹太复国主义的人："我准备着浪迹天涯"，"让我做什么，我就去做，党说要我去，我就去"。

苏联优秀的讽刺作家左琴科经日丹诺夫点名后，又遭多次批判，在他年逾花甲时，唯一关心的就是能否领取退休金。1955 年 8 月他写信说："中央决议后被开除作家协会，1953 年重被吸收。这七年我从未中断写作，我的小说发表在《新世界》《鳄鱼漫画》和《星火画报》等刊物上，还出版了五本翻译作品……我从事文学创作 35 年，并获得下列奖章：一、劳动红旗勋章；二、伟大卫国战争忘我劳动纪念章。请分会为我申请退休金。"

1961 年 4 月，加加林在人类历史上第一次从宇宙空间俯瞰地球，他说，"地球是蔚蓝色的"，"绝不允许破坏这美丽的地球"。赫鲁晓夫说："加加林都飞到太空了，也没看到什么神在那里。"媒体把它写成加加林从太空中传回地球："我在这里没看到神。"

1966 年 5 月，麦克卢汉在一次加拿大的管理学会议上说："我再也不会说'媒介即讯息'……从现在起，我相信，媒介即按摩。"

1968 年，三岛由纪夫组织了"盾会"，声称要保存日本传统的武士道精神。1970 年 11 月 25 日，三岛带领 4 名盾会成员在日本陆上自卫队东部总监部，以"献宝刀给司令鉴赏"为名骗至总监办公室内，将师团长绑架为人质。三岛在总监部阳台向 800 多名自卫队士官发表演说："日本人发财了，得意忘形，精神却是空洞的，你们知道吗？"但是没有人响应，甚至大声嘲笑三岛是疯子。

简·芳达是在海滨两岸长大的孩子，出生后不久迁到好莱坞，以后几年沿这条线路反复穿梭多次。她是个好动的野丫头，发疯般去博得父亲的爱。她告诉《女士先生》杂志："唯一对我有巨大影响的是我的父亲，他有力量，即使他不在，干任何事时都有他在场的感觉……我成为我父亲的儿子，一个调皮男孩，我想变得勇敢，让他喜欢我，变得强硬而壮实。"简自承："我心灵深处一直很想成为一个男孩。"

胡志明曾想跟他的中国恋人结婚，但越南共产党的同志们不同意，一位领导人对他说："你曾说过越南不解放就终身不娶，这句话影响很大，一旦你违背诺言，就意味着我们放弃了解放南方的神圣事业，这不仅有损你的国父形象，连越南共产党也将从此声名扫地。所以，我宁可被你指责、憎恨，也不能让越南老百姓唾骂我们是千古罪人！"

对经济学家来说，100 个人常常是有着 100 个以上的观点，而且这些观点可以很好地共存，这是其他学科难以看到的盛况。有人说："两个观点截然相反的人能够分享同一届诺贝尔奖，这种情况只有在经济学中才会出现，如缪尔达尔和哈耶克。"

一次，菲律宾的一位议员攻击美国，尼克松向罗慕洛问起情况。罗慕洛回答说："他是美国的一位伟大的朋友。""您不懂菲律宾的政治。在这里，政治家成功的诀窍是：'使美国人受不了，又恳求他们别离开。'"他还感叹说："你们美国人把我们教育得太妙了。我们把美国政治制度中过了头的东西全盘接了过来，而且把它们发展了。"

休·海夫纳承认，他的母亲生活得很压抑。"在我的家庭中没有拥抱和亲吻，"他说，"从某种程度上说，我的生活就是那种生活的矫枉过正。"

贝克特是一个现代隐士，在巴黎过着完全与世隔绝的生活。他确实喜欢沉默、孤独和宁静，他知道，沉默和独处对他的写作是至关重要的，他最痛恨别人窥视自己的私生活。但事实上，他交游广泛，朋友和熟人足足有数百人，他们来自五湖四海，各行各业。有人感叹说："我从来没有见过这么多人争先恐后，不顾舟车劳顿地赶着上巴黎去见一个所谓的隐士！"

萨缪尔森拒绝了去政府任职的机会。在他看来，那样会妨碍他自由地著书立说。作为美国财政部、预算办公室和总统经济顾问委员会的顾问，他并不否认："每当我成为一个联邦机构的顾问，那常常意味着它的衰落。"

费曼经常发出惊世骇俗之语，比如以下两句名言："物理之于数学好比性爱之于手淫。""物理跟性爱有相似之处：是的，它可能会产生某些实在的结果，但这并不是我们做它的初衷。"

1979 年 2 月，日本岩井公司因卷入洛克希德贿赂丑闻而陷入困境。为挽救公司名誉，时任公司执行总裁的岛田光弘自杀谢罪。他在遗书中写道："公司生命永在。为了公司的永存，我们必须奉献。"

诺贝尔经济学奖得主缪尔达尔曾在《亚洲的戏剧》一书中说：简单地追随西方工业化的脚步，将很难实现国家的全面发展，最终可能人为地造成繁荣的现代城市与停滞的传统农村之间的鸿沟。这就是人们常说的"缪尔达尔的困境"。

14 岁的麦当娜参加舞蹈班时遇到了克里斯托弗·弗林，他是个同性恋者，成为麦当娜的老师、榜样、知己和精神伙伴。弗林在麦当娜以后的中学生活中有重要影响，因为他的影响，麦当娜专心跳舞，与弗林形影不离，包括与他男朋友们发生性关系。麦当娜以玩世不恭的态度对待贞操，说："我以丧失贞操作为事业的动力。"

"金融大鳄"索罗斯曾想当一名哲学家，试图解决人类最基本的存在问题。但他很快得出一个戏剧性的结论，要了解人生的神秘领域的可能性几乎不能存在，因为首先人们必须能够客观地看待自身，而问题在于人们不可能做到这一点。

米奇尼克去西欧访问时，发现在东欧和西欧的持异议者之间"存在着悖谬的联系"。他经常被问及是左派的还是右派的，他从朋友那里借来的两句话回答他们。第一，"我们不是来自左派的或右派的阵营，我们来自集中营"；第二，"我们是全新的"。在意大利他反复提出的一个问题是："意大利的工人是否准备支持波兰工人？"因为波兰工人正在反对意大利工人所支持的共产主义阵营。

有人曾问英国首相布莱尔："阿拉法特以恐怖分子开始，以诺贝尔和平奖获得者结束，会不会有那么一天，本·拉登也会被世人当做民族解放的英雄？"

改革者丘拜斯在俄国经历了如日中天和身败名裂的过程，他的哥哥伊戈尔跟着受到影响。伊戈尔曾到医院做腿部手术，当医生在做检查时知道他姓丘拜斯后，厉声说："如果你是'那个人'的亲戚，我绝不为你做检查。"相反，4年前当伊戈尔严重违反交通规则被警察拦住后，却听到这样热情的话语："您怎么不提前打个招呼，我们本可以护送您。"

布罗茨基说，自从有浪漫主义以来，便有诗人同暴君对抗的概念，"如果说这在历史上曾属可能，现在则纯粹是梦呓：暴君再也不会提供面对面较量的机会"。

隔膜第九

Estrangement

1910 年 11 月 10 日，82 岁高龄的托尔斯泰从自己的庄园秘密离家出走，躲在一个三等火车车厢里。他患有肺炎，最后客死在阿斯塔波沃车站的站长室里。托尔斯泰弥留之际，全球各地的记者云集这个小车站，他的所有子女也都来到膝下，但托尔斯泰临死也不想见妻子一面，可谓悲惨至极。威廉·夏伊勒曾感叹道："他们在各方面都得天独厚，唯独不具备相互理解的能力。"

1913 年，奥斯特瓦尔德组织起"退出教会者委员会"，并与其他反教会组织联合行动，就集体退出和与教会势力进行斗争的政治目标制定了行动方案。他说："现在，教会不仅不是世纪的文化的责任承担者，而且是对文化的压抑。""退出教会是 20 世纪文化的第一步，是顺理成章的一步。"

伯恩施坦变成修正主义后，倍倍尔、李卜克内西等人都批评他，考茨基则质问伯恩施坦："你宣称价值理论、辩证法、唯物主义、阶级斗争、我们运动的无产阶级性质、资本关于原始积累的结论都是错误的，那么，马克思主义还剩下什么呢？"

有人如此说泰勒：一个由于视力被迫辍学的人；一个被工人称为野兽般残忍的人；一个与工会水火不容，被迫在国会上作证的人；一个被现代管理学者不断批判的人；一个在死后被尊称为"科学管理之父"的人；一个影响了流水线生产方式产生的人；一个被社会主义伟大导师列宁推崇备至的人；一个影响了人类工业化进程的人。

数学家外尔刚去哥廷根的时候，被拒之"圈"外。所谓的圈，是指托伯利兹、施密特、赫克和哈尔等一群年轻人，大家一起谈论数学物理，很有贵族的感觉。一次，大家在等待希尔伯特来上课，托伯利兹指着远处的外尔说："看那边的那个家伙，他就是外尔先生。他也是那种考虑数学的人。"

1918 年 5 月，重新卧床的爱因斯坦患了黄疸病。不久，爱因斯坦在身体基本康复后，就决定与米列娃离婚，和艾尔莎结婚。离婚判决书于 1919 年 2 月 14 日取得，并且约定爱因斯坦的诺贝尔奖奖金归属米列娃。多年之后，爱因斯坦曾谈到米列娃："她从不原谅我们的分居和离婚，她的性情使人联想到古代的美狄亚。这使我和两个孩子的关系恶化，我对孩子向来是温情的。悲观的阴影一直继续到我的晚年。"

《吉檀迦利》的出版引起了轰动，人们被诗中崇高的思想和华丽的语言深深地吸引住了。1913 年 11 月，当泰戈尔得知他获得诺贝尔文学奖的消息后，一群崇拜者从加尔各答乘专车来向他致敬。对这些崇拜者，他不无讽刺地说，他们中的许多人以前从不赞扬他，有些人根本就没有读过他的作品，只是因为西方承认了他，他们才开始赞美起他来。他说："对于他们奉上的荣誉之杯可以吻一下，但里面的酒我是不会喝一口的。"

1921 年，当卢那察尔斯基为马雅可夫斯基辩护，称"未来派支持共产主义"时，列宁说："他们那一套是流氓主义。"在自杀前，马雅可夫斯基曾在普列汉诺夫学院举行诗歌朗诵会。他站在台上高声朗诵，朗诵得声带发疼，可台下毫无反应。"同志们，听懂了吗？""我们听不懂！"他又朗诵另一首诗的片段。"现在听懂了吧？""我们听不懂！""怎么会听不懂呢，同志们，这不可能。听懂我的诗的人请把手举起来！"大厅里只有几个人举起手。

除了罗素外，维特根斯坦的另一个老师摩尔也非常欣赏维特根斯坦，他的理由是："我在讲课时他看上去很困惑，而其他人都不是这样的。"

罗素、摩尔和维特根斯坦的故事很多。维特根斯坦拿他的不朽著作《逻辑哲学论》到剑桥申请博士学位，答辩主持人是罗素和摩尔。随便聊了聊之后，罗素提问说，维特根斯坦一会儿说关于哲学没有什么可说的，一会儿又说有绝对真理，这是矛盾。维特根斯坦拍着他们的肩膀说："别急，你们永远也搞不懂这一点的。"这样答辩就算结束了，罗素和摩尔一致同意通过答辩。

苏联天才的物理学家朗道曾经把科学家们的智力用二分制来表示，他认为爱因斯坦的智力是 2，其他人都是 1，而他自己则是 1.5。有人说，他故意忘了泡利。

西蒙娜·薇依跟波伏瓦谈话时说，当今世界上只有一件事最重要：革命，它将让所有的人有饭吃。波伏瓦反驳说，问题不在于造就人的幸福，而是为人的生存找到某种意义。薇依以蔑视的神情打量了波伏瓦一下："我清楚，您从来没有挨过饿。"

叶芝的神秘主义倾向受印度宗教的影响很显著，他晚年甚至亲自将印度教《奥义书》译成英文。一些批评家曾抨击叶芝诗作中的神秘主义倾向，认为其缺乏严谨和可信度。奥登就曾尖锐地批评晚年的叶芝为"一个被关于巫术和印度的胡言乱语侵占了大脑的可叹的成年人的展览品"。

罗斯福的女儿艾丽丝是个远远超前于她的时代的"花花公主"。她独立又热情，不断寻求新鲜事物。艾丽丝不愿当父亲的陪衬。当她结婚时，拒绝举行传统的白宫婚礼。她穿蓝色婚礼长袍，用一把长剑戏剧性地劈开了结婚蛋糕。艾丽丝不允许父亲在自己的婚礼上抢风头，她说："我父亲总想做每个葬礼的死者，每个婚礼上的新娘，每次洗礼中的新生儿。"

希尔伯特支持诺特去争取一个讲师的职位，并反驳另一位数学家朗道说："我不认为候选人的性别是反对她成为讲师的理由，评议会毕竟不是澡堂。"尽管这样子，朗道还是拒绝给她讲师的职位："当我们的士兵发现他们在一个女人脚下学习的时候，他们会怎么想？"有人问他诺特是否是一位伟大的女数学家的时候，朗道说："我可以作证她是一位伟大的数学家，但是对她是一个女人这点，我不能发誓。"

丘吉尔多次慷慨激昂地反对英国放弃印度，他攻击甘地说："昔日伦敦律师事务所的律师，今天衣不遮体的滋事生非的苦行僧，竟然踏上副王官殿的台阶，平起平坐地与英王兼印度皇帝的代表谈判，这是多么令人作呕、令人感到耻辱的场面。"

物理学家朗道的生活坎坷。30年代初在列宁格勒物理研究所工作时，他撰文指出苏联物理学界权威人物阿布拉木·约飞在理论上的原则性错误。还有一次他当面讽刺约飞说："理论物理学是一门复杂的科学，不是任何人都能理解的。"这大大伤害了约飞，朗道为此付出代价，不得不离开列宁格勒。

1934 年 6 月，凯恩斯会见了罗斯福总统。凯恩斯把国民收入、公共和私人开支、购买力以及用公式推导的精细论点，通过数学方式进行表示。由于只"谈了些玄虚的经济理论"，罗斯福认为他"留下一整套废话"，"他应该是一位数学家，而不是一位政治经济学家"。凯恩斯见罗斯福对他的理论颇为茫然，也对罗斯福感到失望。

最初的计算机是由真空管和电子零配件装成的庞然大物，丑陋之极，而且由很多吱呀作响的机械构成，听起来像满满一屋子的人在织布一样。老沃森断言："世界市场对计算机的需求大约只有 5 部。"他跟儿子为此等事发生了激烈的争执。有一次，小沃森对他大喊："他妈的，你能永远不离开我吗？"

1940 年，当大半个欧洲陷在法西斯的铁蹄之下时，达利辗转到美国，一直待到 1948 年。乔治·奥威尔曾这样评价他："他利用在法兰西的期间中饱私囊，而在法兰西危在旦夕时脚底抹油，溜得像只老鼠。"

1944 年 9 月 18 日，罗斯福发电报给史迪威，并请史迪威转交一封他给蒋介石的电报。罗斯福在电报中说："请立即把指挥权交给史迪威，一刻也不要再犹豫。"蒋介石看了电文后，抱头号啕痛哭。蒋介石在 9 月 19 日的日记中写道："实为余平生最大之耻辱也。"

1931 年，哈耶克受英国经济学家罗宾斯邀请到伦敦经济学院讲学，此后哈耶克成为伦敦经济学院教授。改变哈耶克命运的是他 1944 年出版的《通往奴役之路》，在一些经济学家看来，哈耶克写这种媚俗的通俗读物，无异于学术上的堕落。哈耶克在自传中也说到，写这本书"使得自己在同辈的经济学者中名誉尽失"。

"二战"结束后，海德格尔的弟子马尔库塞曾致信要求他发表一个公开的政治声明，向世人忏悔。这一要求遭到了海德格尔的断然拒绝，海氏为自己辩解，说什么天下乌鸦一般黑之类。这番言辞激怒了马尔库塞，他后来抛开师生之谊，直斥海德格尔"站到了逻各斯之外"，自绝于人与人之间的对话赖以进行的基本维度。从此师徒反目，老死不相往来。

戈林评价希特勒："对于治理一个国家，使之强大，对他的能力来说只是小事一桩。"在纽伦堡的审判堂上，戈林痛惜地说，"如果他在 1939 年死去，他将绝对是人类历史上最伟大的人，可是他为什么不？为什么不知道满足呢？"

1952 年 9 月，为参加欧洲各国举行的《舞台生涯》首映典礼，卓别林准备到欧洲旅行半年。他带着家眷，当轮船横渡大西洋时，收音机广播了美国政府司法部的声明，声明说政府将拒绝卓别林再入境。船在法国停泊时，卓别林向一百多名记者发表了谈话，他说："我信仰自由，这是我全部政治见解……我为人人，这是我的天性。"又说："我并不想制造革命，只是还要拍些电影。"

狄兰死于 1953 年 11 月 9 日，年仅 39 岁。由于他是外国人，死因特别，故需要办理认尸手续。在美国新方向出版社的老板劳夫林的帮助下，办手续的小姑娘勉强拼写出名字。问到职业一栏，劳夫林说："诗人。"这一回答让她困惑："什么是诗人？"劳夫林说："他写过诗。"于是小姑娘在表格上写下："狄兰·托马斯。他写过诗。"

萧伯纳难以理解奥尼尔，他说："奥尼尔身上除去革新再也没有新的东西了。"

斯大林有一次给帕斯捷尔纳克打电话，说他已下达指示，曼德尔施塔姆的事情将妥善解决。……"为什么我们老是说曼德尔施塔姆，曼德尔施塔姆，我早就想跟您谈一谈了。""谈什么？""谈生与死。""看来，你不善于保护同志。"斯大林挂断了电话。之后，帕斯捷尔纳克一再试图给斯大林打电话，但电话里一直说："斯大林同志正忙着……"

年少的吉纳维夫大胆地向毕加索提问："毕加索先生，年轻人不太理解您的绘画。"此言一出毕加索立刻勃然大怒，他严厉地反驳道："那是什么意思？你们什么时候才能理解绘画的语言？难道你们就理解薯片的语言吗？"

约翰·施瓦茨是超弦理论的创始人之一，他因为上中学时数学好而进入哈佛大学学数学，后来又转到伯克利大学学物理。他对此的解释是："我不能理解数学家为什么会对数学感兴趣，而在物理学中，唯一重要的事情就是理解大自然。"

阿赫玛托娃跟伯林相见时谈起1937年和1938年，死亡之幕笼罩在苏联城市的上空，对千百万无辜者的屠杀在继续。伯林说，她以一种干枯、确凿的语调述说这一切，时而停下来："不，我不能。这不好，你来自一个人类的社会；而这里我们被区分为人和……"然后又是长长的沉默。伯林问起曼德尔施塔姆。阿赫玛托娃停下来，眼中含泪，请求伯林不要提起他。

丘吉尔在"二战"以后成为英国人民心中的英雄，但在1945年的选举中败给工党。他很不高兴，但是他说："英国人民成熟了，他们要选一个重建家园的人而不是选一个英雄。"据说斯大林曾对丘吉尔说："你打了胜仗，结果你被罢免了，你看谁敢罢免我？"丘吉尔回答："我打仗的目的就是要保卫人民罢免我的权力。"

海明威跟家人不睦，他曾挖空心思，喋喋不休地评论他那年已50岁的母亲。他父亲在信中写道："我将继续为厄内斯特祈祷，他应该对生活有更大的责任感，不然，伟大的造物主将使他遭受更大的痛苦……"

大概很少有物理学家不鄙视哲学家的，虽然 Ph.D 的意思是哲学博士。费曼就是其中的代表，他有次给朋友写信说："最近一切都好，唯犬子令我担心，他居然想当个什么哲学家。"

1953 年，毕加索再度陷入了共产主义的困境，这一次攻击来自他的法国同志。原因是斯大林死后这位艺术家用蜡笔画了一幅肖像画，他画的斯大林肖像如同一个年轻人，这激起了法共中工人党员的不满。出版这幅肖像的阿拉贡不得不公开认错，毕加索感到很没趣。他说："当你给人送去一个葬礼花圈的时候，人家通常对你所选的花是不加挑剔的。"

20 世纪 60 年代，哈佛大学一些激进的学生在得知亨廷顿曾经在约翰逊政府内任职的消息后，占领并焚烧了他办公的哈佛大学国际事务中心，有人甚至在他的寓所门口涂上了这样的标语："战争罪犯居住于此。"亨廷顿本人也不得不逃出哈佛暂避风头。

1962 年，赫鲁晓夫参观莫斯科画展。在看到一些非现实主义的作品后，赫鲁晓夫说画家吃的是人民的血汗钱，拉出来的是狗屎；画家反驳赫鲁晓夫，说他根本不懂艺术。赫鲁晓夫回答说：以前当我是一个工人的时候，你可以说我不懂；当我是车间主任的时候，你也可以说我不懂；但现在，我是苏共中央第一书记，我就懂！

1967 年，诗人之子、55 岁的古米廖夫结婚了，这位学者第一次有了自己的家，结束了在干部履历表"家庭状况"一栏中填写"没有"两个字的历史。不过直至此时，他仍受到当局的监视。与他同住一楼的警察问他："您写的《匈奴》是支持中国的还是反对中国的？"

简·芳达出生在纽约，当时她的父亲亨利正在百老汇演戏。而母亲弗兰西斯对生了个女儿很失望，她对简冷漠感极，她立即将简交给保姆，拒绝给她爱。芳达后来说："我不喜欢她来抚摸我，因为我知道她不是真正爱我。"她们两人之间从未有过亲情。

真纳不喜欢与群众在一起，他厌恶肮脏的环境和炎热的天气。甘地外出旅行时，常常乘坐三等车厢；真纳则喜欢乘坐头等车厢，远远离开那些出身低微的人。甘地崇尚简朴，生活清苦；真纳则酷爱豪华，讲究排场。每当真纳到印度各地巡视时，他喜欢组织隆重仪仗，以全身披金挂银的大象为前导，军乐队高奏"保佑吾皇"的乐曲。他喜欢说："这是市井细民熟悉的唯一乐曲。"

在听了戴高乐重新执政的条件后，国民议长安德烈·勒·特罗奎尔对他大声说："所有这些都是违反宪法的，从阿尔及利亚事件以后，我就对你了如指掌了。你有的是独裁者的灵魂，你太喜欢个人的权力了！"戴高乐严厉地回答道："正是我挽救了共和国，特罗奎尔先生。"

盛田昭夫征服了世界，却没能征服儿子。盛田家族的嫡传长子秀夫说，他父亲始终都是一个技艺高超的演员："他必须'表演'，他不得不扮演日本最受世界理解的企业家。他不得不这样表演，直到他中风为止。他竭尽全力地工作和学习，为的是扮演好这个角色。对此我敬佩不已。但那从来不是真的。他永远不可能演好任何一个角色，包括为人之夫，为人之父！"

一度是斯大林接班人的卡冈诺维奇在晚年被开除党籍，成了一个默默无闻的老人。当他知道女演员阿丽莎·库娜被政府打压后仍有许多朋友陪伴时，若有所思："你们的世界和我们的世界确有天壤之别。"

艾萨克·阿西莫夫的幽默感与风流并非放之四海而皆准。一些女人认为他举止下流，但他自视对女人的非礼不过是些无伤大雅的玩笑。在一次聚会上，他在一位朋友之妻的屁股上拧了一把，结果却惹得这位女士大发雷霆。"天哪，阿西莫夫，"她生气地嚷道，"你怎么总是这样？真的非常痛。难道你不知道这非常下流吗？"

1972 年的慕尼黑奥运会期间，发生了多名以色列运动员被恐怖分子杀害的严重政治恐怖事件，史称"慕尼黑惨案"。在为运动员举行的国葬上，梅厄夫人没有参加。三天后，她在万众瞩目中露面，代表以色列宣布："既然世界已经遗弃了犹太人，犹太人就可以遗弃这个世界。"

在博尔赫斯心中，"祖国"的概念是模糊不清乃至荒诞无意义的。在他看来，世界原本没有国界的划分，没有民族的隔阂，所有的人都和平相处。据说博尔赫斯曾在街头碰到一个青年诗人。诗人激动地将他的处女作送给博尔赫斯。罹患眼疾的博尔赫斯问他，这本诗集叫什么名字。青年诗人骄傲地说："《祖国在我心中》！"博尔赫斯摇头叹息说："朋友，这可真令人不适啊。"

谢瓦尔德纳泽首次到华盛顿与美国国务卿舒尔茨会谈。会议顺利结束，大家打算散去时，谢瓦尔德纳泽恭维了几句舒尔茨是经验丰富的外交官的客气话，美国人高兴地摊开了双手。这时，谢瓦尔德纳泽又补充了一句："在你们一方，舒尔茨先生，有经验；而在我们一方，有真理。"

1993 年，亨廷顿说："在过去，非西方社会的精英是参与西方社会最多的人。他们在牛津大学、巴黎大学索邦神学院或是英国陆军军官学校桑德赫斯特接受了教育，并且吸收了西方社会的生活态度及价值观。而其普通民众却深深地沉浸在传统文化之中。但在今天，这种关系正在逆转。很多非西方化国家出现了一大批强调'去西方化以及本土化'的精英，而西方尤其是美国特色的文化、风格和生活习惯在其普通群众当中变得越来越流行。"

有人悲悯地问霍金："卢伽雷病已将你永远固定在轮椅上，你不认为命运让你失去太多了吗？"霍金用还能活动的手指，艰难地叩击键盘，于是，宽大的投影屏上缓慢然而醒目地显示出如下一段文字："我的手指还能活动，我的大脑还能思维，我有终生追求的理想，有我爱和爱我的亲人和朋友；对了，我还有一颗感恩的心……"

小布什出访加拿大时，有人为了试探他对加拿大的了解，故意问他："布什先生，加拿大总理'吉恩·普坦'已发表声明支持你，请问你对此有何表示？"布什兴高采烈地回答："我很感谢普坦总理的强力声明，他了解我对自由贸易的信念。"而加拿大当时在任总理的名字是吉恩·克雷蒂安。

格林斯潘任美国联邦储备委员会主席时，花了不少时间努力回避问题，因为担心自己说话过于直白。最后，他终于学会了"美联储的语言"，学会了含糊其辞。他的名言是：如果你觉得听懂了我说的话，那你一定是误解了我的意思。

风格第十

Manner

剧作家王尔德在美国过海关时，海关人员问他有什么物品需要申报，他郑重地说："什么都没有，我只有我的天才需要申报。"这个回答让在场的记者目瞪口呆。

人们对雕塑家卡米尔因为痛苦而表现出扭曲变形的作品毁誉参半，而赞誉却全都属于罗丹，因为她是他的学生。卡米尔的弟弟对她说："罗丹做梦，你做工。"

有一次，有人请教马克·吐温："讲演词是长篇大论佳，抑或短小精悍好？"马克·吐温以故事回答："某礼拜天，我到教堂去，一传教士以哀怜之语讲非洲之苦难。当他讲了 5 分钟时，我欲捐助 50 美元；当他接着讲了 10 分钟后，我决定减捐助数为 25 美元；当他滔滔不绝半小时之后，我在心里减至 5 美元；最后他讲了一个小时，拿钵向听众哀求捐助，从我面前走过，我从钵里偷走了 2 美元。"

画家德加倨傲，有坏脾气。他的经纪人说他："德加唯一的嗜好就是吵架！别人都得赞同他、容忍他。"朋友则形容他："心情好时，声音美妙、忧伤而亲切；心情不好时，就变得杀气腾腾，像在跟谁单挑决斗一样。"

法国元帅霞飞生于一个啤酒桶工匠家庭，幼时对老爸的制桶技艺十分钦佩，盖因制桶是"慢工出细活"，故霞飞的性格也深受影响。他之所以能当上总参谋长，多半是由于法国军界看好他的性格："一种明白而略显迟缓的智慧，一种虽然并不太快但坚决的力量。"还有一说法是，法国总参之所以选择霞飞，正是因为他傻乎乎慢吞吞的"无知"样子，这样总参的军官们就能不受约束，为所欲为。

作家阿纳多尔·法朗士是普鲁斯特在文学界的长辈和好友，对文坛上初露头角的普鲁斯特曾经起过扶持作用。法朗士把普鲁斯特的小说比做温室中培养的花朵，像兰花一样，有"病态"的美。可是突然间，"诗人（指普鲁斯特）射出一支箭，能穿透你的思想和秘密愿望。"

1914 年 6 月 28 日，19 岁的塞尔维亚青年普林西波将奥匈帝国皇储费迪南德射杀，点燃了第一次世界大战的导火索。正当两大帝国主义军事集团精心玩弄外交手腕，互相转嫁挑动战争的罪责时，小毛奇忍耐不下去了，他说："什么侵略者的责任问题，全是庸人之见……只要胜利就师出有名。"

从古巴归来后，西奥多·罗斯福再度进入纽约政界。麦金莱赢得了大选，罗斯福也跟着进了白宫。他在一次演讲中说出了能表达其行事作风的名言："温言在口，大棒在手。"

托洛茨基乐于跟普通人，特别是工人交往。他跟老渔翁做好朋友，在老人面前他没有半分架子。他身上有浓厚的贵族气派，但是他只对身边的人才如此，面对初见者，他是十分亲切的。他的秘书说："谁跟他工作的时间越久，他就越挑剔，而且态度也越加粗鲁。"

马蒂斯说他和毕加索的区别："（我和他）像北极与南极一样不同。"

德国威廉皇家研究所准备吸收最优秀的科学家们加入，普朗克和能斯特认为：只有把爱因斯坦请来，柏林才能成为世界上绝无仅有的物理学研究中心。他们去游说爱因斯坦。"这样吧，"爱因斯坦说，"你们二位先生先去玩几天，等你们再回苏黎世，我到车站来接你们。"普朗克与能斯特完全迷惑了。"要是我手里拿一束白玫瑰花，就是'不去柏林'；要是拿一束红玫瑰花，就是'去柏林'。"

绰号"黑杰克"的潘兴将军是所有"二战"美军名将（如马歇尔、艾森豪威尔、麦克阿瑟、巴顿等）的前辈，美军将士提起潘兴大名，无不如雷贯耳、敬畏非常。这个"黑杰克"是个严厉得过分的家伙，经常一副铁面凶神的面孔，腰板笔直，造型冷酷，所以有人评论说，他虽然很威严，但"更似舞台之将，而非现实之将"。

弗兰兹·卡夫卡一天下午去朋友家，惊醒了朋友的父亲。他没有道歉，而是以极其温柔的语气说："请您把我看成一个梦。"有一次他去参观柏林水族馆，他对接受光照的玻璃箱中的鱼说："现在我可以平静地看着你们了，我再也不吃你们了。"

乔治·格蒂与他的儿子保罗·格蒂在经营方式、个性及商业价值观上差异很大，乔治的诚实有口皆碑，而保罗只对钱感兴趣。有时候，他会不声不响地去父亲管辖的油井，企图把钻井设备强行拿到自己那里去。乔治就会提醒手下的人："我叫你们别让这个狗娘养的到这儿来，什么也别让他拿走！"但有时候他也会心软："嗨，他是我唯一的儿子，他要拿，就让他拿走吧。"

巴顿很欣赏布莱德雷的才干，但总觉得布莱德雷做事太"磨蹭"；而布莱德雷虽对巴顿的勇猛很赞赏，但又认为巴顿太"兵痞"。当巴顿脾气发作骂骂咧咧的时候，布莱德雷总在旁边说："行啦，还是少说两句吧。"

物理学家泡利自己说过："我在年轻的时候，觉得我是一个革命者。我当时觉得，物理里有重大的难题出现的时候，我会解决这些难题的。后来，重大的问题出现了，却被别人解决了。"由于泡利较少地看到他人观点中的优点，较多地注意他人观点中的缺点，因此他有个口头禅，每次发言他总要说："我不能同意你的观点。"他似乎跟别人不相容，对此有人戏称为"泡利的第二不兼容原理"。

居里夫人的年薪增至4万法郎时，照样"大方"。她每次从国外回来，总要带回一些宴会上的菜单，因为这些菜单都是很厚很好的纸片，在背面写字很方便。有人说居里夫人一直到死都"像一个匆忙的贫穷妇人"。

1937年，尚未成名的尤瑟纳尔跟成名的弗吉尼亚·伍尔芙见面。尤瑟纳尔写伍尔芙："我不相信我在犯错……伍尔芙是英语造诣最高的四五位作家之一。我甚至相信，尽管有很多与此相反的迹象，到2500年，还是会有一些心灵，有足够觉悟，珍视她的艺术的微妙。"伍尔芙则说："她穿黑裙子，上面有可爱的金叶子；肯定有过过去；多情；智性；一年一半时间住在雅典；红嘴唇；精力充沛；工作的法国女性；就事论事；……"

维特根斯坦喜欢深思，然后宣布他的答案："就好像其解答是沙皇颁布的告令似的。"罗素责备他没有提供出其结论背后的根据，维特根斯坦惊嚷道："送给别人玫瑰花时难道也要将玫瑰花的根和茎一并送上吗？"

考古学家柴尔德先后提出"新石器革命"和"城市革命"概念，是史前考古领域的权威。在他成为"坚定的马克思主义者"之后，保守的考古学家们说，尽管柴尔德倾向于左翼政治，但他是非常真挚的，他没有完全超脱肉体感官的享受。柴尔德是科学协会的会员，而又似乎很欣赏人们称他为"红色教授"。

青霉素的发现者弗莱明是一个脚踏实地的人。许多人当面叫他小弗莱，背后则嘲笑他，给他起了一个外号叫"苏格兰老古董"。有一天，实验室主任赖特爵士主持例行的业务讨论会。一些实验工作人员口若悬河，哗众取宠，唯独小弗莱一直沉默不语。赖特爵士转过头来问道："小弗莱，你有什么看法？""做。"到了下午5点钟，赖特爵士又问他："小弗莱，你现在有什么意见要发表吗？""茶。"原来，喝茶的时间到了。这一天，小弗莱在实验室里就只说了这两个字。

出版家卢斯认为一个有用的谎言胜过有害的真相，他说："任何新闻学的歪曲或扭曲都是为了上帝和耶鲁。"

日本陆军大将土肥原有两个外号，蒋介石叫他"土匪原"，西方叫他"东方的劳伦斯"。他对中国人的风俗习惯、方言俚语几乎无所不通，熟读《三国演义》《水浒传》，了解中国民族性。土肥原重信义、尚承诺也很有名。抗日名将马占山即认为土肥原不骗人；宋哲元评价土肥原说话算话；德王痛骂日本人时如果扯到土肥原上，则说："他懂，他懂，他说话算话。"他自己则认为阴谋只是一种技术，使用越少越好，最大的谋略就是诚心，彻头彻尾的诚心诚意，推心置腹。

俄国物理学家伽莫夫取得成果后，玻尔让他去英国向卢瑟福请教。不过玻尔告诫他说，他向卢瑟福介绍原子核嬗变的量子理论时必须十分小心，因为这位老头一点儿也不喜欢标新立异。他有句口头禅："一个理论只有简单到连酒吧间招待也能明白,那才是好理论。"

建筑家勒·柯布西耶一生游移于古典主义、机器文明、民俗文化三者的矛盾冲突与融合之中,探索如何通过具体的建筑形式和空间构成,超越实用功能的狭隘观念,追求诗学的美的理念,最终是要创造并实现人类的和谐生活。他说:"除了钢铁、混凝土,还需要用爱来建造。"

由于"二战"的悲惨经历,哲学家雅斯贝尔斯后来过着单调的生活,除了公务,他从没有去过公共场所。在大学教书期间,他和同事间没有什么亲密的联系,更不用提他对哲学家大会的厌恶了。在他生命的最后几年里,他孤独但又十分固执地同所有人辩论。他的那种不容分辩的说教口气,被人称做"雅斯贝尔斯式的表演"。

甘地曾于 1931 年在伦敦会见过萧伯纳。甘地遇刺后,萧伯纳在唁电中说:这一事实表明,"作为一个心地善良的人是多么危险"。

画家米罗说过:"毕加索拥有十个女人,他就有十种美学思想。"

英国政治家比弗布鲁克男爵,一向仗义执言,对政治和时事从不隐瞒自己的观点。有一天,比弗布鲁克男爵在厕所里碰到了爱德华·希思,当时希思还是下院的年轻议员。恰好几天前他曾在报上攻击过希思,男爵很不好意思地对希思说:"亲爱的年轻人,我想那件事就让它过去了吧。那是我的过错,现在我向你道歉。""谢谢啦,"希思咕哝着说,"不过下一次,我希望你在厕所里攻击我,而在报纸上向我道歉。"

1944 年,阿根廷作家博尔赫斯遇到埃斯特拉。博尔赫斯求过婚,可是埃斯特拉半开玩笑地说:"除非我们先上床我才会嫁给你。"埃斯特拉多年后对别人说:"我知道他永远不敢。"

美国总统约翰逊对手下人严格,喜欢批评他们。一次,他看到某人的办公桌子上堆满了文件，就故意提高嗓门说："我希望你的思想不要像这张桌子这样乱七八糟。"这人费劲做了整理并清理了桌面。约翰逊又来到办公室时，一看原来乱糟糟的桌面变得空空荡荡，于是说："我希望你的头脑不要像这张桌子这样空荡荡的。"

哲学家莫里斯·科恩曾任纽约学院和芝加哥大学哲学教授。一次，在他上完哲学导论课后，一名女学生向他抱怨："科恩教授，听完您的课，我觉得您在我深信不疑的每一件事上都戳了一个孔，可又没有提供替代品来填补，我真有点儿无所适从了。""小姐，"科恩严肃地说，"你该记得，大力神赫拉克勒斯干过许多差事，他清洗了奥吉厄斯王的3000头牛、3年未打扫的牛厩，难道非得再用什么把它填满吗？"

小说家安·兰德有其独一无二的风格，她绝不允许出版社对她的对话稿删除一个字，她会问："你会删除《圣经》的内容吗？"

贝塞克维奇是具有非凡创造力的几何分析学家，生于俄罗斯，"一战"时期赴英国剑桥大学。他很快就学会了英语，但水平不怎么样。他发音不准，而且沿袭俄语的习惯。在名词前不加冠词。有一天他正在给学生上课，班上学生在下面低声议论教师笨拙的英语。贝塞克维奇郑重地说："学生们，世上有5000万人说你们所说的英语，却有两亿俄罗斯人说我所说的英语。"课堂顿时一片肃静。

石油大王保罗·格蒂是冒险家，也是不尽职的父亲、重婚者、吝啬鬼，并涉嫌同情纳粹分子。他的一生，狂热地追逐金钱，追逐女人……从人格方面说，他绝不是一个高尚的人；但就事业的成果而言，几乎没有人能与之相比。在欧洲学习期间，他不断地写信向父亲要钱，在信中埋怨父亲对他太吝啬，这些信"像是一个律师写给一个犹太放债人的，而不是一个独生子写给慈爱而慷慨的父亲的"。

鉴于马歇尔卓越的功勋，1943 年，美国国会同意授予马歇尔美国历史上从未有过的最高军衔"陆军元帅"。马歇尔坚决反对，他说，如果称他"Field Marshal Marshall"（马歇尔元帅），后两个字母发音相同，听起来很别扭。其实真正的原因是这将使他的军衔高于当时已病倒的潘兴陆军四星上将。马歇尔认为潘兴才是美国当代最伟大的军人，马歇尔不愿使他最崇敬的老将军的地位和感情受到伤害。

有一次，费曼和朋友一起去酒吧。费曼说自己为盛名所累，讨厌别人围着。费曼请求他的朋友，不要告诉酒吧里的人们自己是诺贝尔奖获得者，因为他并不希望引人注目。结果，他的朋友发现，在很短一段时间后，酒吧中所有人都已经知道费曼是诺贝尔奖获得者了。盘问后得知，原来费曼进酒吧后，逢人便炫耀自己的诺贝尔奖获得者身份。

物理学家狄拉克以沉默寡言著称。后来成为知名天体物理学家的席艾玛曾拜狄拉克为导师。有一次，席艾玛兴奋地跑到狄拉克的办公室说："狄拉克教授，关于宇宙学中恒星形成的问题，我刚刚想出一种方法，我可以告诉你吗？"狄拉克的回答是："不。"谈话就此结束。

简·芳达年过半百时，决定模仿凯瑟琳·赫本。她说："我年纪大时，赫本是个很重要的模范。"

在公共场合，艾森豪威尔总是尽可能地保持着冷静。他对约瑟夫·R. 麦卡锡极度蔑视，麦卡锡搞的政治迫害从杜鲁门时期一直延续到艾森豪威尔年代，可艾森豪威尔拒绝跟麦卡锡进行个人的较量。"我不愿意，"艾森豪威尔拍着桌子对他的工作人员说，"我绝不愿意与那个无赖待在一条街沟里。"

帕瓦罗蒂年轻时曾一边学习唱歌，一边在保险公司做保险推销员，同时还在一所小学做代课老师。他上午教课，下午卖保险。由于兢兢业业，他很快成了卖保险的行家；但对于教课，他觉得像一场噩梦："我无法在学生面前显示出自己必要的权威。"

美国作家海明威、意识流小说家伍尔芙等人都习惯于站着写作。海明威说："我站着写，而且用一只脚站着。我采取这种姿势，使我处于一种紧张状态，迫使我尽可能简短地表达我的思想。"

松下电器的创始人松下幸之助为人谦和，无论见了谁都点头哈腰。他用一句话概括自己的经营哲学："首先要细心倾听他人的意见。"

布莱希特对冗长、单调、无效的集会和会议极为厌恶。有一次他受邀参加一个作家会议并致开幕辞，一开始，主办人以冗长的贺词向到会者表示欢迎，然后以高八度的声音激动地宣布："现在请布莱希特致开幕辞！"布莱希特站了起来。记者纷纷掏出笔记本，照相机也咔嚓作响。布莱希特只讲了一句："我宣布会议开始。"

20世纪60年代，当许多妇女喜欢穿超短裙时，香奈儿就开始抨击这种时髦。这位年长的时装设计师还和以往一样专制而能言善辩，她对面向青年的流行文化和时装也不客气，"肉体的展览"是她曾给予的一种评价。她说："我讨厌老女孩。"她反对30岁以上的女人穿超短裙。

在有名的"厨房辩论"中，赫鲁晓夫问尼克松："美国存在多久？三百年？"尼克松答称，美国大概是180岁了。赫鲁晓夫一边大挥其手臂，把整个展览厅扫视一遍，一边说："哦，那么美国已生存了180年了，这是她已达到的水平"，"我们存在还不到42年，再过7年我们将会达到同美国同样的水平"。观众被他的话吸引住了，赫鲁晓夫说："当我们赶上你们并超过你们时，会向你们招手的。"

罗杰·史密斯初次去通用公司应聘时，只有一个职位空缺。他信心十足地对接见他的人说："工作再棘手我也能胜任，不信我干给你们看……"后来接见他的人告诉同事说："我刚才雇到一个人，他想他将成为通用公司的董事长。"

"萨特式的小房间"是指什么呢？就是两居室的小套房，租来的。萨特不要任何财产，年轻时连固定落脚地都不要，住小旅馆。后来算是租了房子，向年龄让步了。里面一张书桌、一张床，墙上一张革命宣传画。有人来看他，发现没有书架："怎么，你竟然没有书？"他说："没有。我读书，但不拥有书。"

美国企业家艾柯卡注重维护下属的积极性，他通常这样说："假如你要表扬一个人，请用书面方式；假如你要使被批评者不至于过分难看，那么，请用电话。"

哲学家伽达默尔认为，海德格尔看事的方式是很生动形象的，但对诗的解释却不好。他说："虽然海德格尔非常善于思考，在这方面我也许是不及他的，但是海德格尔是太着重于概念，尽管他也几乎不使用词，但对于诗或语言的音乐方面他没有感觉，在这方面我可能超过他。"

1989 年 8 月，索尼召开了决定是否收购哥伦比亚广播公司的董事会会议。会议由盛田昭夫董事长与大贺总裁之间的对话所支配。此前，大贺一直坚决拥护收购哥伦比亚广播公司。会议记录写道："通过董事长提议，放弃哥伦比亚广播公司并购。"中途就餐时，盛田落寞地说："真是太糟糕了。我一直都在梦想着拥有一家好莱坞的电影厂。"再开会时，先前的记录被修改为："经过董事长同意，索尼将继续实施这次并购。"

作家苏珊·桑塔格在谈论哲学家西蒙娜·薇依时说："有些人的一生是堪做榜样的，有些人不；在堪做榜样的人之中总有一些会邀请我们去模仿他们，另一些则使我们保持一定距离来看待他们，并且包含某种厌恶、怜悯和尊敬。粗略地讲，这就是英雄与圣徒之间的区别。"

默多克工作起来就像发疯，写文章，定标题，设计版面，拣字排版，样样他都亲自插手。他听说珀斯市的《星期日时报》经营不善，濒临倒闭，便决定兼并它。珀斯市在澳大利亚西海岸，人口 35 万，从阿德莱德到珀斯乘飞机需 6 小时。结果，默多克筹措了 40 万美元兼并了这家报社。默多克的一位朋友感慨地说："他总是能够利用别人口袋里的钱把事办成。"

1998 年 2 月，在拜访教皇约翰·保罗二世时，叶利钦忘记对意大利国旗行礼，从意大利国旗旁径直走了过去。他的助手对此显得很窘迫，但也未能及时拉住他。在访问过程中，叶利钦显得茫然不知所措，并数次需要助手搀扶。在结束访问的国宴上，叶利钦不无歉意地表示："我对罗马、意大利以及意大利女性有着无限的热爱。"

良善第十一

Humane

妇女节育运动的先驱玛格丽特·桑格生前留下了一句名言："生育太多，会增加人类的痛苦。"

出版家普利策一生中最痛恨的就是政治腐败。他说过："什么是我们政治生活最大的破坏者？当然是腐败。为什么会造成腐败呢？自然是贪财。谁又是贪财最大的唆使者？……金钱是今日世界最大的诱惑力。有人为它出卖了灵魂，有人为它出卖了肉体，更有人把钱看成万能……"

1902年，托尔斯泰首次遭受心绞痛侵袭，自觉来日无多，于是再次致信沙皇尼古拉二世。历数俄罗斯人民的苦难后，他痛斥独裁和专制，称历代沙皇都可能并确实是"怪物和疯子"，一亿俄国人民唯一的要求是：自由。

易卜生是反映现实生活的大师，曾对一个给他写传记的作者说："我所创作的一切，即使不是我亲自体验的，也是与我经历过的一切紧密地联系在一起的。"他还对一个看不懂他的戏剧的读者说："你若要充分了解我，必须先了解挪威。"

数学家怀特海是个天才，非常年轻就成了剑桥的教授。罗素在剑桥上大学时，怀特海看出罗素的才华，他上课时对罗素说："你不用学了，你都会了。"不久后他们由师生变成合作者，共同写出了划时代的著作《数学原理》。

罗曼·罗兰年轻时曾认识了一对漂亮的意大利姐妹。罗曼·罗兰对她们都充满了爱慕，一时竟不知道到底喜欢她们两人中的哪一个。他暗自地体味着恋爱的苦恼，当他鼓起勇气试图表白的时候，他才发现两姐妹对他根本没有那方面的意思。罗兰感叹说："我还不懂得独立思考，却自我陶醉在感情空虚的悲歌里。"

在流浪时，杰克·伦敦曾一连几个月在车上、车下和露天睡觉，乞讨度日，养成了吃苦耐劳的本领，也明白了一个道理：最能怜惜穷人的其实是穷人。他说："给狗一块骨头不算善心，善心是跟狗一样饿时却与别人分享骨头。"

1910 年到 1914 年之间，斯德哥尔摩的诺贝尔委员会收到许多科学家的信和呼吁书，提名恩斯特·马赫为诺贝尔物理学奖的候选人。在这些书信中，洛伦兹赞扬马赫的"美妙的工作"，他说，所有的物理学家都知道马赫的历史和方法论著作，并且，"许多物理学家尊称他为大师，是他们的思想导师"。

社会学家迪尔凯姆总结其自杀研究，提出了三个命题：社会的人需要一个高于个人的社会目标；对这个目标所负的义务不至于使他失去自主；他的欲望应受到社会秩序给予的一定程度的限定。在自杀原因上，迪尔凯姆并不完全否定个人生理上的因素，但认为那是次要的，社会原因才是主要的。他说，当一个社会不能提供上述三项条件时，一些心理脆弱的个人就可能会自杀。

1918 年的诺贝尔化学奖颁给了弗里茨·哈伯。他在第一次世界大战期间发明了毒气，战争中死于毒气的人不计其数。他原以为，毒气进攻乃是一种结束战争、缩短战争时间的好办法。他的妻子因为对丈夫行为的负罪感而自杀。哈伯自己在战后也感到罪孽深重，以至于怕被人认出来而故意蓄起了胡子，并到外国去避了一段时间的风头。

维特根斯坦是个全才。他 11 岁的时候发明了一台缝纫机，他为自己的姐姐设计了据说是当时全欧洲最好的别墅，他还是一流的小提琴演奏者。在听罗素讲了一学期的数理逻辑课后，第二学期开学时他仍去听课。罗素对他说："维特根斯坦先生，你不需要来听我讲课了，我已经没有任何东西可以教给你了。"

希特勒母亲临终前，他坐在母亲的身旁，脸色惨白。为了减轻希特勒的痛苦，布洛克医生说，在这种情况下对逝者是一种"解脱"。但此话并不能安慰希特勒。"在我的整个生涯中，"曾经目击过许许多多死亡情景的布洛克医生回忆说，"我从未见过有谁像阿道夫·希特勒那样悲痛的。"

数学家贝尔是个公认的大好人，由于数学上的贡献，得到了瑞士颁发的一份奖金，有 1000 法郎之多，结果最后拿到了 1500 法郎。贝尔就问他的朋友说："竟然多了 500 法郎呀。我该怎么办？是应该给一位学生发奖学金，还是自己买一件外套？"他的朋友建议他买外套。

《钢铁是怎样炼成的》的作者奥斯特洛夫斯基是当时苏联的英雄模范，但他的侄女加林娜回忆说，奥斯特洛夫斯基临终之前如此叹息："我们所建成的，与我们为之奋斗的完全两样。"

法国作家贝尔纳脾气不好，可心地十分善良。有个老乞丐摸透了贝尔纳的脾气，每天在某一时间就守在贝尔纳的门口，每次都能如愿以偿。有一天，贝尔纳从钱包里掏出来的不是往常的小额银币，而是一张大额的钞票。他把钞票放到老乞丐的帽子里，对他说："我明天去诺曼底，要在那儿耽搁两个月，这钱是预付给你两个月用的，你也有休假的权利。"

卡夫卡和一个熟人聊起犹太人受迫害的事，那人说他的母亲经常帮一些受迫害的犹太人，结果每次走出家门都有人来献手吻。卡夫卡听了，眼睛里发出柔和的光，他说："有时候我也想到街上去吻那些犹太人，但我怕他们都无法忍受我。"

基督教神学家朋霍费尔认为，要真正跟随基督，就是进入世界，与哀哭的人同哭。他说："'你当为哑巴开口'，今天的教会到底还有谁知道，在这个时代，这已是圣经最低的要求？"他甚至宣称："只有为犹太人发出呼喊的，才能够高唱圣歌。"因为"追随基督在今天只剩下了两样，就是祷告和在人群中行公义。"

1937年苏联"大清洗"之际，布哈林被处决，继而就有几个军人找帕斯捷尔纳克，要他签署一封公开信，内容是要求判处几个元帅死刑，他严词予以拒绝："同志，这不是签发剧场的入场券，我不能签！"几天后在《文艺报》发表的公开信中却仍旧有他的名字。为此，他冲到作家协会强烈抗议："我什么事都想到了，就是没想到作协能干出如此卑鄙的勾当！没有人给予我决定他人生死问题的权力！替我签名，就等于把我处死。"

有人说布罗德背叛了卡夫卡，布罗德曾这样为自己辩护："如果他（指卡夫卡）真想烧掉所有手稿，就应该交由其他人去完成——他知道我不会那样做。"

物理学家伽莫夫游学时曾到哥本哈根想停留一天，去拜访那位几乎是传奇人物的著名物理学家——尼尔斯·玻尔。到达哥本哈根的当天，他在玻尔那里得到一份意外的收获。当玻尔问他目前正在从事的研究项目时，他把他的理论讲了一遍。玻尔听完后说道："秘书告诉我，你的钱只够在这里住一天。如果我为你在丹麦皇家科学院申请一份卡尔斯堡研究基金，你愿不愿意在这儿待一年？"

甘地说："让他人受苦就是折磨自己。当我们举起手来，可以殴打别人，也可以为他擦去眼泪。"

因为担心纳粹能制造新式武器，爱因斯坦于1939年8月2日向罗斯福总统建议对这方面进行研究，后来的事非他所知。当他知道德国没有制成原子弹，而美国已造出原子弹后，他的心情感到沉重和不安。他说，如果他知道德国不会制造原子弹，他就不会为"打开这个潘多拉魔匣做任何事情"。

1939年，科幻作家威尔斯73岁了。在一次招待会上，他的好友欧内斯特·巴克爵士发现威尔斯独自坐在一旁，便走上前去与他寒暄，问他近来干些什么。他回答说在给自己写墓志铭，一句很短的墓志铭："上帝将要毁灭人类——我警告过你们。"

有人说，奥尼尔对人生诚实的态度和勇气，使得他身上的许多缺点都变得无足轻重。如果说阴郁也算文学特征的话，奥尼尔应该属于阴郁的大师之列。博尔赫斯为奥尼尔辩护："如果我们考虑到尤金·奥尼尔和卡尔·桑德堡、罗伯特·弗罗斯特、威廉·福克纳、舍伍德·安德森以及埃德加·李·马斯特斯是同一个国家的人，我们就会明白他最近的得奖（诺贝尔文学奖）是多么的不容易和多么的光荣。"

1942 年，伯恩斯坦来到纽约，他找不到工作。抒情诗人欧文·恺撒偶然听到他弹奏钢琴。当伯恩斯坦对诗人说他一周需要 10 美元来维持生计时，恺撒惊叹道："什么！你，一个天才，在饿肚子？一个天才每周就值 10 美元？我要让你每周有 50 美元！"

晚年的丘吉尔和毛姆都有些颓丧。有一次，丘吉尔来吃午餐，因为拿捏不稳，酒洒在衣服上了。丘吉尔对毛姆说："我们定个君子协定吧，以后你不取笑我，我也永不取笑你。"

控制论提出者维纳是一个极端反对进行军事研究的科学家。他说："参加设计原子弹的科学家的经验证明，在这方面任何一种发明都会使无限威力的工具落到科学家们不信任的那些人手里。同样也很清楚，在我们的文明情况下，传播有关武器的情报实际上就意味着促进这种武器的应用。即使我不直接参加轰炸或毒杀手无寸铁的居民，但我还要和那些从这里得到科学知识的人一样地负全部责任。"

原子弹试验爆炸结束，费米就坐上坦克去检查损失情况，爆炸的威力超乎想象。费米本来是一个冷静而有理智的人，这时也受到了很大的惊动，甚至无法自己开车回家。他对所有持反对意见的同事只能重复这样的回答："不要让我跟你们一块受良心的折磨。无论如何，这毕竟是物理学上的一个杰出成就。"

大卫·洛克菲勒做了许多祖父辈没有尝试过的事。例如，他写了一本名为《论文集》的书，讲述他在美国实力最雄厚家族中的个人生活。他还写了一本传记《回忆录》，把家族史囊括其中，好给子孙辈借鉴。大卫总是念念不忘地强调说，一个拥有巨大社会财富的人应该具有社会责任感。"有钱人应该对社会负有一种责任感，做些对别人有益的事情。"

奥本海默对自己造出来原子弹极为后悔，他后来在联合国大会上发言说："我双手沾满了鲜血。"杜鲁门气得破口大骂："是我下令投的，跟他有什么关系？"

关于印度独立问题的议会辩论，结束了优等民族的命运。艾德礼在议会发言时指出，过去，"一个国家在刺刀威逼下，被迫让出政权"的情况不乏先例，"但是，长期奴役另一国家的人主动放弃自己的统治，这种情况则实属罕见"。温斯顿·丘吉尔神情忧郁，表示赞同"令人满意的小小法案"。

1950 年，捷克法院宣判扎维斯·卡兰德拉有罪，这样一位超现实主义诗人是共产党员，也是斯大林主义的批评者，他还是希特勒集中营的幸存者。布勒东得知消息后，催促艾吕雅去为朋友说情，艾吕雅严肃地加以拒绝，卡兰德拉最后被绞死。策兰为此写下连祷式诗行《怀念保罗·艾吕雅》，艾吕雅曾高尚地宣扬过自由、爱和"文字的力量"，策兰觉得，艾吕雅并没有按照自己说的那样做。

史怀哲认为每一个人在伤害到生命时，都必须自己判断这是否是基于生活的必需而不可避免的。他特别举了一个例子：一个农人可以为了生活在牧场上割一千棵草给他的牛吃，但在他回家的路上，他不应不小心踢倒一朵路旁的小花。史怀哲相信宇宙间所有的生命都是结合在一起的，当我们致力于帮助别的生命时，我们有限的生命可体验到与宇宙间无数的生命合而为一。

历史学家泰勒常常以"建制派"来形容英国的精英阶层，也使这个词语渐渐流行起来。他说："没有任何事情比起与建制派建立和平更令人愉快——也没有任何事情比这样更为腐败。"

布鲁诺斯基曾说过，世人分为两大类：一类认为人是机器，另一类拒绝去接受人是机器。他说："我有许多朋友如痴如醉地深爱数码电脑，当他们想到人类不是数码电脑时就伤心极了。"

在电视来临之前，卢斯以娱乐的形式重新发现了新闻的价值。他告诉《时代》的华盛顿分部负责人："开明新闻学的功能就是去指引和领导新世界。"

冷战期间，苏联进行了世界上有史以来最多的一系列核试验。有一次试验测得的量级高达 5800 万吨。据鲍林的估计，由此散发出来的放射性可能会造成 16 万名儿童有先天性缺陷，仅是碳－14 含量的增加就足以在未来几十代人身上造成 400 万例流产、死胎或生育的缺陷。"这无异于对千百万人的谋杀，"鲍林说，"堪与法西斯将犹太人送进煤气室事件相比。"

1963 年 8 月 28 日，马丁·路德·金在华盛顿的 20 万人游行集会上，发表了他的著名演讲《我有一个梦想》。肯尼迪总统当天就邀请他到白宫做客，并诚挚地说："我也有一个梦想，我梦想有一天，新的民权法案能在参众两院通过。"三个月后，总统带着这个不寻常的梦遇刺身亡。

经济学中普遍正确的原理，在和真实世界中的特定事件结合时，必然会产生不同的权衡和取舍，而不同的权衡和取舍必然会对不同的人产生不同的结果。罗宾逊夫人说过："重商主义者是海外贸易商的拥护者；重农主义者维护地主的利益；亚当·斯密和李嘉图相信资本家；马克思把他们的观点倒转来为工人辩护；马歇尔站出来充当食利者的战士。"

音乐家卡萨尔斯曾经说："我越来越相信任何伟大的创造，必须导源于灵魂深处的至善和道德力量。"

萨哈罗夫是一位科学家，他曾经参与苏联的氢弹试验。在一次试验之前，他判断会有一万人因此伤亡。他给赫鲁晓夫打电话说："这种试验毫无意义，它只是毫无理由地杀人。"这位当时的苏共最高领导人说他会下令推迟试验，但第二天核试验照样进行了。萨哈罗夫为此哭了一场。他在自传中说："这件事之后，我变成了另外一个人。我决定和周围决裂。"萨哈罗夫认识到，作为真正科学家追求的是同情（关爱）、自由、真实。

虽然德斯坦风流不断，不过，法国民众对这位总统的情事似乎相当认可。法国报刊曾进行过一次民意测验，就"总统在工作之余是否能做他愿意做的事情"征求民众意见。绝大多数人的回答是："他可以使自己轻松愉快。"

1975 年，恰林·库普曼荣获诺贝尔经济学奖。他为线性规划的发明者乔治·但泽未能与他们一起分享该年度诺贝尔经济学奖而感到内疚。他向 1972 年度诺贝尔奖得主肯尼思·阿罗征求意见："能否考虑拒绝领奖？"尽管他听取了阿罗的劝告，他仍将所得奖金中的 4 万美元捐献给了曾与但泽一起共事过的日内瓦国际应用系统分析研究所，使其奖金数由 12 万美元减少到 8 万美元，这一奖金数正好相当于但泽参与分享该年度诺贝尔奖奖金时所应得的奖金额。

当尤瑟纳尔将自己的"不良嗜好"——喜欢同性朋友间的欢娱——含混地告诉她老爸时，本身就热衷自由、放纵不羁的德·克央古尔先生并没有大惊小怪，他告诉女儿："没有什么是真正怪异的和不可接受的。"

曾经的世界首富保罗·格蒂是有名的吝啬鬼，但他也做过一件好事，就是对艺术的热爱。他说："一个不爱好艺术的人是一个没有完全开化的人。"

苏联作家格拉宁曾经四处寻找当年批判左琴科的会议记录。有一次，他告诉一位认识的女速记员他在寻找那一份速记记录，却徒劳无益。

过了大约两个月，女速记员给他打电话。当他赶到时，她没作任何解释，递给他一叠打字机打好的纸。这正是左琴科那个讲话的速记记录。速记记录上还贴着一张字条："对不起，有些地方记了个大概，我当时特别激动，眼泪影响了记录。"字条上没有署名。

15岁时，米奇尼克找到共产党的理论家亚当·沙夫，说自己要开办一个讨论小组。此人曾经锋芒毕露，但这时已经变成一个犬儒主义的老人。"也许是我什么地方触动了他。"米奇尼克后来回忆道，沙夫居然痛快地说："要是有人找你麻烦，给我打电话。"

1985年12月，约翰内斯·劳曾这样谈到政治，他说："我的政治理想是，让人们的一生多一些人道。"

电影导演波兰斯基被捕之后，全世界的相关文化名人、电影名人纷纷表态，"抢救大导演波兰斯基"。法国导演吕克·贝松拒绝"抢救"签名："任何人都不该凌驾于法律之上。"

詹姆斯·埃加特是20世纪最有名、最成功的戏剧批评家之一。一天，一个年轻人问他怎样才能成为一名成功的戏剧批评家。詹姆斯·埃加特回答说，为了发现什么才是伟大的作品，他必须至少研读30部伟大剧作家的作品之后才敢成为一名批评家。"但我到40岁也读不完这么多作品！"年轻人反驳道。埃加特回答说："至少要到40岁你的看法才会有价值。"

米兰·昆德拉曾评论尼采抱着马痛哭的事件："……我觉得他这一动作的广阔内涵是：他正努力替笛卡儿向这匹马道歉。"

在苏格拉底的启发下，波普尔的核心洞见是，我们从来不知道什么是必然的，明白这一点，对于我们获致知识理论和一般的批评辩论，具有重要的意义。波普尔说："我们一无所知——这是第一点。因此我们应该非常谦逊——这是第二点。在不知道的时候我们不应声称知道——这是第三点。"

安·兰德说："我的哲学，实质上就是这样一种概念：人是一种英雄的存在，将他自己的幸福当做人生的道德目的。创造性的成就是他最高尚的行动，理性是他唯一的绝对标准。"

诺贝尔经济学奖得主阿玛蒂亚·森说："你不能凭部分的富裕和繁华来判断社会的快乐程度，你必须了解草根阶层的生活。"

波兰诗人赫伯特曾感慨地说："我们是贫困的一群，非常贫困。绝大多数的现代艺术已经演变成对混乱的癖好，打着空虚无聊的手势，并用它苍白的精神描绘着历史。而所有古老的大师们，没有例外，都赞同拉辛的说法：我们工作是为了令人愉悦，就是说他们相信他们的作品的意义，以及人类彼此间存在内心交流的可能。"

1991 年"八一九"政变时，发动政变的苏联国家紧急状态委员会下令克格勃特工队逮捕叶利钦并进攻议会所在地"白宫"，特工队长声明："我将不参加攻占白宫的行动。"1993 年 10 月，叶利钦下令炮打白宫，逮捕议会领导人和反对派成员，这次又准备动用克格勃特工队，他去接见特工队官兵："你们都准备执行总统的命令吗？"大家沉默，最后一位军官说了一句："难道我们训练半天就是为了开枪射击那些女打字员？"

美国语言学家乔姆斯基说："知识分子的传统是卑躬屈膝事权贵的传统，不背叛它，我会为自己的行为感到羞耻。"

越南战争的结束，并没有终结美国人因越战而引起的梦魇。这场战争不但使美国在国际上大失颜面，牺牲了五六万宝贵的生命，还造成了许多长期的社会心理问题。20 多年后，麦克纳马拉回顾越战，最斩钉截铁的结论是："我们错了，错得可怕。"他说："我们的作为就像战犯。"

2006 年 6 月 15 日，比尔·盖茨宣布将隐退，隐退后的盖茨将专心于盖茨基金会，盖茨将几百亿美元的家财捐献给这个慈善基金会，并表示将只留几百万美元给他的三个孩子。微软的一名员工说："毫无疑问，他的慷慨使得数十万人重获生命。"随后不久，股神巴菲特宣布，将捐款 31.7 亿美元给盖茨基金会，前提是盖茨夫妇还活着。

兼济第十二

Improve

—

南丁格尔的誓言：余谨以至诚，于上帝及会众面前宣誓：终身纯洁，忠贞职守，尽力提高护理之标准；勿为有损之事，勿取服或故用有害之药；慎守病人家务及秘密，竭诚协助医生之诊治，务谋病者之福利。谨誓。

柴门霍夫年轻时被人们培养成了一个理想主义者，人们教育他说所有的人都是亲兄弟。但他发现，真正含义的人是不存在的，只有俄罗斯人、波兰人、日耳曼人，犹太人等等。他深受折磨，下定决心，"待我长大成人，就一定要消除这一灾难"。

卡内基大做慈善，散财有道。他在其《财富的原则》一书中提出："我给儿子留下了万能的美元，无异于给他留下了一个诅咒"；"国家通过征收遗产重税表明，它谴责自私的百万富翁的毫无价值的生活"。

维特倡导"改革"，其思想超出了他所代表的封建阶级。俄国是有着漫长封建历史的国家，自足自大、因循守旧，维特批评说："大多数贵族从国家角度看是一群蜕化分子。他们除了自己的私利以外，别无他图。"

一场大病夺去了海伦的视力和听力，她惊恐、战栗，并因此而脾气暴躁。沙莉文小姐的到来使她重新开始面对生命，成为她"再塑生命的人"，"我觉得有脚步向我走来，以为是母亲，我立刻伸出双手。一个人握住了我的手，把我紧紧地抱在怀中。我似乎能感觉得到，她就是那个来对我启示世间的真理、给我深切的爱的人——安妮·沙莉文老师"。

庇古的福利经济学是在马歇尔经济学的基础上的进一步发挥。马歇尔曾说："在这 25 年中，我投身于贫穷问题的研究……我所致力的……任何研究工作，很少不是和这个问题有关的。"庇古也声称要用经济学"作为改善人们生活的工具"，"要制止环绕在我们身旁的贫穷和肮脏、富有的家庭有害的奢侈，以及笼罩在许多穷困家庭朝不保夕的命运等等罪恶"。

奥斯特瓦尔德曾长时间隐居，他认为，一个人如果只知道物质享受，而忽视对精神生活的追求，那就不能成为一个道德高尚的人。他在山林里深居简出，致力于古今哲理的探求。第一次世界大战爆发，德国皇室曾请他为德国的军火生产献计，他拒绝了，宁愿跟一般平民一样过着战时的艰苦生活。后来有人劝说他："生为日耳曼人，怎能眼看日耳曼族被毁灭而不顾呢？"他迫不得已出山，铸成了他一生中的大错。

作家托马斯·哈代曾说："让每个人以自己的亲身生活经验为基础创造自己的哲学吧。"他又说："一个人总得慷慨一点，才配受人感谢。"

林德伯格飞越大西洋时，受到了全世界的关注。一天之内，《纽约时报》就收到了 600 多个打听消息的电话。在当日美国钢铁协会的年度会餐上，一位公司领导人作了即席祷告："我正在惦念着一位美利坚的大男孩，他于昨日启程远赴巴黎，口袋里揣着一块三明治。愿上帝将他平安送到那里。"

桑代克有一种长者风范和大家气魄。他告诉马斯洛，对他的智商测验是 195 分。他坦率地对马斯洛说："我劝你别再研究性行为了，但是，你有你的判断。如果我也不相信你的智商，还有谁能相信？所以，我想还是应该由你来独立思考。这样，对你，对我，对这个世界，都将是最合适的。"桑代克还向马斯洛表示，如果他找不到合适的永久性职位，他愿意资助他一辈子。

1937 年，劳厄把儿子送到美国求学以免受纳粹的影响。劳厄认为自己留在德国有几个原因：一是他不希望占据那些比他境遇差的人急需的国外职位；更重要的是，"留下来等到第三帝国垮台后可以很快地重建德国文化"；还有一个原因是，"憎恨纳粹所以必须靠近他们"。

米塞斯是自由的辩护士，他说过："除了自由，简直没有一个别的名词可以指称以自由企业和市场经济替代资本主义之前的生产方法；以宪政代议政府替代君主或寡头专制；以人人自由替代各种奴役制度这种伟大的政治和文化运动。"

弗洛伊德有三个姐妹终生未婚，晚年靠他赡养。她们分居三处，弗洛伊德就要支付几处住房的昂贵开销。有朋友建议说："让她们住到一起不是更合适吗？"弗洛伊德回答说："在经济上是合适的，在精神上却是不合理的！"

玻尔有句名言："谁要是第一次听到量子理论时没有感到困惑，那他一定没听懂。""薛定谔的猫"就是其中有代表性的一个说法。这只猫十分可怜，被关在特别的密室里，既死了又活着！要等到打开箱子看猫一眼才决定其生死：是决定，而非发现。

"二战"期间，号称陆军第一的法国瞬间崩溃。当时84岁的老元帅贝当正在西班牙当大使，他执意回国，弗朗哥劝他以年龄作借口："您是凡尔登的英雄。别让您的名字与那些败将的名字混在一起。""我知道，将军。"贝当答道，"但我的国家在向我召唤，我是属于她的……这也许是我最后一次为她效劳了。"

维特根斯坦拿一本书（《哲学评论》）去申请研究基金，由罗素来鉴定。罗素不喜欢这套新理论，他的评语大意是：这本书非常有创造性，但在他看来是错误的，然而同意给他研究经费。

"二战"前，英国战斗机机舱安装的都是普通玻璃。为了飞行安全，道丁建议安装防弹机舱。英国空军部对这一建议不以为然，以经费不足搪塞他。道丁明白：在这些十分讲究等级观念的人看来，只有达官贵人才有资格享受"防弹"待遇。他反击说："美国芝加哥的劫匪都能坐防弹汽车，为什么不给我们的飞机机舱安装防弹玻璃，难道我们飞行员的命不如劫匪值钱？"最后，官司打到首相那里，道丁赢了。

尼赫鲁以第三世界的发言人和"不结盟运动"的缔造者自居。印度人民对他的尊敬，使他的自我意识更加强化。随着他的威望的增长，他的妻子和女儿有时揶揄他道："喂，印度的宝贝，现在几点了？"或者说："唷，钉在十字架上的基督的化身，请把面包递过来。"

在《我的世界观》一文中，爱因斯坦说："我每天上百次地提醒自己：我的精神生活和物质生活都依靠别人（包括生者和死者）的劳动，我必须尽力以同样的分量来报偿我所领受了的和至今还在领受的东西。我强烈地向往俭朴的生活，并且时常为发觉自己占用了同胞的过多的劳动而难以忍受。"

在寒风呼啸的1943年1月1日，罗科索夫斯基看着屋外漫天的风雪，对他的参谋们说："包围圈中的那些德国人的日子一定不好过。"他又说，"在古时候，在这种情况下，人们会给被围困的敌人一个机会让他们投降的。"第二天，罗科索夫斯基下令起草了递交德军的劝降书，如果德军立即投降的话，苏军将保障他们的生命安全和人格尊严，并保证在战争结束后立即遣返他们。

1945 年，新的国际数学联盟成立，领导新联盟筹备工作的美国数学家马歇尔·斯通，与各方对话，做了大量工作，终于使一部从总纲到细节都能保证"让政治远离科学"的联盟章程得以完成和顺利通过。斯通特别强调"不能接受任何把德国和日本排除在外的安排"，还强调"在任何可能成立的国际组织中包括俄国人的极端重要性"。

索罗金认为，在两次世界大战之前，许多人认为"博爱"纯属宗教或伦理的范畴，与科学无关。迄至两次大战后，文化危机迫在眉睫。索罗金说："历史的神秘力量，似乎给人类提出最后的通牒：你的殒灭是由自己一手制造出来的，除非你能经由创造的爱之恩赐，把人类行为提高到更高的伦理层面。"

约翰·斯隆是伟大的"丑陋的宣传者"之一，垃圾箱画派的一位成员。他歌颂贫民窟、地位低微的妇女和领救济食物的贫民队伍。他晚年总结说："我不喜欢去投编辑们之所好，甚至年轻时就是这样。我爱画那最暗、最黑的图画……我感到很幸运，因为我从未为了追求经济收入和别人的赞誉而裹足不前。"

史怀哲说："我的生命对我来说充满了意义，我身旁的这些生命一定也有相当重要的意义。如果我要别人尊重我的生命，那么我也必须尊重其他的生命。道德观在西方世界一直就仅限于人与人之间，这是非常狭隘的。我们应该要有无界限的道德观，包括对动物也一样。"

肯尼迪当选总统后，决定将 1963 年度美国原子能方面的最高奖——费米奖授予奥本海默。不幸的是，肯尼迪在仪式举行前 10 天遇刺身亡。刚接替总统职位的约翰逊，在繁忙中挤出时间出席了授奖仪式。奥本海默走向主席台时，由于年老体弱打了一个趔趄。约翰逊总统见状，赶忙伸手去扶他，奥本海默推开他的手，说道："总统先生，当一个人行将衰老时，你去扶他是没有用处的，只有那些年轻人才需要你去扶持。"

据说，如果没有家业的负担，大卫·洛克菲勒应该会成为文学家、史学家，但他只能成为慈善家。不过，大卫表示，他希望自己的家族会以"助人家族"的形象名载史册："拥有财富，也就拥有了他人所没有的机遇，抓住这些机遇，同样是一件非常重要的事情。"

马尔库塞晚年在德国旅行期间，曾到海德格尔生前经常光顾的书店短暂停留，并在留言簿上写下这么一句题词："纪念海德格尔辞世所具有的令人惊叹的自尊，但愿我们也能体面地带着尊严、清醒和宁静变老。"有人说，马尔库塞终其一生都承认海德格尔是他所遇到的最伟大的导师和思想家，尽管他对其师与纳粹的瓜葛颇为沮丧。

20 世纪 70 年代初，特蕾莎修女的事迹开始在主流社会流传，她获得了很多奖励。1971 年，教皇颁给特蕾莎修女和平奖；她还获得了同年的肯尼迪奖。1975 年，她获得了史怀哲国际奖。此外，她得到了 1985 年美国总统自由勋章、1994 年美国国会金牌、1996 年 11 月 16 日美国名誉公民和许多大学的名誉学位。当然，她还获得了 1979 年的诺贝尔和平奖。记者们问她："我们可以做什么来促进世界和平？"她回答："回家和爱您的家庭。"

1970 年 12 月 7 日，勃兰特总理正式的访问日程中包括在华沙犹太人纪念碑前逗留数分钟。在那里，他为当年起义的牺牲者敬献了花圈。

在拨正了花圈上的丝结之后，勃兰特后退几步，突然双膝下跪。这一举动事先没有计划。据说事后勃兰特说："我这样做，是因为语言已失去了表现力。"

著名指挥家卡拉扬和小提琴演奏家朱尔斯坦在指挥和演奏时，都有闭眼的习惯。这两位天才的音乐家配合得非常默契，人们甚至认为他们有着魔一般的心灵感应。当人们问起朱尔斯坦为什么要闭眼时，他说："我们彼此看不见更好，这并不会出错，音乐不需要眼睛，要的是彼此的心领神会。整个演出我只睁过一次眼睛，看见卡拉扬正闭着眼睛在指挥，我赶忙又闭上眼睛，生怕破坏了整个气氛。"

美国有一位亿万富翁，匿名捐款 25 年。新泽西州的一家慈善机构在第 10 次接到他的捐赠时，终于忍不住找到了他，这个人是格雷斯·佩琪。记者蜂拥而至，当被问及"你都是在什么情况下捐款"时，他答："在感到最富有的时候。""那么，何时是你最富有的时候？"记者问。"在我想捐赠时。"佩琪说。

罗素说："世上具有真正善意和献身精神的人非常罕见。在我们这个时代，是不适于理解和无资格比拟这种人的。"晚年的罗宾逊夫人与加尔布雷思相互声援，以警醒丰裕社会，关注全球人类的福祉，为在全球范围内消除贫困而奔走呼号。人们称罗宾逊夫人为"人道主义的母性使者"、"20 世纪最优雅的英国女性"。

在卡特总统的飞机降临在饱受旱灾之苦的得克萨斯某镇之前，该镇忽然下起了雨。卡特踏上滑溜溜的机场跑道，向聚集在那里前来欢迎他的农民发出微笑。"你们或者要钱或者要雨，"他说，"我拿不出钱，所以只好带来了雨。"

1980 年，巴菲特发表了一篇文章，激烈抨击大富翁们的奢侈生活。

在巴菲特看来，大批财富，包括他自己的，代表的是一堆"有主支票"，最终是要服务于社会的。他把炮火对准了商人赫斯特，后者把自己的有主支票肆意挥霍，因此占用了"大量用于其他社会目的的人力和物力"。

阿斯特夫人是著名的阿斯特家族的最后一任掌门人。她毕生过着奢华的生活，但从不吝啬。她曾向纽约大都会艺术博物馆及纽约公共图书馆捐赠两亿美元，成为纽约最为著名的慈善大王。阿斯特夫人最为著名的箴言是："金钱如粪土，应当四处播撒。""生活中最重要的事情是保持好的态度并提高他人的生活。"

1989年，卡扎菲到南斯拉夫出席不结盟首脑会议，住在自己带去的帐篷里。他的生活十分简单，早餐是面包和驼奶，午餐多为烤牛肉或烧牛排，外加利比亚汤。革命成功后，他的父亲在首都贫民的窝棚里住了很长一段时间。卡扎菲说，等所有的人都有了适当的住房，他父亲才有像样的住所。

20世纪80年代末，厄多斯得知一位叫惠特尼的高中生想到哈佛去学数学，但还差一点儿学费。厄多斯跟他见了面。当他深信这名学生确有天资时，就借给他1000美元，并告诉对方只有在不造成经济困难的情况下才还钱。10年后惠特尼有能力偿还这笔钱了，便问葛立恒："厄多斯要不要利息呢？"葛立恒向厄多斯询问，厄多斯回答："告诉他，拿那1000美元去做我当年所做的事。"

约瑟夫·雅各布斯是一位白手起家的美国建筑业巨头。1971年的一个傍晚，他和妻子在家中与三个女儿就自己的巨额财产问题进行了一次严肃的谈话。"因为我非常爱你们，"雅各布斯慈爱地说，"所以我决定不留很多钱给你们。"在得到女儿们的赞同后，他签字把自己的大部分财产在自己死后捐献给慈善事业。约瑟夫·雅各布斯说："父母如果溺爱孩子，这可能是他一生中最糟糕的事情。"

毕加索通常像一个商人一样对挣钱津津乐道。他曾经说："艺术是一种易卖的商品。如果说我要多少钱就可以从我的艺术中得多少，那是因为我知道我要用它来干什么。"据说他在法国有很多不动产，并作一些极好的股份投资。丹尼尔·亨利·卡恩韦勒在谈到毕加索时说："他是一个非常慷慨的人。许多年来，他资助十几个贫困的画家。要是没有他的帮助，他们中的多数人都要一直在贫困中度日。"

许多年来，埃林顿在演奏结束时总是说："我们极端爱你们。"金塞尔神甫回忆说："埃林顿在他的晚年对宗教的兴趣加深了。他把自己称为'上帝的使者'，他之所以把自己称为无法归类的人物，是因为他知道他的位置在上帝身边。"奥康纳神甫在埃林顿的葬礼上说："公爵，我们谢谢您。您极度爱我们，我们将极度爱您，今天，明天，永远热爱您。"

作家威塞尔说："某些时候我们必须介入……当任何人因为他的种族、信仰或观点遭到迫害的时候，他所在地方就应当成为宇宙的中心。"

松下幸之助的名言是：勿使物泣！我们要合理地利用每一样东西。"集合众智，无往不利。"

1989年10月7日，民主德国庆祝建国40周年，正当其领导人昂纳克斩钉截铁地宣告民主德国将继续坚持社会主义道路"永远前进绝不后退"之时，参加庆祝活动的第一嘉宾——苏共中央总书记戈尔巴乔夫敦促东德进行改革，并在电视讲话中重复其名言："谁来晚了，谁就将受到生活的惩罚。"

有一个意大利歌星需要与一个男高音合作演唱，请了一些人试音，他理想中的合作者是帕瓦罗蒂。当帕瓦罗蒂听了波切利录制的试音带之后，问道："这个人是谁？我认为你们不需要我了，我不会比他唱得更好。"

比尔·盖茨基金会有一个广告语："所有生命都具有同等价值。"他的竞争对手谷歌也有一个世人皆知的广告语："不作恶。"

美国总统小布什上任后，宣布了减税计划，其中包括取消联邦遗产税。120名富翁联名上书，反对政府取消遗产税。在《纽约时报》上刊登广告，呼吁政府不要取消遗产税的富人中包括比尔·盖茨的父亲老威廉、巴菲特、索罗斯、金融巨头洛克菲勒等。老威廉在请愿书中写道："取消遗产税将使美国百万富翁、亿万富翁的孩子不劳而获，使富人永远富有，穷人永远贫穷，这将伤害穷人家庭。"

"脸书"的创始人扎克伯格是新世纪出现的全球最年轻的亿万富翁，这个80后的年轻人说："一些人等到事业晚期才回馈（社会）。可现在就有那么多事情需要做，为何要等待？我们中一些人很可能在人生早期回馈社会，见证我们慈善努力的影响。"他曾捐赠1亿美元，以赞助新泽西州纽瓦克市修缮学校，这次捐赠创下美国青年人慈善捐款纪录。

比尔·盖茨在哈佛大学对学生发表演说："30年后你们还会再回到哈佛，想起你们用自己的天赋和能力所做出的一切。我希望，在那个时候，你们用来评价自己的标准，不仅仅是你们的专业成就，而包括你们为改变这个世界深刻的不平等所作出的努力，以及你们如何善待那些远隔千山万水、与你们毫无干涉的人们，你们与他们唯一的共同点就是同为人类。"

人论第十三

Essay On Man

维特根斯坦在读完托尔斯泰的《哈泽·穆拉特》后曾掩卷而叹："他是一个真正的人，他有权写作。"

博尔赫斯说王尔德："千年文学产生了远比王尔德复杂或更有想象力的作者，但没有一个人比他更有魅力。无论是随意交谈还是和朋友相处，无论是在幸福的年月还是身处逆境，王尔德同样富有魅力。他留下的一行行文字至今深深吸引着我们。"

凯恩斯评价他的老师马歇尔："通过他的学生，再通过学生的学生，他在这个领域的影响则更是达到了主宰一切的程度。"

普列汉诺夫从民粹主义者转变为马克思主义者。他说："我之成为马克思主义者不是在 1884 年，而是在 1882 年。"列宁称他培养了"一整代俄国马克思主义者"。

博格罗夫以自己上绞刑架的代价杀死了斯托雷平，以为自己为改变俄国做出了贡献。而索尔仁尼琴对这事却评论说："俄国失去了自己百年来或两百年来最优秀的政府首脑。"

里尔克说罗丹:"人们终有一天会认识这位伟大艺术家所以伟大之故,知道他只是一个一心一意希望能够全力凭雕刀的卑微艰苦劳动而生存的工人。这里面几乎有一种对于生命的捐弃;可是正为了这忍耐,他终于获得了生命:因为,他挥斧处,竟浮现出一个宇宙来!"

与卡米尔·克洛岱尔感情甚笃的弟弟保罗是位诗人,他这么评价姐姐悲惨的一生:"在罗丹身上,她倾注了一切,也失去了一切,她是阳光下的一个谜。"

传记作家阿兰·莱文斯,曾对洛克菲勒的敌人如此回答他的结论:"洛克菲勒的巨大财富不是从别人的贫困得来的。他不是像陨石那样破坏一切而前进,而是经过四分之一个世纪的大胆冒险,在一个许多资产家都不敢踏入的新兴危险领域中冒险。……公平地说,一位公正的历史学家应该认为洛克菲勒比卡内基对竞争者更为仁慈。我们可以得到这个结论:'他的财富和其他同时代的巨富们相比,是最不肮脏的。'"

尼采称赞勃兰兑斯"是一个优秀的欧洲人,是文化传教士"。托马斯·曼则说勃兰兑斯的《十九世纪文学主流》一书是"欧洲年轻知识分子的圣经"。

伍迪·艾伦说瑞典导演英格玛·伯格曼:"自从电影被发明出来之后,英格玛也许是这个世界上最伟大的电影艺术家。"

对斯特林堡,这位诡谲而才思超凡的剧作家,英格玛·伯格曼认为:"斯特林堡身上是百分之五十的女人和百分之五十的男人。"

法国数学家阿达马曾在函数论、数论、微分方程、泛函分析、微分几何、集合论、数学基础等领域做出过杰出贡献,他评价庞加莱,称后者"整个地改变了数学科学的状况，在一切方向上打开了新的道路"。

心理学家詹姆斯相当敏感，富有同情心。当海伦·凯勒还是个小女孩子时，他就买了一个估计她会喜欢的小礼物送给她，事实上她的确永远没有忘记这个礼物——一根鸵鸟羽毛。哲学家怀特海总结他时说："威廉·詹姆斯，那是位可敬的天才。"

里尔克曾被称为"德语中最温顺、最善良和最轻信的诗人之一"，但本雅明批评他是"青年风格的全部弱点的宗师"。

普朗克是一位老派的学者。他自称没有特殊的天才，不能同时处理许多不同的问题。在学术工作中，他主张尽可能地谨慎，不到万不得已不愿意打破传统的"框框"。他把自己的量子假说称为"孤注一掷"的办法。只是在实验事实的逼迫下，他才终于"上了梁山"。因此，人们常说他是一个"不情愿的革命者"。

法国作家莫里斯·萨克斯说普鲁斯特是"奇怪的孩子"，"他有一个成人所具有的人生经验和一个10岁儿童的心灵"。

托洛茨基这样评价曾令苏联人胆寒的雅戈达："办事非常认真，为人毕恭毕敬，完全没有个性。他瘦瘦的，面呈土色（他得过结核病），留着短须，身着弗伦奇式军上衣，给人留下一种勤奋的小人物的印象。"

无论是持什么立场的政治家，包括那些同他有过过节的人，无不对约翰·洛克菲勒大加赞扬。一位检察官这样称赞他："除了我们敬爱的总统，他堪称我国最伟大的公民。是他用财富创造了知识，舍此更无第二人。世界因为有了他而变得更加美好。这位世界首席公民将永垂青史。"

丘吉尔评论约翰·洛克菲勒："他在探索方面所做的贡献将被公认为

是人类进步的一个里程碑。"

德国作家萨尔勃说，莎乐美是一位"具有非凡能力的缪斯，男人们在与这位女性的交往中受孕，与她邂逅几个月后，就能为这个世界产下一个精神的新生儿"。莎乐美是尼采的追求者，里尔克的情人，弗洛伊德的密友。

泰戈尔说甘地："在使人们断绝邪恶的斗争中，或许他不会成功，或许他会像佛陀和耶稣一样遭到失败。但是他的一生对子孙后代是一种教益，为此，人们将永远牢记他。"

爱因斯坦这样评论甘地："后世的子孙也许很难相信，世上竟然真的活生生出现过这样的人。"他又说："我认为甘地的观点是我们这个时期所有政治家中最高明的。我们应该朝着他的精神方向努力：不是通过暴力达到我们的目的，而是不同你认为邪恶的势力结盟。"

埃米·诺特对 20 世纪数学的影响无与伦比，爱因斯坦和希尔伯特都对她推崇备至。爱因斯坦说，诺特是"自妇女开始接受高等教育以来最杰出、最富有创造性的数学天才"。

大出版家卢斯的伙伴海登年轻时发誓，他要在 33 岁之前赚足 100 万美元。他终于如愿以偿，在 30 岁时，属于自己的财产已是百万出头。几十年来，新闻界的人士仍在争论，《时代》的成功，卢斯和海登谁的功劳最大。有一位同行说："也许是海登设计了教条，但是卢斯建了教堂。"

和毛姆一样又聪明又刻薄的伊夫林·沃说："毛姆在拿捏人们对八卦信息的胃口方面，可谓大师。他懂得在恰当的时候卖关子，然后选择一个令人吃惊的时候说出来。"

出访德国时，墨索里尼带着对希特勒的轻视而去。待他走时，两个独裁者的作用便颠倒过来了：老大墨索里尼受老二希特勒的影响了。荣格曾目击这两位独裁者，并注意到了他们的天渊之别。与墨索里尼相比，希特勒像个机器人。"他好像是真人的替身，而墨索里尼则是像阑尾一样，故意藏于腹内，目的在于不去扰乱身体的机能。"

很久以来，希特勒就佩服斯大林，把他看成是"世界历史上非凡人物之一"。一次，他对一群亲信说，他与苏联领导人有许多共同之处，因为两人都出身下层阶级。内中有人不同意元首将自己与先前的银行劫贼相提并论时，他回答说："如斯大林真的抢过银行，他也不是为了填腰包，而是为党、为运动。你不能把那看成是抢银行。"

法国物理学家朗之万在 1931 年对爱因斯坦如此评价："在我们这一时代的物理学史中，爱因斯坦将位于最前列。他现在是，将来也还是人类宇宙中具有头等光辉的一颗巨星。很难说，他究竟是同牛顿一样伟大，还是比牛顿更伟大；不过，可以肯定地说，他的伟大是可以同牛顿相比拟的。按照我的见解，他也许比牛顿更伟大，因为他对于科学的贡献，更加深刻地进入了人类思想基本概念的结构中。"

英国哲学史家艾耶尔说："对一位哲学家来说，从世俗的角度看来，他所做的最幸运的事情，莫过于能够改变整个哲学的方向了——但是这件事维特根斯坦做了两次。"

居里夫人的美名从她发现镭那一刻就流传于世，对于她一生的写照再也没有比爱因斯坦所说的那样来得真切："在像居里夫人这样一位崇高人物结束她的一生的时候，我们不要仅仅满足于回忆她的工作成果对人类已经做出的贡献。第一流人物对于时代和历史进程的意义，在其道德品质方面，也许比单纯的才智成就方面还要大。即使是后者，它们取决于品格的程度，也远超过通常所认为的那样。"

艾伦菲斯特给泡利起了个绰号"上帝之鞭"，它形象地刻画出泡利作为旧量子理论最严厉的批评家的地位。

弗兰兹·卡夫卡，这位生活在奥匈帝国时代的作家，被世人公认的"头衔"仅仅是著名小说家而已。然而，越来越多的西方作家和文艺评论家在竞相探索他那独特的艺术手法，诠释他的创作思想奥秘的同时，更乐意把他当做哲学家来对待。他被人们誉为"传奇英雄和圣徒式的人物"，认为"他与我们时代的关系，最近似但丁、莎士比亚、歌德与他们时代的关系"。

英国著名的政论家和国务活动家查尔斯·狄尔克曾说，他所知道的虚荣心最强的人是19世纪末的英国首相索尔兹伯里。几年以后狄尔克又补充道："自那时以来我知道的虚荣心最强的还有温斯顿·丘吉尔。"

希特勒说丘吉尔是"政治家中蹩脚的军人，军人中蹩脚的政治家"。

古德里安将军说希特勒："希特勒尽管身居高位，但活得并不轻松。甚至可以说，这是一个根本不懂得如何享受生活的人。他是一个素食者，不喝酒不抽烟。从个人方面来说，其生活方式是很高尚纯洁并令人敬佩的。但是，从另外一方面来说，他和其他的人类似乎已经脱节了。他并没有一个真正的朋友，除了他的勃勃野心和永不停歇的统治欲望。"

专门研究门捷列夫著作的学者瓦尔登说："如果按照奥斯特瓦尔德的分类法，门捷列夫属于浪漫派人物。从他那热情奔放而又带有棱角的性格可以看出，他不是经典派，而是属于戴维、李比希式的浪漫派。"

爱因斯坦谈起"非洲圣人"时说："像阿尔贝特·史怀哲这样理想地集善和对美的渴望于一身的人，我几乎还没有发现过。"

维辛斯基是苏联司法的代表人物，作家索尔仁尼琴称其为邪恶天才，英国学者克兰萧指责他陶醉在邪恶中不能自拔，《时代》杂志在讣告中送其"魔鬼的辩护士"的谥号。美国法学家富勒批判他学术上惯于回避实质问题，以恶言谩骂取代理性分析。英国工党政府外交部部长贝文则说："每当我看到维辛斯基，总不禁联想，他那张残酷无情的嘴里，是否浸满了成千上万无辜牺牲者的鲜血。"

尤金·奥尼尔是美国民族戏剧的奠基人。有人说："在奥尼尔之前，美国只有剧场；在奥尼尔之后，美国才有戏剧。"

爱伦堡说艾吕雅有一种惊人的特性："这位仿佛孤僻，甚至'与世隔绝'的诗人不仅理解所有的人，还代替了所有的人去感受。"艾吕雅如此说"自由"："由于一个词的力量，我重新开始生活，我活在世上是为了认识你，为了叫你的名字。"

列维·施特劳斯评价博厄斯说："博厄斯去世之后的美国，百科全书式的人物没有了。每个人都在博厄斯开垦的土地上各捡一小块耕耘。"

山姆·沃尔顿不仅创立了沃尔玛，还成为沃尔玛的精神支柱，他留下的沃尔玛哲学是每个商家都奉若珍宝的经营宝典。甚至他最大、最老的对手哈里·康宁汉也这样评价他："山姆可称得上20世纪最伟大的企业家。他所建立起来的沃尔玛企业文化是一切成功的关键，是无人可比拟的。"

西班牙诗人洛尔迦曾说，聂鲁达是当今最伟大的拉丁美洲诗人之一，是"离死亡比哲学近，离痛苦比智力近，离血比墨水近"的作家。聂鲁达"缺少两样众多伪诗人赖以为生的因素：恨与嘲讽"。

孤僻的性格使马龙·白兰度变得玩世不恭。他看穿了一切，不崇拜名人，上班迟到，爱走就走，拍摄从来都不准备。有时十分傲慢无礼，成了好莱坞最出名的"浪子"演员。有一位著名导演当面斥责他："演戏你是个天才，可做人你是个大失败者。"

作为总统，艾森豪威尔的政策虽然对美国历史和国际政坛有一定影响，但并不伟大，连他自己的儿子都认为："他的军事生涯比政治生涯更重要，他在历史上的'伟大'更多体现在戎马生涯而非白宫岁月。"

泡利虽然为人刻薄，语言尖锐，但这并不影响他在同时代物理学家心目中的地位。在那个天才辈出、群雄并起的物理学史上最辉煌的年代，英年早逝的泡利仍然是夜空中最耀眼的几颗巨星之一，以致在他死后很久，当物理学界又有新的进展时，人们还常常想起他，"不知道如果泡利还活着的话，对此又有什么高见"。

小提琴家伊萨科·斯特恩评论音乐家瓦尔特："他是文雅的独裁者，就如同托斯卡尼尼是一位脾气暴躁的独裁者一样。"

美国理论批评家苏珊·桑塔格如此评价加缪："卡夫卡唤起的是怜悯和恐惧，乔伊斯唤起的是钦佩，普鲁斯特和纪德唤起的是敬意；但除了加缪以外，我想不起还有其他现代作家能唤起爱。他死于1960年，他的死让整个文学界感到是一种个人损失。"

1962年2月17日，指挥家瓦尔特去世。当天晚上，纽约爱乐乐团的观众得知了这个消息，莱奥纳德·伯恩斯坦即评价他，称道他为"音乐圣徒之一，是一位善良、热情、仁慈而献身事业的人"。

戴高乐说，丘吉尔只关心短期的目标。"像所有英国人一样，他是个商人。他同俄国人做交易，在东方作出让步，以换取在别处能放手行动。作为一个战士，他有时极有意思，有时却令人难堪。"

亨利·卢斯是新闻巨头，与此同时人们奉送他的称号还有："教育家"、"宣传家"、"虔诚的基督徒"、"意识形态专家"、"西方理论家"、"保守人士"……《美国新闻百科全书》称赞卢斯是"真正的知识分子"，"他的《时代》周刊所创造的词语已成为当今美国英语的一部分"。芝加哥大学前校长赫钦斯说："他的杂志的影响力远远超过整个美国教育制度的总和。"

1970 年，当萨缪尔森获得诺贝尔经济学奖的时候，瑞典皇家学院称赞他："在提升经济学理论研究的水平方面，比任何一位当代的经济学家所做的都要多。"他被称为是"最后一位百科全书似的经济学家"。

海德格尔曾经得意地说："人们说海德格尔是一只狐狸。"

英国人李德·哈特有"20 世纪的克劳塞维茨"、"军事理论教皇"之称，一位法国国防部长称赞说："李德·哈特的《第二次世界大战战史》不仅是部卓越的军事分析巨著，同时也是一本富于同情心和独创思想的作品。不管将来的变化怎样，李德·哈特的军事家命名却已是确定了……我们对于他的历史知识，他的广泛世界战略观念，他在阐明战争原理时所使用的优美笔调，都是应该望风下拜的。"

萨特说切·格瓦拉："他是我们这个时代最完美的人。"有人为此评说：萨特的理论中包含一种观点，"庸庸碌碌地活着等于白活"，格瓦拉的一生没有光阴虚度，他生如朝花之绚烂。萨特的理论中包含另外一种观点，"人的命运是自己选择的"，格瓦拉选择了战斗不止，从暴力美学的视点，他死如秋叶之静美，让无数的崇拜者在纪念大会上满含着热泪。

法国总统乔治·蓬皮杜曾说，果尔达·梅厄是"一个很难对付的女人"。尼克松加强了蓬皮杜的观点，他认为梅厄夫人是自己所见到的男人或女人中"个性最强的一个"。

1977 年 8 月 16 日，"猫王"普莱斯利去世。两天后，人们为他举行了隆重的葬礼，规模庞大：一口白色的棺材，17 辆白色的高级轿车以及 5 万名前来悼念的歌迷。有人说："虽说后生可畏，其中不乏有力的竞争者和觊觎'王位'的人，但他的王者地位没有任何人可以取代。"

聂鲁达认为博尔赫斯是拉美最伟大的诗人和作家。他说："博尔赫斯不是我的敌人，我的敌人是帝国主义、资本主义和在侵略越南的人。我和博尔赫斯的争论是在和平中进行的。我们之间的差异是知识分子的不同立场造成的。"

1980 年 4 月 15 日，在萨特葬礼的当天，阿隆发表悼文，既向萨特致敬，亦对他作出评价："萨特一生都是一位深刻的伦理学家，又是一位曾经在政治丛林里迷失了方向的伦理学家；尽管他受到革命绝对主义逻辑的影响，写了一些关于暴力的文章……但他从来没有向他所观察到的、他所批判的暴力社会低头，他最终认为，这种社会不适合于他理想中的人类社会。"

亨利·基辛格说："没有雷蒙·阿隆，世界将感到更孤独，而且更空虚。""在法国，他是个孤独的声音，直到晚年，法国知识分子才开始从他们长期的左翼情结里恢复过来，进而发现他们中有位伟大思想家依然健在，能够给他们以领导和鼓励。"

苏珊·桑塔格说本雅明：不左不右，是个生不逢时的末代文人，是"这个欧洲最后的知识分子，面对末日审判，带着他所有的残篇断简，为精神生活作出辩护"。

卡尔·多伊奇说："虽然卡尔·雅斯贝尔斯是一个世界性的哲学人物，但作为一位德国思想家，他的根却深深驻扎在德国传统之中。他的作品乃是一个由思想家和诗人所组成的深层德国继续存在的活生生的证明。他的作品蕴含在伟大的德国传统之中，这一传统将渊博的知识与丰厚的想象力结合在一起……"

尼克松曾经这样评价李光耀："他如果处在另一个时代、另一个国家，就会成为世界性的人物。"

亨利·基辛格这样评价盛田昭夫："我感到日本人不太容易沟通。他们一旦走出自己的圈子，需要与其他文化交流时，沟通起来很困难，因为他们觉得自己不具有独立作出决定的权力。盛田昭夫是个例外。尽管他是个非常爱国的日本人，一个坚定的日本观念捍卫者，但他能够以一个非日本人的方式进行交流……他可能是我所见过的最具外交能力的日本人。"

葛培理是第二次世界大战之后最著名的牧师，知名度不亚于任何电影明星。从哈里·杜鲁门到小布什，11 位美国总统，都把他视为良师益友。老布什说："我从来没有因为某个具体的问题而找过他……在我看来，他的影响远远大于帮我解决某一个问题。他能温暖我的灵魂，能提醒我人生更重要的目的。"

电影导演乔舒亚·格林把玛丽莲·梦露称为"我们时代最了不起的天才之一——热情，风趣，绝顶聪明，工作起来全身心投入。好莱坞无耻地糟践了她"。

罗莎·帕克斯被称为民权运动之母。人们说："她静静地坐在那儿，然后世界就为之改变。"当公民权益运动已经书写了 100 年之际，这里只留下两个名字：马丁·路德·金和帕克斯。罗莎·帕克斯作了一个勇敢的决定，并启动了公民权益运动。而金牧师则从此时接手，顺应了时势。

安德烈·萨哈罗夫是苏联著名的核物理学家，曾被称做苏联的"氢弹之父"。诺贝尔奖奖金评选委员会主席在发奖仪式上对萨哈罗夫作了如下评价："安德烈·萨哈罗夫对和平做出了巨大贡献，他以伟大的自我牺牲精神，在极端困难的条件下，以卓有成效的方式，为实施赫尔辛基协议所规定的各项价值观念而进行了斗争。他为捍卫人权、裁军和所有国家之间的合作而进行的斗争，其最终目的都是为了和平。"

奥威尔曾经说达利："他是一个反社会的跳蚤，这样的人是不受欢迎的，能让这种人功成名就，则是我们这个社会的缺陷。"

威廉·夏伊勒写作了《第三帝国的兴亡》，英国历史学家特雷弗·罗珀称赞该书"是这一世纪最黑暗之夜中的光明，是希特勒纳粹德国令人战栗的故事最杰出的研究成果"。说作者是将"活着的证人能够与史实结为一体"的非凡杰出的历史学家。

有人说，李约瑟的研究工作几乎是"凭一己之力，在一夜之间，彻底扭转了……那种认为中国置身于世界文明进展的主流之外、对它毫无贡献、在历史上也没什么建树的成见"。在为中国人整体重新正名的努力中居功最伟的非李约瑟莫属。

历史上，唯有极少数的灵魂拥有宁静的心灵，以洞悉自己的黑暗。而开创分析心理学的大师——荣格，便是这少数之一。他是弗洛伊德最具争议性的弟子，并将神话、宗教、哲学与灵魂等弗洛伊德忽略的问题，引入了分析心理学派中。有人说，荣格"是现代思潮中重要的变革者和推动者之一"。

费曼具有一种奇特的性格。第一次遇到费曼的人马上会为他的才华所倾倒，同时又会对他的幽默感到吃惊。第二次世界大战后不久，物理学家弗里曼·戴森在康奈尔大学见到了费曼，他说他的印象是："半是天才，半是滑稽演员。"后来，当戴森对费曼非常了解之后，他把原来的评价修改为："完全是天才，完全是滑稽演员。"

1959 年，杜勒斯的葬礼使世界上许多有声望的人物云集于华盛顿。出席人数创了纪录。有些人恨他，有些人怕他，但是大家都钦佩他。阿登纳则是少数几个热爱他的人之一，阿登纳说："世界上没有一个人能胜任他的角色。"

约翰·伊特韦尔说罗宾逊夫人："是当今第一流的经济理论家，有很多开拓性的贡献都应归于她的名下……她的书和文章常常是英语散文的杰出典范，其思想也是新颖的，富于感染力的，尽管它们不符合大多数经济学家在这一领域中的框架。"

霍金的机械师马丁说霍金："他是一个非常会享受生活的人，别看他只有手指能动。虽然他身体瘫痪了，但是他的脑子非常清醒，他知道他需要什么。他喜欢现代音乐，他还喜欢跳舞，在轮椅上跳。"

哥德尔对数学的贡献和他本人对物理学的贡献视为同等重要。哈佛大学授予他学位时，美国哲学家蒯因称他是"20 世纪最有意义的数学真理的发现者"。1951 年 2 月，哥德尔卧病在床，奥本海默告诉临床医生："你的病人是亚里士多德以来最伟大的逻辑学家。"在 1978 年 3 月 3 日的追悼会上，法国数学家韦伊说："承认哥德尔是 2500 年间唯一能不带夸耀地说'亚里士多德和我'的人，其实是不为过的。"20 世纪 70 年代，美国物理学家惠勒说道："如果你称哥德尔为亚里士多德以来最伟大的逻辑学家，你是在贬低他。"

苏珊·桑塔格说列维·施特劳斯："克洛德·列维·施特劳斯发明了一种全职的人类学家的职业，其精神寄托如同创造性艺术家、冒险家或心理分析家的精神寄托。"

评论家扇谷正造赞叹老年的松下幸之助明智，松下曾说"共享荣誉"，这是多么有力的一句话啊。世阿弥的《四季花传书》里谈到有三种花：年轻时的花，就是含苞待放的花；中年的花，最锻炼盛开的花；老年的花，则是消谢——隐秘的花。他就是隐秘的花。

小说家约翰·厄普代克称赞卡尔维诺是"最有魅力的后现代主义大师"。意大利符号学大师艾柯评价说："卡尔维诺的想象像宇宙微妙的均衡，摆放在伏尔泰和莱布尼茨之间。"

霍梅尼用极端的方式调动起了当今世界最激烈的宗教情感，以此对抗西方的入侵。在他的死敌眼里，他是"近代最恶名昭彰的独裁者"，并且让伊朗"倒退了几个世纪"。但对热爱他的人来说，他却是一位无法替代的领袖。不管是反对他或支持他，人们都承认：他是一位学识渊博、极其睿智的人，同时是一位极其俭朴、体恤民心的人。

石原慎太郎主张对华、对美强硬，他有名的著作是《日本可以说不》。有人评论说："每个时代都会出现一个人物，这个人的行动将带来政治的变动，带来日本的变动。现在，石原慎太郎就是这样的人物中最重要的一位。"

厄普代克被誉为美国"最后一位真正的文人"。美国作家菲利普·罗斯说："约翰·厄普代克是我们时代最伟大的文学家⋯⋯像19世纪的纳撒尼尔·霍桑一样，他是而且将永远是国宝。"

保罗·克鲁格曼在评价熊彼特时以怜悯、同情的口吻说："在熊彼特生命的最后旅程中，伴随着这位伟大经济学家的始终是一种悲情和孤寂；他的理论（主要是'创造性毁灭'理论）在其去世多年后才为世人所接受与推崇，其'经济财富守护神'的盛名与其匆忙的一生相比，也显得姗姗来迟，步履蹒跚。"

被誉为 20 世纪"最伟大的流行歌手"的弗兰克·西纳特拉去世时，人们一片惋惜。克林顿总统动容地说："我想，每个美国人都可以含笑道，弗兰克·西纳特拉是真正的夺标者……我崇拜他！"法国总统希拉克则推崇说，西纳特拉是"艺术和表演界的巨人，既温馨，又富有热情"。

瓦文萨在 2004 年时说："当谈到罗纳德·里根时，我必须以我个人的角度来谈论他，我们在波兰的人都会以我们的角度来谈论他。为什么？因为我们所得到的自由是他给予的。"西德总理赫尔穆特·科尔则说："他的出现是这个世界的幸运。在里根呼吁戈尔巴乔夫推倒柏林墙后的两年，柏林墙就真的倒了，而 11 个月后德国便统一了。"

安德烈·莫洛亚说："博尔赫斯是一位只写小文章的大作家。小文章而成大气候，在于其智慧的光芒、设想的丰富和文笔的简洁——像数学一样简洁的文笔。"

"欧元之父"罗伯特·蒙代尔自称最佩服两人：一是古典自由主义学者弗里德里克·哈耶克，一是哈佛大学的新制度经济学家约翰·肯尼思·加尔布雷思。蒙代尔认为，两位大师都是 20 世纪独持异见的非主流学者，是特立独行的典范。

有人曾问小泽征尔，卡拉扬对音乐的最伟大的贡献是什么。小泽征尔说："他和柏林爱乐的关系，如此水乳交融的结合令人惊叹——用了他整整 25 年。"

多明戈曾说："帕瓦罗蒂的声音是上帝赋予的，我总是羡慕他。他可以熟练把握男高音特殊的高低音质，从来不会出错。"卡雷拉斯则说："帕瓦罗蒂是世界最伟大的男高音歌唱家之一。我们都希望在他身上看到奇迹：他能摆脱病魔纠缠，回到歌剧世界中来，但不幸的是那只是个梦想。"

厄多斯藐视任何权威，无论是武装暴徒，还是不学无术的大学者。他一生中同 485 位合作者发表过 1475 篇数学论文，涉及数学的许多领域。美国数学家贝尔曼说，没有人知道厄多斯身在何处，甚至不可能知道他在哪个国家。我们唯一能肯定的是，他无处不在。他是最接近于遍历态的人。

神伤第十四

Feel Dejected

高更自杀未遂后，突然产生了强烈的创作欲。他说："我打算在我死前画一幅宏伟的作品。我空前狂热，夜以继日地工作了一个月。"他想把自己梦幻中的一切画成一幅画。当他梦醒时，他觉得面对画幅"看到"了他所要画的整个构思："我们从哪里来？我们是谁？我们往哪里去？"

托尔斯泰令人伤感之处，是他对自己民族怀有的矛盾情感。他说："俄罗斯的母亲呀，你既贫穷又富饶，既伟大又渺小。"这位最具才智的作家还时常陷入不可捉摸的玄思，沉湎于白日梦里。他跟朋友说："你想不出我是多么孤独！"

罗丹的情人卡米尔在精神垮掉时，弟弟保罗是送她进疯人院的两个家属之一。保罗后来一直在反思："我和我的家庭，是不是已经为我可怜的姐姐作了所有的努力？"终其一生，保罗都在质疑自己当初的决定，这个心结困扰着他，至死方休。

马克斯·韦伯对威廉二世时期的德国政治评价说："我觉得我们处在一群疯子的统治之下。"

在取缔立宪会议、对原来同一战壕的"孟什维克"动手以后，第二国际各派的考茨基、卢森堡等人都写了大量的文章反对布尔什维克。高尔基悲愤而又绝望地说："布尔什维克的来复枪驱散了近百年来俄国最优秀分子为之奋斗的梦想！"

十月革命胜利后，俄国的东正教受到巨大冲击。吉洪诺夫大主教认为布尔什维克掌权只是暂时现象，他对这个政权公然表示蔑视。他后来被捕，写悔过书，反省自己的行为，被释放出来后他声明说："教会承认并支持苏维埃政权，因为一切权力莫不是上帝所赋予的。教会为俄罗斯和苏维埃政权而祈祷。"

十月革命后，阿赫玛托娃感叹说："我们怎么会这样不负责任，竟没有觉察到雷鸣般的脚步声，在向我们宣布的，不是日历上的普通一年，而是真正灾难性的 20 世纪？"

1921 年，古米廖夫在彼得堡被秘密警察逮捕，罪名是"参与反革命阴谋活动"。高尔基凭着自己的名望奔走营救，扎米亚京在《回忆高尔基》里写道："据高尔基说，他已在莫斯科得到保留古米廖夫性命的承诺，但彼得堡当局不知怎么了解到这种情况，就急忙立刻执行了判决。"高尔基被骗已经不止一次，他曾为营救几个出身王族的历史学家，找到列宁并从列宁那里得到书面保证，等到他赶去救人时，人已被处决了。

卡夫卡在 36 岁时给父亲写了一封信："最亲爱的父亲，你最近问我，为什么我说我怕你。……"他算了一下与父亲接近的时刻："这自然很少，但十分美妙。……在这种时刻，我便躺倒在床上，幸福地哭起来，现在，当重新写下这些的时候，止不住又哭起来了。"

音乐家马勒常说："我是三重的无家之人。在奥地利作为一个波希米亚人，在日耳曼人中作为一个奥地利人，在世界上作为一个犹太人，到处我都是闯入者，永远不受欢迎。"

目睹科学界的争论和悲剧，普朗克发表了他那学术界熟知的"普朗克定律"。其表述如下："一个新的科学真理照例不能用说服对手、等他们表示意见说'获益匪浅'这个办法来实行。恰恰相反，只能是等到对手们渐渐死亡，新的一代开始熟悉真理时才能贯彻。"对普朗克来说，学术争论没有多少诱惑力，他认为它们不能产生什么新东西。

十月革命后，享有世界声誉的哲学家别尔嘉耶夫、洛斯基、舍斯托夫、梅列日科夫斯基，天才演员夏里亚宾、莫茹欣，芭蕾舞明星巴甫洛娃，音乐巨匠拉赫马尼诺夫、斯特拉夫斯基，巡回画派领袖列宾，现代主义先锋康定斯基、马列维奇……都离开了俄国。1922年，女诗人、梅列日科夫斯基的妻子吉比乌斯在巴黎感叹道："几乎整个俄国文学都流亡到国外去了！"

别尔嘉耶夫在异国他乡继续研究他的哲学，获得了很大的成就。但他一直没有忘怀自己的祖国，他说："当我想到俄国时，心里渗出了血。"特别使他痛苦的是："我在欧洲和美洲，甚至亚洲和澳洲都很知名，我的论著被译成很多种文字，很多人写了论述我的文章。只有一个国家不知道我——这就是我的祖国。"

20年代中期，量子力学创立起来了。爱因斯坦认为，量子统计力学并非什么新东西，只不过是我们长期以来还不能"完整地描述事物"而采用的权宜之计。他指责玻恩，说他信仰的是"掷骰子的上帝"。这使玻恩、玻尔这样的老朋友感到遗憾。玻恩说："……这无论对爱因斯坦本人，还是对我们来说都是悲剧，因为他在孤独地探索他的道路，而我们则失去了领袖和旗手。"

1933 年冬，安德烈·蒲宁因"严谨的艺术才能使俄罗斯古典传统在散文中得到继承"而获得诺贝尔奖。在该奖最沉闷的一次颁奖仪式上，蒲宁以法国公民身份对着话筒说："自诺贝尔奖成立以来，你们终于把这份奖颁给了一名流亡者。"

列宁去世后，他的妻子克鲁普斯卡娅主张让列宁入土为安。但党作出决定，将列宁遗体进行防腐处理后，放进水晶棺里，供人参观。克鲁普斯卡娅最后一次走进列宁陵墓，孤身一人在水晶棺旁伫立良久，叹了一口气："他一直是这个样子，可我已经老了……"

朋霍费尔同马丁·路德·金一样，也是甘地的追随者。"登山宝训"作为基督教原始团契的基本原则，不但为甘地所崇奉，也被朋霍费尔当做座右铭，在生活中努力践行。1934 年，在丹麦召开的普世教会会议上，有一个瑞典人问他："如果战争爆发，你将怎么办？"他回答是："我将祈求基督给我力量不拿起武器。"

1934 年，霍克海默发表《黄昏》，表达了那个时代知识分子的凄惶心境："谁看到帝国主义的不公正，谁就会把苏联视为克服非正义的尝试。即便出现失利，他仍怀抱希望。"

1934 年，爱伦堡在巴黎的街道上遇到诗人巴尔蒙特，看到他独自一人走着，老态龙钟，穿一件破旧的外衣。诗人认出了爱伦堡，向他问好。爱伦堡回答说，他不久之前才从莫斯科来。诗人活跃起来："请问，那里还有人记得我，还有人读我的诗吗？"爱伦堡撒谎说："当然记得。"诗人微微一笑，然后昂首阔步地向前走去。爱伦堡心里不是滋味："这个可怜的、被贬黜了的帝王。"

军人约瑟夫·毕苏斯基凭借他的精明强干登上了历史的舞台，并用他的铁腕加固国家机器，对外打败了强大的苏联红军，对内强化了波兰经济和工业实力。他被人称为"波兰的克伦威尔"。在他的统治下，波兰迅速崛起，成为一个不可忽视的强国。1935年毕苏斯基病死，希特勒私下对亲信说："波兰最可怕的人死了，从此这个国家不足为患了。"

西蒙娜·薇依曾坚定地认为："历尽了数月的黑夜，我蓦然醒悟，并且永远相信，不管什么人，即使天资等于零，只要他渴望真理并锲而不舍地追求真理，就会进入这个天才所有的真理王国。"面对现实，她又伤感地说："只有真理对于我们来说变得遥不可及时，我们才热爱它。"

布哈林《致未来一代党的领导人的信》中说：内务人民委员部变成了"一部使用的大概是中世纪方法的恶魔的机器"，它干着自己的卑鄙龌龊的勾当，"以满足至少是斯大林病态的多疑"。同时，布哈林也向"党的未来领导人"保证，他在最后的七年"与党没有丝毫的分歧"，他也"没有任何反对斯大林的企图"。

戈培尔说过："人民大多数比我们想象的要蒙昧得多，所以宣传的本质就是坚持简单和重复。"他的名言是："谎言重复千遍就是真理。"

1937年，英国为了解决巴勒斯坦问题，第一次提出了分治的想法，即在巴勒斯坦建立一个阿拉伯国家和一个犹太国家。本·古里安凭借自己的政治嗅觉，捕捉到"国家"这个词所包含的重大意义，意识到这是千载难逢的机遇，他立刻对分治的想法表示支持。本·古里安感叹："犹太复国主义不是走在一根结实的绳子上，而是在一根头发丝上。"

1941年6月22日，在得知德国进攻苏联后，斯大林命令手下打电话给德国使馆。德国使馆回答，舒伦堡大使正紧急求见外交人民委员莫洛托夫，于是莫洛托夫便忙着赶到外交部去。莫洛托夫在外交部接见了舒伦堡大使，后者生硬地向他宣布，德国与苏联已经处于战争状态。莫洛托夫愤慨并结结巴巴地（他是个结巴）质问对方："我们到底做错了什么，活该受此惩罚？"

1941 年 8 月，茨维塔耶娃带着她 16 岁的儿子到处流浪，她无依无靠又重病缠身。为了活命，她向当地作家协会的食堂要求当一名洗碗工，遭到拒绝。绝望之中，她自缢身亡。她给儿子留下了遗言："小穆尔，请原谅我⋯⋯我狂热地爱你。你要明白，我再也无法生存下去了。请转告爸爸和阿利娅（她的女儿）——如果你能见到的话——我直到最后一刻都爱着他们，请向他们解释，我已陷入绝境。"

苏德互不侵犯条约的签订，对本雅明造成致命一击。他悲叹："何以是这种结果？我们这一代人本该看到人类最重大问题的解决！"希望破灭后，他仍不愿直接批评苏联，便把罪名归于第二国际"社会民主主义"。

由于苏德战场吃紧，希特勒实在舍不得给隆美尔太多的兵源和物资。1943 年 10~11 月，"猴子"蒙哥马利和"狐狸"隆美尔对决阿拉曼，只有 8 万兵力、500 多辆坦克和 300 多架飞机的隆美尔被拥有 23 万大军、1400 辆坦克和 1500 架飞机的蒙哥马利击败。隆美尔在给爱妻露茜的信中悲哀地写道："敌人太强大了，我们的物资又少得可怜。两年来我从来没有像今天这样失望过。"

1944 年 7 月，美军进攻塞班岛，3 万日军战斗到 3000 人，仍向美军发起冲锋，全部壮烈牺牲。在日军最后冲锋的同时，岛上的百姓也开始自杀，一批又一批的日本人扶老携幼跳下大海。美军将坦克车改装成宣传车，到处呼叫："我们不会伤害你们的！"共有 1 万多百姓死于自杀，整个海面漂满了日本人的尸体。许多美国士兵泣不成声："日本人⋯⋯

他们为什么……要这样自杀？"

苏联军队解放了奥斯威辛集中营，在他们的回忆里，集中营如"幽灵"聚集地。而奥斯威辛集中营里的幸存者约瑟夫·比亚罗用"幽灵"这个词来描述解放了他们的苏联军队："一支幽灵般的队伍沿着楼梯悄悄开进来。士兵们头戴白帽子，身着伪装服，全部手持冲锋枪，趴在地上几乎让人分辨不出来。"集中营的残酷性，使得解放者和幸存者都怀疑他们所面对的并非人间，而是幽灵的世界。

就在雅斯贝尔斯最后决定逃离德国的时候，盟军解放了海德堡。雅斯贝尔斯承认，"我们在极端恐怖中生活了 12 年以后"，直到纳粹"交出了所有的权力，简直就像是一个童话"。

麦克阿瑟曾经说："在科学、美术、宗教、文化上，英国、法国、美国已经是 45 岁的成年人，日本不过是 12 岁的小学生。"

1950 年，哈耶克想办法办理了与赫拉的离婚手续，并与海伦娜结婚。哈耶克此举，遭到了朋友们广泛的反对。罗宾斯退出了哈耶克组织的朝圣山学社，中断了与哈耶克长达 20 年的友谊："我觉得，我认识的那个人已经死了。"

奥威尔作了毕生的努力要与自己的阶级决裂，最后还是意识到他属于这个可憎的上层阶级。他的侄女说："他的一切疙瘩都来自这个事实：他认为他应该去爱他的同胞，但是他连同他们随便交谈都做不到。"

1952 年，在冷战高潮时，英国籍的卓别林被美国驱逐出境。在他乘船去英国度假的旅途中，美国司法部长宣布，除非他能够证明他的"道德价值"，否则他就不能再进入美国。卓别林对此非常愤怒。有人说，这个事件是对这位喜剧演员坦率而"左倾"的政治和社会观点的惩罚。

卓别林后来严厉指责美国"忘恩负义",并作为乡绅在瑞士定居下来。

1952 年 3 月 31 日,英国数学家图灵因为和曼彻斯特当地一位青年有染,被警方逮捕。在法庭上,图灵既不否认,也不为自己辩解。在庄严的法庭上,他郑重其事地告诉人们,他的行为没有错,结果被判有罪。在入狱和治疗两者中间,图灵选择了注射激素,来治疗所谓的"性欲倒错"。

鲍勃·迪伦在他的歌声中感叹:"要独自走过多少的远路,才能成为一个真正的男人?白鸽要飞越多少海洋,才能在沙滩安息?炮弹还要呼啸几时,才能真正销声匿迹?还要张望多少次,才能看到蓝天?当权者还要再长几只耳朵,才能听到人民的哭声?还要有多少人死去,我们才会真正醒悟过来?大山还要矗立多久,才能遇到海浪的冲刷?人民还要受多少煎熬,才能得到早已承诺的自由?⋯⋯"

在走向生命终点的最后旅途中,哥德尔越来越多地崇尚某种神秘主义色彩。在他的哲学手稿中留下了这样一句话:"世界的意义就在于事实与愿望的分离,即事与愿违。"

阿隆表扬过他的同学和论敌萨特,说他在"头脑清醒的时候",会对斯大林有精辟的分析,因为萨特说:"斯大林的确是党和国家,或者毋宁说党和国家是斯大林。"

金斯堡的代表诗作是《嚎叫》,跟凯鲁亚克以及其他"垮掉的一代"作家的作品一样,"疯狂"是共同的主题。他说:"我看见我们的一代精英被疯狂所摧毁了的最好的思想⋯⋯"

斯特拉文斯基的最初两首管弦乐都是在里姆斯基·柯萨科夫的指导下完成和演奏的。1908 年,他把一首新创作的管弦乐曲谱《焰火》寄给了他的老师。几天以后，邮件退还到这位年轻的作曲家手里，并附有一张字条："收件人已亡，无法投递。"

当梦露经过奋斗成为性感女神后，她开创了潮流。但在人生中她抑郁了，她洞明世情："有些人很不友善，如果我说我想成为一位女演员，有人就会审视我的身材；如果我说我想提高，学习提高演技，他们就会大笑不止。他们其实并不认为我会对自己的表演认真。"

20世纪60年代中期，越南战争爆发。随着战事的不断升级，阿里也面临着服兵役的问题。阿里说："我绝不会跑到万里之外去谋杀那里的穷人，如果我要死，我就死在这里，咱们来拼个你死我活！如果我要死的话，你们才是我的敌人，与中国人、越南人、日本人无关。我想要自由，你们不给；我想要公正，你们不给；我想要平等，你们也不给。你们却让我去别处替你们作战！在美国你们都没有站出来保护我的权益和信仰，你们在自己的国家都做不到这些！"

图图大主教是南非领导黑人反对种族压迫的坚强斗士。1984年，图图获得诺贝尔和平奖。这一年冬天，他在美国纽约的一次宗教仪式上演讲时说："白人传教士刚到非洲时，他们手里有《圣经》，我们（黑人）手里有土地。传教士说：'让我们祈祷吧！'于是我们闭目祈祷。可是到我们睁开眼时，发现情况颠倒过来了：我们手里有了《圣经》，他们手里有了土地。"

由房龙博士论文改写的《荷兰共和国的衰亡》，因其新颖的风格颇受书评界的好评，但只售出了不到700本，于是引来了出版商满怀怜悯的话语："我想连在街上开公交车的也比写历史的挣得多。"

威尔·杜兰认为：宗教不是一个生命而有很多生命，有死后复苏的习性。在过去，上帝与宗教死而复生不知有多少次，因为"只要有贫穷存在，就有神祇"。杜兰说："宗教使穷人避免谋害富人。"

格拉斯曼很早就在数学领域研究出重要成果，但不受重视。他不得不放弃数学这个没有前途的职业，而在印度梵文方面花了不少工夫。故他在当时的语言界受到了更多的尊重。在哥廷根的图书馆里有一本格拉斯曼写的维数论，标题页上面用铅笔写着闵可夫斯基的名字，序言后的脚注是："书付印时作者已去世。"闵可夫斯基写道："新版本将比30多年前受到更多的尊重。"

数学家厄多斯说起两次大战中的祖国：匈牙利人的问题在于，每次战争我们都站错了队。

凯恩斯说："经济学家和政治哲学家们的思想，不论它们是在对的时候还是在错的时候，都比一般所设想的要更有力量。的确，世界就是由他们统治着。"

奥威尔承认法西斯分子的优点。他从法西斯分子那里学会了吹号，因为人家吹得好。至于斗牛："在巴塞罗那，现在几乎没有斗牛，因为所有最好的斗牛士都是法西斯分子。"而建筑："看到民兵对他们占领的房屋的大肆破坏，有时候你会觉得对从前的主人法西斯分子有说不出的同情。"

索尔仁尼琴认为，对自身的罪过、失算和错误进行触及痛处的思索最能促进我们谅解一切的觉悟。每当别人对他说起政府官员的冷酷、刽子手们的残忍，他就会问："难道我们——比他们好吗？"

三岛由纪夫生前曾经说，他在日本文学界没有朋友。

有一次，特蕾莎修女看见街上躺着一个奄奄一息的病人，她焦急地四处求告，敲遍医院、诊所的大门，竟无一人理会。最后好不容易求到一点药品，回来时却发现那人已死去了。另有一回她遇见一个人身上都是脓包、伤口，脓包上竟是蠕动的蛆和虱子。她沉痛地感叹："狗与猫都过得比这人更好，人为何如此卑贱地走向死亡呢？"

萧伯纳崭露头角以后，法国著名雕刻艺术大师罗丹曾为他塑过一次雕像。几十年后的一天，萧伯纳把这尊雕像拿出来给朋友看，并说："这件雕像有一点非常有趣，就是随着时间的推移，它变得越来越年轻了。"

埃林顿"公爵"在生前曾以其作曲和演奏获得赞扬，使人们得以欣赏歌曲和舞蹈的乐趣。1965 年，当普利策的音乐评奖人一致推荐授予埃林顿特别奖，遭到普利策咨询委员会一片抗议声时，他的反应是："命运这回对我是仁慈的，命运不要我成名太早。"那时他已 66 岁。

1973 年，米塞斯辞世。哈耶克评论说，米塞斯的"悲观主义常常会使他得出一些预言，并希望这些预言不要应验，但最后总是应验了"。早在 1927 年，米塞斯就预言，自由正在奥地利衰亡。米塞斯十分肯定地说："我们所有人都不得不背井离乡。"

1974 年 4 月，由于《研究》杂志曾经发表《同性恋百科全书》，受到法律追究，福柯为此感慨："到底要等到什么时候，同性恋才能获得发言和进行正常性活动的权利？"

早在 20 世纪 80 年代，斯皮尔伯格就买下了小说《辛德勒的名单》的电影版权。他觉得年轻时拍片凭直觉，现在年纪大点就应该用头脑消化见闻，不应在小节上钻牛角尖，太吹毛求疵会变得很知识分子化。他说："我个人最重要的敌人，就是想太多了！"他说："活过才有能力去叙述和人有关的故事。"

威塞尔跟里根面对面交谈时反问，既然当年罗斯福总统看到了那张"二战"期间美军轰炸机飞越奥斯威辛上空拍到的照片，而美国军队为何不采取行动？里根无言以对。威塞尔曾伤感地说："世界可能并没有听到我们的呼声，或者更坏的假设是，世界听到了我们的呼声，但一切都依然如故。"

犹太人在"二战"中遭受到的大屠杀赢得了全世界的同情，因此当他们在战后大迁移到中东地区，并在巴勒斯坦的土地上建立了自己的国家以色列的时候，西方世界因其对犹太人沉重的道德负疚感而宁愿选择对巴勒斯坦人遭受的屠杀和苦难视而不见。萨义德说："巴勒斯坦人的一个大不幸是其所受压迫来自一个罕有的敌人——一个本身也经历过长期和深重迫害的民族。"

格劳乔·马克斯以辱骂出名。那些深知他的人，他们坚持说，在无礼轻率的外表下，他实际上是沉思、害羞而且善良的。他的一个朋友说："这家伙并不是想侮辱谁；辱骂是他无意识的一种举动，就像一种强迫症。"他的儿子则说，他是"一个感伤主义者，但他宁死也不让你知道这一点"。

1987年，出生在彼得堡的约瑟夫·布罗茨基，作为20世纪第五名俄裔诺贝尔文学奖获得者，在获奖演说中感叹道："从彼得堡到斯德哥尔摩是一段漫长而曲折的路程。"

奥黛丽·赫本的儿子说她"把全部的精力都给了她所热爱的事业——她是一个好演员、好母亲，还是一个伟大的亲善大使"。在生命最后的时刻，赫本说："我没有遗憾……只是不明白为什么有那么多儿童在经受痛苦。"

阿玛蒂亚·森说过："在令人恐怖的世界饥荒史上，真正的饥荒从未发生在具有民主制度和自由传媒的任何独立国家。"

索尔仁尼琴感叹："一句真话比整个世界的分量还重。"

1990 年 10 月 22 日，阿尔都塞因心脏病突发而去世，享年 72 岁。当他陷于绝望中的时候，他经常会穿着褴褛的服装，在巴黎北部的街道上走来走去，大声叫喊"我是伟大的阿尔都塞"，令行人吃惊。

1992 年 9 月 3 日，《消息报》公布了当年布尔什维克领袖们在被处决前夕乞求赦免的呈文。"我所犯的反党和反苏维埃罪行已彻底向无产阶级法庭交代……季诺维也夫，1936 年 8 月 24 日。""我对无产阶级革命犯下滔天罪行，现在悔恨不已……加米涅夫，1936 年 8 月 24 日。""我在社会主义祖国面前罪孽深重，我的罪行极为严重……布哈林，1938 年 3 月 11 日。"

戈尔巴乔夫参加了 1996 年俄罗斯总统大选，他的竞选队伍横穿南方的黑土平原时，遭到了普遍的抵制。有人问他："你为什么让叶利钦当了总统？"戈尔巴乔夫回答："这能怪谁呢？是你们选举了叶利钦。"听众中有人高喊："但是，你应该宣布选举无效。"

列维·施特劳斯晚年曾说，自己行将告别的世界"不是我爱的世界"，他留恋的是年轻时代的"拥有 15 亿人口的那个世界"，他说，这个"60 亿人口的世界，已与我无关"。

黛安娜是英国人尊敬而爱戴的王妃。她温和美丽、诚实坦白，她热心于慈善事业，多次向那些需要帮助的人们伸出援助之手。她被称为美丽的"英格兰玫瑰"。但是她说："我的身边围满了人，然而我是这样的孤独。"

当代法国人的形象较为模糊，法国媒体为此曾发起了一场题为"成为法国人意味着什么"的大讨论。哲学家德尔索的一段经典评论成为众多媒体转载的对象："一个如此辉煌的民族怎么会变得如此平庸，如此沉闷，如此禁锢于自己的偏见⋯⋯今天，作为法国人的意义就是悼念我们不再拥有的品质。"

修齐第十五

Self-Cultivation And Family Regulation

在乔伊斯小时候，爱尔兰这个风光绮丽的岛国是英国的殖民地，战乱不断，民不聊生。他有一大群弟弟妹妹，但他父亲偏爱这个才华横溢的长子。"不论这一家人有没有足够的东西吃，也给他钱去买外国书籍。"

劳特累克童年时摔断两条腿，愈后成为畸形。这种生理缺陷被他的智慧和成就补偿了。靠他的天才和自身的努力，他的生理缺陷不致引起反感，而他的贵族出身在艺术家阶层中也很少见，他那罕见的贵族风度显得极具吸引力。有人说过："尽管从他那奇丑无比的外表说来这是一个极其荒唐的说法：图卢兹·劳特累克是很迷人的。"

芬兰音乐家西贝柳斯很小就失去了父亲，他对母亲怀着深深的眷恋。他曾对人说："她有一副温柔、极其女性化的性格，举止安详。她的自然的态度、平和的本性以及对人世的爱，使每一个接近她、了解她的人都感到悦服。"

凡尔纳的父亲对他管教很严。凡尔纳自幼热爱海洋，向往远航探险。11 岁时，小凡尔纳背着家人，偷偷地溜上一艘开往印度的大船当见习水手，准备开始他的冒险生涯。由于发现及时，父亲在下一个港口赶上了他。这次以受到严厉的惩罚而告终的旅行换来的是更为严格的管教，小凡尔纳躺在床上流着泪保证："以后保证只躺在床上在幻想中旅行。"

卡内基在成名之后，有人问他，他是怎样工作才有今天这样的成就。他回答说："我之所以能成功，有两个基本因素：第一，我自幼出生在贫苦之家，小时候常常吃饱了这一顿，不知道下一顿的食物在哪里。我晚上常听见父母为了应付面对的穷困而叹息。所以我从小就力求上进与发奋，决心到长大之后要从我手中击败穷困。第二，凡事无论大小，都要认真地去做。我 12 岁时做过纺织工人，我努力地要把纱纺好。后来我又做过邮差，我尽量记住我那邮区里每户人家的姓名、住宅外形，到后来几乎我每一家都熟识了。努力把每一件小事情认真地做好，以后才有人敢把大事情放心地交给你。"

罗斯福的女儿艾丽丝是一位个性鲜明、颇受非议的人物。朋友们有时劝他管束自己的女儿，他却说："我可以当美国总统，也可以管好艾丽丝，但实在无法同时做两件事。"

洛克菲勒为自己能把孩子培养成小小的家务劳动力感到很得意，他曾指着 13 岁的女儿对别人说："这个小姑娘已经开始挣钱了，你根本想象不到她是怎么挣的。我听说煤气用得仔细，费用就可以降下来，便告诉她，每月从目前的账单上节约下来的钱都归她。于是她每天晚上四处转悠，看到没有人在用的煤气灯，就去把它关小一点儿。"

美国"剧坛皇后"埃塞尔·巴里穆尔 10 岁时，就提醒她的兄弟们说："现在已经是我们在舞台上崭露头角的时候了。"在奶奶的帮助下，她 8 岁就在纽约进行了首场演出。她的家族是闻名英美世界的巴里穆尔家族，戏剧世家。

物理学家朗道年轻时"左倾"。有一次，他在一学术中心的图书室中闲逛，感到无聊时，随手从书架上抽下一本书来说："让我们看看资产阶级知识分子讲些什么。"他开始看那本书，看着看着，脸上那种轻蔑的微笑消失了；又过了一会儿，他找了个位子坐下，埋头读起那书来。

帕累托在自家花园里种豆角，收获时他发现，花园的一角只占播种 20% 面积的地方却有 80% 的收获，而花园里那 80% 的地皮竟只有 20% 的产出。后来他把这 2：8 之比引入经济分析，遂成了经济学上著名的帕累托原理。国家财富的 80% 掌握在 20% 的人的手中，在帕累托看来，经济的效率体现于配置社会资源以改善人们的境况，主要看资源是否已经被充分利用。如果资源已经被充分利用，要想再改善我就必须损害你或是别的什么人，要想再改善你就必须损害另外某个人。

有位妇女来求甘地说服自己的孩子不要吃对身体有害的糖果，甘地对她说："请下周再来。"这位满心疑惑的母亲一周后带着她的孩子如约而至。甘地对这个孩子说"不要吃糖果了"，并和孩子嬉戏了一阵拥抱告别。临走时孩子的母亲忍不住问："为什么上周您不说呢？"甘地回答："上周我也在吃糖。"

卡尔维诺的少年时代充满着书籍、漫画和电影，他梦想成为戏剧家，而他的父母则希望他向科学研究方面发展。他后来说："我的家庭中只有科学研究是受尊重的。我是败类，是家里唯一从事文学的人。"

1934 年秋天，老洛克菲勒决定设立一系列不可更改的信托财产，为妻子以及 6 个孩子每人留下 6000 万美元。洛克菲勒的儿子小洛克菲勒在他的回忆录里如此写道："听起来可能不可思议，但我从来没有想当然地以为自己会继承巨额的财富。我清楚地记得，在我大学一年级的时候收到过父亲的一封信，信中说鉴于形势的发展，我非常有可能不得不打工谋生。"

福特 12 岁那年春天，母亲突然病逝。但母亲的一句箴言永远铭刻在福特的心里，成了他一生创业精神的宗旨："你必须去做生活给予的不愉快的事情，你可以怜悯别人，但你一定不能怜悯自己。"

希腊诗人塞弗里斯对政治有一种疏离感。1935 年，正是政治理想主义的高潮期，诗人写诗说："我的两手失去又回到我身上，这时已经残废。"有人说，这是一种"忧郁的远离"，其实正是人道主义的回归。多年以后，另一位诗人米沃什将 20 世纪的历史凝炼成一句话："这是一个理想介入行动的世纪，然而当世纪结束时，行动依然存在，我们却不再拥有理想。"

在弗洛伊德 35 岁生日的时候，父亲给他送了一本《圣经》，并在上面用希伯来文写着下面一段话："亲爱的儿子：圣灵开始引导你从事学业的时候，是在你 7 岁那年。我曾经以圣灵的名义对你说：'看我的书吧；这本书将为你打开知识和智慧的源泉。'……自那以后，我一直保留着这本《圣经》。如今，当你 35 岁生日的时候，我把它从它的储藏处取出，并把它赠送给你，作为你的老父对你的爱的标志。"

纪伯伦曾经用一幅画描绘了母亲临终前的瞬间，题为"走向永恒"。他后来说："我的母亲，过去、现在仍是在灵魂上属于我。我至今仍能感受到母亲对我的关怀，对我的影响和帮助。这种感觉比母亲在世的时候还要强烈，强烈得难以测度。"

爱因斯坦的父亲和杰克大叔去清扫一个大烟囱。杰克大叔的后背、脸上全都被烟囱里的烟灰蹭黑了，而爱因斯坦的父亲身上连一点烟灰也没有。爱因斯坦的父亲看见杰克大叔的脏模样，就到附近的小河里洗了又洗；而杰克大叔看见了爱因斯坦父亲干干净净的样子，就只草草洗了洗手，然后大模大样地上街了。爱因斯坦的父亲后来说："其实，只有自己才是自己的镜子，如果拿别人做镜子，白痴或许会把自己照成天才的。"

本雅明小时候总会有小灾小难发生，每当此时，他母亲总是说："笨拙先生向您致意。"

罗素喜欢数学和哲学，但最早喜欢的是数学。在他小时候，家里气氛十分严肃，特别讲究规矩和清教徒的美德，而且不许怀疑，于是罗素只好去喜欢数学，理由是"数学是可以怀疑的，因为数学没有伦理内容"。后来他喜欢上哲学，长辈们很不以为然，总是说："什么是精神？那绝不是物质。什么是物质？那绝不是精神。"罗素在《记忆中的人物》里写道："这句话听了五六十遍之后，我就不觉得好玩了。"

冯·诺伊曼小时候，在化学和数学上都很出色，他的父亲不知道究竟让孩子成为数学家还是化学家或者其他。他就找到当时大名鼎鼎的数学家西格尔，花了很多钱安排他和小诺伊曼对话，他问西格尔："你觉得他更适合做什么？"结果这位世界上最好的数学家之一回答说："他懂的数学比我还要多……"

心理学家卡伦·霍妮小时候，觉得父亲是一个可怕的人物，他看不起她，认为她外貌丑陋，天资愚笨。同样，她也感到母亲偏爱哥哥，对她十分冷落。小霍妮的童年生活很不快乐。9岁时，她改变了生活态度，她说："如果我不能漂亮，我将使自己聪明。"霍妮12岁时，因为治病而对医生产生了深刻的印象，从那时起她就萌发了当一名医生的决心。

威尔·杜兰在12岁的时候被母亲送去教会学校，她希望"这个整天调皮捣蛋、满口胡言乱语的孩子变成一个优秀的传教士"。结果，杜兰不但没有成为传教士，还因为写了一篇对宗教不敬的文章《宗教的起源》而被逐出教门。他在 19 岁的时候就对基督教有了自己的认识，他说那"不过是成百种宗教信仰中的一种，它们都宣布说自己能实现人类的拯救并普及真理"。

茨威格一生中结识过许多当时欧洲的名人，比如比利时诗人维尔哈伦，法国雕刻家罗丹，法国作家法朗士、纪德和罗曼·罗兰，丹麦文学评论家勃兰兑斯，等等。这些人在某种意义上可以称为青年茨威格的精神偶像，他们对正在成长之中的作家产生了极大影响。茨威格本人则说："……我的内在教育始之于与我同时代的著名人物——维尔哈伦、罗曼·罗兰、弗洛伊德、里尔克的友谊。"

有一天早晨，冯·诺伊曼从普林斯顿的家里驱车出发到纽约赴约会，车快到时，他又打电话回来问他妻子克拉拉："我上纽约去干什么？"

居里夫人淡泊名利。有一天，一位朋友来她家做客，看见她的小女儿正在玩英国皇家学会刚刚颁发给她的金质奖章，对她说："居里夫人，得到一枚英国皇家学会的奖章，是极高的荣誉，你怎么能给孩子玩呢？"居里夫人回答说："我是想让孩子从小就知道，荣誉就像玩具，只能玩玩而已，绝不能看得太重，否则就将一事无成。"

1943 年 9 月盟军轰炸佛罗伦萨时，法拉奇随父母躲在教堂里。轰炸开始后，14 岁的她吓得哭了起来，这时父亲走过来，照她脸上就是一记重重的耳光，还紧盯着她的眼睛一字一句地训斥："女孩子不要哭，也不许哭！"从此，法拉奇与眼泪彻底绝缘。

玛格丽特在父母的精心爱护下长大。作为独生女，她被唤作"我的宝贝"、"玛奇"甚至"小瘦干儿"，因为她很挑食。虽然她同一般的独生子女一样被关爱，但她并没有被宠坏。杜鲁门说："她是个好孩子，我很高兴她没长成像艾丽丝·罗斯福或是威尔逊的女儿们一样。"

舞蹈家玛莎·葛兰姆的父亲是医生，在她年幼的时候，父亲对她说："人的嘴巴是可以说谎的，但身体是没法说谎的！"她后来承认，这句话点燃了她对身体表现力的兴趣之火，并使这簇圣火燃烧并照亮了她的整个生命过程。

玛格丽特·桑格是爱尔兰移民的后代，出身于一个严肃的天主教家庭。她的母亲一生18次怀孕，生育11个孩子，在贫困生活的煎熬和众多子女的拖累下，年仅49岁就撒手人寰。桑格女士一生执著不渝地宣传节育，推行避孕术，谩骂、攻击、入狱都不曾让她放弃。她的名言是："一个妇女不能称自己为自由人，除非她拥有和掌握自己的身体。"

艾薇塔出身卑微，母亲告诫她：人穷志不穷，面对侮辱和敌视时，尤其要自尊自立，不卑不亢。儿时的艾薇塔十分瘦弱，因此得到了"小瘦子"的绰号。父亲去世时，母亲带着几个孩子去吊唁，却被赶了出来，连灵堂都不能进去。当时艾薇塔就立下誓言："中产阶级算什么？！我要当阿根廷的大人物！"

亚伯拉罕·马斯洛最早的儿时记忆是关于他母亲的。她是一个迷信的女人，经常为一些小小的过失就冲着孩子们说："上帝将严厉惩罚你！"马斯洛从5岁起就是一个读书迷，他经常到街区图书馆浏览书籍，一待就是几个小时，以此来躲避家中的紧张气氛。他后来回忆道："那时，我经常比家里其他人起得早，一出门就到图书馆去，站在门口等待开门。"

希区柯克做鱼肉批发商的父亲嗜好美食，每有美味佳肴，他就唤儿子同吃，如此把希区柯克吃成了一个大胖子。四五岁时，希区柯克做错了一件事，父亲心平气和地让他给警察局长送信。希区柯克不知信里装着什么，一路上都紧张不安，提心吊胆。到了警察局，警察局长看了信，就把他关在一间小黑屋子里。过了十分钟后，局长又把他放了出来，对他说："这就是对坏孩子的惩罚。"

伊东·布拉格的父亲是一个水手，他每年往来于大西洋各个港口，曾带着小伊东去参观名人故居。伊东是美国历史上第一位获普利策奖的黑人记者。20年后，在回忆童年时，他说："那时我们家很穷，父母都靠卖苦力为生。有很长一段时间，我一直认为像我们这样地位卑微的黑人是不可能有什么出息的。好在父亲让我认识了凡·高和安徒生，这两个人告诉我，上帝没有看轻卑微。"

经济学家刘易斯有能力在14岁就修完了所有课程。6岁那年，他因感染而被迫辍学三个月，父亲对他说："别担心，我每天都会教你一些东西，你不会跟不上的。"刘易斯认为，这是他父亲含蓄的说辞。任何一位聪明的小孩，如果每天跟着家庭教师学习，他在三个月所吸收的知识，应该可以抵得上学校老师在课堂上教两年的分量。三个月后复学，刘易斯跳了两个年级，学习进度仍然领先学校的课程。

在库姆宗教学府学习高级神学时，哈梅内伊接到父亲的信：他的一只眼睛因白内障而失明。犹豫不决的哈梅内伊最终返回马什哈德，以照料父亲尽自己做人子的孝道。他就此说道："我返回了马什哈德，真主给予了我很大的成功。无论如何，我是去尽自己的义务和职责。如果我在生活中取得了成功，我认为，我的这一成功完全是来自对父母的孝心。"

直销业巨人玛丽·凯·阿什7岁那年，父亲回到家里卧床不起，母亲当护士和餐馆招待，她描绘这段经历是"以电话线作脐带"来与工作在外的母亲联络。一个 7 岁的孩子就得站在箱子上，以便能够在灶台上为父亲做饭。玛丽·凯在孩子时便成为小大人，培养了自我充实精神，一直保持至今。母亲整天通过电话鼓励她："宝贝，你能做到。"

支配福克纳家族想象力的是他的曾祖父威廉·克拉科·福克纳老上校。他既是种植园主，又是军人、作家、政治家。威廉·福克纳把自己看做是曾祖父的孩子，从儿童时代就模仿老上校生活。9 岁的时候他就开始说："我要像曾祖爷爷那样当个作家。"——这句话他一再重复，变成了一句口头禅。

麦当娜少年时遇到弗林，后者对她说："天啊，你真漂亮，你的脸像尊古罗马雕像。"麦当娜说："以前，从来没有人这么对我说过，我的生活全都变了。"以后，麦当娜提到弗林："他是我的良师、父亲、梦中情人、兄长，是我的一切，因为他理解我。"

黛安娜王妃访问印度时，亲自去见特蕾莎，她突然间发现特蕾莎的脚上没有穿鞋，事后她跟别人说："我跟她握手的时候发现她没有穿鞋，而我脚上穿了一双白色的高跟鞋，真羞愧呀。"

克莱伯恩在布鲁塞尔长大，在学英语前已通法语。她描绘父亲是个"极其老式传统的"银行家，喜欢艺术和历史，他"拖着她游逛艺术馆和教堂"，几乎跑遍了西欧，在创造性设计领域给她上了如此重要的一堂文化教育课。她从早年经历中形成了绘画和审美的爱好，她认为这对她以后从事时装设计是笔极宝贵的财富，她说这教会她欣赏美感，"事物的形式比其作用更重要"。

乔丹小时候住在纽约布鲁克林黑人区，那里充斥着街头暴力和毒品。老乔丹夫妇从小就有意识培养孩子们的自信心和种族自尊心，并注意给孩子们良好的家庭教养，教育他们要有礼貌、诚实并且尊敬老人。乔丹说："我的家给了我争取成功的信念。我小时候所受到的教育非常有益，一直在推动和帮助我成为今天的我。我的品格和笑声像父亲，我的商业头脑和严格像母亲。"

巴菲特有一年在股东大会上说："那种以为只要投对娘胎便可一世衣食无忧的想法，损害了我心中的公平观念。"1.5万名股东听罢掌声雷动，巴菲特接着说："我的孩子们也在这里！他们是不是也在鼓掌？"

—

教言第十六

Bildung Words

—

对于想创业的年轻人，卡内基曾经说过这样的话："不要以为富家的子弟，得到了好的命运。大多数的纨绔子弟，做了财富的奴隶，他们不能抵制任何的诱惑，以致陷入堕落的境地。要知道，享乐惯了的孩子，绝不是那些出身贫贱的孩子的对手。一些穷苦的孩子，甚至穷苦得连读书的机会也没有的孩子，成人之后却成就了大事业。"所以，"一个年轻人所能继承到的最丰厚的遗产，莫过于出生于贫贱之家。"

1912 年，瑞士神学家卡尔·巴特的父亲去世。老人临终前劝告巴特："爱上帝，不要爱科学！"

塞尚年轻时即下定决心：不管父亲如何反对，他也要当画家。父亲给他保留了作为银行经理继承人的职位，并用下面的话来警告他："孩子，想想未来吧！人会因为天赋而死亡，却要靠金钱吃饭。"

福泽谕吉在《劝学论》中开篇即说："天未在人之上造人，亦未在人之下造人。"他因此启蒙了在精神桎梏下的日本国民。

对马蒂斯影响最大的老师是奥古斯塔夫·莫罗，可以说莫罗塑造了马蒂斯。莫罗曾对马蒂斯说："在艺术上，你的方法越简单，你的感觉越明显。"

尽管爱因斯坦的数学成绩永远第一，但老师并不喜欢他。一次，一位老师公开对他说："如果你不在我的班上，我会愉快得多。"爱因斯坦不解地回答："我并没有做什么错事呀！"老师回答说："对，确实是这样。可你老在后排笑，这就亵渎了教师需要在班级中得到的尊敬感。"

斯宾格勒说："与高贵相对的不是贫穷，而是庸俗。"他挖苦那些"唯恐天下不乱的庸常大众"眼里只有两样东西：庸俗的物欲和庸俗的精神需求。

1915 年，17 岁的弗利德成为儿童教育家齐泽克的学生。齐泽克相信，哪怕是个孩子，绘画的依据都必须是循自己内心之脉动。来到课堂上，他常常对弗利德和她的同学们这样宣称："今天，让我看一看你们的灵魂！"

罗素出身于一个贵族家庭，父母早亡，2 岁时母亲去世，3 岁时父亲也去世了，于是罗素和祖父祖母生活在一起。祖母对他童年和青少年时期的发展有过决定性的影响。她曾用一条箴言告诫罗素："你不应该追随众人去做坏事。"罗素一生都努力遵循这条准则。

1919 年，父亲遇车祸身亡，希尔顿退伍回家。希尔顿干起了父亲留下的小本买卖。当银行家的梦想重又在他心中泛起，但他已没有了银行，手头只剩下 5000 美元的积蓄，梦想怎么成真呢？"我如何重整旗鼓？"希尔顿向母亲请教，母亲说："康尼！你必须找到你自己的世界。与你父亲一起创业的老友曾经说过：'要放大船，必须先找到水深的地方。'"

卢瑟福重视读书和思考。有一天深夜，卢瑟福看到实验室亮着灯，就推门进去，看见一个学生在那里，问道："这么晚了，你还在干什么？"学生回答说："我在工作。"当他得知学生从早到晚都在工作时，很不满意地反问："那你什么时间思考问题呢？"

洛克菲勒的儿子生性多疑，多方医治无效。有一天，父亲让孩子爬上一个高架子。孩子说："你把梯子抽走了，我就下不来了。"父亲说："相信我。"孩子爬了上去，洛克菲勒把梯子抽走了。孩子说："你为什么要骗我。"父亲说："我要让你知道，一切都要靠自己不要指望别人。"孩子站在高架子上，感到绝望，他流着眼泪纵身一跳，洛克菲勒展开双臂，稳稳地接住了孩子。孩子惊奇地睁开眼，看到父亲轻轻抚着他的头发："孩子，我要让你记住，任何时候，这世上连父亲都不信任，还能信任谁呢。"

表演艺术大师康斯坦丁·斯坦尼斯拉夫斯基说过："没有小角色，只有小演员。"

爱因斯坦构思广义相对论的时候，他的数学不尽如人意。后来，他去过一次哥廷根，给希尔伯特等数学家作过几次报告。他走后不久，希尔伯特就算出来了那个著名的场方程。不久，爱因斯坦也算出来了。有人建议希尔伯特考虑这个东西的署名权问题，希尔伯特说："哥廷根马路上的每一个孩子，都比爱因斯坦更懂得四维几何；但是，尽管如此，发明相对论的仍然是爱因斯坦而不是数学家。"

1921年9月，海明威想带新婚妻子到意大利去生活。安德森对海明威说："错！不是意大利，而是应该去巴黎，那才是作家该去的唯一地方。"安德森还答应给他的几位老朋友写信："去找他们吧——格特鲁德·斯坦因，詹姆斯·乔伊斯，埃兹拉·庞德。这三个人会帮你在世界文学中找到自己的位置。"要想有出息，"就必须永远做一个实验者，做一个探险者！"

黑塞15岁时逃出神学院，使得父母悲痛万分，但他的祖父赫尔曼·根德尔特欢迎他说："听说你作天才旅行去了。""天才旅行"是学生用语，指学生的反抗行动。

发明家爱迪生想从植物体中找出天然橡胶的新原料，做了无数次的实验。当他在第5万次实验失败后，他的助手泄气地对他说："爱迪生先生，我们已经做了5万次的实验了，都毫无结果。""有结果。"爱迪生热切地叫出声来，"我们有了不起的结果呀，我们现在已经知道有5万种东西是不行的！"

1929年大萧条的时候，熊彼特在哈佛大学的讲堂上仍旧风度翩翩地说道："先生们，你们在为萧条而担忧，这大可不必。对资本主义来说，萧条是一个不错的冷水浴。"

罗素曾经说过："孩子不诚实几乎总是恐惧的结果。"他还说，不要撒谎，因为当你撒了一句谎后，为了掩饰，你将不得不撒更多的谎。

物理学家朗之万曾给上课的孩子们提了一个问题：根据阿基米德定律，物体浸入水中必将排除相同体积的水，为什么金鱼放到水里却不会排出水呢？有的说，金鱼的鳞片有特殊的结构；有的说，因为金鱼的身体到水里会收缩；还有的说，阿基米德定律只适用于非生物，不适用于生物。孩子们个个绞尽脑汁想找到问题的答案。居里夫人的女儿琦瑞娜独辟蹊径找来一条鱼，放进水里，结论出来了：原来金鱼在水里也要排出水的。

早在1937年，戴高乐夫妇在科龙贝买下一处屋产，因为那里绿树成荫，气候宜人，对他们的白痴女儿安娜的健康有好处。那年安娜已经10岁了，许多人建议他们把安娜送到一个专门疗养院去，可是戴高乐总说："安娜并非自己要求降生到人间来的，我们要想尽办法使她过得幸福一些。"只有在安娜面前，这位严峻刻板、目空一切的军官才会忘记自己的尊严。他一面跳舞，拍着大腿，一面唱着流行歌曲，还让安娜玩他的军帽。

1940年11月，一个大雪纷飞的日子，房东又来找华尔街操盘手杰西·利弗莫尔逼讨房租。他喝下仅剩的半瓶威士忌，从寓所溜了出来。他在大街上转悠着，望着往来穿梭的豪华汽车，商店橱窗里琳琅满目的商品，街边伸手乞讨的乞丐，感叹说："他妈的！这世界是个弱肉强食的世界，它永远只属于富人。"他走进一家大旅馆的卫生间，从口袋里掏出手枪，朝自己的脑袋扣动了扳机。他留下的遗书写道："我的一生是一场失败。"

哈耶克曾建议刘易斯："我们一直向学生灌输产业循环理论以及经济大恐慌的原因，但是目前进来的学生都是1927年出生的，他们对大恐慌并没有任何记忆，也就搞不懂我们在说什么。你为什么不开一门课，来探讨一下两次大战之间的世界经济情势呢？"刘易斯回答说："对你的问题，我的答案很简单，那就是，我自己也搞不清楚两次大战之间究竟发生了什么事。"哈耶克接着说："那刚好！学习某种学科的最好方法，就是教这门学科。"

司徒雷登跟小洛克菲勒一起吃饭，席间谈起老洛克菲勒。小洛克菲勒提及，曾有人问他父亲，他成功的秘诀是什么，老先生回答说："我的同事。"

鲍林小时候，他父亲给一家报纸编辑写信求助，编辑回答说："一个

9岁的孩子喜欢读古代史并非什么早熟或超常之事。历史题材引人入胜，只要教师引导得法，任何一个聪明的孩子都会喜欢阅读这方面的书刊的。"他推荐了普鲁塔克的《希腊罗马名人传》、阿诺德的《罗马史》以及希罗多德一些代表性作品。他说："当孩子读完这些书后，很可能他已不再需要别人的任何忠告了，他就会乐于独自在文学殿堂里徜徉了。"

怀特海提出"两条教育的戒律"：一条"不要教过多的学科"，一条"凡是所教的东西，都要教得透彻"。他曾说："在中学阶段，学生伏案学习；在大学里，他应该站起来，四面瞭望。"

弗洛伊德的大女儿，曾谈及一则有关他父亲对家人礼貌的故事。她说当她14岁的时候，有一次弗洛伊德请她走在他右边，一起出去散步，她的同学看到了，就告诉她说，这种走法不对。那位同学说儿女永远该走在父亲的左边。她就很骄傲地回答说："我的父亲可不是这样，和他在一起，我永远是一位女士。"

伊东·布拉格小时候，父亲带着他去参观凡·高故居。在看过那张小木床及裂了口的皮鞋之后，儿子问父亲："凡·高不是位百万富翁吗？"父亲答："凡·高是位连妻子都没娶上的穷人。"后来父亲带他去丹麦，在安徒生的故居前，儿子又困惑地问："爸爸，安徒生不是生活在皇宫里吗？"父亲答："安徒生是位鞋匠的儿子，他就生活在这栋阁楼里。"

美国前总统艾森豪威尔经常陪母亲打牌。有一次玩牌的时候，艾森豪威尔连抓了几把臭牌，便开始抱怨起来，母亲抓住这个机会说："发牌的是上帝，不管什么牌你都得拿着；抱怨是没有用的，你只有想方设法把它打好……"这次教育让他铭记终生。

约翰·富勒的家中有7个兄弟姐妹，他从5岁开始工作，9岁时会赶骡子。他有一位了不起的母亲，她经常和儿子谈到自己的梦想："我们不应该这么穷，不要说贫穷是上帝的旨意，我们很穷，但不能怨天尤人，那是因为你爸爸从未有过改变贫穷的欲望，家中每一个人都胸无大志。"

索菲亚·罗兰小时候终日与战争、恐惧和饥饿相伴，幼年身形瘦小的她，曾被伙伴们嘲笑为"牙签菲亚"。她母亲确信索菲亚"将来一定会成为一名巨星"，索菲亚对此却不以为然。但她拗不过母亲，还是跟着母亲来到罗马寻找更好的发展机遇，最终成为世界级明星。

据估计，第二次世界大战前在德国教书的所有物理学家中，有三分之一在索末菲的研究院里做过学生或助教。这些才俊包括劳厄、沃尔夫冈·泡利、维纳·海森堡……以及外国学者伊西多·拉比、爱德华·泰勒、劳伦斯·布拉格和鲍林。他的许多学生在学术上超过了他。海森堡曾说："我从玻恩那里学到了数学，从玻尔那里学到了物理，而从索末菲那里学到了乐观。"

阿里出生在美国肯塔基州的路易斯维尔，他当时的名字叫卡修斯·克莱。在阿里5岁的时候，曾经这样问自己的父亲："开食品店的是白人，开药店的是白人，开车的也是白人，我们为什么不能成为有钱人呢？"父亲指了指阿里深色皮肤的手，意味深长地说："就因为这个。"

艾柯卡曾受到福特公司东海岸经理查理·比彻姆的教诲。有一次，在本地区的13个小区中，艾柯卡的销售情况最糟，他为此而情绪低落。查理把手放在他肩上说："为什么垂头丧气？总有人要得最后一名的，何必如此烦恼！"说完他走开了，不过他又回过头来说："但请你听着，可不要连续两个月得最后一名！"

有一次数学家恩里克斯跟他的学生散步讨论数学问题，他那种不严谨的风格让学生很不适应，最后学生停下来说："教授，我没看见它啊。"这位意大利数学强人回答说："你说什么，你没看见它？我看见它就像那只小狗一样清清楚楚地在那儿！"

当理查德·派迪第一天赛完车后，兴奋地向母亲报告了比赛的结果："有35辆赛车参加了比赛，我得了第二名。""你输了！"他母亲回答道。理查德抗议道："有这么多的车参加比赛，我第一次跑就得了第二，这样的成绩难道不算很好吗？"母亲说："你用不着跑在任何人后面！"接下来的20年中，理查德·派迪称霸赛车界。他成为赛车运动史上赢得奖金最多的赛车手，他创造的多项纪录至今还无人打破。

从童年起阿登纳就一直是个园艺迷。青年时期，他就嗜好试验，企图培植"爬藤三色紫罗兰"，此事引起了父亲对他的责备："一个人绝不应该试图干涉上帝的事。"

弗朗索瓦丝·萨冈18岁的时候，写出了《你好，忧愁》，在法国轰动一时：它不仅成了令出版商欣喜若狂的畅销书，印数多达84万册，而且还获得了当年的文学批评奖。那是1954年，萨冈一下子成了千万富翁。她问父亲这些钱该怎么办，父亲说："在你这个年龄，这太危险了。花掉它。"

意大利"国宝"级歌唱家波切利曾是一个弱视儿童，12岁那年，一次踢足球时发生意外，导致他双眼全盲。他不自暴自弃，坚持学唱。因为他父亲鼓励他说："小家伙，别气馁！这个世界属于每一个人。虽然，你看不见你眼前的世界，但是你至少可以做一件事，那就是，让这个世界看见你！"

有一次，小汤姆·沃森让一位因决策失误使公司损失1000万美元的经理去他的办公室。这人畏畏缩缩进来，小汤姆问："你知道我为什么叫你来吗？"这人回答："我想是要开除我。"小汤姆十分惊讶："开除你？当然不是，我刚刚花了 1000 万美元让你学习。"然后他安慰这位经理，而且鼓励他继续冒险。

在获得安妮·法兰克基金颁授的人权奖后，曼德拉在约翰内斯堡发表演说，他说在阅读过安妮的日记后，"从中获得许多鼓励"。他把自己对种族隔离的反抗喻为安妮对纳粹的反抗，他说："因为这些信条都是完全错误的，也因为古往今来，它们都在被跟安妮·法兰克相似的人挑战，所以它们是必定会失败的。"

艾柯卡的父亲尼古拉 12 岁搭乘移民船来到新大陆，白手起家，略有一些资产。在大萧条的艰苦岁月中，他始终持乐观态度和坚定信念，这给艾柯卡留下了深刻的印象。每当艾柯卡遇到困难时，父亲总是深情地鼓励他："太阳总是要出来的。要勇往直前，不要半途而废。"

在一次《经济界》杂志的颁奖晚会中，每位致辞的财经界领袖，都扯个没完没了，令人难以忍受。最后是松下幸之助先生致辞："恭喜各位，我感冒了，声音嘶哑，我的致辞到此为止。我代表出席的各位上台，也代表各位和获奖人握手，与大家共享荣誉。"

法国总统戴高乐是一位著名的"戒烟将军"。1947 年 11 月 28 日，戴高乐当众宣布戒烟，当时他已年近花甲。在此之前，他每天要吸 3 盒烟。自宣布戒烟到他逝世的长达 23 年的时间里，他始终遵守诺言，没再吸一支烟。他从内心深处认识到，为了法国，应当保养好身体。有人问他戒烟成功的"秘诀"，戴高乐的回答是："不妥协！"

1970 年，萨缪尔森成为获得诺贝尔经济学奖的第一个美国人。他从斯德哥尔摩领奖回到纽约时，成千上万的人用最高的礼仪欢迎他。在为他举行的庆祝会上，他向人们说："我可以告诉你们，怎样才能获得诺贝尔奖，诀窍之一就是要有名师指点。"他没有忘记精心栽培他的汉森·阿尔文教授。

撒切尔夫人的父亲是个小业主，在她 5 岁生日那天，父亲把她叫到跟前，语重心长地说："孩子，你要记住：凡事要有自己的主见，用自己的大脑来判断事物的是非，千万不要人云亦云啊。这是爸爸赠给你的人生箴言，是爸爸给你的最重要的生日礼物！"当她羡慕别的孩子游山玩水之时，父亲告诉她："做事要有主见，不能随波逐流，特立独行方能卓尔不群。"

一次，厄多斯在巴黎演讲后，一位法国数学家问他关于某位有爵士头衔的英国数学家的近况。他回答："这个可怜的家伙两年前就已死去了。"另外一位法国数学家却说："不可能，上个月我还在罗马见过他。"厄多斯答："你应该明白我的意思，我是指他这两年没有搞出什么新东西来。"厄多斯见人时总喜欢问："你昨天有什么新的发现？"他认为，一位数学家必须是在每个星期都有一些新的研究工作才称为数学家。

在戴高乐将军的光环笼罩下，蓬皮杜留下的经典短句似乎寥寥可数。大家似乎只记得他在竞选总统时反复强调："我不是戴高乐将军。"蓬皮杜非常清楚，法国当时的国际地位实际上在很大程度上是因为戴高乐将军的个人影响。没有了戴高乐将军的法国，应该有自知之明。所以蓬皮杜在当选总统以后首次电视讲话中这样对全国老百姓说："这个国家应该要下决心量入为出，靠自己过日子。"

加拿大总理特鲁多在做司法部长时，曾主持废除了刑法中反同性恋的条文。他对此有一个著名的评论："政府不该管这个国家的卧室里面的事。"

鲁宾斯坦年届九旬之后，有人问他，过去演奏过程中手指是否受过伤，鲁宾斯坦沉思片刻，回答道："只有在弹错音符的时候！"

当英阿两军在那几个荒岛周围激战时，博尔赫斯说："阿根廷和英国就像两个秃子在为争夺一把梳子互掐。"他还不无嘲讽地说："这几个小岛应该赠送给玻利维亚，让它从此拥有出海口。"1983 年，博尔赫斯在一次访谈中提到马岛战争时说："荒唐的战争。我很痛心。他们把这些可怜的孩子送到南方去，让这些刚满 20 岁的年轻人去抵抗训练有素的军队，这实在是残酷。"

密特朗担任总统的 14 年间，失业人口从 100 多万增加到 300 万以上。1993 年的法国国庆日这一天，已经病入膏肓的密特朗无可奈何地说："我们什么招儿都试过了！"虽然密特朗治理经济乏术，但是人们还是记住了他对通货膨胀的一个经典短句："通货膨胀，这是穷人的税捐，富人的奖金，但却是我们这个制度的氧气。"

在美国耶鲁大学 300 周年校庆上，全球第二大软件公司"甲骨文"的行政总裁埃里森应邀参加典礼。埃里森当着耶鲁大学校长、教师、校友、毕业生的面，说出一番惊世骇俗的言论。他说："所有哈佛、耶鲁大学等名校的学生都自以为是成功者，其实他们全都是失败者，因为他们以在有过比尔·盖茨等优秀学生的大学念书为荣，但比尔·盖茨并不以在哈佛念过书为荣。"

联合国秘书长安南曾回忆他的少年时期。有一天，他的老师在讲课的黑板上挂了一张白纸，白纸的右下方有颗明显的小黑点："同学们，你们看到了什么？""一颗黑点。"整个教室里的人几乎都作出了这样的回答。"不是这样。孩子们，不是这样。这首先是一张白纸！"老师那一刻沉重而焦灼的神情令安南终生难忘。

雅斯贝尔斯的《什么是教育》说："教育本身意味着一棵树摇动另一

棵树，一朵云推动另一朵云，一个灵魂唤醒另一个灵魂。"

普京说过："谁不对苏联解体感到惋惜，谁就没有良心；谁想回到过去的苏联，谁就没有头脑。"

比尔·盖茨与妻子都十分疼爱自己的孩子，但是在满足孩子们的一些要求上，他们是一对"吝啬鬼"。盖茨夫妇宁愿将这些钱捐给最需要它们的人，而不随意交给孩子挥霍。盖茨声称："我不会将自己的所有财产留给自己的继承人，因为这样对他们没有一点好处。"

索尔仁尼琴说："对一个国家来说，有一位伟大的作家就等于有了另外一个政府。"

愿言第十七

Desire Words

法国雕刻家巴托尔迪曾远航美国。当轮船在晨曦的微光中驶入纽约港的时候，他被那伸向海湾的贝德罗岛的壮观景象深深吸引住了。他当时想："我的自由女神像一定要建在这里。""就在这里，人们最早觉察，发现新世界；就在这里，自由的光辉照耀着两个不同的世界。"

一生未婚的德加痴情妄想过："如果我能找到一位善良、单纯、娴静的小妻子，她能体谅我的古怪幽默，能够和我共度平实、勤奋的一生，岂不是最美妙的梦？"

劳特累克少时身体就残废畸形了。他决意学画，先求教于一位当地动物画家，老师是个聋哑人，二人同病相怜。他刚满 17 岁时就对友人说过："我尽量描写真实而不描写理想。"

海伦在沙莉文小姐的教育下，陆续学习并掌握了法语、德语、拉丁语、希腊语。聋盲却能掌握五门语言，海伦的成功被称为"教育史上最伟大的成就"。海伦一生创造的奇迹，都与这位年轻杰出的聋哑儿童教育家密不可分。海伦说："假如给我三天光明，我第一眼想看的就是我亲爱的老师。"

左拉曾说："我希望人们的思想真实而纯洁。以至于仿佛是透明的，而且表达思想的句子要凝结得像金刚石般坚固。"

威尔逊任新泽西州长时，听说本州岛的一位参议员，也是他的一位好友，刚刚去世。威尔逊深为震动，立即取消了当天的一切约会。几分钟后，他接到新泽西州一位政治家的电话："州长，我希望代替那位参议员的位置。"威尔逊对那人迫不及待的态度感到恶心，慢吞吞地回答说："好吧，如果殡仪馆同意的话，我本人是没有意见的。"

经济学家马歇尔曾说："如果我能再活一次，我就要献身于心理学。经济学离理念的世界太遥远了，如果我在这方面说得过多，实业家们就不会读我的东西。"

1908年，迪昂基于自己的基督教信仰拒绝了法国荣誉军团的提名，他认为，接受这一共和国荣誉称号，对他来说是虚伪的。他也拒绝提名他作为巴黎法兰西学院有威望的科学史教席的候选人，因为他不愿走历史的后门去巴黎。他说，他或者作为一位物理学家去巴黎，或者根本不去。

有人问希尔伯特为什么不去证明费马大定理。他回答说，为什么要杀死一只下金蛋的母鹅呢，这样一个对整个数学发展有着如此深远推动作用的问题太少了。

英国物理学家汤姆逊说："广义相对论是人类思想史上最伟大的成就之一。"另一位不爱说话、更不爱说恭维话的物理学家狄拉克说："广义相对论也许是人类曾经作出过的最伟大的科学发现。"爱因斯坦在1917

年大病之后，坦然地向朋友们说："我死不死无关紧要。广义相对论已经问世了，这才是真正重要的。"

1917年，俄国十月社会主义革命胜利后，跟很多人一样，季米特洛夫欢庆这一胜利，他说："这是国际革命无产阶级对资本主义和帝国主义的第一次胜利，是世界革命的开端。"

《西方的没落》在欧洲大地的强烈震动让斯宾格勒深感困惑。有人指责这本书是"历史的占卜术"、"恶的预言书"……斯宾格勒在1922年的修订版前言里说："对于那些只会搬弄定义而不知道命运为何物的人而言，我的书不是为他们而写的。"

1924年，凡勃伦被邀请担任美国经济学会会长。这个邀请来得太迟了，他当即拒绝，并说："当我需要这个职位时，他们却不来邀我。"

熊彼特在哈佛大学任教的时候，曾对学生们说："当我年轻的时候，我有三个心愿希望能够达成，那就是要成为世界上最伟大的经济学家、欧洲最伟大的骑士与维也纳最伟大的情人。"

现代派文学创始人卡夫卡生前所写的大量作品只有十分之一得以发表，而且也没有产生轰动一时的影响。他的主要作品《审判》《城堡》《美国》均未写完。临死前，卡夫卡给好友布罗德留下遗嘱：将他的所有作品付之一炬。

1933年3月，爱因斯坦在《不回德国的声明》中说，我希望将来像康德与歌德那样伟大的德国人，不仅时常会被人纪念，而且也会在公共生活里，在人民的心坎里，以及通过对他们所矢忠的伟大原则实际的遵奉，而永远受到尊重。

费米教授到美国后，托朋友帮忙办事："我想到好莱坞去看看。"朋友问他为什么对电影那样感兴趣。他回答说："一个人到了罗马总想见见教皇，我到了加利福尼亚总该去见识见识拍电影吧！这难道不是很自然的吗？"

法西斯军队突破了号称牢不可破的马其诺防线，法国全境沦陷，战火很快烧到英伦三岛，英国在纳粹飞机的狂轰滥炸中疲于应战，德军闪电般的空战与海战打得英军焦头烂额。这时，有人想起了卓别林的电影《大独裁者》，好莱坞驻纽约的办事处发来急电说："希望赶紧完成这部影片，所有的人都在等待。"

法国剧作家托里斯坦·贝尔纳是犹太人。第二次世界大战期间，巴黎被德军所占领，他也终于被捕。他在被捕后的心态是："在此之前，我每天都生活在恐惧之中，可是今后我将怀着希望，一定能够生存下去。"

1942年5月，尼米兹初战告捷，他率领刚恢复过来的太平洋舰队与日本联合舰队进行了史上第一次航母对决——珊瑚海海战。山本五十六开始倒霉了，美军设置陷阱，静候敌军，在中途岛海域一口气干掉日军四艘航母，山本颜面丢尽，尼米兹兴奋地说："珍珠港之仇终于得报啦！"

巴顿平日治军严明，有人说他粗俗得像个密苏里州"赶骡汉"，巴顿的回答是："不粗俗不野蛮就没法指挥军队！""战争就是杀人的活，斯斯文文的人玩不起！""美国兵缺乏狂热，只有一遍又一遍骂他们狗娘养的才能激发他们的斗志。"巴顿的凶悍勇猛使他得了一个享誉世界的绰号——"血胆将军"，就连他5岁的小孙子在晚祷时都说："愿上帝保佑这个血胆老头。"

陈纳德将军指挥的"二战"中最弱小、美军中最遥远的一支空军，在中国的天空击落日军飞机 2600 余架，击沉和打坏 44 艘日海军船只，打死 66700 以上日军，毁损日军的 13000 艘 100 吨以下的内河船只，摧毁 573 座桥梁！而他只付出了约 500 架飞机的代价！陈纳德回国几天后，日本投降了。他对自己不能最后参与受降仪式十分难受，他说："8 年来我唯一的雄心就是打败日本，我很希望亲眼看看日本人正式宣称他们的失败。"

1945 年 4 月 30 日，希特勒自杀。7 天以后，德国投降。物理学家西格瑞的第一反应是："我们动手得太晚了。"他认为，制造原子弹的唯一目的就是轰炸德国。

在毕业典礼上，杜鲁门看着布朗老师当众吻了优秀学生查理·罗斯，很是不平，说自己感到受冷落了。布朗小姐对他说："去干一番事业，你也会得到我的吻的。"40 多年后，罗斯被杜鲁门总统亲自任命为白宫秘书。罗斯就职后的第一件任务就是接通密苏里州蒂莉·布朗小姐的电话，向她转述了美国总统的问话："您还记得我未曾获得的那个吻吗？我现在所做的能够得到您的评价吗？"

1945 年，格劳乔·马克斯同凯瑟琳·格罗斯结婚。他们有一个女儿叫梅琳达，他很为女儿骄傲。在梅琳达和她的朋友到一个排犹的乡村俱乐部游泳而被阻拦时，她的父亲给俱乐部主任写了一封愤慨且广为流传的信。信中说："既然我的小女儿只是半个犹太人，游泳池的水只淹到腰部好不好呢？"

"二战"后，阿登纳仅仅以一票的优势当选为德国总理。当有人问他是否自己给自己投了一票的时候，他自豪地说："当然！这是件鼓舞人心的事情。"

奥黛丽·赫本的船刚到达纽约码头，好莱坞的星探们就注意上了她。

大导演威廉·惠勒迫不及待地跑到百老汇看了她的舞台剧，连连惊呼："我终于找到我的安娜公主了。"原来惠勒在筹拍他的新作《罗马假日》，正因物色不到该片女主角安娜公主而烦恼。

圣雄甘地遇刺的噩耗迅速传开来，印度全国顿时沉浸在哀痛与悲伤之中。悲伤不已的尼赫鲁说："我们生命的光明从此消失了，到处是一片黑暗。我不知道说什么，更不知道怎么表达⋯⋯"在加尔各答，有人用黑灰涂抹全身和面部，走街串巷，一边不停地悲叹："圣贤业已涅槃，何时才能降临一位像他那样的伟人？"

好莱坞曾经流行过刘易斯·梅耶所说过的一句话："我愿双膝跪地，亲吻有才能的人走过的地面。"

1953 年 5 月 29 日，时为英国远征探险团成员的希拉里与向导丹增成功登顶，他们是人类史上首次成功登上珠峰顶端的"双雄"。在距离顶端一步之遥时，希拉里开口说："这是你的土地，你先上。"丹增成为真正意义上第一个踏上珠顶的人，希拉里为他拍照留念。丹增不会用相机，因此希拉里自己未留下在珠顶的影像。

英国史学家汤因比说："如果让我选择，我愿意活在中国的宋朝。"1968 年日本创价学会会长池田大作问他："您希望出生在哪个国家？"汤因比回答说，他希望出生在"公元一世纪佛教已传入时的中国新疆"。

在诺贝尔经济学奖设立以前，曾有人问保罗·萨缪尔森：学习经济学的最大遗憾是什么？萨缪尔森回答说："学习经济学最大的遗憾是不能获得诺贝尔奖。"诺贝尔经济学奖于 1969 年设立以后，萨缪尔森实现了他的平生夙愿，荣获了 1970 年诺贝尔经济学奖，并成为获得诺贝尔经济学奖的第一位美国经济学家。

有一次，丘吉尔的政治对手阿斯特夫人对他说："如果你是我丈夫，我会把毒药放进你的咖啡里。"丘吉尔笑着说："夫人，如果你是我的妻子，我就把那杯咖啡喝下去。"

布鲁诺·瓦尔特首次指挥纽约交响乐团时，发现第一大提琴手沃伦斯坦无论是彩排或正式演出时都有意不听指挥。他单独找沃伦斯坦谈话："您是一位志向非凡的人，沃伦斯坦先生，可您的抱负是什么呢？"大提琴手回答："成为一名指挥家。"瓦尔特笑着说："那么，当您成为乐队指挥时，我希望您永远不要让沃伦斯坦在您面前演奏。"

肯尼迪在 1956 年的副总统提名中，选票多得惊人，这顿时使他声名显赫。两年后，他又蝉联马萨诸塞州的参议员，这使他竞选 1960 年总统信心大增。一位朋友对他讲："杰克，看来你获得副总统的提名没有任何问题。"他却笑着回答："咱们别大谈特谈什么副职了，任何职务的副职我都讨厌。"

1958 年那一年，50 岁的吉田忠雄终于如愿以偿。这年的拉链产量，完成了商标上年产拉链长度绕地球一周的宏愿。忠雄成功了。他成了众人研究的对象，人们追问他："成功的秘诀是什么？"他总是笑着说："我不过是爱护人与钱而已。人人为我，我为人人。不为别人利益着想，就不会有自己的繁荣。对赚来的钱，我也不全部花完，而是再投资于机器设备上。一句话，就是善的循环。"

当时和后来的很多以色列领导人，都妄想得到更多的地盘。但本·古里安不然，他把自己称做"狂热的内盖夫分子"，他认为，以色列南部的沙漠地区内盖夫总有一天会繁荣起来，发展成为一个既不完全像城市也不完全像农村的地区，成为犹太人的家。本·古里安说，以色列的使命是开垦沙漠地带。他说，沙漠地带如果不改良的话，这对

"人类是一种耻辱"，对"不能供养其全部人口的世界也是一种可耻的浪费"。

厄多斯不太相信上帝，但他愿意相信世界上有一本超级的"天书"，那里面包含了所有数学定理的最简洁、最漂亮、最优雅的证明。他对一个证明的最高赞誉就是："这正是书上证明的。"

1963 年 8 月 28 日，马丁·路德·金牧师在华盛顿主持了一次有 25 万人参加的集会。他发表演说："我有一个梦想，希望有一天，这个国家终将会站立起来，真正履行她的信条：我们认为所有人生来平等是不言自明的真理；我有一个梦想，希望有一天，在佐治亚州起伏的红土地上，奴隶的后代与奴隶主的后代将能够情同手足，亲密无间；我有一个梦想，希望有一天……"

克莱伯恩深切同情工作妇女，她在 1980 年曾描述田园诗般的丽莎女士装："我的顾客是工作妇女……她没有选择——衣服对她而言不是个可变量，她需要一个衣柜，她经济上更独立。"她的使命就是："听顾客呼声。""我只想为妇女提供她理想的服装式样。"

法国剧作家乔治·费多曾在饭店里用餐，女招待员送来一只缺了腿的龙虾，他毫不掩饰地表示自己的不快。招待员解释说，蓄养池里的龙虾有时会互相咬斗，被打败了的往往会变成缺肢少腿的。"那好，请把这只端走，"费多吩咐道，"把斗赢的那只给我送来。"

鲍勃·迪伦曾说："我不是什么代言人，我只是月光下裸体跳舞的流浪汉。"

物理学家泰勒积极提倡经由核武器取得实力，尤其是在他那么多的战时同事都对军备竞赛表示后悔的时候，这使得他成了"疯狂科学家"

的典型，尤其是他作了对奥本海默不利的证言。诺贝尔物理学奖得主伊西多·艾萨克·拉比曾经说："这个世界没泰勒的话会好得多。"

托斯卡尼尼曾对一个水平很差的交响乐团很不满意。"我退休后要去开一个妓院。"音乐家突然对他们说，"你们知道什么是妓院吗？我要招揽世界上最漂亮的女人，它将成为充满激情的斯卡拉歌剧院。你们所有的人都被阉割过，你们中任何一个人都休想进妓院的门。"

松下幸之助说，我在工作中，也仿佛听到设计的样品在向我诉说什么。只要一心一意地投入到工作中去，就一定能听到产品无言的诉说，而在这种情形下生产的产品，大都能上市，成为合格的商品。世上之物都如棋子一般，具有自己的特点和天性，都期待着在生活中大显身手。我们应当认识到它们的特点和价值，恰如其分地对待它们，让它们发挥各自的特点，这样我们的生活才能进步。

赫鲁晓夫在台上时，他那小丑一样的言谈举止和对外宾的粗暴无礼，让人啼笑皆非。在听说赫鲁晓夫已被赶下台这则消息时，一位苏联外交官说："感谢上帝，那个白痴给清除了。他使我们在全世界面前出洋相。"

出名后的帕瓦罗蒂有一次坐飞机，险遇失事。得知消息后的报社派高级记者赶赴机场，准备为此出特刊。最后飞机迫降成功。在空中遇险时，帕瓦罗蒂立下誓言："如果我能活着，我将和父亲一起在摩德纳教堂唱感恩诗。"

施瓦辛格少年时曾有过三个愿望：成为世间最强壮的人、电影商人和成功的商人。第一个愿望在他 20 岁时就实现了，他后来甚至不得不退出比赛，因为"必须给别人留下获胜的机会"。

德勒兹的书出版时，福柯向他祝贺说："应该从弗洛伊德主义的马克思主义中摆脱出来。"德勒兹回答说："我负责弗洛伊德，你对付马克思，好吗？"

索菲亚·罗兰曾战胜泽塔·琼丝等年轻明星，被评为"世界上天生最美丽的人"。她曾经说："如果你不哭泣，你的眼睛就不美丽。"她也很自信："性感偶像都是天生的，没有后天成就的。如果你天生有这个资质，100岁时仍然会很性感。"热那亚的大主教曾对她的美丽感慨道："虽然教会反对克隆人，但也许可以对索菲亚破个例。"

布罗代尔在临死前不久说："对上帝来说，一年不是一回事，一世纪就像一瞬间。我感兴趣的是近乎静止的历史，是重复的历史。这样的历史是在事件起伏的表层历史的掩盖下进行的。"

菲律宾政治家罗慕洛曾说："愿生生世世为矮人。"他认为，矮小的人起初总是被人轻视；后来，他有了表现，别人就觉得出乎意料，不由得佩服起来，在他们心目中，他的成就就格外出色。

在成绩、荣誉和地位面前，川端康成感叹："荣誉和地位是个障碍。过分地怀才不遇，会使艺术家意志薄弱，脆弱得吃不了苦，甚至连才能也发挥不了。反过来，声誉又能成为影响发挥才能的根源……如果一辈子保持'名誉市民'资格的话，那么心情就更沉重了。我希望从所有名誉中摆脱出来，让我自由。"

列维·施特劳斯是一个非常投入的音乐爱好者。他曾经说过，如果能够的话，他愿意当一名作曲家而不是人类学家。

法国前总统蓬皮杜很少在爱丽舍宫过夜。德斯坦继承了这个传统，他经常以政事繁忙为借口留宿在外。有人问德斯坦的妻子，什么是她最想做的事时，这位第一夫人回答说："不再独自一人。"

创办穷人银行的尤努斯说他希望在 2015 年前，能把这个世界的贫穷现象消灭掉一半。"人们说我疯了，但一个人没有梦想的话就必然不能有所成就。 当你在建造一栋房子的时候，你不可能就是把砖块和石灰堆砌在一起，你首先得有一个想法，要怎样才能把房子给搭建起来。 如果一个人要去征服贫穷，那你就不能按常规出牌。 你必须要具备革命精神，并且要敢于去想别人所不敢想象的东西。"

心智第十八

Mentality

曾经担任德军总参谋长的施里芬认为，在工作中"头等大事，莫过于争当第一"。在一次训练中，当部队行至一个大峡谷时，旭日东升，金色霞光洒满峡谷，绚丽壮观。施里芬的副官指着美景请他欣赏，他冷冰冰地说："作为障碍物，没有任何价值。"

康托的工作给数学发展带来了一场革命。由于他的理论超越直观，他受到当时的一些大数学家们的反对，他的老师也说他是"神经质"，"走进了地狱"。康托一度充满信心："我的理论犹如磐石一般坚固，任何反对它的人都将搬起石头砸自己的脚。"但争辩持续了十年之久。由于经常处于精神压抑之中，康托患了精神分裂症，最后死于精神病院。

尼采曾对朋友谈论他和莎乐美的未来："请您代我问候那位俄罗斯女郎，如果这样做有意义的话。我正需要此种类型的女子。……一段篇章的开始是婚姻。我同意最多两年的婚姻，不过这也必须考虑到我今后十年内将做些什么而定。"

在接见地方自治局的自由派代表时，尼古拉二世训斥他们说："地方自治局代表中竟有些人在胡思乱想，认为地方自治局代表要参加国家行政管理。望大家知道，我要坚定不移地保持专制制度的原则，就如同我那不能令人忘怀的先父一样。"

西奥多·罗斯福还未当上美国总统之前，家中遭窃，朋友写信安慰他。罗斯福回信说："谢谢你的来信，我现在心中很平静，因为：第一，窃贼只偷去我的财物，并没有伤害我的生命。第二，窃贼只偷走部分的东西，而非全部。第三，最值得庆幸的是：做贼的是他，而不是我。"

吉卜林的儿子约翰在父亲的淡漠里一事无成。1914 年 8 月，17 岁生日那天，在父亲的陪同下，约翰步入征兵办公室，不久因为极度痛苦而死于战壕。吉卜林为此说："众多人同我们站在一起，不管怎么样，总算养育出一个士兵。"

遗传学家缪勒把自己看成是摩尔根的助手而不只是他的学生，为了发现的优先权问题，他后来一直对摩尔根的种种做法耿耿于怀。他认为，摩尔根原来是个保守主义者，只不过是勉强接受了关于遗传的现代观点，后来，采纳了学生们的结果和解释的摩尔根却以自己的名义发布这些发现，占有了学生们的优先权，构筑了自己的"摩尔根主义"学说。因为对摩尔根等人的敌意，缪勒被称为是一个患有"优先权综合征"的狂妄的人。

凯恩斯对朋友说过："我想办一条铁路，或者组织一个托拉斯，或者至少从事股票投机，要掌握这些方面的原则是容易的，而且是非常吸引人的。"

德国战败后，德皇出走和革命胜利的消息，并没有让鲁登道夫感到悲伤，而是暴跳如雷。他从来不知道怀疑和自责，反而以战争统帅自居，搜索扰乱他计划的人。他说，革命者最愚蠢之处在于饶了他一命。局势恶化后，他跑到国外隐名埋姓躲了几个月。后来重返德国，他谴责德国人民抛弃了他。他说："有人在我背后捅了一刀……"

朗道被称为俄国最伟大的物理学家，他曾惊叹道："为什么素数要相加呢？素数是用来相乘而不是相加的。"据说这是朗道看了哥德巴赫猜想之后的感觉。

沃尔顿常说，金钱，在超过了一定的界限之后，就不那么重要了。"钱不过是些纸片而已，"他平静地说，"我们创业时是如此，之后也一样。"

1921 年 3 月，希特勒平生的第一场演讲在慕尼黑的一间啤酒馆里获得了空前的成功，人们热情地呼喊着口号，沉醉于其中。一名听众事后这样写道："所有的政客都在说空话，说假话，试图愚弄我们。只有他，用他的热情来感染我们，用他的真诚来拥抱我们，用他的激情来振奋我们；只有他才是我们的一员，他属于我们，而我们也属于他。"

1921 年，15 岁的法恩斯沃思经常神不守舍地考虑着一个难题：怎样设计一个新颖的收音机，使它能够把移动的画面与声音一起传送？由于发明电视并没有带给他巨大名利，反而令他惹上官司，法恩斯沃思对自己的发明并没有太多好感。他晚年曾尖锐地批评自己的发明是"一种令人们浪费生活的方式"，并禁止家人看电视。

在 17 岁时，安·兰德告诉深受震惊的大学哲学教授："我的哲学观还不在哲学史之列，但它们会成为其中的一部分。"他给了她 A，来赞赏她的大胆自信。

在清除托洛茨基后，被斯大林利用过的季诺维也夫和加米涅夫在政治斗争中败北，被清除出局。季诺维也夫绝望地问斯大林："你知道什么是感恩吗？"斯大林冷言回答："那是一种狗的病症。"

西蒙娜·薇依曾在课堂上向中学生说起著名的"诺曼底"号邮船，提问道："这条船的代价可以造出多少工人住宅？"学生听了很反感，立即反驳说，这条船以它的规模和豪华提高了祖国在国外的威望。薇依感叹说："祖国是不够的。"当人们大谈祖国时，就很少谈及正义；一旦祖国背后有国家，正义便在远方。在定义人的时候，她总是喜欢使用如下公式，即："人，世界的公民。"

当卡琳顿发现自己怀上了别人的孩子时，不顾一切地在风雨中骑马远出，将孩子堕下。斯特拉奇质问其缘故，她回答道："因为我怀的不是你的孩子！"两人打破各自的隔阂差异，建立了忠贞不渝的柏拉图之恋。

超现实主义绘画是西方现代文艺中影响最为广泛的运动之一，达利作为该运动在美术领域的主要代表，一直是人们关注和争论的对象。达利曾说，"我同疯子的唯一区别，在于我不是疯子"，"每天早晨醒来，我都在体验一次极度的快乐，那就是成为达利的快乐……"

托洛茨基垮台之后，斯大林马上把矛头对准了季诺维也夫。季诺维也夫发现上当，便转而与托洛茨基结盟，但为时已晚。季诺维也夫为了免遭灭顶之灾，又向斯大林投降。季诺维也夫临刑前的最后一句话是："看在上帝的面上，同志们，看在上帝的面上，请给斯大林同志打个电话吧！"

在常规的学习之后，波伏瓦进入巴黎大学攻读哲学学位，她计划成为一名哲学老师。正是在那里她得遇比她高三年半的同学萨特，她说："在我的生活中我还是第一次感到在智力上逊于他人。"

1940 年 6 月，在德军侵苏战争之前，戈培尔试图让人们相信 3 个星期或 5 个星期之内德军将入侵英国，他告诫人们说："不要试图猜测——你们不会猜到。继续你们的工作。可以肯定届时你们将听到你们必须知道的消息。"

有一次，法国一家报纸进行了一次有奖智力竞赛，其中有这样一个题目：如果法国最大的博物馆卢浮宫失火了，情况只允许抢救出一幅画，你会抢哪一幅？结果在该报收到的成千上万答案中，剧作家贝尔纳以最佳答案获得该题的奖金。他的回答是："我抢离出口最近的那幅画。"

"二战"初，在跟希特勒会晤时，弗朗哥姗姗来迟。他对人说："这是我一生中最重要的一次会晤"，"我必须设法用计——这就是其中之一。我如果使希特勒等我，在心理上从一开始他便处于不利的地位"。

哈代的兴趣极为广泛。有一年，他在给朋友的明信片里谈了他新年的 6 项打算："1. 证明诺伊曼假设；2. 不能让 211 队在奥威尔举办的板球决赛阶段第四局比赛中出局；3. 找到足以让公众信服的证明上帝不存在的论据；4. 成为登上珠穆朗玛峰的第一人；5. 成为苏联、大不列颠及德意志联合王国的首任总统；6. 谋杀墨索里尼。"

有人问丘吉尔的母亲，是否为自己当首相的儿子感到骄傲。"是的，"她说，"我还有一个儿子正在田里挖土豆，我为他们感到骄傲。"

据说希特勒曾访问过一家疯人院。他一进医院，里面的病人全伸出手来向希特勒行纳粹礼。希特勒一路走过去，最后在一名男子面前停了下来，因为这个男人没有伸出手行纳粹礼。希特勒咆哮道："为什么你没有像其他人一样敬礼？"这个男人回答说："元首先生，我是个护士，不是疯子！"

丘吉尔的秘书说过，当丘吉尔口述他在第二次世界大战黑暗的日子里他的最著名的一篇演讲的结束语时，就像小孩哭诉一样："我们不会投降或失败，我们将坚持到底。我们将在法国作战，我们将在海洋上作战，我们将信心百倍、实力倍增地在空中作战。我们将不惜一切代价保卫我们的岛屿，我们将在海滩上作战，我们将在陆地上作战，我们将在山冈上作战，我们绝不投降。"

1945 年，一个美国记者采访伦德施泰特，问他为何不推翻希特勒的暴政。这位德国元帅愤愤地回答："我是一个士兵，不是一个叛徒。"

卡拉西奥多里是希腊的一个富人子弟。他当初是一个工程师，26 岁突然放弃了这样一个有前途的职业来学习数学，众人很不理解，他说："通过不受束缚的专心的数学研究，我的生活会变得更有意义，我无法抗拒这样的诱惑。"

罗斯福总统去世时，哈耶克正在美国，他在出租车里跟司机一起听到收音机中的消息。司机表达的哀痛之情令哈耶克终生难忘，令他惊讶的是，这位司机高度赞扬了罗斯福总统的卓越功绩和伟大人格后，又特地补充说："但是总统不应干预最高法院，他不应该做这件事。"

1945 年，萨特的名声在几星期内便过分地膨胀起来，连他自己也看出比例失衡的东西是危险的："活着便被视为一座公共纪念碑，并不是好事。"

雅斯贝尔斯曾多次安慰夫人说："我为你而是德国人。""二战"结束后，雅斯贝尔斯说："这些年来，我们碰到不少德国人都说以自己是德国人为耻。我要回答说，我以是一个人为耻。"

沃森一生最为成功的预测是选中小托马斯·沃森做继承人。这位在少年时期不学无术、青年时代放荡不羁的纨绔子弟曾被他的小学校长认定"生来就没有出息"，甚至，小沃森自己也不希望继承父业。但老沃森坚信——"这就是我的儿子，IBM后继有人。"

在列维·施特劳斯30岁到40岁的10年，即从1938年到1948年，正是世界发生了翻天覆地变化的10年，人类在此期间经历了第二次世界大战。这些政治与战争事件不可能不对列维·施特劳斯有所影响，但是这种影响只停留在外部世界，他从一份被遗弃在草棚里的报纸上得知签订了慕尼黑协定，对此他后来这样平静地写道："这对我没有多大影响，我远在他乡，无从观察，我对印第安人远比对世界局势更关心。"

"二战"结束后，卡萨尔斯宣布凡与纳粹有暧昧关系的国家，他不再去演出。唯一例外是德国的波恩，因为那里有贝多芬故居。卡萨尔斯说："对人类尊严的侮辱就是对我的侮辱。"

在服刑期间，戈林一直与一名精神心理学家吉尔伯特在一起，吉尔伯特负责战犯与审判人员之间的沟通。吉尔伯特写过《纽伦堡审判》一书，书中说，戈林对审判不满，否认自己是个反犹主义者。但在一次匈牙利的犹太人幸存者作完证言后，旁边的人听见戈林说："天哪！怎么还会剩下犹太人？我以为我们已经消除他们了，看来有些人又溜走了。"

数学天才柯尔莫果洛夫总是以感激的口气提到斯大林："首先，他在战争年代为每一位院士提供了一床毛毯；第二，原谅了我在科学院的那次打架。"

一次，凯恩斯和一个朋友在阿尔及利亚首都阿尔及尔度假，他们让一群当地小孩为他们擦皮鞋。凯恩斯付的钱太少，气得小孩们向他们扔石头。他的朋友建议他多给点钱了事，凯恩斯的回答是："我不会贬抑货币的价值。"

有一位印度物理学家访问剑桥，有幸在吃饭时见到了狄拉克。他寒暄着对狄拉克说，今天的风很大，狄拉克半天没有反应。正当他以为在什么地方得罪了狄拉克时，后者突然离开座位，走到门口，打开门，伸头到门外看了看，走回来，对印度人说："对。"

有一次，一个演奏约翰·塞巴斯蒂安·巴赫组曲的大提琴学生对帕布罗·卡萨尔斯说："我想就像这样。""不能想，"这位著名的大提琴家回答道，"最好是去感觉。"卡萨尔斯强调对作曲者的意图的内心感受，这样他就能以一种颇为笨拙的乐器的琴弦表现发光的人类音乐。

施温格曾跟奥本海默共事。有一次，两位年轻的物理学家来找奥本海默请教一个问题，奥本海默让他们回去自己演算。当天施温格自己演算了一夜，算出了结果。过了半年，那两个人回来了，高兴地把结果拿给奥本海默看。奥本海默就对施温格说，你不是早就算出来了吗，你去对一下吧。当得知只差了一个因子时，奥本海默转身就对两个年轻人说："你们赶快回去，找找看哪里少了个因子。"

驻日盟军最高司令官、美国将军麦克阿瑟曾经讲过一个笑话：如果给日本士兵发几片药，告诉他们每天服 3 次，他们一定会抓住机会把药扔掉。但如果在盒子上写明"天皇要求他们每天服用 3 次"，那么他们便会老老实实地按照指示服药。他认为，日本天皇是"胜过 20 个师团的战斗力量"。如果对天皇进行惩罚，将会"导致灾难性的后果"。

有一次，英国的阿斯特小姐问斯大林，为什么他要镇压 500 万富农。斯大林问她知不知道英国高速公路上每年有多少人丧命。当阿斯特回答说数目巨大时，斯大林问道："那又是为了什么目的呢？"

一次维纳乔迁，妻子前一天晚上再三提醒他。她还找了一张便条，写上新居地址，并换下旧房钥匙。第二天维纳带着字条和新钥匙上班。

白天恰好有一人问他数学问题，维纳把答案写在字条的背后给了人家。晚上维纳回到旧居，他很吃惊，家里没人。门打不开，从窗子望进去，家具也不见了。他只好在院子里踱步，直到他发现街上跑来一小女孩，他说："小姑娘，我真不走运。我找不到家了，我的钥匙进不去。"小女孩说道："爸爸，没错。妈妈让我来找你。"

冯·诺伊曼的心算飞快。曾有几位科学家一起研究数学问题，一位科学家把计算机带回家算出了结果（五种结果）。第二天，大家想见识一下冯·诺伊曼的"神算"。只见他眼望天花板，不言不语，过了 5 分钟，说出了前四种，又沉思了 5 分钟，说出了第五种。大家都说："还造什么计算机，冯·诺伊曼的大脑就是一台超高速计算机。"

在伍尔芙看来，一个完美的人应同时具有阳刚和阴柔的气质。她见过太多的男性精英，如诗人艾略特，哲学家罗素，传记作家斯特拉奇等，让她想摆脱自己的女性身份；但当她登上一定的台阶后，再回头看男性，她又发现男性身上存在着很多问题。因此，她提出："真正伟大的头脑是雌雄同体的。"

梅厄出任以色列外交部部长，在总理本·古里安的领导下工作。她每天工作 18 个小时，总理对她的坚强意志和坚韧不拔的精神非常佩服，称她为内阁中唯一的男子汉，但建议她出去度假好好休息一下。梅厄夫人反问道："为什么？你认为我累了吗？"总理笑着说："不，是我累了。"梅厄夫人回答说："那么去度假的应该是你。"

艾略特说："凡是诚实的诗人，对于自己作品的永恒价值都不太有把握。他可能费尽一生而毫无所得。"

美国总统艾森豪威尔在执行一个计划前，他总会把那个计划拿给他的最善于吹毛求疵的批评家去审查。他的批评家们常常会将他的计划指责得一无是处，并且告诉他该计划为什么不可行。有人问他为什么要浪费时间将计划给一群批评家们看，而不把计划拿给那些赞同他的观点的谋士看。艾森豪威尔则回答说："因为我的批评家们会帮助我找到计划中的致命弱点，这样，我就可以把它们纠正过来。"

当有个创意或直觉主意，有人对她说："玛丽·凯，你的想法是女人的想法。"这位美国"销售皇后"反驳道："在我公司中，像女人般思考是种资产而不是负担。"

1962 年，当戴高乐乘车经过巴黎一个郊区时，一阵密集的机枪火力网向他的汽车猛扫过来，一颗子弹从离他头部仅两英寸处飞过。当他在机场走下汽车时，他掸掉身上的玻璃碎片后说："我真幸运。这次很险，但是这些先生们的射击技术太蹩脚了。"

世界球王贝利在 20 多年的足球生涯里，参加过 1364 场比赛，共踢进 1282 个球，并创造了一个队员在一场比赛中射进 8 个球的纪录。他超凡的技艺不仅令万千观众心醉，而且常使球场上的对手拍手称绝。他不仅球艺高超，而且谈吐不凡。当他个人进球纪录满 1000 个时，有人问他："您哪个进球最漂亮？"贝利说："下一个。"

英国作家哈理斯和朋友在报摊上买报纸，那个朋友礼貌地对报贩说了声谢谢，但报贩冷口冷脸，没发一言。"这家伙态度很差，是不是？"他们继续前行时，哈理斯问道。"他每天晚上都是这样的。"朋友说。"那么你为什么还对他那么客气？"哈理斯问他。朋友答道："为什么我要让他决定我的行为？"

一天，待在家里的阿里接到一个电话。电话那头的人告诉阿里，两年前他因为智商不够而没有去服兵役，如今他必须去越南打仗。阿里刚挂上电话，一家报纸就给他打来电话，阿里不假思索地说出了他一辈子最重要的一句话:"我和越南可是无冤无仇!"有人说他"反战"的举动,"就像是一个没长大的淘气孩子那样令人发笑"。

在庆祝登陆月球成功的记者会中,有一个记者突然问奥德伦一个很特别的问题:"由阿姆斯特朗先下去,成为登陆月球的第一个人,你会不会觉得有点遗憾?"在全场有点尴尬的注目下,奥德伦很有风度地回答:"各位,千万别忘了,回到地球时,我可是最先出太空舱的。"他环顾四周笑着说:"所以我是由别的星球来到地球的第一个人。"

下台后的莫洛托夫无所事事,人们经常在展览会和音乐会上看到他,更多的时候还是在剧院里。莫洛托夫多次去看话剧《前线》,因为剧中有个士兵在战壕里喃喃地说了这样一句话:"我给莫洛托夫写了封信。"

日本作家川端康成在荣获诺贝尔文学奖三年之后(1972年),突然采取含煤气管自杀的形式离开了人世,而未留下只字遗书。他在1962年曾经说过:"自杀而无遗书,是最好不过的了。无言的死,就是无限的活。"

香奈儿从不介意她的设计被模仿。"让她们去模仿好了。"她说,"我的主张属于每一个人,我不拒绝任何人。"

早在1978年,福柯曾经就死亡问题与法国著名死亡问题研究专家阿里耶斯讨论。他当时说:"为了成为自己同自身的死亡的秘密关系的主人,病人所能忍受的,就是认知与寂静的游戏。"

1979年,希区柯克80岁,好莱坞为他举行庆祝生日的宴会,友人纷纷向他祝寿,可他说:"最好的生日礼物就是一个包装精美的恐怖。"1980年,悬念大师溘然长逝。

安德罗波夫执政15个月后去世,年老体衰的契尔年科登上了克里姆林宫的权力巅峰。当他兴高采烈地回家报喜时，说了一句话："通过了！"他的夫人反问他："通过什么啦？那是叫你进坟墓！你干吗急着往那里钻呀？"13个月后，契尔年科确实进了坟墓。

里根总统访问加拿大，在一座城市发表演说。在演说过程中，有一群举行反美示威的人不时打断他的演说。加拿大总理皮埃尔·特鲁多非常尴尬。面对困境，里根面带笑容："这种情况在美国经常发生的，我想这些人一定是特意从美国来到贵国的，可能他们想使我有一种宾至如归的感觉。"

20世纪80年代，谢瓦尔德纳泽担任格鲁吉亚的第一书记，对苏共中央领导人及其决策极尽吹捧之能事。他后来又出任戈尔巴乔夫的外交部部长，参与了苏共的政治改革。有人问："您什么时候是真心实意的？"他回答说："这只是一个必需的手段。我们对莫斯科不是俯首帖耳，我们这是想创造条件更好地为自己的人民服务。"

伯纳斯·李被业界公认为"互联网之父"。比他的发明更伟大的是，伯纳斯没有像其他人那样为"WWW"申请专利或限制它的使用，而是无偿地向全世界开放。即便如此，伯纳斯仍然十分谦虚，他总是以一种平静的口气回应外界的议论："我想，我没有发明互联网，我只是找到了一种更好的方法。"

丘拜斯辞职后，有人问他："如果车臣战争不结束，你还支持总统吗？"丘拜斯给予了肯定的回答。丘拜斯说："我支持叶利钦不在于他是叶利钦，而在于他在认真做着实事。"

索罗斯说："人们认为我不会出错，这完全是一种误解。我坦率地说，对任何事情，我和其他人犯同样多的错误。不过，我的超人之处在于我能认识自己的错误。这便是成功的秘密。我的洞察力关键在于，认识到了人类思想内在的错误。"

2000 年，南非全国警察总署发生了一件严重的种族歧视事件：在总部大楼的一间办公室里，当工作人员开启电脑时，电脑屏幕上的曼德拉头像竟然逐渐变成了"大猩猩"。曼德拉知道后非常平静，他说："我的尊严并不会因此而受到损害。"几天后，在参加南非地方选举投票时，当投票站的工作人员例行公事地看着曼德拉身份证上的照片与其本人对照时，曼德拉微笑着说："你看我像大猩猩吗？"

英国一家数字频道揭晓了民众票选的"谁是最智慧的英国人"，紧随王尔德之后的是英国著名喜剧演员斯派克·米利甘，他只比王尔德落后两个百分点。这位国宝级喜剧大师给自己留下的墓志铭只有一句话："我早跟你们说我有病！"

史景第十九

Historical Situation

据说尼采见到莎乐美的第一句话是："我们是从哪颗星球上一起掉到这里的？"有人问他对莎乐美的印象，他说："那是一瞬间就能征服一个人灵魂的人！"

1907 年 2 月 27 日，上午 10 点，荣格来到弗洛伊德的住所。荣格向弗洛伊德请教许多问题，谈话进行了整整 3 个小时。这次谈话给荣格和弗洛伊德两人都留下了终生难忘的印象，荣格认为，这是他一生中最激动的时刻。在这次会面后两个月，荣格对弗洛伊德表示说："凡是掌握精神分析学知识的人，无异于享受天堂的幸福生活！"

1914 年 8 月 1 日，德意志第二帝国的皇帝威廉二世，签署了全国军事总动员令和宣战诏书，威廉二世完全不能自已。簇拥在皇帝周围的人欢呼雀跃，他们知道，皇帝之所以颤抖，不是因为害怕，而是因为终于可以劈开令人窒息的和平枷锁，可以开战了！第二天，威廉二世对即将远征的德军发表演说，他说："你们去法兰西做远足旅行吧！在金秋落叶撒满柏林街头之前，你们就可以回到我们伟大的祖国德意志！"

在取缔立宪民主党的时候，俄国的政治精英们要么推波助澜，要么落井下石，布尔什维克腾出手来从容地剪除了一个又一个的社会主义战友。1921 年初，肃反委员会在全国逮捕了几千名孟什维克和社会革命党人，把他们关进监狱和集中营。当时布哈林有一句名言："我们也许有两党制，但两党中一个当权，另一个入狱。"这些人被关在一幢大楼里，被老百姓叫做"社会主义大楼"。

维纳曾去哥廷根大学拜访克莱茵。他在门口见到女管家时，问："教授先生在吗？"女管家训斥道："枢密官先生在家。"一个枢密官在德国科学界的地位就相当于一个被封爵的数学家在英国科学界的地位，如牛顿爵士。维纳见到克莱茵的时候，感觉就像是在拜佛，后者高高在上。维纳说克莱茵："对他而言时间已经变得不再有任何意义。"

卓别林在他电影生涯的初期曾如此说："在那些人们不知道耶稣的地方，我也很有名。"据说，卓别林步入电影仅两年，"就已经毫无疑问地成为电影界出类拔萃的头号人物"。观众对他的影片的喜爱程度是惊人的。例如，纽约一家电影院从 1914 年到 1923 年一直放映他的影片，而后来之所以停止放映，也只是因为这家影院被烧毁了。

1925 年 1 月，在联共（布）全国代表大会上，一名代表在大会发言结束时按照惯例呼口号："我们的领袖季诺维也夫和……对不起！"回头看了看政治局诸位成员，"也许是加米涅夫，万岁！"全场哄堂大笑，季诺维也夫抚掌狂笑，斯大林笑得喘不上气来，托洛茨基也为之莞尔，加米涅夫却一脸肃穆，压根儿笑不出来。

1925 年 6 月，应米高梅电影公司邀请，瑞典著名导演斯蒂勒和嘉宝前往好莱坞。车到站台，人们手捧鲜花，掌声雷动，一位瑞典小姑娘穿着民族服装给嘉宝献花，强烈的镁光灯与记者接连的提问把嘉宝弄得晕头转向。最后，她说了一句自己已经背得烂熟的英语："这是我一生中最幸福的时刻，愿上帝保佑美国。"她一直是好莱坞的神秘话题，"好莱坞的斯芬克斯"。

1929 年 10 月 29 日是历史上著名的"黑色星期二"，即纽约股市大崩盘。洛尔迦目睹了那场灾难。事后他写信告诉父母："我简直不能离开。往哪儿看去，都是男人动物般尖叫争吵，还有女人在抽泣。一群犹太人在楼梯和角落里哭喊。"回家路上，他目睹了一个在曼哈顿中城旅馆跳楼自杀者的尸体。他说："这景象给了我美国文明的一个新版本，我发现这一切十分合乎逻辑。我不是说我喜欢它，而是我冷血看待这一切，我很高兴我是目击者。"

1931 年 10 月，圣雄甘地身披一块粗糙腰布，脚穿拖鞋，步入白金汉宫与英王兼印度皇帝一起喝茶交谈。他"衣着简单，前不遮胸，后不遮背"。英国举国上下为之哗然。当甘地被问及身着这般服饰是否适宜时，他回答说："国王陛下有足够的衣服供我们两人受用。"

苏联时期，教士和政权在某种程度上进行合作，达成了某种默契。教士们对教区的教民进行宣传：你们可以不是个共产党员，但应该对集体化表示赞成。一个牧师催促他的教民赶紧组织田鼠捕捉队，另一个牧师则在讲道台上呼吁："以圣灵的名义，请你们分期交付买拖拉机的款项！"

1932 年 5 月 15 日，因为不肯立即承认伪"满洲国"，9 个日本军官闯进首相犬养毅的府邸。当时的犬养毅已经 75 岁，当他得知这些人要刺杀他的来意后，他平静地把刺客们领进一间日本式的房间，在那里礼貌地脱下鞋子坐下，然后说："有话好好说……"一个刺客冷冷地说道："多说无益，开枪！"犬养毅因此被刺身亡。

1932 年 9 月，哈耶克回过一趟维也纳。当时一大群各专业领域的同仁们聚会，米塞斯突然问大家，这会不会是我们最后一次相聚。大家起先都觉得有点奇怪，而米塞斯却解释说，再过 12 个月，希特勒就会掌权。当时大家都不相信，大笑起来。

流亡海外的女诗人茨维塔耶娃渴望重返祖国。帕斯捷尔纳克想告诉她自己对于国家状况的真实判断，但在半公开场合下又一言难尽，于是，他只能说："玛琳娜，别回俄罗斯，那里太冷，到处都是穿堂风。"

1935 年 5 月 10 日的夜晚，拥有博士学位的戈培尔在柏林发起随后遍及全国的焚书运动，那些被视为"对我们的前途起着破坏作用"的书籍，如马克思、恩格斯、卢森堡、李卜克内西、默林、海涅和爱因斯坦等名人的著作，都被付之一炬。戈培尔向参加焚书的学生们说："德国人民的灵魂可以再度表现出来。这火光不仅结束了旧时代，而且照亮了新时代。"戈培尔因此获得"焚书者"的万恶之名。

1937 年苏联大清洗时期。"被告米哈伊尔·尼古拉耶维奇·图哈切夫斯基从 1924 年开始，作为帝国主义间谍，背叛祖国，组织阴谋集团危害红军，颠覆苏维埃政府。革命军事法庭宣判被告死刑。"图哈切夫斯基慢慢站起身来，仔细扣着上衣纽扣，领章和红星都已经从军装上摘去。终于，图哈切夫斯基抬起头来，好像是对法庭，又好像对远处的某个人低声说："我好像做了一场梦。"

在西班牙，一天晚上，露特·贝尔劳参加了国际纵队一个大型集会。休息时，一个重伤员以非常微弱的声音说："因为人是一个人……"露特后来告诉布莱希特，布莱希特默默地沉思良久。他说："他们正是为此而来的，因为人是一个人！"

1938 年 2 月 21 日，托马斯·曼到达纽约。有人问他是否觉得流亡生活是一种沉重的负担，托马斯·曼回答说："这令人难以忍受。不过这更容易使我认识到在德国弥漫着荼毒。之所以容易，是因为我其实什么都没有损失。我在哪里，哪里就是德国。我带着德意志文化。我与世界保持联系，我并没有把自己当做失败者。"

1939 年夏天，当纳粹摧毁波兰这一突如其来的悲剧发生时，丘吉尔的警告得到了证实。张伯伦立刻召回丘吉尔，任命他为海军大臣，一个他 25 年前担任过的职务。"温斯顿回来了！"这一令人满意的信号从伦敦很快发到了全英国的舰队。

1940 年 6 月 10 日，在德军横扫欧洲大陆，丹麦、挪威、比利时、荷兰全面沦陷，当法国危在旦夕之际，意大利对法英宣战。宣战书由齐亚诺向法国大使下达。听完宣战书后，蓬塞大使回答说：这一击是对一个已经倒下的人再捅一刀。齐亚诺在当天的日记中写道："我悲伤，悲伤之至。冒险开始了，愿上帝保佑意大利。"

沃森坐在宽大的写字台后，一言不发地聆听艾肯的陈述。艾肯说完了该说的话，忐忑不安地望着对面这位爱好"思考"的企业巨子。"至少需要多少钱？"沃森开口询问。"恐怕要投入数以万计吧。"艾肯喃喃地回答。沃森摆了摆手，打断了艾肯的话头，拿起笔来，在报告上画了几下。艾肯以为没戏了！出于礼貌，他还是恭敬地用双手接过那张纸，结果喜出望外：沃森的大笔一挥，批给了计算机 100 万美元！

1941 年 12 月 8 日凌晨，山下奉文率军在马来亚半岛中部登陆。日军轻装上阵，骑着自行车有说有笑地绕过英军阵地，穿越马来丛林，仅用一个多月时间就横扫整个马来半岛。当英军与日军谈判时，山下对着英军司令珀西瓦尔·韦维尔将军厉声喝道："降是不降？ YES 还是 NO？快回答！"珀西瓦尔·韦维尔吓得胆战心惊，二话没说就签署了投降书。此时日军的粮食弹药快没了，军队只有 1.7 万人，而英军弹药粮食相当充足，人数是日军的好几倍！

有一年，物理学家们聚会，会场选在赌城拉斯维加斯。爱因斯坦做了一件令人惊讶的事，他近乎疯狂地赌钱。有两位物理学家私下议论，一个人评论说："我从来没想过爱因斯坦也会这样，他的样子好像是见不到明天的太阳了似的。"另一个愁容满面，叹了口气："我担心的就是这个，我总觉得他的确是知道会有什么事情发生。"

当时，奎松宣誓继任菲律宾共同体总统。在简短的就职演说中，奎松引用了罗斯福的电文，他把它看做是援助的保证。麦克阿瑟发表简单讲话，赞扬了奎松。当他的讲话接近尾声时，他的声音颤抖了，他做了件在公开场合从未做过的事。他一贯坚强的外表崩溃了，他在大家面前哭起来。眼泪顺着他的脸颊流下来，麦克阿瑟抬头向天祈求："啊，主啊。把这个高贵的民族从死亡峡谷的阴影中拯救出来吧。"

1942 年 1 月 31 日，还是学生的李光耀坐在学校行政楼的栏杆上值勤。53 年后，即 1995 年，他的同学还记得当时他们的英国教授绕过墙角，朝他们走来，准备到他的办公室去。这时候，突然传来一声天崩地裂的爆炸巨响。大家都给吓得目瞪口呆。接着李光耀脱口而出："英帝国的末日到了！"教授一言不发地走了。

关岛战役结束后，有些士兵神经系统由于战时过度紧张而崩溃，战地医院里因此有很多精神失常的人。一天，一个精神失常的士兵趁医生不注意的时候溜了出去。由于天热，他只穿了一条短裤。医院马上发动医生去找那个溜出去的病号。医生们发现在一个街角有个穿短裤的人正在跑步，便一拥而上。跑步者吃了一惊："我是尼米兹将军。"医生们哈哈大笑："抓的就是你，你就是罗斯福总统也得回精神病房去！"

罗斯福有一次迎接丘吉尔特使威尔基。当他发现自己办公桌上空空如也时，赶紧让人抱一摞文件来。"随便什么都行，散开在桌上，这样，威尔基来时，我将显得忙得不可开交。"但罗斯福随即的姿态极为优雅：他取出一张私人信笺，飞快地写下朗费罗的诗句，作为传达给丘吉尔的信息："邦国之舟，扬帆前进吧 / 扬帆前进，强大的联邦 / 忧惧中的人类 / 满怀对未来岁月的希冀 / 凝神关注着你的存亡。"

1945 年 1 月 27 日，苏联军队来到一个叫做奥斯威辛的小镇，他们没想到在这个地方遭到德军的顽强抵抗，整整 5 个小时才结束战斗。此前他们并不知道这是著名的"死亡工厂"所在地。当时才 19 岁的苏联士兵维尼辛科在 60 年后回忆道："进入集中营，我们惊呆了，到处都是带电的铁丝网，到处都是穿戴黑白间条衣帽的囚犯。这些囚犯几乎已经不能行走，他们瘦骨嶙峋，就像影子或幽灵。"

关心阿赫玛托娃的朋友想来看望她，她拒绝了："我正受监视，房间里有窃听器，凡同我联系的人都受到牵连。"斯大林经常问他的下属："我们的修女现在怎么样啦？"她必须每天两三次在家里的窗口"亮相"，好让街上的便衣知道她既没逃走，也没自杀。

"二战"结束后，德国的土地一片废墟。社会学家波普诺跟人实地考察，他们看了许多户住在地下室的德国居民。波普诺问了一个问题："你们看像这样的民族还能够振兴起来吗？""难说。"一名随从人员随口答道。"他们肯定能！"波普诺说，"你们去每一户人家的时候，看到他们的桌上都放了什么？"人们异口同声地说："一瓶鲜花。""那就对了！任何一个民族，处在这样困苦的境地还没有忘记爱美，那就一定能在废墟上重建家园！"

当法庭军事长官查尔斯·梅斯上校喊道："注意，开庭了！"纳粹战犯们站在一起。赫斯悄悄对身旁的戈林说："您将看到，这些妖魔鬼怪就要被消灭，在一个月以内您就会成为德国人民的元首！"戈林示意阻止他。后来戈林对别人说："现在我相信赫斯疯了。"

1945 年联合国成立，罗慕洛代表菲律宾在联合国宪章上签字。据说当罗慕洛看到联合国的徽记时，发现这是世界地图的图案，他便问道："菲律宾在哪里？"当时主持制定这个徽记的人不禁哑然失笑："如果画上菲律宾也不过是个小点。"罗慕洛坚持说："我就要那一点！"

1947 年 6 月 3 日，蒙巴顿和各派代表一起宣布，印度已划分为两个独立的主权国家。蒙巴顿首先发表讲话，祝愿即将诞生的两个国家万事如意。然后尼赫鲁用印地语讲话："我毫无喜悦之感，只能告诉你们，我们刚刚达成了分治协议。"随后真纳发表演讲。为了向 9000 万印度穆斯林宣布他为他们赢得了一个独立国家，真纳出于无奈，只好使用他们听不懂的语言。他用英语讲话，然后由播音员翻译成乌尔都语。

1947 年 11 月 29 日，星期六，联合国通过对巴勒斯坦实施分治的决议传到以色列，正是深夜。这时，"老头子"本·古里安还远在以色列南部的一个僻静的旅馆里沉睡。"快去喊醒老头子。"人们争先恐后地说。"老头子"醒后说："得赶快草拟一个承认分治决议的声明，这对我们是个大好机会。"但工作人员找了半天，竟手忙脚乱，没能找到一张纸。"老头子"等不及了，跑到卫生间，随便扯下一张卫生纸，用笔在上面写起来。一个国家的未来由此诞生。

1952 年情人节，美国国务院护照处主任露丝·希普利夫人给鲍林写来了一张便笺。"亲爱的鲍林博士：现通知您，本处认真地考虑了您申领护照的请求。但是，政府将不向您颁发护照，因为本处的看法是，您提议中进行的旅行不符合美国的最大利益。"

1954 年初，危害美国社会多年的麦卡锡受到了坚决的挑战。当时麦卡锡硬把陆军部的一位年轻律师曾参加过一个宗教组织的事与陆军中的"颠覆活动"扯在一起，一名叫韦尔奇的律师忍无可忍，他站起来对麦卡锡说道："参议员先生，让我们不要再继续诋毁这个年轻人了吧？先生，你还有没有良知？难道你到最后连一点起码的良知也没有保留下来吗？"

1954 年 11 月 30 日傍晚，卡拉扬和朋友住进罗马的摄政饭店，换罢衣服出去用餐。朋友离开餐厅去买了份报纸，只见头版上赫然一则讣告：柏林爱乐指挥富特文格勒因患肺炎长期医治无效逝世，享年 68 岁。该卡拉扬上场了。当晚从维也纳发来一份电报，没有署名："国王驾崩。国王陛下万岁。"

1955 年 12 月 1 日，时年 42 岁的帕克斯在一辆公共汽车上就座时，一名白人男子走过来，要求她让座。帕克斯拒绝了白人男子的要求。帕克斯遭到监禁，并被罚款 4 美元。她的被捕引发了蒙哥马利市长达 381 天的黑人抵制公交车运动。帕克斯说："我上那辆公共汽车并不是为了被逮捕，我上那辆车只是为了回家。"

1957 年 4 月 1 日，在列宁格勒，阿赫玛托娃为《安魂曲》写下非常精短的《代序》：我在列宁格勒的探监队列中度过了 17 个月。有一次，有人"认出"了我。当时，一个站在我身后的女人，嘴唇发青，她从我们都已习惯了的那种麻木状态中苏醒过来，凑近我的耳朵（那里所有人都是低声说话的）问道："您能描述这儿的情形吗？"我就说道："能。"于是，一丝曾经有过的淡淡笑意，从她的脸上掠过。

在一个充满压抑与骚动的春夜，纽约哥伦比亚大学挤满了学生的麦克米林剧院，正举办一场诵诗会。只听诗人金斯堡疯疯癫癫地嚎叫，信口雌黄："美国你何时变成可爱天使？何时脱光你的衣衫？美国啊美国，我这懵懂小儿，早早当上了共党。可如今一有机会，我就会狂吸大麻。"金斯堡泪如雨下，不断重复母亲给他的遗言："钥匙在窗台——我有钥匙——结婚吧儿子，别吸毒。钥匙在窗台，在阳光里，爱你的母亲。"这就是诗人著名的诗作《嚎叫》。

1961 年 4 月 12 日，苏联宇航员尤里·加加林驾驶"东方"号宇宙飞船，用 108 分钟绕地球飞行一圈，然后安全返回地面。加加林能在 19 名候选人中脱颖而出，靠的是集"天生的勇敢、善于分析的头脑、吃苦耐劳和谦虚谨慎"于一身以及出类拔萃的心理素质，即使是在升空前一刻，他的脉搏也始终保持在每分钟 64 次左右。为了让加加林别太紧张寂寞，人们给他放了奥库德热维的流行歌曲。倒计时数秒的最后一瞬，加加林喊道："飞起来了！"

1964 年 4 月 20 日，南非政府组织了著名的"利沃尼亚审判"，曼德拉作了长达 4 个小时的演讲。他声明："我已把我的一生奉献给了非洲人民的这一斗争，我为反对白人种族统治进行斗争，我也为反对黑人专制而斗争。我怀有一个建立民主和自由社会的美好理想，在这样的社会里，所有人都和睦相处，有着平等的机会。我希望为这一理想而活着，并去实现它。但如果需要的话，我也准备为它献出生命。"

审判布罗茨基的场面极有意思。法官："请向法官解释清楚，你在间歇期间为何采取寄生虫的生活方式？"布罗茨基："我在间歇期间工作过。我当时做过工作，就是我现在的工作：我在写诗。"法官："那你做过对祖国有益的事情吗？"布罗茨基："我写诗。这就是我的工作。我相信……我确信，我写下的东西将服务于人民。"布罗茨基一说出口，法官、书记员，几乎所有的人，都哈哈大笑起来。

1969 年，88 岁的毕加索以其火山般的精力一共创作了 165 幅油画和

45 幅素描，这些画在法国亚威农市的波普斯宫展出。毕加索的作品排满那座庄严建筑的墙壁，吸引了连声赞叹的众人。批评家埃米莉·格瑙尔感慨地说："我觉得毕加索的新作品是天宫之火。"

1970 年，当纳赛尔去世时，埃及人民还是像以前一样贫穷，监狱中塞满了政治犯。但阿拉伯世界还是激起了从未见过的悲痛的巨澜。为了参加他的葬礼，500 万人民挤满了开罗的街道，他们有的攀上树木和电线杆，歇斯底里地哭泣着；有的涌向送葬的行列，撕扯着盖在他的棺木上的旗帜。许多埃及人心神错乱，以致自杀。在贝鲁特出版的法文报《日报》说："有一亿人——阿拉伯人——变成了孤儿。"

1970 年 3 月 18 日，柬埔寨国王诺罗敦·西哈努克结束在苏联的访问，即将前往北京。就在赴机场的途中，他被送行的苏联总理柯西金告知："您的国民议会刚刚举行了一次剥夺您的权力的表决。"这位长期沉溺于电影而疏于国事的国王被朗诺·施里玛达政治集团废黜了。他只得流亡北京，得到中国政府最坚定的支持。

三岛由纪夫按照日本传统仪式切腹自杀。他在额际系上了写着"七生报国"字样的头巾，用白布将预备切腹的部位一圈圈紧紧地裹住，拿起短刀往自己的腹部刺下，割出了一个很大的伤口，肠子从伤口流出来。一个人为三岛进行介错，但连砍数次都未能砍下他的头颅。三岛由纪夫难忍痛楚，试图咬舌自尽，还沉吼低呼着："再砍！再砍！使劲！"第四次介错终于成功。

1973 年，卡皮查强烈反对把物理学家萨哈罗夫驱逐出苏联科学院。萨哈罗夫因在国内捍卫人权而受官方迫害，出席会议的 5 位院士，有 4 位联名签署了一份谴责萨哈罗夫的宣言。卡皮查没有签字。他说，除了纳粹曾把爱因斯坦赶出普鲁士科学院外，再没人这样做过。

波尔布特取得政权后，宣布要建设一个"没有富人和穷人，没有剥削阶级和被剥削阶级"的理想社会，在全国废除货币、商品，柬埔寨一下子退回到原始公社时代。为了刺激人心，波尔布特的红色高棉政权于1977年提出了实行"超大跃进"的口号。在无矿石资源的条件下提出要钢铁自给，并准备建厂大炼。生活上提出的奋斗目标是——"今年每人每星期要吃两个水果！明年达到每两天吃一个水果！后年达到每天一个水果！"

1977年11月，萨达特在议会上突然宣布，他决定亲赴以色列，与这个世仇死敌谋求和平。全体议员都惊得目瞪口呆，许多人甚至以为他是不是在发烧讲胡话；有的怀疑自己在做梦。一些人在弄清并没听错后，忍不住高喊："以色列乃罪恶的虎狼之国，千万不可去啊！"萨达特去意已决，他说："为了和平，我将走遍天涯海角，为什么要排除以色列？"

1979年某个夜晚，从东德一个家庭的后院升起了一个巨大的热气球。气球下面的吊篮里装着两个家庭——两对夫妇和他们的四个孩子。这个气球完全由这两个家庭手工制成，花了数年的时间。在此期间，两个家庭自学成才，学会了制造热气球。在战机的威胁下，他们无目的地降落，很久不敢走出气球。最终，军人来了，揭开气球，对这8个逃亡者说出了他们盼望了多年的话："你们自由了，这里是西德领土。"

1980年12月的一个晚上，当马克·查普曼掏出手枪指向约翰·列侬——这位著名的摇滚乐歌手时，枪上盖着一本《麦田里的守望者》。查普曼向列侬开了5枪后，不慌不忙地坐在街道边，读起了塞林格的小说。他告诉警察："这本书是写我的。"

1984年的选战使里根做出他一生中著名的失态之举。当时他在电台准备发表演说，但他没有察觉到播音已经开始，他开玩笑道："我亲爱的美国人民，我很高兴地告诉你们今天我签署了一项法案，将会宣布俄国永远为非法状态，我们在五分钟后开始轰炸。"

1987 年 6 月 12 日，罗纳德·里根访问西柏林时在柏林墙的勃兰登堡门前发表演说："如果你寻求和平，如果你为苏联和东欧寻求繁荣，请来到这扇大门前。戈尔巴乔夫先生，打开这扇门！戈尔巴乔夫先生，推倒这堵墙！"

1989 年 12 月 20 日午夜，美军以"保护美国侨民的生命财产安全"为借口，攻占巴拿马。诺列加走投无路，被迫于 12 月 24 日逃入梵蒂冈驻巴大使馆。美军闻讯后，在大使馆的对面公园架设起一排高音喇叭，不停地播放摇滚音乐《无处可逃》。歌词大意是："不要逃，你无处可逃；大网已经张开，等着你；不要逃！不要逃，举起你的双手，走出来吧。"最后，痛苦不堪的诺列加在神甫的陪同下走出大门投降。

1989 年 12 月 21 日中午 12 点，齐奥塞斯库在中央广场召开了 10 万人的群众集会。齐奥塞斯库不时提高声调，挥舞手臂，把讲话"推向高潮"。突然，广场某个角落喊出了一声："打倒齐奥塞斯库！"声音像闪电划过天空，出现了令人窒息的寂静，齐奥塞斯库刚举起的右手在空中停住了。电视转播中断，留下了齐奥塞斯库举起右手的定格画面。

1991 年 9 月，统一后的柏林法庭上，柏林围墙守卫案开庭宣判。柏林法庭判处开枪射杀克利斯的卫兵英格·亨里奇三年半徒刑，不予假释。他的律师辩称，他们仅仅是执行命令的人，根本没有选择的权利，罪不在己。法官当庭指出："东德的法律要你杀人，可是你明明知道这些逃亡的人是无辜的，明知他无辜而杀他，就是有罪。作为警察，不执行上级命令是有罪的，但是打不准是无罪的。作为一个心智健全的人，此时此刻，你有把枪口抬高一厘米的权力，这是你应主动承担的良心义务。"

1998 年，莱温斯基丑闻曝光，克林顿被千夫所指。葛培理牧师在接受全国广播公司（NBC）访问时，宣称自己原谅克林顿："我原谅他，因为我知道人性是如何脆弱，我知道（胜过试探）是多么困难。"

1998 年 5 月 21 日上午 9 时许，在雅加达独立宫，执政 30 多年的印度尼西亚铁腕人物苏哈托宣布辞去总统职务。他对着麦克风用缓慢而颤抖的声音说："我决定在 5 月 21 日宣读这封辞职信时，立即辞去印度尼西亚共和国总统的职位。"他还请求印度尼西亚人民原谅他的错误和缺点。

在左拉的《我控诉》发表一百年后的 1998 年，法国总统希拉克发表公开信，庄重纪念"已成为历史一部分"的《我控诉》："让我们永不忘记一位伟大作家的勇气，他冒尽风险，不顾自身的安危、名誉，甚至生命，运用自己的天分，执笔为真理服务……一如伏尔泰，他是最佳知识分子传统的化身。""今天，我想告诉左拉和德雷福斯的家人，法国是如何感激他们的先人。他们的先人以可钦佩的勇气为自由、尊严与正义的价值献身。"

1998 年 7 月 17 日，尼古拉二世及其家人被处决 80 周年之际，其遗骨安葬仪式在圣彼得堡举行。叶利钦在尼古拉二世灵前深深鞠躬，在全世界注目下为"俄国历史上这极不光彩的一页、这一无耻的暴行"忏悔。叶利钦说："处决罗曼诺夫皇族的事件，造成了俄国社会的分裂，后果遗留在今天。……这是我作为总统和个人今天必须在这里的原因。我在被残酷杀害的牺牲者的灵前鞠躬致敬。建设新的俄国，我们必须依靠她的历史传统。"

2003 年 7 月 22 日，萨达姆·侯赛因在家乡提克里特被捕。经过一次迅速的 DNA 测试，确定是萨达姆·侯赛因本人。萨达姆被美军从地窖里弄出来时说："我的名字是萨达姆·侯赛因，我是伊拉克共和国总统，我想进行谈判。""不要开枪！不要杀我！我是伊拉克总统。"

天下第二十

All Under Heaven

卢卡奇推崇希腊："在那幸福年代，世界广阔无垠，却是人的家园。"《荷马史诗》提供了最丰盈的生命形式：在那万物和谐的天地里，一无历史，二无个体，三无主客分离。可惜那个美好的总体境界，已被资本主义残酷粉碎了。他说："生活错乱，一切均被破坏无遗。"

福泽谕吉说："如果试图阻止文明的入侵，日本国的独立也不能保证，因为世界文明的喧闹，不允许一个东洋孤岛在此独睡。"

有人问王尔德："如果不是哥伦比亚第一个发现美洲，如果它已经被发现，为什么它会失去呢？"王尔德打趣道："他是发现了美洲。它被发现了很多次，但每次它又变得安静。每次都必须保持安静，因为这样一个麻烦的地方最好忘掉它，收起来。"

1911 年 7 月，德国皇帝威廉二世乘坐"豹子"号军舰驶抵摩洛哥港口阿加迪尔，他自称为"大西洋的海军统帅"，炫耀德国军队所向无敌，可以随时出击任何对手。他表示了对法国和俄国的蔑视；仅仅是因为自身的一半英国血统，他才对英国略示尊重。劳合·乔治为此警告德国，不要把英国看得"仿佛在这个国际内阁中微不足道"，如果德国人挑起战争，英国定将战斗下去。

1917年，"一战"正酣，莱茵河畔仍然是震耳欲聋的炮声和遍地的尸体。法国政府准备选派外交特使前往美国，会见威尔逊总统。政府首脑煞费苦心地物色人选，有人提议柏格森："他这个哲学家也是外交家啊！"

"明显而即刻的危险原则"，因霍尔姆斯大法官的论述而成为一条著名的压制言论的原则。霍尔姆斯大法官指出："对言论自由最严格的保护也不会保护在剧院里谎称失火，并高声叫喊从而引起惊恐的人。"霍尔姆斯也论述过言论自由：对真理最好的检验是一种思想在市场竞争中所表现出来的使自己得到承认的力量。霍尔姆斯的贡献是多方面的，他被称为"伟大的持异议者"。

在好友、著名作家纪德及其他友人再三催促下，瓦雷里答应将自己青年时代的诗稿结集出版。在付印前，他想写一首诗附在后面，作为纪念。一首500余行的长诗——《年轻的命运女神》，由此诞生。这首诗对法国知识界的震撼之大，影响之深是惊人的。一位评论家称："我国近来产生了一桩比欧战更重要的事，那就是保尔·瓦雷里的《年轻的命运女神》。"

在巴黎和会谈判的紧要关头，流感耗尽了威尔逊的精力和专注力。巴黎和会一开始，威尔逊即提出"十四点原则"，而且以离会为手段，胁迫法国总理克里孟梭和英国首相劳合·乔治妥协。克里孟梭讥讽威尔逊道："就算是上帝，也只以十诫为满足，威尔逊却要坚持十四点！"当威尔逊卧病后，克里孟梭放弃了先前的立场。但威尔逊反过来任由克里蒙梭主导会议。威尔逊的失常，让乔治深感不可思议："威尔逊的神经和精神在会议中期崩溃了。"

1920 年，西班牙工人党想要加入共产国际，但对无产阶级专政心有余悸，就派代表团去问列宁，无产阶级专政到底什么时候能够结束？列宁回答："谁说无产阶级专政要结束了？在我们这种农民国家里它可能要四五十年。"列宁的话吓坏了他们，西班牙工人党随即分裂，少数派加入了共产国际，大多数退出来，后来加入了社会党国际。

当年普朗克劝爱因斯坦去柏林，爱因斯坦推辞说："相对论不算什么，朗之万说全世界也就 12 个人懂。"普朗克回答道："可是这 12 个人至少有 8 个在柏林。"

在枪决沙皇一家时，苏联驻德国全权代表越飞仅被告知消息，而无任何细节。当德国政府要求越飞提供详细情况时，他本人一无所知。最后，捷尔任斯基路过柏林时，告诉了越飞真实情况，还解释说，上面禁止他通报这个消息："就让越飞什么也不知道，他在柏林那里就会更容易撒谎。"

20 世纪 30 年代，爱因斯坦有一次在巴黎大学演讲时说："如果我的相对论证实了，德国会宣布我是个德国人，法国会称我是世界公民。但是，如果我的理论被证明是错的，那么，法国会强调我是个德国人，而德国会说我是个犹太人。"

费曼在向学生们讲授普通物理课程中的电磁学部分时说："从长远的眼光来看，例如从今后一万年的眼光看来，19 世纪中人类历史上最伟大的事件应是法拉第·麦克斯韦电磁学的发生和发展，而例如美国的南北战争则将褪色而成为一种只有地域重要性的事件。"

　　由于纳粹对犹太人采取的政策，很多数学家都离开了哥廷根。一次纳粹的教育部长问希尔伯特说哥廷根的数学现在怎么样了，希尔伯特说："哥廷根的数学，确实，这儿什么都没有了。"有"学术之都"之称的哥廷根从那时开始一蹶不振。

　　托马斯·曼跟其他纳粹党的怀疑者们一样关注着纳粹势力的发展，他决定发表讲话"呼吁理智"。这个讲话被称为"德意志致辞"而载入史册。托马斯·曼直言不讳地称纳粹主义是："怪癖野蛮行径的狂潮，低级的蛊惑民心的年市上才见的粗鲁。""群众性痉挛，流氓叫嚣，哈利路亚，德维斯僧侣式的反复诵念单一口号，直到口边带沫。"

　　米塞斯说："如果没有可看得见的国民，就没有可看得见的国家。"

　　因为教会公开为国家暴政辩护，朋霍费尔不能忍受，决心与之决裂。他不但拒绝担任牧师，而且动员所有拒绝国家主义的牧师放弃职务。1933年10月，在动身前往伦敦教区工作前夕，他向学生告别说："现在正是在安静中坚持的时候，并且要在德国基督教会的每个角落埋下真理的火种，好让整座建筑一同烧尽！"

　　洛尔迦对美国人的总体印象是：友好开放，像孩子。"他们难以置信地幼稚，非常乐于助人。"而美国政治系统让他失望。他告诉父母说，民主意味着"只有非常富的人才能雇女佣"。他生来头一回自己缝扣子。

　　在"慕尼黑协定"谈判之后，一再让步的张伯伦与希特勒签署了"英德宣言"，宣布两国"彼此将永不作战"，"决心以协商办法"解决一切争端。张伯伦对这一纸互不侵犯的宣言十分满意，回到伦敦即得意地对欢迎他的人们挥着那张有希特勒签字的宣言，他说他带回了"我们时代的和平"："从今以后，整整一代的和平有了保障。""现在我请你们回去，在你们的床上安心睡觉吧！"

1939 年初，奥登到了美国。乔治·奥威尔称他为"哪里没有危险就出现在哪里的那种人"。奥登对他的祖国和英国人感到忧虑，第二次世界大战爆发时，他却在纽约。但奥登怀疑诗影响人们政治命运的能力。"你可以写一首反希特勒的诗，"他说，"但你阻止不了希特勒。"

尽管法国抵抗力量在德国人面前瓦解了，但戴高乐看到，战争并未结束，而只是真正的开始。那时看到这点的法国人并不多。他飞到英国，决定继续抵抗，即使他的政府不愿抵抗。他坚持说："法国输掉了一次战役，但是并没有输掉这场战争。"

《格尔尼卡》是毕加索对敌人作出的最引人注意的回击之一。在第二次世界大战纳粹占领法国期间，一个德国军官来到毕加索的画室，这里正陈列着一幅巨大的该壁画的复制品。"哦，这是你的杰作。"德国军官说。毕加索厉声地说："不，是你们的杰作。"

1941 年 12 月 7 日，日本驻美国大使拜会美国国务卿赫尔，他们递交备忘录，宣称：即使今后继续谈判，日本也不会跟美国达成协议。此前，日本已经偷袭了珍珠港。赫尔说："在我整整 50 年的公职生活中，我从来没有见过这么厚颜无耻、充满谎言和狡辩的文件。"

很多人反对罗斯福的租借法案。参议员塔夫脱抱怨说："出借作战装备非常像是出借橡皮、口香糖，你是别想收回来的。"参议员雷诺兹坚决主张，应当等到英国的富豪们把他们的城堡式庄园、骏马、名犬和珠宝统统都献出来以后，再来要求美国的"仅有一条吊裤带的工装裤阶级"出钱。惠勒参议员甚至扬言，租借法案将会使"每 4 个美国儿童毁掉 1 个"。愤怒的罗斯福说："这实在是我这一代人之中公开说出来的最混账的话。"

茨威格并未失去对人类的信心。在生前最后的散文作品中，他写道："每一个影子毕竟还是光明的产儿，而且只有经历过光明和黑暗、和平和战争、兴盛和衰败的人，才算真正生活过。"他相信人类的文明必将在新的大陆得到延续，于是他描写了新的辽阔的阿根廷，充满希望的美丽的巴西，"人们应该超出欧洲去思考问题，不要把自己埋葬在渐渐死去的过去，而是要共享历史的再生"。

在德黑兰会议上，有一次丘吉尔争论说，在法国过早开辟"第二战场"会导致成千上万盟军士兵无辜丧命。斯大林附和说："死一个人是场悲剧，死几千人就变成统计数字了。"

1943 年初，罗斯福和丘吉尔率领有关指挥与参谋人员赴摩洛哥的卡萨布兰卡，举行军事会议。会议决定：1943 年进攻西西里，进攻法国的作战延至 1944 年。在会议结束后的联合记者招待会上，罗斯福宣称，"法西斯轴心国必须无条件投降"，"这不是说要消灭德、意、日的所有居民，但的确是要消灭这些国家里的基于征服和奴役其他人民的哲学思想"。

在签订投降协议时，日本代表重光葵情绪失控，手足无措。麦克阿瑟吼道："告诉他在哪儿签字！"在日方签字以后，麦克阿瑟坐在桌边签署英文版的文书，他用一支钢笔写下了"道格拉斯"，用另一支写下了"麦克"，用第三支写下了"阿瑟"。然后他在签署日文版文书时又表演了同样的小拼字把戏。这样共有 6 支笔——一支赠予温赖特，一支赠予帕西瓦尔，一支赠予西点军校，一支赠予海军学院，一支赠予国家档案馆，还有一支小小的红色钢笔，笔杆上镌刻着一个镏金的名字："琼"。

1945 年 11 月，杜鲁门总统为马歇尔举行了告别仪式。仪式结束后，总统保证说："将军，你已经为国家做了这么多的事情，我不会在你退休以后再来打扰你的；你该好好休息一下了。"但是杜鲁门总统食言了。10 天后，他给马歇尔打了电话："将军，你愿意为我到中国跑一趟吗？"……1947 年 1 月，马歇尔出任国务卿，6 月提出"欧洲复兴计划"，人称"马歇尔计划"。

"二战"期间，雅斯贝尔斯"体验到了在自己的人民和自己的国家中失掉法律保障的滋味"。在纳粹铁蹄下的他没有任何法律保障的生活，他和妻子随时都有被屠戮的可能。由此，他产生了"世界公民"的设想："首先作为一个人，然后在这个背景下才从属于一个国家，我觉得这是最根本的。我多么渴望有一个在国家之上、人们得以最后向之求助的法庭，一项能给被他的国家不顾法律加以蹂躏的个人以合法帮助的法律！"

1946 年初，丘吉尔由杜鲁门总统亲自陪同，来到总统的家乡密苏里州，发表演说。他对"东欧传统的暴政"进行了抨击，并提出了"铁幕"的说法："从波罗的海的什切青到亚得里亚海边的里雅斯特，一幅横贯欧洲大陆的铁幕已经降落下来。在这条线的背后，坐落着所有中欧和东欧古国的首都……几乎在每一处都是警察政府占了上风。到目前为止，除了捷克斯洛伐克之外，根本没有真正的民主。"苏联方面反应强烈，斯大林说，丘吉尔"现在采取了战争贩子的立场"。

1947 年 7 月 18 日，克莱门特·艾德礼首相确认英国撤离印度，承认占人类五分之一人口的国家获得独立。英国议会从未如此迅速地起草并通过这样重要的文件。在不到六个星期的时间内，上下两院完成了起草、辩论和投票表决有关文件的全部工作。有人说，辩论气氛之庄严和谨慎，"足以可与这一重大事件本身相比"。

吉田茂在政治上很保守，但机智而果敢。他极力抵制过让日本陷入战争的军界派系的崛起。在战争期间，他过着一种精神流放的生活，不参与朝政，不为其国家所犯下的罪行所玷污。他个子不高，身体圆胖，充满活力，有时被称为袖珍丘吉尔。他乐于接受这类赞扬，对此总是高兴地附和道："是的，但这一个是日本造。"

1956 年，伊朗国王巴列维访问莫斯科。苏联外长谢皮洛夫问他："为什么伊朗加入了巴格达条约组织？"国王不客气地说："我提醒好客的主人们，俄罗斯人在几个世纪里一直不停地企图通过伊朗向南推进，多次占领我国……"谢皮洛夫回答："我们不承担在我们领导国家之前所发生事情的责任。"

随着弗朗哥在 1936 年的得势，卡萨尔斯自行流放，在离开西班牙边境大约 40 英里的法国普拉德斯一直居住到 1956 年。由于美国承认弗朗哥，1958 年前，他一直拒绝访问美国。他移居波多黎各时说："我很爱美国，但作为弗朗哥西班牙的难民，我不能宽恕美国对独裁者的支持，这个独裁者站在美国的敌人希特勒和墨索里尼一边。没有美国的帮助，弗朗哥政权肯定会垮台。"

卢斯的一生都在鼓吹"美国世纪"，他宣称美国应当充当"世界警察"的角色："（美国应当）全心全意地担负我们作为世界上最强大和最有生命力国家的责任，并抓住我们的机会，从而为了我们认为合适的目标，通过我们认为合适的方法，对世界施加我们的全面影响。"

《西线无战事》的作者雷马克有一次在柏林同一个美国女孩子谈话。这个美国女孩会德语，她问雷马克为什么不去访问美国，并说如果作家能成行，那一定会大受欢迎的。雷马克说，他感到非常遗憾，因为他只会讲很少几句英语。"哪几句？"女孩问。于是雷马克慢吞吞地说了几句蹩脚的英语："你好！""我爱你。""请原谅。""请来一份火腿蛋。""我的天哪！"女孩惊叫道，"这几句话足够你从东到西走遍我们整个国家了。"

1959 年，鲍林和罗素等人在美国创办了《一人少数》月刊，反对战争，宣传和平。由于鲍林对和平事业的贡献，他在 1962 年荣获了诺贝尔和平奖。他以"科学与和平"为题，发表了领奖演说："在我们这个世界历史的新时代，世界问题不能用战争和暴力来解决，而是按着对所有人都公平、对一切国家都平等的方式，根据世界法律来解决。"他说："我们要逐步建立起一个对全人类在经济、政治和社会方面都公正合理的世界，建立起一种和人类智慧相称的世界文化。"

1939 年，纳博科夫接受了前往斯坦福大学教授斯拉夫语的邀请，他的生活发生了决定性的转变。他在美国生活了 20 年，加入了美国籍并找到了一个新的情感归宿。"我用了 40 年塑造俄国和西欧，"他说，"而现在我面临着塑造美国的任务。"

阿里用自己的拳头捍卫着 20 世纪 60 年代的理想主义，而他要反对的，则是种族主义以及越南战争。阿里代表的是贫穷对抗金钱、第三世界对抗超级大国的斗争，是善与恶、侏儒和巨人的斗争。南非前总统曼德拉曾说："他是我心中的英雄。阿里让全世界的黑人明白，评判一项事业是否成功的标准，就是看它能否消除生活中的不平等。我感谢阿里用他的人格魅力和自己的行动所作出的努力，也感谢他给我的勇气。"

有人问肯尼迪为什么非要登上月球，肯尼迪引用了英国探险家乔治·马洛的话说："因为它在那儿。因为有那样一个空间……有月球和行星，寻求知识与和平的希望就在那里！"

赫鲁晓夫在愤怒谴责了联合国后，又向联合国秘书长哈马舍尔德发去一封礼节性的邀请书，请他参加苏联的国宴。赫鲁晓夫非常热情地欢迎哈马舍尔德的到来。有人问他，为什么对前不久指责过的人表现得如此热忱。赫鲁晓夫反问道："你知道我国高加索地区人民的传统习惯吗？敌人在你家里做客，与你分享面包和食盐时，你要殷勤款待；一旦敌人跨出了你的家门，你就可以割断他的喉管。"

1960 年，爵士乐史上卓越的演奏家刘易斯·阿姆斯特朗的非洲之行被莫斯科电台斥责为"资本主义的离心计"，阿姆斯特朗一笑置之。在演出间隙，他说："我在非洲就像回到了家。我的外祖母和爷爷都是黑人，我基本上是非洲人的后裔。"

托宾是彻头彻尾的凯恩斯主义者。他和凯恩斯一样"以拯救世界为己任"，绝不相信市场万能的神话。早在 20 世纪 70 年代初，托宾就主张：对所有的外汇交易征收比例很小的税金。托宾毫不避讳其凯恩斯主义的味道和侠盗罗宾汉性质：设置这项税收的主要目的就是要"向市场经济的齿轮中抛沙子"，打击国际金融投机行为，并将征得的资金用于克服世界上的贫困。这就是所谓的"托宾税"。

尼克松在 1974 年访问开罗时，跟萨达特说，他认为中苏分裂的原因之一是中国人感到他们比俄国人更文明。萨达特笑着回答说："您知道，我们的感觉恰恰也是这样。我们埃及人比俄国人更文明。"

为了推翻巴列维国王，霍梅尼宣称："伊朗的贫富悬殊，贪污腐败，社会不公与道德失序，都是受西化毒害的结果；唯有回归真正的伊斯兰教教义，才能建成一个更美好、更高尚、更和谐的伟大社会。"霍梅尼在伊朗上台后提出："不要西方，也不要东方，只要伊斯兰。"

当美国心理学协会 1977 年庆祝威廉·詹姆斯 75 岁生日时，开幕式讲演人大卫·克莱奇说他是"培养了我们的父亲"。谈到在过去四分之三世纪的时间里解决由詹姆斯提出的一些问题的努力时，克莱奇说："就算我把一切的收获和成就全部加起来，再乘以希望这个系数，所得的总数还是不足以作为足够丰硕的贡品供奉在詹姆斯的脚下。"

里根在就职典礼上说:"政府并不是解决问题的方法,政府本身才是问题所在。"

1982 年,英国和阿根廷陷入外交纠纷,两国对马尔维纳斯(英国称福克兰)群岛的归属问题互不相让,最终导致谈判破裂。4 月 1 日,阿根廷派出仅有的一艘航空母舰占领了马岛。撒切尔在议会上院演讲中慷慨激昂,宣称:"大英帝国的旗帜一定要在马岛上重新升起。"受到撒切尔的感染,英国国会全票通过议案,出兵马岛。短短两个月的时间,阿根廷守军投降,撒切尔因此获得"铁娘子"称号。

1989 年 9 月叶利钦访美,大开眼界,惊叹资本主义的成就,发誓要学习美国两百年的民主和市场经验。叶利钦说:"我领略了什么是'资本主义',原来它并非是苏联的敌人和可怕的恶魔,而是摆满货架的罐头和高速灵敏的电脑。"叶利钦下决心与社会主义决裂,与苏共分道扬镳。1989 年东欧各国政权瓦解、红旗落地,对叶利钦是极大的支持。

哈维尔坚持建立"公民社会"的理想,希望普通人积极参与民主生活。他反对共产党政权,也反对市场和大企业主宰一切。他认为从政者应有长远视野,不应受选举与党派利益掣肘,一直也没有组织和加入政党。在现实的政治世界中,他注定逃不了陈义甚高的命运。有人说:"哈维尔爱就世界性课题发言,多数捷克人却只关心自家后院。"

关于世界的两大问题"柏拉图之谜"与"奥威尔之惑",乔姆斯基如此描述它们:柏拉图的问题是,在可以借鉴的事物极端贫乏的前提下,解释人类如何能够获取如此丰富的知识;奥威尔之惑恰恰相反,他欲了解的是在能够借鉴的事物极端丰富的情况下,人类为何所知甚少。

特蕾莎修女一生的使命既简单又直接，就是服侍穷人中的穷人。她认为人最大的贫穷不是物质上的缺乏，乃是不被需要与没有人爱。她在接受记者采访时说："感觉自己没有人要，是人类所体验到的最糟糕的一种疾病。"

1991 年 12 月 25 日晚上 19 时，西方沉浸在圣诞节的欢乐之中，戈尔巴乔夫在总统办公室，面对着摄像机，向全国和全世界发表了辞去苏联总统职务的讲话。"我还对我国人民失去一个大国的国籍感到不安，它会给所有的人带来十分沉重的后果。"表情严肃的他以乐观的预言结束了演说，"我相信，我们的共同努力迟早会结出硕果，我们的人民将生活在繁荣昌盛和民主的社会中。"

1994 年，为纪念哈耶克的经典著作《通往奴役之路》发表 50 周年，芝加哥大学出版社再版了该书，在其封面上印着："近半个世纪前，当哈耶克发表《通往奴役之路》之时，大多数聪明人嗤之以鼻。"罗纳尔德·贝里如此说："然而，世界错了；哈耶克是对的。"

有一次，英国首相布莱尔到广播电台去做接听球迷热线的义工。有球迷询问队伍夺冠之后英国会不会放假几天，布莱尔说："先夺冠了再说，我们到时候再决定。"布莱尔还在电话中告诉球迷们，前不久欧盟首脑的一次会议中许多领导人都热论世界杯的场景。"主要是此次会议没有什么急需解决的问题，所以大多数人都站成一圈讨论世界杯的事情。"

1998 年，教皇保罗二世访问了古巴。这次访问打破了古巴与世隔绝的局面，并且提高了古巴人民扩大宗教自由的希望。教皇用西班牙语说："一个现代的国家不能把无神论或是宗教信仰当做它的政治立场。"

1979 年汤姆·威塔格车祸之后，医生们截去了他的右腿，但这没有动摇他成为世界级登山者的决心。1999 年 5 月 24 日早晨 6 点，威塔格、朋友杰夫和四个舍巴人出发登珠穆朗玛峰顶，3 个难熬的日子过后，他和朋友杰夫登上了 8848 米巅峰。威塔格说了一句话："感谢上帝，我的面前没有高山了。"

谈到亚洲的一棵"大树"时，李光耀说："日本人将不可避免地在世界上再次发挥巨大的作用，而且绝不只是经济方面的作用。他们是一个伟大的民族。他们不能，也不应该满足于只在制造优质半导体收音机、缝纫机和教其他亚洲人种水稻方面发挥作用。"

戴高乐说过"市场经济有积极面"，但"也带来了不公正"，所以"市场不能凌驾于民族和国家之上，而应由民族和国家来调控"。德国前总统约翰内斯·劳则警告说："经济全球化有加深世界鸿沟的危险。"法国前总理若斯潘提醒世人："资本主义有动力，但它不知道往哪里去。"而美国总统候选人佩罗的竞选口号是："把世界停下来，我要下车！"

2008 年 11 月 5 日，有黑人血统的奥巴马当选为美国第 44 任总统，他在芝加哥发表的获胜演说是："如果还有人对美国是否凡事都有可能存疑，还有人怀疑美国奠基者的梦想在我们所处的时代是否依然鲜活，还有人质疑我们的民主制度的力量，那么今晚，这些问题都有了答案……"还有人翻译成文言："芝城父老，别来无恙：余尝闻世人有疑，不知当今美利坚凡事皆可成就耶？开国先贤之志方岿然于世耶？民主之伟力不减于昔年耶？凡存诸疑者，今夕当可释然……"

食货第二十一

Food And Currency

柯立芝曾说美国是一个搞实业的国家，所以需要一个为实业界服务的政府。他的名言是："建一座工厂就是盖一座圣殿，在工厂干活就是在那里做礼拜。"

1907 年秋天，摩根一人掌握了美国的金融命脉。所有的银行家都诚惶诚恐地站在他周围，等待他发号施令。5 年以后，摩根却因为金融垄断罪名，遭到美国联邦政府特派员的讯问。最后，政府特派员问了一个非常幼稚的问题，他们问摩根，当他决定把钱借出去的时候，是什么在促使他作出决定？或者说，在贷款的过程中，他最看重的是什么？摩根回答："我绝不会把钱借给一个我不信任的人。要知道，归根结底，我投资的不是产业，而是人。"

福特欣赏年轻的本·伊利诺斯的才能，他想帮助年轻人实现自己的梦想。但年轻人的梦想是赚到 1000 亿美元，远超过福特的财产。福特问他发财做什么，本说不知道，只是觉得那样才算是成功。福特说，一个人真拥有那么多钱，将会威胁整个世界。此后长达 5 年，福特拒绝见这个年轻人。

由洛克菲勒创办的美国标准石油公司是当时世界上最大的石油生产、经销商，那时每桶石油的售价是 4 美元，公司的宣传口号就是：每桶 4 美元的标准石油。他的公司有一个名叫阿基勃特的基层推销员，无论外出、购物、吃饭、付账，甚至给朋友写信，只要有签名的机会，都不忘写上"每桶 4 美元的标准石油"。有时，阿基勃特甚至不写自己的名字，而只写这句话代替自己的签名。时间久了，同事们都开玩笑地称他为"每桶 4 美元"。

维尔哈伦去世后，报刊要庞德写一篇关于他的文章。庞德说："你们竟然要我为这位全欧洲最忧郁的人写一篇简短有力的讣文。""什么？他是忧郁的家伙？""是的，因为他描写农民。"庞德如此说，他也因此自断财路。

"每桶 4 美元"的故事进行了 4 年之久后，洛克菲勒无意中听说此事，他邀请阿基勃特共进晚餐："你觉得工作之外的时间里，还有义务为公司宣传吗？"阿基勃特反问道："为什么不呢？难道工作之外的时间里，我就不是这个公司的一员吗？我多写一次不就多一个人知道吗？"洛克菲勒对阿基勃特的举动大为赞叹，开始着意培养他。又过了 5 年，洛克菲勒卸职，他没有将第二任董事长的职位交给自己的儿子，而是交给了阿基勃特。

朗道曾担任哥廷根大学的数学系系主任，此人不仅解析数论一流，而且极为富有。曾有人问他怎么能在哥廷根找到他，他轻描淡写地说："这个没有任何困难，找到城里最好的那座房子就是。"

一个美国人给吉卜林写了封信："听说你在零售文学作品，每词 1 美元，现随信寄去 1 美元，请寄一货样来。"吉卜林收下钱，写了一个词

"谢谢"寄去。两周后，这个美国人又来一信："'谢谢'一词卖给某收藏家，得2美元。现随信寄去45美分邮票，请笑纳。此系除去邮资后所获利润的一半。"

因为家里穷，当时教育也不普及，所以老沃森没有上过几天学。为了减轻父母负担，他17岁就开始进入社会，替一家五金店老板走街串巷推销缝纫机成为他的第一份工作。这个IBM的创始人沃森谈起自己早年的辛苦，曾经说："一切始于销售，若没有销售就没有美国的商业。"

有一次，克列孟梭看上了小商贩手中的小雕像。商人说："卖给你这样一位先生，我只要75卢比就行了。"克列孟梭还价到45卢比。商人想添几个卢比，克列孟梭则不再让步。双方来回讲价，商人坚持不住了，把手一挥说："真没办法！这样卖给你倒不如送给你。"克列孟梭不客气地接口道："一言为定。"他拿过雕像说："谢谢你的一番好意。不过接受如此珍贵的馈赠，我应该有所回报才是。"他掏出45卢比塞给了商人。

毛姆说："钱是人们的第六感，没有它，其他的五感统统发挥不出来。"

哈默曾经卖掉自己苦心经营多年的药厂，这在当时令同行感到不可思议。开药厂虽然竞争激烈，但是前景被人看好，而且利润十分诱人。哈默的解释是："我不关心明天的钱，而在乎眼前，你可以说我目光短浅。"退出医药业后，哈默做了一个更令人吃惊的举动，他到了当时政局混乱的苏联。哈默说："如果连身边的财富也发现不了，也许，你一切都完了。"

为了满足太太泽尔达的消费欲望，菲茨杰拉德不得不写大量的媒体稿件以应付开支。稿费很可观，每个短篇2500美元，后来涨到4000美元，但还是不够花销。泽尔达曾说她跟菲茨杰拉德的第一次约会："他闻起来就像一件新商品。"

1934 年，在华盛顿的一家酒店的房间中，杜克大学的胡佛教授与凯恩斯共进晚餐；看到胡佛小心谨慎地在搁架上挑选毛巾而避免弄乱其他毛巾时，凯恩斯用胳膊一扫一下就将两三条毛巾扫到了地板上。凯恩斯笑着对胡佛说："我确信与你非常谨慎地避免浪费相比，我对于美国经济更加有用，因为通过弄乱这些毛巾可以刺激就业。"

大学毕业典礼前夕，格雷厄姆应聘债券推销商。当格雷厄姆起身准备离开时，阿尔弗雷德·纽伯格用他那长长的手指指着他，像个部长似的严肃地说："年轻人，给你一个最后的忠告：如果你投机的话，你会赔钱的。永远记住这一点。"随着这句类似禁令的话，面试结束，"交易"完成，格雷厄姆的终生职业就此一锤定音。

1939 年"二战"在欧洲爆发的时候，为了防止纸币贬值，阿兰·图灵把自己所有的积蓄换成了一个大银块，埋在了某个乡村的一棵树底下。后来战争结束，图灵忘记把银子埋在哪儿了。

利奥·罗斯顿是美国好莱坞最胖的电影明星，他的腰围 6.2 英尺，体重 385 磅，走上几步路也会气喘吁吁。医生曾多次建议他注意节食，减少演出，如果再为金钱所累，将会危及生命。但罗斯顿不以为然地说："人生在世只有短暂的几十年，我虽然有很多钱，但我还要拼命地继续挣下去。因为，我太喜欢钱了。"

当爱因斯坦来到普林斯顿的高等科学研究所工作时，当局给了他相当高的薪水，年薪 1.6 万美元。他说："这么多钱，是否可以给我少一点？给我 3000 美元就够了。"

出版商霍雷斯·利弗奈特独具慧眼，跟房龙签约。他们的合作历时10个年头。《文明的开端》的意外热销已经表明霍雷斯·利弗奈特的成功，也表明了房龙的成功。而《人类的故事》引来书评界的一片欢呼并获得最佳少儿读物奖，该书共印了32版，房龙本人的收益也不少于50万美元。给这本书挑错的历史教授不禁发出感叹："在房龙的笔下，历史上死气沉沉的人物都成了活生生的人。"

刘易斯·梅耶小时候，家里主要靠收购废旧金属生活。那时小梅耶就表现出了出色的经商才能，他很会在收购废品的时候讨价还价，成为父亲的好帮手，也向父亲学了很多经商之道。10岁的时候，老师问他，假如有1000美元，你会拿它来干什么？他毫不犹豫地说："拿它来做生意。"

卡皮查对机械极其熟悉。有一次有个矿厂的电机坏了，最有经验的机工也无法将其修理好。矿主就以1000英镑的高价请卡皮查来修，卡皮查来看了看，拿起一把锤子，在电机某部位敲了一下，顿时这个电机就好了。矿厂主觉得这也太容易了，以至于不愿意付那1000英镑。卡皮查说："敲那一锤子只值5英镑，找到那敲的部位，995镑。"

萧伯纳享誉世界后，美国电影巨头萨姆·高德温想买萧伯纳的电影版权："您的戏剧艺术价值很高，但我想如果能把它们搬上银幕，全世界都会被您的艺术所陶醉。"萧伯纳很高兴与他们合作，但他们因为价格问题无法达成协议，最后以萧伯纳拒绝出卖版权结束。萧伯纳说："问题很简单，高德温先生，您只对艺术感兴趣，而我只对钱感兴趣。"

凯恩斯说："从长远看，我们都会死的。"熊彼特却认为，从长远看，资本主义使得社会更加富裕。资本主义是被"不断摧毁旧结构，不断创造新结构的""创造性破坏"所推动的。企业家是燎原之火的火星，把新技术带进市场，把新管理引入公司，把新制度带给社会。由此熊彼特清晰展示了他的"企业家—创新—创造性毁灭"的理论构架，他把企业家描述为被"寻求个人王国的梦想和意志"推动的人。

索尼公司创造市场的秘诀就是不断开发新产品，以新制胜。索尼的发展过程可以说是不惜投入创新的过程。多年来，盛田昭夫领导下的索尼公司每年保持6%的开支用于研究开发新产品，有些年多达10%，比如1991年该公司用于研究开发的预算达15亿美元。盛田昭夫说："我们的计划是用产品领导潮流，而不是问需要哪一种产品。"

袭击珍珠港后，山本五十六的联合舰队在海上继续搜寻猎物，他的好运还在继续。一时间，山本成了"帝国英雄"，有人对他说："这回您可以晋爵当元帅了。"山本答曰："这些没意思。如果真要奖励我的话，就给我在新加坡买一块地，开一个大赌场，把全世界的钞票都赚到日本来。"

困扰了奥威尔大半辈子的金钱问题，随着1949年6月出版的《1984》在大西洋两岸畅销而有了起色。英国已经卖出2.5万册，大笔版税收入也从美国源源而来。奥威尔出名了，有钱了。到他生命中最后一个月，他的财产大约有1.2万英镑（当时平均周薪还远低于10英镑）。他评论英国作家乔治·吉辛的一句话也是他本人的命运："他一生都在从事为他人作嫁衣的卖文生涯，最后终于达到可以不再抢时间写作时，马上就不幸亡故。"

数学家哈代的朋友，经济学家凯恩斯也是位数学大师。他有一次数落哈代说，假如哈代每天花半小时像关注板球赛事那样研究股票市场行情，他早就轻而易举发财了。

米罗从美国回巴黎后，举办了作品展览会，但他的作品卖出很少。

一个画商买了米罗一批作品，其妻却懊悔痛哭："谁会来买这玩意儿，我们要破产了。"她没有想到，几年之后米罗的作品价格扶摇直上，若干倍数地增长。

1953 年秋天，27 岁的海夫纳向亲友借了 8000 美元，花 500 美元买下梦露半裸照的版权，创办了《花花公子》。这本创刊号卖出了 5 万多册，创造了奇迹。他使他的女友享受奢华生活：按摩浴缸、游泳池、豪华房车和私人飞机。他的女友说："难以置信！我做梦也想不到自己可以过这种生活！"

随着名声的增大，毕加索的收入也越来越多。他在一张白纸上画上几条线，加上他那引人注目的签名，就能变成钱。他可能是世界上收入最高的"计件工"，他积蓄了 100 多万美元。他曾快乐地跟一位朋友说："我富到可以随便扔掉 1000 美元。"

阿西莫夫挣钱的一个手段是演讲。他的演讲费在 20 世纪 60 年代就高达 2 万美元，这是惊人的数字。有一次，他发现他演讲拿到的钱只是冯·诺伊曼的 1/14，很是恼怒：难道他的讲演比我好 14 倍吗？从此以后他就拒绝廉价的讲演了。他演讲的特点是从不重复。他蔑视那些带着一份讲稿就走遍全国或者全世界的人，他说："老天保佑那些坐在那儿听第二遍的听众。"

卓别林对钱非常感兴趣。可他不是一个吝啬鬼，除了为个人生活的舒适肯花点钱外，他也不挥霍无度。最后，他的财产达几百万美元。他坚持认为他的后半生一直为金钱所驱使。"我投资电影界是为了赚钱，艺术也就从电影界产生了，"他说，"如果人们对那种说法感到失望，我毫无办法，它是事实。"

1960 年 11 月，不到 45 岁的麦克纳马拉成为仅次于福特二世的公司总裁。5周后，新当选的肯尼迪总统邀请麦克纳马拉出任国防部长，他说自己当时连核弹头和旅行车有什么区别都不知道。他对肯尼迪抗议说："这太荒谬了，我根本不合格。"肯尼迪的回答是："这世界上也没有训练总统的学校。"为这份年薪2.5万美元的工作，麦克纳马拉放弃了在福特公司价值300万美元的股票和期权。

对于经济危机和人性的贪婪，萨缪尔森有很深切的关注。他告诫说："投资需要耐心——就像看着油画变干或者看着小草生长一样。如果你渴望以激动人心的方式发财，就应该拿出800美元去拉斯维加斯赌一把。"萨缪尔森还说："关于全球金融危机我们知道的只有一点，那就是我们所知甚少。"

出版商汤姆·麦奇勒是20世纪英国最具影响的人物之一，有人说他是"英国最重要的出版人；最有创意、最富冒险精神，也最有新闻价值……"他自己认为："从事出版业，运气很重要。"他为《第二十二条军规》预付的钱仅有区区250英镑，而在最初的三个月它就卖了5万本。他一直很得意："这可是个好价钱！"

斯特拉文斯基承认，他从未"把贫穷看做是有吸引力的事情"，他的愿望就是要从让莫扎特和巴尔扎克死于贫困的社会"挣每一块我的艺术能够使我榨出的铜板"。他的大多数作品都是收取佣金的，而且费用可观。他说："有技艺就是去创作人们要想创作的东西，然后把它出售出去。"但是他的作品并没有影响他的艺术独立性。

1976年，沃尔顿开设的125家零售店当年的销售总额为3.43亿美元。他信心十足地公开许诺，5年之内，他将使销售额达到现在的3倍。"如果你愿意，现在可以把它写到墙上。"他对一位作家说，"到1981年1月31日，我们会达到10亿美元的营业额。"

彼得·林奇是个投资奇才。他 1944 年出生于美国，1977 年接管富达麦哲伦基金，13 年间资产从 1800 万美元增至 140 亿美元，年复式增长 29%。他说过："不作研究就投资，和玩扑克牌不看牌面一样盲目。"

1978 年，年已 35 岁的佩雷尔曼非常渴望干一番事业。他向老父亲提出要求："爸爸，您老辛苦了一辈子，也该享几年清福了，公司的事就交给我好了。"但他父亲是个工作狂，听了儿子的话后勃然大怒："你这浑小子翅膀长硬了，就想夺我的权了。告诉你，你就死了这个心吧！我任何时候也不打算退休！"佩雷尔曼只好另辟天地，独立发展，成为兼并巨头。

杜拉斯对金钱显得贪婪。有人说，尽管她腰缠万贯，但是要她付钱时仍"痛苦不堪，好像挖她身上的肉一样"。

苏联解体后几年，俄国经济陷入历史上最困难的时期。通货膨胀使戈尔巴乔夫的退休金大为贬值，仅有的 8 万美元存款也因银行破产付之东流。面对有些人说他"掉进钱眼里"的批评，戈尔巴乔夫毫不在意地说："我从来都是靠自己的劳动养活自己！"

好莱坞像着魔般走向自杀的不归路却不自知。斯皮尔伯格的解决之道是让导演和明星都收敛点，不要再不断地漫天喊价，应该用片子总收入的百分比来分红。这样导演、明星会更努力，共同分担片子成败的风险。斯皮尔伯格说："我们是在做一个创造才智的事业！不是在一个创造金钱的机器里而迷失自我！"

据权威机构评估，可口可乐的品牌可值 244 亿美元。有了这笔如此巨大的无形资产，"可口可乐之父"伍德鲁夫曾自豪地说："即使一夜之间在世界各地的可口可乐工厂都化为灰烬，我也完全可以凭可口可乐这块牌子从银行获取贷款，东山再起！"

1992 年，克林顿最终赢得了选举的胜利，这主要是因为他的竞选策略专注于国内议题，特别是当时陷入低谷的美国经济。他的竞选总部曾经张贴出一句非常著名的标语："笨蛋，问题是经济！"

据《金钱史记》一书估计，黛安娜为英国带来的旅游价值保守估计达 1000 万美元，"高过黑池塔、特拉夫加广场和国会山的总和"。《人物》杂志曾采访过一家世界著名广告公司，询问如果他们打算设计一轮广告攻势，为英国树立像黛安娜曾创造过的正面形象，预算是多少？答案是：大约 5 亿美元。

盛田昭夫有一台电脑，保存了自己 1000 多个重要客户的有关信息。盛田昭夫去见客户前，一定要打开这台电脑，浏览完有关这位客户的重要资料后才胸有成竹地出门。有一次，盛田昭夫请一个大客户吃饭，在席间盛田昭夫突然对这位客户说："恭喜恭喜，您母亲明天七十大寿，我这里备了一份礼物作为寿礼，不成敬意！"这位客户颇为惊讶，并且对盛田昭夫非常感激。他们之间的合作自然愉快而圆满成功。

索罗斯说："炒股就像动物世界的森林法则，专门攻击弱者，这种做法往往能够百发百中。""任何人都有弱点，同样，任何经济体系也都有弱点，那常常是最坚不可摧的一点。""羊群效应是我们每一次投机能够成功的关键，如果这种效应不存在或相当微弱，几乎可能肯定我们难以成功。"

麦当劳创始人雷·克罗克问得克萨斯州立大学 MBA 班的学生："麦当劳是卖什么的？"当学生们为如此简单的提问感到莫名其妙时，克罗克给出了一个令他们惊诧不已的答案："麦当劳的真正生意是经营房地产。"

蒙代尔获得诺贝尔经济学家奖后，近 100 万美元的奖金令他一时头疼，结果他制订了一个戏剧性的花钱计划。首先是修缮自己的住宅，然后为儿子买一匹矮马，最后以欧元存入账户。有人问蒙代尔，他存在银行里的奖金是否因为欧元贬值而亏了钱，这位"欧元之父"认真地答道："在我选择兑换欧元后，开始亏了些钱，不过后来欧元回升又赚了一些。所以总的来说应该算不赚不亏。"

非攻第二十二

Anti-War

对近代以来的性恶之说，克鲁泡特金起而反对之："动物和原始人类，都知道互助。"

1905 年 1 月，在一个寒冷的早晨，俄国年轻的神甫格奥尔基·沙邦站在数千名工人面前，诵念祷告文，求神赐福所有人，然后询问是否有人携带武器。在得到否定答案之后，沙邦高兴地说："好，我们要手无寸铁地去晋见我们的沙皇。"

1905 年，俄国政府在粉碎莫斯科起义的同时，也加紧了在全国各地展开的镇压行动。尼古拉二世说："必须用恐怖来回答恐怖。"托尔斯泰为革命派舍弃非暴力行动"感到悲伤"，他说："旧政权的暴力只能通过不参与暴力才能摧毁，现在所进行的新的暴力愚行根本不可能达到目的。"

1911 年，斯托雷平已经无力摆脱俄国的困境，意外地，刺客博格罗夫向他开了两枪，帮他解脱了。其实，博格罗夫要杀的并不是斯托雷平这人，而是要杀总理大臣，他说："在俄国，当权人物就是专制制度的化身，谁当权我就杀死谁，接连不断地杀，不让任何人永居高位。到那时，他们就会让步。也只有到那时，我们才能改变俄国。"

"一战"期间，英国军人萨松在战场上非常勇猛，曾在兴登堡战线只身征服德国战壕，经常夜袭和狂炸对方。因自杀式的勇猛，被人送绰号"疯狂杰克"。他后来成为著名的"反战诗人"，他写诗说："心有猛虎，细嗅蔷薇。盛宴过后，泪流满面。"他说："所有战争都是非正义的。"他的名句还有，一位满头银发的老人，抬起饱经风霜的脸面，谆谆告诫他的子孙："战争是魔鬼、瘟神……"

1919年4月6日，在甘地的领导之下，印度设立哀悼日举国哀悼，印度人关闭了商店停止营业，师生走出了学校进行罢课，或者到寺庙祈祷，或者干脆闭户不出，以示声援。甘地说："让整个印度沉寂无声吧！让印度的压迫者们聆听这沉默的启示吧！"

1920年4月6日，甘地策划了绝食和祈祷活动，抗议也局限于公开出售禁书。甘地向温和派人士保证，这样行事会使反对英国统治的活动远离暴力。他说："成长中的一代将不会满足于请愿等行事方式。在我看来，'非暴力抵抗'是阻止恐怖主义的唯一方法。"后来他又要求激进派："如果你们要我来指挥公民不服从，我会担起这个责任。但是你们也必须成为这场战役的士兵。"

霍尔姆斯大法官死后，人们才从对他的崇敬中回过神来，发现了他的法西斯倾向。他在司法意见中称黑人是"缺乏智力和远见的冲动的人们"，他认为"平等是一种可耻的愿望"，而争取种族平等的努力是"可耻的错误"。更令人震惊的还有他对军国主义的浪漫渲染，他声称："战争的消息是神圣的。"

帕累托被称为"孤独思想家"，他在《政治经济学讲义》里开宗明义地挑战他的社会和读者们："现代社会主义信仰和口号的天真爱好者，一定会感到自己被棍棒赶出帕累托的家门；爱好者所阅读的是自己永远不肯承认其真实性的东西，他同时也阅读了大量的令人为难的实例。"

1933 年，希特勒掌权后即声称其政党、国家和事业之神圣，要求全民服从并献身，宣扬其政治运动是神授意图，具有启示根据，并要求基督教会服从其领导，成为宣传法西斯政治的工具（所谓爱国的德意志基督教）。希特勒还多次召开宗教界名士座谈会，软硬兼施，迫使他们表态，认可世俗政权的神圣性。卡尔·巴特回答说："只有上帝才是神圣的，其神圣之言只是通过受难的耶稣基督表达出来。"

在甘地领导的非暴力抵抗运动中，入狱一事可以揭示英国统治遭到的权威流失。在印度，入狱曾是一个人耻辱的标志，但在甘地的运动中成了荣耀的象征。作家纳拉扬·戴赛记得自己还是孩子的时候，他父亲做甘地的秘书，一次被抓进监狱，坐在警车后座时兴奋地喊叫道："这次不会少于两年！"

1938 年，当纳粹运动甚嚣尘上时，有人问甘地对纳粹分子的看法。甘地回答："对于他们来说，手无寸铁进行非暴力抵抗的男子、妇女和儿童将是一种全新的经验。"犹太哲学家、神学家马丁·布伯觉得很滑稽，写信反问甘地："圣雄，你知不知道，什么是集中营？那里发生着什么事？集中营里有哪些折磨人的刑罚？有哪些缓慢和快速杀人的方法？"

马丁·布伯说："对于那些不明事理的人，可以采取行之有效的非暴力态度，因为使用这种方式有可能使他们逐渐变得明智起来。可是要对付一个万恶的魔鬼就不能这样。在某种情况下，精神力量是无法转化成真理力量的。'殉道'一词意味着见证，可是如果没有见证人在场又该如何呢？"

"二战"时期，德国占领丹麦后，受人尊敬的诗人和剧作家凯基·曼克被暗杀。曼克的职业是牧师，他利用新年前夜的布道谴责德国人的占领，并鼓动他的听众开展破坏活动。他被德国人从家中拖出来开枪打死。当天晚上，丹麦演员凯耶尔德·阿贝尔在哥本哈根皇家剧院开始演出时，要求他的观众们："拿出一分钟的时间，为死于今天的丹麦最伟大的剧作家默哀。"

由于消极抵抗，对占领者德国人来说，丹麦的警察已经变得不可靠。在一次大逮捕中，近1万名警察被德国人缴械。在国王克里斯蒂安的城堡，警察卫队被扣押。当一位德国军官告知国王，要将卐字旗升起在城堡上空时，国王拒绝这样做，并说，如果出现这种事，丹麦士兵会把它拿下来。德国军官说："那位丹麦士兵会被打死。"国王回答说："那位丹麦士兵就是我自己。"卐字旗从未飘荡在城堡的上空。

德国占领丹麦后，丹麦自由委员会采取了抵抗行动。它的一位创始人弗洛德·加科布森告知朋友："对我而言，争取我们民众的灵魂的斗争是最为紧要的……对我来说，问题必然是：'一个人怎么才能让大量的民众参与到战斗中来？'而非：'一个人怎么才能最大限度地伤害德国人？'我敢打赌，如果效果是一样的，让1000人参与到行动中来比让10人参与更好。"

博厄斯曾被称为"二战"前最伟大的人类学家，他也是美国人类学之父。他一生反感种族主义、沙文主义和殖民主义。当时的美国社会也充斥着"欧洲中心论"、"白人种族优越论"等思潮，博厄斯从理论上驳斥其谬。他的结论是："如果我们要选择最聪明、最富有想象力、最有活力和感情最稳定的三分之一的人类，应该包括所有的种族。"

1940 年 5 月，德国占领荷兰，荷兰王室逃到英国和加拿大避难，威廉明娜女王宣布："对于这一践踏文明国家的做法，我在此发出强烈的抗议。" 6 月 29 日是荷兰波恩哈德王子的生日，阿姆斯特丹的民众公开集会反对德国人。这位王子有一个习惯：在所有假日和公开仪式上都戴一朵白色的康乃馨。结果在他生日这一天，阿姆斯特丹成了康乃馨的海洋。

1944 年 4 月，为推翻萨尔瓦多的军事独裁者马丁内斯，军人和平民联合起义，不幸被镇压。维克托·曼努埃尔·马林是被枪决的平民之一。他被捕后，遭到酷刑虐待，胳膊被打断，膝盖被打碎，眼睛被挖掉一只，但他没有吐露起义的秘密。他被处决时还由别人帮助撑起身体。神甫为他举行临终祈祷时问他："维克托，你害怕死亡吗？"他回答说："不，神甫，颤抖的是我的身体，不是我的灵魂。"

1944 年 5 月，在起义推翻军事独裁失败后，萨尔瓦多的人民又开始了全民性的大罢工。独裁者马丁内斯恳求人民听从他的命令，他说："4 月初我用武力打败了起义者，结果他们挑起了罢工。因此我不想再打了。我向谁开火呢？向那些并不完全知道自己在干什么的儿童和青年吗？"他最后宣布辞职。

1947 年 8 月 13 日，距印度建国仅剩一天半时间，圣雄甘地赶到加尔各答。他到处走访、祈祷、演说，忍受不理解的人们的辱骂和骚乱，他最后的办法是绝食。"汝行乎，吾死。"他的精神终于感染和震撼了人们，人们的注意力渐渐从"街道上的暴行转移到这张小床上来了"（尼赫鲁语），加尔各答出现了和平与亲善的景象。人们称其为"加尔各答奇迹"。

1948 年，尤金娜为斯大林演奏了一曲钢琴协奏曲，斯大林让人给她送了 2 万卢布。尤金娜给斯大林写信说："谢谢你的帮助，约瑟夫·维萨里昂诺维奇（斯大林的名字）。我将日夜为你祷告，求主原谅你在人民和国家面前犯下的大罪。主是仁慈的，他一定会原谅你。我把钱给了我所参加的教会。"

贝隆执政半年后，博尔赫斯被"升任"为科尔多瓦国营市场的家禽及家兔稽查员。虽然是"升任"，但将一位重要作家升为鸡兔稽查员仍然毫无疑问意味着侮辱。受此羞辱的博尔赫斯决意辞职，他还公开发表了辞职声明，声明中说：独裁导致残酷；最可恶的是独裁导致愚蠢。刻着标语的徽章、领袖的头像、指定呼喊的"万岁"与"打倒"声、用人名装饰的墙壁、统一的仪式，只不过是纪律代替了清醒……同这种可悲的千篇一律做斗争是作家的诸多职责之一。

杜勒斯是美国历史上权势最大也是最为辛苦的国务卿，他常常亲自飞到世界上出现麻烦的地区去处理问题，绝不单纯依靠信件、电报和照会。当然，凡是他去过的地方，局势往往更加恶化、复杂，麻烦的事情更为麻烦，他因此获得了"不祥之鸟"的绰号。对于这一称呼，他完全不以为然，他说："我所从事的一切工作，都是为了伟大的美国。"

1963 年 4 月，在马丁·路德·金的带领下，黑人向"美国种族隔离最厉害的城市"——伯明翰市集中发动强大的和平攻势，在实行种族隔离的快餐馆里进行连续不断的静坐，接着联合抵制商人和进军市政厅。正当黑人勇敢地行进时，一个州法院颁布禁止进军的命令，金被捕了。他在监狱中写信说："道义上有责任不服从不公正的法律。"他警告说，如果非暴力抗议失败，后果将是可怕的。

达扬当上以色列国防部长后，让总参谋部向部队下达了士兵休假的命令，并对记者说："假如外交手段能够获得亚喀巴湾的自由通行权，我当然十分高兴。"阿拉伯人从广播中听到"很多以色列士兵已获准休假，可以看到他们在海边日光浴"的消息，松了口气。但美国驻联合国代表戈德堡对人说："据我对以色列人的了解，这也许意味着他们要在明天发动战争。"这场第三次中东战争被称为"恶魔导演的战争"。

20世纪70年代，在韦德拉领导的军政府期间，多达3万名阿根廷人失踪。1977年4月，14位失踪者的母亲到了布宜诺斯艾利斯市政中心区的五月广场，要求政府给出说法。"五月广场母亲"发展到几百人，在第二年的世界杯足球赛期间，来自欧洲球队的球员到广场表示支持。母亲们的口号是："他们把他们活着带走，我们想要他们活着回来。"

20世纪80年代，皮诺切特在智利实行独裁统治。针对人们希望皮诺切特的军政府同僚们取代他以推进民主等幻想，皮诺切特说："如果我们回到有些政治人物所渴望的那种形式上的肤浅民主，我们就是在背叛智利人民。"人民却无法苟同。抗议者们喊出了一个新口号："我们的手是干净的。"在城市街道上，学生们举起他们的手，手掌向外。演员们在演出后向观众伸出他们的手掌，观众们也向演员们伸出手掌……以此与当局和左翼暴力反叛者保持距离。

1977年秋，波兰保护工人委员会和一些学者创办了飞行大学，飞行大学的活动引起政府的关注，并遭到持续打击。一次米奇尼克和两名学生挨了打，打他们的人喊道："你们这些卖国贼，中央情报局给了你们多少钱？"

1979年6月，保罗二世抵达华沙，他确认基督徒反对无神论的信仰，还间接地谴责了对人权的侵犯和苏联对波兰的主宰。教皇说，波兰的未来"取决于有多少人会成长为不服从者"。

美国中央情报局在对外宣传上不遗余力。"冷战"设计者之一乔治·坎南说："美国没有文化部，中央情报局有责任来填补这个空缺。"

波兰团结工会一开始就希望罢工能够成为民众运动的主要推动力量，他们也希望工人能够得到全民的支持。一个周日上午，亨里克·索卡尔·詹科斯基神甫主持弥撒。成千上万人从城里赶来参加，神甫给1970年工人遇害之处的木头十字架祝圣，十字架顶端是"一战"后带领波兰脱离俄国独立的英雄约瑟夫·毕苏斯基的名言："只要愿意，就能做得到。"

在团结工会决定总罢工的前夕，最高法院裁决，支持团结工会对华沙法院强行修改工会章程提出的上诉。最高法院休庭后，瓦文萨和团结工会其他领导人从法院走出来时，耐心而平静地在法庭外面等了三个多小时的大批群众，对他们长时间地欢呼。瓦文萨同时对大批守候在这里的记者宣布，团结工会取消了举行全国性罢工的计划。瓦文萨强调了团结工会这次重大胜利的意义，但他又说："谁也没有失败。"

1984年，约瑟夫·布罗茨基在一次演讲当中说："实践这个概念（即'非暴力不合作'）需要有充分的民主，而这正是地球86%的地区所欠奉的。"在布罗茨基看来，现实极可能拓展为"非暴力"而"过量的合作"："通过你大幅度的顺从来压垮恶的要求，可使恶变得荒唐，从而把那种伤害变得毫无价值。"布罗茨基认为，这种胜利不是道德上的，而是生存上的。

1989年2~4月的圆桌会议，是波兰当代历史上最重要的时刻：波兰共产党（统一工人党）和团结工会的代表们汲取了以前的教训，终于坐在一起，经过艰苦谈判达成协议，完成了波兰的"天鹅绒革命"，也是1989年中东欧地区政治多米诺骨牌现象的第一张牌。米奇尼克谈及此不无自豪地说："我很高兴自己能够为没有流一滴血而完成的转型出一份力量。"他还说："如果我拒绝承认我们的前统治者所作的贡献，从我的角度也是非常不适宜的。"

1991 年 8 月 19 日，苏联发生政变，戈尔巴乔夫总统被捕。叶利钦躲过逮捕，并在 100 多人的拥簇下爬上一辆坦克，宣读他自己致"俄罗斯人民"的呼吁，他宣布政变集团的一切行为均为非法，并呼吁全国总罢工。后来他又提醒全国士兵："在这作出抉择的艰难时刻，请记着你们对人民的誓言，你们的枪口绝不能对着人民……俄罗斯军队的荣誉绝不能染上人民的鲜血。"

"八一九"政变时，政变集团举行第一次（也是最后一次）记者招待会。年轻的记者塔蒂亚娜·玛基娜只举手问了一个问题："能否请你们说明，你们是否知道你们昨晚发动了一场政变？"

1993 年 9 月 13 日，以巴和平协议签署后，拉宾受到了自己国民的围攻。在巨大的海报上，拉宾被画成穿着希特勒的衣服，双手鲜血淋漓，黑色的大字写着："拉宾是犹太民族的叛徒！"拉宾回应说："我是个军人，还曾是国防部长。相信我，几万名示威者的喊叫，远不如一个战死儿子母亲的眼泪给我的震撼。我是一个经历过浴血战斗的人，所以我要寻找和平的出路，这是一个转机，虽然它同时也是一个危机……"

由帕克斯引起的黑人抗议运动，最终导致 1964 年出台了民权法案，该法案禁止在公共场所实行种族隔离和种族歧视政策。帕克斯从此被尊为美国"民权运动之母"。30 年后，她追忆当年："我被捕的时候没想到会变成这样。那只是很平常的一天，只是因为广大民众的加入，才使它意义非凡。"最感激帕克斯的当然首先是黑人。美国国务卿赖斯在帕克斯的追悼仪式上说："没有帕克斯，我就不可能今天以国务卿的身份站在这里。"

科索沃内战爆发后，特蕾莎去找负责战争的指挥官，说战区里面那些女人跟小孩都逃不出来。指挥官说："修女啊，我想停火，对方不停啊，没办法。"特蕾莎说："那么只好我去了。"据说特蕾莎走进战区的消息传开后，双方立刻停火，等她把一些可怜的女人跟小孩带走以后，两边又打起来了。联合国秘书长安南知道后说："这件事连我也做不到。"

曼德拉一生最美好的青壮岁月都在监狱之中度过。他说："当我走出囚室迈向通往自由的监狱大门时，我已经清楚，自己若不能把痛苦与怨恨留在身后，那么其实我仍在狱中。"

马丁·路德·金论述"非暴力不合作"时说过："我们将以自己忍受苦难的能力，来对抗你们制造苦难的能力。我们将用我们灵魂的力量，来抵御你们物质的暴力。我们不会对你们诉诸仇恨，但是我们也不会屈服于你们不公正的法律。你们可以继续干你们想对我们干的暴行，然而我们仍然爱你们。……我们将唤醒你们的良知，把你们赢过来。"

诺贝尔和平奖得主艾巴迪说过："在伊朗，追求人权的人士一生都会生活在恐惧中，而我已经学会了去克服它。"她称赞蒙塔泽里说："沉默只会纵容压迫者，所以我不能再保持沉默！"而伊朗一位无名的女学生在人权运动中说过一句名言："你可以摧残花朵，但你无法阻止春天的到来。"

克林顿这样描述卡斯特罗："我上小学的时候，他是总统；我上中学的时候，他是总统；我上大学的时候，他是总统；我工作之后，他还是总统；我结婚之后，他还是总统；我当总统了，他仍然是总统；我下台了，他仍然是总统……"

维基解密的创始人阿桑奇说："最危险的人是那些掌控战争的人，人们应阻止他们。如果这样令他们视我为威胁，那也无所谓。"

所染第二十三

The Dye

鲍里斯·帕斯捷尔纳克4岁时,有一天列夫·托尔斯泰来他家做客。从这一天起,帕斯捷尔纳克记得自己头脑中"再没有大的空白和记忆模糊"。

斯特林堡生前被人描绘成"怪人"和"疯子",在他死后,瑞典人将他视为一个扰人灵魂的朋友。有人说:"如果你是瑞典人的话,斯特林堡就生活在你的内心,并且时不时激怒你。他的极端,实际上是在追问人生的本质问题。一旦你被他的病毒感染,他就会一辈子跟着你,缠绕着你。"

"一战"后,德国军队建设受到极大限制,整个社会充满怀念昔日有强大军队的日子。著名社会学家马克斯·韦伯也说:"我没有其他打算。我只想集中自己的全部智慧来解决这样一个问题:如何才能使德国重新获得一个总参谋部。"

1915年,杜尚为了躲避第一次世界大战来到美国,那时他28岁。

美国把他视为欧洲重要的现代艺术家，但他留在了美国。"在欧洲，"杜尚说，"年轻人总像是老一代的孙子，雨果、莎士比亚，或者其他人，甚至立体主义也喜欢说他们是普桑的孙子。欧洲人真要动手做一点事，传统对他们来说几乎是不可摧毁的。在美国就不同了，这里谁都不是莎士比亚的孙子，这里的人互不干涉，你爱干啥就干啥。"杜尚最具革命性的作品几乎都是在美国完成的。

图哈切夫斯基 21 岁时从军校毕业，成为沙皇俄国军队的士兵，参加了第一次世界大战，后来在一次和德军作战时被俘虏。图氏在战俘营里看到一篇列宁的文章，看后大受震动："列宁了不起！"这位旧军官立志加入红色阵营，跟着列宁闹革命。

西贝柳斯年轻时就对普通的功课不感兴趣。上课时，他时常是心不在焉地回答问题，对此，老师总是叹一口气说："哎呀，西贝柳斯又跑到另一个世界去了。"他不仅能听到，也能看到一部作品所呈现的万花筒般的风格和美的形象。西贝柳斯说过，每一个音调都有一种色调："A 大调是蓝色的，C 大调是红色的，F 大调是绿色的，D 大调是黄色的。"

当卡夫卡看到由于安全设施不足而致残的工人时，他受到感染，社会意识得到极大的激发。"这些人是多么老实啊，"有一次他对一个朋友说，眼睛瞪得溜圆，"他们到我们这儿来请求。他们没有冲进保险公司，把一切砸得稀巴烂，却跑来请求。"

列宁跟蔡特金进行过一次有关"性问题"的长谈。十月革命之后，俄罗斯流行一种思潮，即认为在共产主义社会，满足性欲的需要就像喝一杯水那样简单和平常。列宁指出："我认为这个出名的杯水主义完全不是马克思主义，甚至是反社会的。"

希特勒认为，"柏林人需要耸人听闻的东西，就像鱼需要水一样"，群众靠此过日子。若不认识这点，任何政治宣传都是无的放矢。因此，或写文章，或发表演讲，都要尽量迎合柏林人的口味。文章和讲稿都要写得干脆利落，生动活泼。他说："能征服街道者，定能征服群众；征服了群众亦即征服了国家。"

希特勒曾对瓦格纳夫人说："在维也纳的街头，我忍受过常人所不能忍受的饥饿和痛苦；在西线的战壕里，我面对过常人所不敢面对的杀戮和死亡；我蒙受过耻辱和失败的鞭策，经历过血与火的试炼，这些付出绝不是为了能够和那些养尊处优、大腹便便、胆小无能的劣等低能的家伙们浪费口水，而是要将他们连根带叶毫不留情地统统打倒。只有这样，德意志才能恢复她圣洁的光荣，她的人民才能重新沐浴自由。"

史怀哲年幼时曾看过一个非洲人的人头雕像，这给他留下了长远的影响。他说："他脸上那忧伤而若有所思的神情，好像是在和我诉说黑暗大陆的悲痛。"

1929年春天，伽莫夫回国了。在国内，他受到了热情的欢迎，用当时报纸的话来说："一个工人阶级的儿子解释了世界最微小的结构：原子的核。""一个苏联学生向西方表明，俄国的土壤能够孕育出自己的才智机敏的牛顿们。"《真理报》在第一版刊登了一首打油诗："人说苏联尽出傻子，有个家伙叫伽莫夫的确就在这里，这个工人阶级的笨儿子，竟然追上原子把它当球踢。……"

1929年，13岁的梅纽因首次在德国担任音乐会指挥。事后，爱因斯坦走到后台激动地拥抱他，发出感叹："现在我知道天堂里有上帝了。"

面对二十世纪二三十年代国内日益严重的经济危机、社会分裂和个人的不安全感，当时的德、意政府由于力量弱小而无法解决上述问题，法西斯主义的极权主张则成功地做到了这些。墨索里尼的口号是："我们将使街道安全，火车正点。"他赢得了民众的支持。

迪亚是西班牙的一座小镇，整个小镇以镇上的一座古老的教堂为中心，教堂旁边就是英国诗人罗伯特·格雷夫斯的墓地。如果没有格雷夫斯，迪亚或许就和马略卡岛上其他给百万富翁们度假的小镇没什么区别。格雷夫斯朋友的一句话改变了这一切，她告诉他："如果你站在这儿，就会感觉这是天堂。"于是 1932 年格雷夫斯携情人首次来到了迪亚，十几年后在此定居，迪亚由此从一个富人度假的田园小镇变成了外国文人进行艺术交流的中心。

曾在 1927 年给爱因斯坦画像的巴伐利亚画家约瑟夫·萨尔，于 1938 年逃出纳粹监狱来到普林斯顿。他在这里问一位老人："对爱因斯坦科学著作内容毫无所知的人为什么如此仰慕爱因斯坦呢？"老人回答说："当我想到爱因斯坦教授的时候，我有这样一种感觉，仿佛我已经不是孤孤单单一个人了。"

20 世纪 30 年代到 40 年代，伊夫林·沃写作两种稿子："为钱而写"的是报刊文章，"为智识阶级而写"的是小说。他自嘲说："你必须把一半精力花在为报纸写稿上头，编辑要这些稿子因为有人买你的书，人们买你的书因为他们在报纸上读到你的文章。"

"二战"前的英法国民都没有意识到战争的来临。爱德华·达拉第跟张伯伦一起参加了慕尼黑谈判，当他回到巴黎时，看到大批迎接他的人群，以为是谴责他的。当得知人们都是来欢迎他时，达拉第对狂热欢呼他的人群嘀咕道："一群傻瓜！"

采访过欧洲主要国家首脑的麦考密克夫人曾就罗斯福与希特勒、墨索里尼等治国者的外貌作了比较。她发现后者为执掌政权付出了沉重的代价：紧张和焦虑在他们脸上刻下了深深的皱纹；艰难时世令他们面容憔悴，过早衰老；他们全神贯注于自己造成的令其精疲力竭、焦头烂额的时局，他们独处时显得疲惫而困惑。而罗斯福完全不同：总统职务在他身上留下的痕迹之少令人惊异，他在愉快而自信的神情背后保持着一份超然的宁静和安详。

"二战"期间，英国遭受德国空袭。有一次，丘吉尔曾视察了伦敦港船坞的一个出事现场，人们哭喊道："好心的老温尼，我们想，你是会来看我们的。我们能够经受得住，狠狠地回击他们。"丘吉尔失声痛哭。有一位老年妇女说："你看，他真关心我们，他哭了。"

史怀哲说过："除非人类能够将爱心延伸到所有的生物上，否则人类将永远无法找到和平。"他孤独而长久地坚持，赢得了世人的尊敬，也为他的丛林医院赢得了外界广泛的关注支持。当戴高乐的"自由法国"与维希政府军队在兰巴伦附近激战时，双方都很默契，不伤及史怀哲的医院。

"二战"期间，伍德鲁夫为了把可口可乐推销到军队中，到处演讲。有一次他这样说："可口可乐是军需用品，这是大家都应该承认的事实。我们把可口可乐送到战士手中，是对在海外浴血奋战的子弟兵的诚挚关怀，是为战争的胜利贡献一份力量。我们所做的不是商业行为，而是在为战士们争取福利。"当他走下讲台时，一位60多岁的老妇人迎上去拥抱他，热泪盈眶地说："你的构想太伟大了，你对前方战士的一片爱心会得到上帝支持的！"

1945年9月，蒙巴顿在新加坡接受了东南亚50万日军的投降，当板垣征四郎、木村兵太郎等日军将领要与蒙巴顿握手时，蒙巴顿连理都没理。蒙巴顿确实对日本人没有好感，后来他说："我一生中从来没见过如此令人厌恶、恶心和野蛮的脸！"

福克纳曾一直有一种恐惧，恐惧有一天不仅创作的狂喜会消失，连创作的欲望以及值得一写的内容都会消失。这种恐惧只有当他的目光被老作家舍伍德·安德森引导到自己的故乡上才戛然而止。他说："我发现这块邮票大的故土值得一写，一辈子活得多长也写不完。"

一天晚上，尼赫鲁在其陈设简陋的新德里寓所内举行招待会，蒙巴顿和妻子应邀光临，印度全国为之惊愕不已。在出席宴会的各界来宾的惊奇目光注视下，这位英国人友好地挽着主人的手臂，在晚宴上踱来踱去，与诸位宾客随便交谈，亲切握手。蒙巴顿的行动产生了巨大反响。尼赫鲁对此感叹道："感谢上帝，我们终于有位深明世故、有血有肉的副王，而不是身着军服、缺乏人之常情的人物。"

海明威曾认为，菲茨杰拉德的夫人泽尔达纵酒狂欢，还鼓励菲茨杰拉德酗酒，最终毁了他的写作天赋，不可原谅。最不可原谅的是，泽尔达不仅给老公戴绿帽子，还嘲讽老公"尺寸太小"，致使菲茨杰拉德没胆子跟任何其他女人睡觉。但菲茨杰拉德很痴情，他说："我爱她，那是万事的起点，也是万事的终点。"

杜鲁门有种坏习惯，出言不雅，喜欢骂"该死"、"混账"。他的夫人如果在场，会提示他，劝他"注意些"。有一次，杜鲁门骂一位民主党人是"一堆臭马粪"。这位民主党人的夫人找杜鲁门夫人评理，敦请总统夫人把总统的嘴涮干净些。没料到杜鲁门夫人听了也不气，反而笑眯眯地说："您不知道，为了让他把话说得这么柔和，我花了多少工夫！"

麦克阿瑟的告别演说极为精彩，众议院发言人乔·马丁说："当麦克阿瑟结束演讲时，众议院中民主党这一边没有一个人不是热泪盈眶……而在共和党那边，没有一张脸上是干的。"

赫鲁晓夫在 1956 年访问英国期间，发表了一篇讲话。他告诉听众说，他看到有几个人向他抗议，尤其是有人向他挥舞拳头。他边挥舞拳头边说："一报还一报，我的回敬就是这样，我们彼此都明白。"听众笑了起来，但赫鲁晓夫转而平静地说："我要提醒那个人这样一个事实，过去有人曾多次试图用这种方式跟我们讲话⋯⋯希特勒向我们挥舞过紧捏的拳头。他现在躺在坟墓里了。难道我们不该变得文明理智些而不相互挥舞拳头吗？我看该是时候了。"

保罗·策兰每天从事翻译，但一直坚持用德文写作。有人问他为什么，他回答说："只有用母语，一个人才能说出自己的真理。用外语写作的诗人在撒谎。"

"地球村"的说法，并非麦克卢汉的原创，而是来自他的师友刘易斯。后者曾经写道："地球成了一个大村落，电话线横跨东西南北，飞行又快又安全。"麦克卢汉把这句略显臃肿的话精简成"地球村"，从而使得这个词语风靡全世界。

学术之间的影响很有意思。在动力系统方面，庞加莱影响了阿达马，迪昂知道了阿达马的工作，波普尔又从迪昂那里知道了阿达马。阿达马的思想长期没有出版，只是以未定稿的形式在朋友和同事之间流传，而波普尔给出的反对"科学决定论"的关键性论证，就源于阿达马的思想线索。波普尔还说："历史决定论方法的基本目的是错误的"，"历史决定论不能成立"。

与一般艺术工作者不同的是，贡布里希一直对哲学感兴趣，特别是对波普尔的科学哲学感兴趣。对自己的《艺术与错觉》和《秩序感》，贡布里希曾说："如果本书中处处可以感觉到波普尔教授的影响，我将引以为荣。"

1968 年，法国"五月风暴"，阿隆是反对"学生造反"的中心人物，也是法国"沉默的大多数"的发言人。但萨特的威望正隆，法国人向他征求对一切事情的看法，甚至他知之甚少的话题。学生中流行着一句话："宁愿跟随萨特走错路，也不愿意顺从阿隆行正道。"

为了补足残缺不全的正式教育，马克斯杂乱无章地读书，并且非常钦慕作家。他把萧伯纳的评论"格劳乔·马克斯是当世最伟大的演员"，当做对他的终身论定。有一个时期他同 T. S. 艾略特保持联系。20 世纪 60 年代，他被邀在这位诗人的纪念会上讲话，他利用这个机会发表他那胡言乱语："非常明显，艾略特先生是我的狂热崇拜者——我并不因此而责备他。"

1970 年，贝利来到内战纷飞的尼日利亚，在首都拉各斯踢了一场表演赛。为此，政府军和反对派军队达成协议，停火 48 小时，因为他们都要看贝利踢球。1970 年世界杯后，英国《星期日时报》又用大标题的形式赋予了这个名字另一种写法："贝利如何拼写？ G—O—D（上帝）！"

1976 年，不安于"贤妻良母"生活的赫本终于重返影坛。在首映式上，赫本一到，约有 6000 人向她欢呼，用唱歌的声调齐唱道："我们爱你，奥黛丽！"赫本对此完全没有思想准备，她被人们的热情感动得热泪盈眶，她说："看到人们并未对我感到腻味，我很感动。"

松下幸之助年轻时家境贫困。为养家糊口，他到一家电器公司求职。因为个子矮小，衣着不整，公司不想录用，以不缺人手、有事、松下衣着寒酸、不懂电器知识为由，一再拒绝，当松下在三个多月里借钱买西装、学会不少电器知识等一再去求公司时，公司负责人动情地说："我第一次碰见你这样来找工作的，真服你了。"

麦当娜在玛莎·葛兰姆舞团担任过数年舞蹈演员，后来她承认："玛莎大师是真正的'女神'，她对于艺术理想的坚持和坚强的性格至今仍深深影响着我。"

弗克斯是一位拓扑学家，他本人的小提琴演奏水平也相当专业。据说，他比较喜欢故弄玄虚。在一次音乐会上，科代拉和他一起，不料这次的演奏时不时地停顿，而且有声音的时间要少于没有声音的。科代拉感到特别不好听，弗克斯叹息道："这是受了禅宗影响之后的音乐，我正在试图从无声之中听出有声。"

玛丽·凯·阿什是著名企业家。她有句最喜欢的话，充分肯定妇女在世界直销业的作用。她说："有三种最快的传递话语的方法：电话、电报和告诉女人。"她说起这个事便大笑，"我不能解释原因，但从新英格兰发生的事，到傍晚便传到了加利福尼亚，这是世上最快的通讯系统。"

从希区柯克的电影当中，不难发现他似乎是偏爱金发美女的！他也曾经说过："金发美女最适合被谋杀！想象一下，鲜红的血从她雪白的肌肤里流下来，衬着闪亮的金发是多么美啊！"而其中又以摩洛哥王妃格蕾丝·凯莉为难能之选，她获得希区柯克青睐，连续三次出演他的片子。

杜鲁门几乎从记事起，就崇尚充满神秘色彩的罗马英雄辛辛纳图的理想。辛辛纳图是位爱国农夫，国家受难之际他担任统帅，事后辞去领导之职解甲归田。美国的惯常信念是，每个人都能成为总统，然后时机一到，"复又成为百姓"。回忆在白宫的岁月时，杜鲁门说："我对自己是谁，来自何方和将来返回的所在不敢丝毫忘却。"

斯托科夫斯基是一位伟大的指挥家，也是一位无与伦比的浪漫乐章的诠释家，有"音响魔术师"之美誉。但他风流成性，控制不了自己对女人的需要。影响所及，他同葛丽泰·嘉宝曾有过公开的暧昧关系；63岁时，已经有了两个儿子的他又同21岁的格洛里亚·范德比尔特结了婚。他的发烧友则因封面上他的一头白发而称之为"白发鬼"。

很多艺术流派都认为自己跟杜尚有关，美国画家威廉·德·库宁说过："杜尚一个人发起了一场运动——这是一个真正的现代运动，其中暗示了一切，每个艺术家都可以从他那里得到灵感。"

井上靖是一位大量取材中国历史文化的作家，当他如愿以偿，来到憧憬已久的古丝绸之路和重镇敦煌，他感叹："真没想到敦煌竟与我想象中的这样相像。""23年前我就写成了《敦煌》，可直到今天才头一次见到它，却一点儿也觉不出陌生。我与中国太相通了。"

法拉奇的《风云人物采访记》被《华盛顿邮报》誉为"采访艺术的辉煌样板"，《滚石》杂志则称其为"当代最伟大的政治采访文集"。影响所及，连《花花公子》杂志也忍不住评论说："如果你不明白这世界为什么这么乱，法拉奇的采访中有答案：那些自吹自擂的家伙们在左右着世界。"

1979年，在华盛顿的美国科学促进会上，罗伦兹演讲："一只蝴蝶在巴西扇动翅膀会在得克萨斯引起龙卷风吗？"他认为，"一只蝴蝶在巴西轻拍翅膀，会使更多蝴蝶跟着一起振翅，会对周围的大气系统产生一些作用，这些作用会不断地被放大，结果可以导致一个月后在美国得州发生一场龙卷风。""蝴蝶效应"因此得名。

有人问及希特勒统治对他的影响时，哈贝马斯说，当时在德国的所有人看来，一切都是正常的。直到1945年纳粹投降，看过集中营的电影后，才知道纳粹德国所犯下的罪行。也许正是这种对孩提时代经历的否定决定了他思想中极为浓重的批判意识。他说："这场经历对于我们这一代人是如此重要，以至于决定了我们的思想。"

美国的新左派多半都待在大学里作文化研究，"差异政治学"、"身份政治学"、"认同政治学"等等形成了一种风气。理查德·罗蒂嘲笑说，他们似乎认为："你的理论越抽象，就越能颠覆现有的秩序。你的概念工具越有气势、越新奇，你的批判就越激进。"

印度裔美国学者贾·巴格沃蒂曾回忆他在剑桥求学时的老师罗宾逊夫人，十分佩服她坚韧的品格，对她的话语记忆犹新："如果别人不跟你走，你就独自前行吧！""要是你不能劝阻别人向你的港口填石头，至少你自己不要扔一块进去啊！"

社会学家阿尔文·托夫勒说，市场只不过是一种工具，并不是宗教，是工具就不万能。市场价值观渗透力之强，连宗教界也未能免俗。有教士宣称："寻求教会给予精神帮助的人数众多，教会因经费不足无力应付。假如不是经费匮乏到只够买 5 块饼和 2 条鱼的话，耶稣本来是可以养活全加利利的人口而不是仅仅养活 5000 人的。"

卡尔萨斯的感染力来自他的不服老和不落陈腐。他曾对人说："有时我感到像一个孩子，那是因为音乐。我不能用同一种方法把一个作品演奏两次。每一次的演奏都是新的。"他在 89 岁指挥一个管乐队排练时，一个学生惊叹："当艺术大师走上舞台时，他看上去像 75 岁。当他踏上指挥台时，他似乎又年轻了 10 岁。而当他开始指挥时，他像一个准备追逐复活节彩蛋的小伙子。"

1999 年，与安娜的离婚协议生效仅 17 天，68 岁的默多克就迎娶了 32 岁的邓文迪。为此一度引发了家族内部激烈的纷争，但默多克说："这桩婚姻让我年轻了 30 岁。"14 年后，默多克与邓文迪宣布离婚。

在伯克利的一次逻辑学会议上，塔尔斯基请谢尔宾斯基的学生举一下手，大部分人都举了手，然后塔尔斯基请谢尔宾斯基的学生和学生的学生举手，所有人都举了手。这两个人都是波兰著名的数学家。

研究群体行为的桑斯坦发现，如果人们被告知，自己在某个群体中具有明确的成员身份——天主教徒、犹太人、爱尔兰人、俄罗斯人、民主党人、保守派等——他们就不大可能会认真听取身份标明有所不同的人们的意见。他说："如果互联网上的人们主要是同自己志趣相投的人进行讨论，他们的观点就会仅仅得到加强，因而朝着更为极端的方向转移。"

法国服装大师香奈儿曾说："我是进入20世纪的第一人。"如今，在欧美上流社会依然流传这样的话："当你找不到合适的服装时，就穿香奈儿套装。"

意志第二十四

Willpower

卡内基说:"富人若不能运用他聚敛财富的才能,在生前将其财富捐献出来为社会谋取福利,那么死了也是不光彩的。"他在《财富的福音》一书中宣布:"我不再努力挣更多的财富。"

卡米尔和罗丹有长达 15 年的人生纠缠,最终铸成了艺术史上的悲剧。卡米尔离开罗丹,进了疯人院。卡米尔的弟弟、诗人保罗说:"他们的分手是不可避免的。两个势均力敌的天才,却有着不同的理念,他们注定了不可能共享同样的客户和同一间雕塑室。"

1909 年,詹姆斯与弗洛伊德、荣格等人会晤。他对弗洛伊德的精神分析给予了很高的评价,他说:"心理学的未来属于你们的工作。"弗洛伊德对当时的一件小事印象很深:詹姆斯突然把包塞给他,请他先行,过了一会儿才追上来。原来詹姆斯病痛发作,默默挺过来后,便又谈笑风生了。

迪昂在 20 世纪初认识到,麦克斯韦理论在他所处时代的物理学家中得到广泛的承认，而他和亥姆霍兹的更普适的修正却无人问津，麦克斯韦的理论当然是胜利了。不过，他还是希望，在将来人们会认识到，亥姆霍兹理论确实是杰出的成果。他说："逻辑是有耐心的，因为它是永存的。"

1912 年，25 岁的杜尚画了《下楼梯的裸女》。这张画使杜尚一举成名。它也是杜尚画的最后一张尚能纳入绘画语言的画，并为杜尚引来了不少的绘画订单。杜尚对于那些订单说："不，谢谢，我更喜欢自由。"

里尔克生长于捷克首都布拉格，21 岁时彻底逃离了那个小市民家庭。他宣称："我是我自己的立法者和国王，在我之上别无他人，连上帝也没有。"

一次，一位社交界的知名女士与柯立芝总统挨肩而坐，她滔滔不绝地高谈阔论，但总统依然一言不发。她只得对总统说："总统先生，您太沉默寡言了。今天，我一定得设法让您多说几句话，起码得超过两个字。"柯立芝总统咕哝着说："徒劳。"

洛克菲勒的创业史在美国早期富豪中颇具代表性：异常冷静，精明，富有远见，凭借独有的魄力和手段，一步步建立起庞大商业帝国。洛克菲勒说："如果把我剥得一文不名丢在沙漠的中央，只要有一行驼队经过——我就可以重建整个王朝。"

年轻的安·兰德经历过"一战"、布尔什维克革命的影响。共产主义者的口号"人人必须为国家"印入这位早熟少女的心灵，但她发誓要向世界显示"国家应该为人人"，而不是倒过来。她后来说："我开始明白政治是一个道德事件，我反对任何政府、任何社会、任何权力将任何事情强加在任何人头上。"

厄多斯小时候的生存环境并不好。那时，犹太人经常在光天化日之下遭到殴打甚至屠杀，他的母亲一度很担心，她曾对厄多斯说："你知道现在犹太人实在是太难了，我们是不是要去洗礼？"6 岁的厄多斯回答道："那好，你可以做你想做的，可我还会和原来一样。"

美国总统威尔逊大学刚毕业时，就对人说过："一个总统，只要他的能力允许，想在法律和道德方面成为多么伟大的一个人物，就可以成为那样的一个人物。"当他自己登上总统职位时，他实践了自己年轻时的这个说法。

斯大林下令以高尔基名字命名城市、研究所、街道等等。有人对斯大林说，莫斯科艺术剧院是契诃夫创办的。斯大林回答："没有关系。高尔基虚荣心强，我们必须把他拴在党的身上。"

甘地曾有 30 多年的苦行节欲生活。他祈祷上帝，静坐冥思，但所有这一切于 1936 年的一个晚上以失败告终。那年甘地 67 岁，晚上睡梦醒来后，他产生了性的冲动。他后来供认说："这是我一生中最痛苦的时刻。"他为这件"令人诚恐诚惶的事情"感到惊诧不解，心神不安，发誓 6 周内缄口不言。

布尔加科夫说："一个作家不论处境何等困难，都应忠于自己的原则……如果把文学用于满足自己过上更舒适、更富有的生活的需要，那么这种文学是可鄙的。"

"火箭技术之父"罗伯特·戈达德很少谈起年轻时在自家屋后读威尔斯的科幻小说《星球大战》的那一天，但他永远牢记这一天，10 月 19 日。就在这一天，他想发明一种飞行器，这飞行器可以比什么都飞得更高、更远。他认准了人生这一奋斗目标，相信自己一定能够成功。他说："我明白我必须做的头一件事就是读好书，尤其是数学。即使我讨厌数学，我也必须攻下它。"

什克洛夫斯基的名言是："艺术永远是独立于生活的，它的颜色从不反映飘扬在城堡上空的旗帜的颜色。"

洛尔迦的父亲勒令他回家完成大学学业，否则就来马德里把他带回去。洛尔迦说："你不能改变我。我天生是诗人，就像那些天生的瘸子、瞎子或美男子一样。"最后老父亲屈服了。

苏联作家奥斯特洛夫斯基以钢铁意志著称。临终前，一阵剧痛让他说不了话，他昏了过去。醒来后，他问哥哥："我呻吟过吗？""没有。""死神已经走到了我的眼前，可我还是没有向它屈服。"

伍德鲁夫入主可口可乐公司后，常对员工说的口头禅是："我不过是个推销员。"但他雄心勃勃，刚一走马上任，他就提出这样的口号："要让全世界的人都喝可口可乐！"

狄兰·托马斯到处跟朋友借债。他说："我以名望而非尊严获得贫困，我尽可能做到的是保持贫困的尊严。"

罗斯福曾告诉戴高乐："法国不应承担分配给四大国的战后职责；法国将失去它在海外的属地；有些法国领土将不得不作为在美国军事管制下的联合国家基地。"敏感而自尊的戴高乐回答说："法国只有依靠自己去重新获得它的地位。"

1947 年秋天，日本经历着战后最艰难的岁月，基本的食品供应都有很大困难。东京地方法院刑事部的法官山口良忠和他的妻子及两个孩子也面临着饥饿的威胁。由于饥饿，孩子们叫苦连天，夫人实在看不下去了，想拿些衣服物品变卖，换点黑市粮食。山口知道后，坚决制止，他说："身为裁定别人的审判官，怎么能去买黑市粮食呢？我们只能靠工资维持生活。"1947 年 8 月，山口晕倒在工作岗位上，10 月 11 日去世。

海森堡出名后，到各地演讲，很多学生想问他的主张跟自由之间的关系，但都没敢问他。后来有一个聪明的学生问海森堡的同事："海森堡在研究测不准原理时是否想过自由意志？"海森堡的同事回答说："当然了！他经常思考这个问题。"

国大党拒不偿还分给巴基斯坦的 5.5 亿卢比的款项，想从经济上扼杀它；甘地认为这是一件极不体面的事，有损印度的精神传统。他为此绝食，这一次绝食危及生命，但甘地对医生的劝告置若罔闻。经过长期的争论和犹豫，印度政府终于决定立即偿付巴基斯坦的 5.5 亿卢比。尼赫鲁向人民发表演讲，希望人们以实际行动拯救甘地生命，"因为丧失圣雄的生命，也就是丧失印度的灵魂"。

爱因斯坦曾拒绝承认"测不准原理"，冯·卡门教授问爱因斯坦："为什么您不相信测不准原理呢？您年轻时就消除了绝对时间这样一个大偏见。现在提出测不准原理的海森堡也是个青年，他消除另一个偏见——过程确定的唯一性，而您反而不赞成了，这是否表明您年事已高了呢？"爱因斯坦回答说："并非如此。亲爱的卡门，以前我就说过，我绝不相信仁慈的上帝会用掷骰子来统治世界。"

法国作家西多妮·加布里埃尔·科莱特的私生活相当"糜烂"，一生结婚三次，不仅喜欢男人，也喜欢女人，还喜欢三人，尤其喜欢年轻人。前夫的儿子 16 岁时，她亲自进行情感教育和性启蒙。面对他人的责难，她傲慢地回答："年龄的差别我不在乎，蠢人的意见我也不在乎。"

1954 年富特文格勒去世后，柏林爱乐乐团陷入困境，当时该团即将赴美国巡回演出。卡拉扬正在米兰斯卡拉歌剧院指挥瓦格纳的歌剧《尼伯龙根的指环》，在接到柏林爱乐乐团的邀请之后，他说："我可以来美国指挥巡演，但是我必须是富特文格勒的继承人，而不是他的替代者，这一点必须明确。"

美国历史学家威尔·杜兰评论基督教的兴起："在人类历史上还没有一出戏能比这伟大，这些少数的基督徒连遭数位皇帝压迫、轻蔑，不屈不挠地忍受所有的考验，默默地添加人数，当地人混乱时，他们却在内部建立起秩序，以言辞对抗武力，以盼望对抗残暴，最后击败了这个历史上最强盛的帝国。恺撒与基督在竞技场上对阵，胜利终属于基督。"

据说英国经济学家罗宾逊夫人说过一句话："我学经济学的目的，是为了不受经济学家的骗。"

缪尔达尔曾与哈耶克共同获得 1974 年诺贝尔经济学奖。缪尔达尔先是接受了该奖项，后来又为此后悔，认为这种评选活动具有政治意义，应被视作"政治奖"。他这样看待那次获奖："将诺贝尔经济学奖同时授予我们，一位持自由的或激进的政治观点，另一位却持保守的甚至反动的政治观点，这是为了在政治上以示公正而作的一种平衡。"

毛姆决定去写小说。古巴的哈瓦那雪茄公司了解毛姆的才情和生活的困窘，提议请他写 5 个短篇故事，每篇长 200 字，均以雪茄的烟味为主题，报酬也相当丰厚。虽然毛姆是无名之辈，这笔钱相当诱人，但他仍克制了自己，他告诉对方说："我所有的女朋友们都告诉我说，贞操是颗无价的珍珠。我相信你们知道，即使是我，价也是很高的。"

美国石油大亨保罗·格蒂曾经是个大烟鬼，烟抽得很凶。有一次，他在一个小城的旅馆过夜时，突然想抽一支烟，搜寻半天，毫无所获。当他穿好了出门的衣服，在伸手去拿雨衣的时候，他突然停住了。他问自己："我这是在干什么？"格蒂站在那儿寻思，一个所谓知识分子，而且相当成功的商人，竟要在三更半夜离开旅馆，冒着大雨走过几条街，仅仅是为了得到一支烟。……从此以后，保罗·格蒂再也没有拿过香烟。

歌唱家卡拉斯后来提到自己的童年时说："我只有在歌唱时，才会感觉到被爱。"11 岁时她听了纽约大都会剧院女主角丽莉·庞斯演唱后想："总有一天，我要成为比她还有名的歌星。"

在肯尼迪遇刺身亡的一周内，杰奎琳收到了 10 万封信。人们赞扬她的勇气，她自问："他们到底想要我怎样活下去呢？"她不愿意人们对她今后的生活指手画脚，她信奉并身体力行的是："我生来并非是为了支配别人或是忍辱负重。我的生活只关我自己的事。"

李普曼有一次去苏联采访赫鲁晓夫。他在头等舱里刚刚坐定，机长就递过来一份苏联大使发来的便笺，上面写道："赫鲁晓夫正在黑海，他希望能把这次会晤推迟一星期。""这不可能。"李普曼龙飞凤舞地在便笺上批上这句话。他们欧洲之行的计划已定，他要么如期到达苏联，要么根本不去。第二天早晨，赫鲁晓夫主席传话过来，他将如期接见他们。

克里斯蒂出任花花公子企业集团公司总裁，休·海夫纳对公司内外的种种议论和疑问都不屑一顾，他对自己的女儿充满了信心，坦然地对人们说："克里斯蒂精明强干，办事周到，这些年工作中表现出色，我相信她。我创办《花花公子》杂志时，也不过才 27 岁。"

海明威说过："人不是生来被击败的。人可以被毁灭，但不能被击败。"他自己一直在验证这一点。

据说，卓别林具有一种绝不承认失败的自我中心意识。有一次，他告诫他的儿子小查尔斯说："你必须相信自己，这就是成功的奥秘。我硕果累累是因为我完全相信自己。"卓别林回忆说，甚至还是一个伦敦穷孩子的时候，"我就认为自己是世界上最伟大的演员"。

拳王阿里曾说："我要做我自己要做的人。我要像我愿意的那样自由思考。"

阿以战争爆发后，梅厄夫人半夜打电话给美国国务卿基辛格，他的助手说现在是晚上，等到明天早晨再打来。梅厄夫人说："我不管是什么时候，我们今天就需要帮助，因为等到明天就太迟了。我要亲自微服出行，飞来与尼克松会面，我要越快越好。"

据说毕加索对人生一度绝望，在吉洛特·加龙省小姐的记忆中，他总是说："唉，我真感到绝望。我真要绝望了。我真不明白为什么我非要起床。我为什么非要画画？我为什么要继续这样活着？像我这样的生活难以让人忍受。"

英国哲学家怀特海有一句名言："数学是人类心灵的神圣疯癫，是对咄咄逼人的世事的一种逃避。"

在奥斯威辛集中营度过短暂童年的诺贝尔文学奖得主凯尔泰斯，曾对奥斯威辛与诗歌的关系说："奥斯威辛之后只能写奥斯威辛的诗。"阿多诺后来回收了他那句格言，他说："长期受苦更有权表达，就像被折磨者要叫喊。因此关于奥斯威辛后不能写诗的说法或许是错的。"

在撒切尔夫人成为保守党领袖后不久，有一天，她从公文包里取出哈耶克所著的《自由秩序原理》，高举这本书让大家看看。"这本书，"她坚定地说道，"就是我们所信仰的。"

安德罗波夫病重时，有人建议请西方名医会诊。安德罗波夫说："我们一直说我们的制度优越，现在最高领导人生病，反倒要求助于西方医师，我宁死也不干。"

斯蒂芬·霍金从剑桥大学学院的方形楼梯上跌下来时问自己："我是谁？"几十年间，霍金不断地重复质问自己同样的问题。肌肉萎缩侧面硬化病使他丧失了语言和行动的能力，但是他以一种不可思议的方式活了下来。他曾说："心，乃是你动用的天地，你可以把地狱变成天堂，亦可以把天堂变成地狱。"

索罗斯说："我生来一贫如洗，但绝不能死时仍旧贫困潦倒。"

施瓦辛格说："要肌肉增长，你必须有无穷的意志力，你必须忍受痛苦。你不能可怜自己，稍痛即止，你要跨越痛苦，甚至爱上痛苦，别人做 10 下的动作，你要加倍磅数做足 20 下。""还有，你要用不同的方法，从不同的角度去'震撼'你的每一组肌肉，令它无法不强壮，无法不结实。不要松懈，不要懒惰，没有坚韧不拔的意志，你无法取得成功！"

乔丹被称为"穿着球鞋的上帝"。他那种蔑视世俗的自信和王者的霸气，令人尊敬。他曾说："如果有人轻视或者怀疑我……那将成为我前进的动力。"

在被白血病最终击倒之前，苏珊·桑塔格曾两度罹患癌症，先是 20 世纪 70 年代的乳腺癌，然后是 90 年代的子宫癌。但经历漫长的求医和痛苦的化疗，她两次死里逃生。她自视甚高，认为凭其意志力可以战胜一切，甚至死亡。她的儿子大卫·里夫说："我妈妈得病的时候，深信所有的规则都对她无效。"

丘拜斯的改革遭到大多数俄罗斯人的痛恨，他自己承认："有不少人憎恨我，因为他们认为是我卖掉了俄罗斯。"但丘拜斯也有大批崇拜者，有人说："这个家伙是全俄罗斯最有胆量的人。"

蒙塔泽里失势后，曾被软禁多年，几乎足不出户。当蒙塔泽里逝世的消息被媒体披露后，其支持者走上伊朗首都德黑兰以及蒙塔泽里家乡纳贾夫的街头，高喊口号："蒙塔泽里，祝贺你获得自由。"

20 岁创办微软至今，比尔·盖茨对全人类的影响既深且远，并不仅限于 IT 行业。所有的动力都来自他个人的信仰："想象未来每个人的桌面上都有一台电脑。"

应对第二十五

Cope With

索尔兹伯利勋爵曾经批评大英帝国的扩张，他抱怨说，英国每年花费巨资保卫殖民地，"仅仅滋养了一大堆军事驻地和一种'日不落帝国'的自满情绪"。一家斯里兰卡的报纸如此回答："那是因为上帝不信任黑暗中的英国人。"

有一次，德沃夏克的一部交响乐有了出版的机会，但出版商要求德沃夏克签名要用德文书写，德沃夏克则希望用捷文书写。出版商不同意，且对德沃夏克冷嘲热讽。德沃夏克回答说："我只想告诉你一点，一位艺术家也有他自己的祖国，他应该坚定地忠于自己的祖国，并热爱自己的祖国。"

石油大王洛克菲勒是美国历史上第一个百万富翁，他发财后到饭店住宿，仍只开普通房间。侍者不解，问他："您儿子每次来都要最好的房间，您为何这样？"洛克菲勒说："因为他有一个百万富翁的爸爸，而我却没有。"

1912年塔夫脱在跟威尔逊、罗斯福等竞选总统时，以惨败告终。当有人问他对此有何感想时，他答道："我可以肯定，还从未有过哪一个候选人被这么多人推选为前任总统。"

美国飞机发明家莱特兄弟，最讨厌的就是演讲。有一次，主人请大莱特发表演说。"这一定是弄错了吧？"大莱特为难地说，"演说是归舍弟负责的。"主持者转向小莱特。于是小莱特便站起来说道："谢谢诸位，家兄刚才已经演讲过了。"就这样推来推去，人们还是不放过兄弟俩。经各界人士再三邀请，小莱特只说了这样一句话："据我所知，鸟类中会说话的只有鹦鹉，而鹦鹉是飞不高的。"

齐美尔谈到社会与个人的关系时说："通过良心，个人付给自己的是自己的正直，否则的话，就必须以其他方式通过法律或习俗才能保证他正直。"

马克·吐温因为看不惯国会议员在国会通过某个法案，就在报纸上刊登了一个广告，上面写着："国会议员有一半是混蛋。"报纸一卖出，许多抗议电话随之而来，纷纷要求马克·吐温更正。马克·吐温于是又登了一个更正启事："我错了，国会议员，有一半不是混蛋。"

柯立芝总统沉默寡言，许多人以和他多说话为荣。一次宴会上，坐在柯立芝身旁的一位夫人千方百计想使柯立芝和她多聊聊。她说："柯立芝先生，我和别人打了个赌：我一定能从你口中引出三个以上的字眼来。""你输了！"柯立芝说道。

凡勃伦的名作是《有闲阶级论》，他以话语犀利著称。有个学生问他："告诉我，凡勃伦教授，您对待任何事，态度是不是认真的？"凡勃伦诡秘地低声回答说："是的。可不要告知别人。"

在一次朗诵会上，马雅可夫斯基朗诵自己的新作之后，有人问他：

"马雅可夫斯基，您说您是一个集体主义者，可是您的诗里总是'我'、'我'……这是为什么？"马雅可夫斯基回答说："尼古拉二世却不然，他讲话总是'我们'、'我们'……难道你以为他倒是一个集体主义者吗？"

在一次研讨班上，有位学生问米塞斯教授："为什么并非所有生意人都赞成资本主义？"米塞斯回答说："这个问题本身是马克思主义者才会提出来的。"

米塞斯认为，"一个人只有当他可以按他自己的意愿安排自己的生活，才算自由"，而"道德唯有在个人能自由地追求时才有意义"。

有一次，一个学生闯进莫里斯·科恩的办公室，大喊大叫地说他非常烦恼："什么是物质！我刚刚证明我并不存在！"科恩问道："如果你不存在，那你为什么来找我？""我想让你证明我确实存在。"科恩说："好吧！这并不是做不到的事，但告诉我，年轻人，我该对谁陈述我的证明？"

有一位女士问："马蒂斯先生，难道我们女人都像您画的那个样子吗？"马蒂斯回答说："夫人，那不是一位女士，那是一幅画。"

卡皮查回苏联讲学后，一去不返。他的老师卢瑟福认为，弟子肯定是被苏联政府扣留了。这个脾气火暴的教授委婉地给苏联政府写信，信中希望他们让卡皮查完成在剑桥大学的研究后，再回苏联为国效力。苏联的回复是："英国希望有个卡皮查，苏联也希望有个卢瑟福。"

美国小说家和评论家威廉·豪威尔斯长得很胖，但他同大多数胖子一样，性情很开朗。一天，一个又高又瘦的朋友来拜访他。"啊，豪威尔斯，"这个朋友说，"如果我像你这样肥胖的话，我就上吊自杀了。""如果我决定接受你的建议，那我同时还会决定就用你来当上吊的绳子。"豪威尔斯回答道。

第二次世界大战时，戈林曾问一位瑞士军官："你们有多少人可以作战？""50万。""如果我派百万大军进入你们的国境，你怎么办？""那我们每人打两枪就行了。"该军官回答。

卓别林曾被歹徒用枪指着头打劫。他乖乖奉上钱包，但他要求抢匪说："这些钱不是我的，是我们老板的；现在这些钱被你拿走，我们老板一定认为我私吞了。大哥，拜托您在我的帽子上打两枪，证明我遭打劫了。"歹徒便对着帽子射了两枪。卓别林再次恳求："大哥，可否在衣服、裤子再各补一枪，让我的老板更深信不疑。"抢匪统统照做，六发子弹全射光了。这时，卓别林一拳挥去，打昏了歹徒，赶紧取回钱包，笑嘻嘻地走了。

据说，戈培尔曾让一位画家画一幅《元首在波兰》以庆祝胜利。画完成了，是总理府的窗口，隐隐可见一男一女拥抱。戈培尔问："这个女的是谁？"画家答："爱娃·伯劳恩。""男的呢？""马丁·鲍曼。""元首呢？""元首在波兰。"

"二战"时期，斯大林和将军们开会。贝利亚经过门口时，遇见朱可夫将军从办公室里气冲冲地出来，边走边低声咒骂着："这个混账的小胡子魔鬼！"贝利亚连忙跑到办公室里向斯大林打小报告。斯大林听到后很生气，就叫卫兵把朱可夫将军叫回来，问："你刚才骂小胡子魔鬼了？"朱可夫说："骂了呀。"斯大林又问："你骂谁呢？"朱可夫说："当然是希特勒呀，还能是谁呀？"斯大林回头对贝利亚说："他骂希特勒呢，你骂谁呢？"

数学家利帕在"二战"时有一次路过美国，美国政府马上把他的护照给扣下了。利帕提出强烈的抗议："没有护照让我怎么生活，我一无所有寸步难行！"据说官方的答复是："你是用腿走路的，不是用护照走路。"

福克纳获奖后，家乡密西西比州州长给他打了五次电话，希望宴请福克纳。福克纳置之不理，州长只得求助兰登书屋的老板贝内特。福克纳告诉贝内特："在我需要密西西比的时候，他们不尊重我，现在我得了诺贝尔奖。你去告诉州长，让他别来找我……"

英国首相威尔逊，在一次演讲刚进行到一半的时候，台下突然有一个捣蛋分子高声打断了他："狗屎！垃圾！"威尔逊虽然受到干扰，但他情急生智，不慌不忙地说："这位先生，请少安毋躁，我马上就要讲到你提出的关于环保的问题了。"

艾森豪威尔将军参加某餐会，会中安排演讲节目，总共邀请五位贵宾致辞，艾森豪威尔排在最后一位上台。前面四位，个个千言万语、赘言连连，轮到艾森豪威尔时，时间已近 10 点了，台下早已意兴阑珊。善解人意的艾森豪威尔将军一上台便说："任何演讲都会有句点，我就作为今晚演讲的句点好了。"语毕鞠躬而退。

英国电影女明星布雷斯韦特以漂亮和演技出名。一次，戏剧评论家詹姆斯·埃加特碰上了布雷斯韦特小姐，他想开个玩笑，便对她说："亲爱的小姐，我有个想法已经搁在心里多年了，今天就对你坦诚直言吧。在我看来，你可以算作我们联合王国里第二个最漂亮的夫人。"布雷斯韦特回答他说："谢谢你，埃加特先生。我在第二流最佳评论家这里，也就只希望听到这种评价了。"

有人指责凯瑟琳·赫本，说她满脸雀斑缺乏女性魅力。赫本的回答是："总有人对性感的理解跟你不一样！"

麦卡锡恐怖时期，布莱希特曾遭到审讯。有人说，布莱希特在什么时间、什么地点与苏联间谍格哈特·艾斯勒见过面。人家问他，他们借这个机会谈了些什么。布莱希特回答说："我与他下棋了。"结果报纸报道都引用这个回答，并称它为"经典性借口"。布莱希特的回答成了口头禅。如果一个男人回家晚了，他妻子问他："你到哪里去了？"他会回答："我去下棋了。"

1955 年，以色列哲学家以沙亚胡·列波维奇给本·古里安总理写信，对于以军在反恐行动中造成阿拉伯平民的伤亡表示不安。本·古里安回答说："就算你把所有的人类理想都放在我的一只手中，把以色列国的安全放在我的另一只手中，我也仍将选择以色列国的安全。无论一个充满了和平、友爱、公正和诚实的世界何等美好，更重要的却是我们是其中的一部分。"

孟席斯当上澳大利亚总理后，有人对他说："我估计你选择内阁成员前，先得征求控制你的那些大老板的意见。"孟席斯回答："当然。不过，年轻人，请不要把我老婆包括在内。"

麦克米伦任英国外交大臣时，在回答赫鲁晓夫关于西方人信仰什么的时候说："信仰基督教。"波普尔说麦克米伦错了："我们信仰自由。"

1961 年 1 月初，经济学家托宾在俱乐部吃午餐时，接到来自总统的电话，请他担任经济咨询委员会的委员。托宾说："恐怕你找错人了，总统先生。我只不过是象牙塔内的经济学者。"肯尼迪说："那最好不过了，我也会是象牙塔内的总统。"

肖洛霍夫受宠于苏联政府，他曾对帕斯捷尔纳克和索尔仁尼琴进行攻击，敌视苏联的持不同政见作家们。20 世纪 60 年代，肖洛霍夫在一次大会上咒骂被判苦役的作家西尼亚夫斯基和丹尼尔，指责对他们的判决"太温和"，说是如果在 20 年代，他们早被处决了。肖洛霍夫受到大家的鄙夷，女作家丘科夫斯卡娅在公开信中，谴责肖洛霍夫，说他"背叛俄国文学最优良的传统，扮演了歪曲真理、用谎言代替正义的残酷检察官的角色"。

历史学家泰勒一生有不少对手，其中与右翼历史学家休·特雷弗·罗珀的长期论战最为有名。特雷弗·罗珀曾对他说："我恐怕你的著作《第二次世界大战的起源》会损害你的名声。"泰勒反驳："你的批评会损害你作为历史学家的名声——如果你有的话。"

威廉·巴克利是美国保守政界很有影响的人物，也是博学多才的编辑、作家。他反应敏捷，言辞犀利。1965 年，巴克利被推为保守派候选纽约市市长一职，实际上，他获胜的希望微乎其微，甚至巴克利本人也不怎么认真对待竞选。其间，有位记者采访他，问道："如果您被选为纽约市市长，你要采取的第一项措施是什么？"巴克利回答说："我将首先重新点一下选票，看看有没有弄错。"

丘吉尔曾在公开场合演讲，台下有人递上来一张字条，上面只写着两个字："笨蛋。"丘吉尔神色轻松地对大家说："刚才我收到一封信，可惜写信人只记得署名，忘了写内容。"

希区柯克多年来一直拍摄恐怖电影。在法拉奇采访他时，他受到咄咄逼人的法拉奇的激将，终于解释其原因："我和耶稣会会士一起学习了三年。他们的一切都吓得我要死，现在我要吓唬其他人，聊以报复。"

安·兰德曾任美国《太阳时报》的专栏作家。在一次大使馆的招待会上，一位相当体面的参议员向她走来，开玩笑说："你就是作家安·兰德吧，给我说个笑话吧！"安小姐回答："那好啊。你是政治家，给我说个谎吧！"

斯特拉文斯基一生创作了大量乐曲。一次，有位电影制片人出价4000美元邀请他为好莱坞的一部电影配乐，被他当面拒绝，理由是钱太少了。制片人争辩道，另有一位作曲家也以同样的价为一部新片谱了曲。作曲家分辩说："他有才呀！我没有才，干起来就要吃力得多。"

有一位年轻的女士问香奈儿："我该在哪儿喷香水？"她回答说："任何你希望被亲吻的地方。"

有一次，萧伯纳在街上行走，被一个冒失鬼骑车撞倒在地，幸好并无大碍。肇事者急忙扶起他，连声抱歉。萧伯纳拍拍屁股诙谐地说："你的运气真不好，先生，如果你把我撞死了，就可以名扬四海了。"还有一次，萧伯纳曾跟一位胖得像皮球似的神甫相遇。神甫对他说："外国人看你这么干瘦，一定以为英国人都在饿肚皮。"萧伯纳笑着回答："外国人看到了你，一定会找到造成灾难的原因。"

马塞尔·埃梅是法国文学家。有一天，一名记者对埃梅抱怨说，现代社会阻碍了人类的自由发展。"我不同意你这种说法，"埃梅温和地说，"我觉得我是完全自由的。""但是，毫无疑问，你得承认你的自由受到限制。""这倒是的，"埃梅答道，"我不时发现我极大地受到词典的限制。"

当尼克松的女儿朱莉·艾森豪威尔为了撰写《特殊人物》一书而采访梅厄夫人时，她问梅厄夫人在1956年被任命为第一位女外交部部长时有何感触。梅厄夫人的答复是："我不知道。我从来就不是一位男部长。"

一天，美国喜剧演员格劳乔·马克斯穿着老式的破烂衣服在加利福尼亚自己的花园里干活。一位贵妇人看见他，停下脚步，想知道是否可以叫这位园丁到她家去干活。"园丁，"她招呼道，"这家主妇付给你多少报酬？""噢，我不收钱。"格劳乔闻声抬起头回答说，"这家主妇只是让我跟她睡觉。"

1974年，《世界报》向许多名人提出了一个问题："知识分子的用处何在？"列维·施特劳斯回答说："把精力集中在他所选择的道路上。"

1974年4月，戴高乐派总统蓬皮杜猝死，各路候选人仓促上阵。5月5日，第一轮选举爆出冷门，社会党候选人密特朗以43%的得票率高居榜首，远远超过戴高乐派的候选人德斯坦。就在社会党即将入主爱丽舍宫之际，意外再次发生，德斯坦在电视辩论中扭转劣势。当时他打断滔滔不绝的密特朗，冷冷地说了一句直到现在法国人还津津乐道的经典名句——"您不能垄断'良心'。"结果在第二轮投票中，德斯坦以42万票的微弱优势当选总统。

尼克松认为加拿大的特鲁多有精英式的势利架子，政策又偏向社会主义，所以很讨厌他。在白宫录音带中，他称加拿大总理为"那个傻特鲁多"。后来记者问特鲁多听了这话有何感想，特鲁多说："有比他好的人拿比这更难听的话骂过我。"

1977年7月5日凌晨，巴基斯坦发生了政变。就在军队向总理官邸实行包围的同时，一个警察冒着生命危险将消息告知了布托的警卫乌尔斯。乌尔斯急忙叫醒熟睡中的布托："布托先生，军队发动政变了。快想想办法躲起来再说，或者跑掉！"布托的反应是："我的生命属于真主。他们既然背叛了我，想要杀我，那就让他们来吧！"

德勒兹和福柯的互相倾慕引起评论界的严厉批评乃至恶言恶语，说他们在互相拍马。面对批评，德勒兹机智地回答道，人们根本想不到福柯此话是一句写出来的笑谈，让喜欢他们的人会心一笑，让讨厌他们的人嘀嘀咕咕。

穆巴拉克上台伊始，许多人预言他只是暂时出任总统，因为刺杀萨达特的恐怖分子威胁说，穆巴拉克的下场将同萨达特一样。一位外国记者曾在采访时问道："你是穿新鞋的萨达特还是纳赛尔？"穆巴拉克回答说："我既不是纳赛尔，也不是萨达特，我是穆巴拉克。"

1999年12月13日，美国总统选举的辩论赛于德梅因市进行。在辩论中所有参与者都被问到的一个问题是："你最认同哪位政治哲学家或思想家？为什么？"其他候选人的回答都是之前的总统或其他政治人物，小布什的回答则是："耶稣基督，因为他改变了我的心灵。"

埃德温·史密斯是英国律师和保守派政治家，他曾惹怒了伦敦一个俱乐部的主顾，因为他不是该俱乐部的成员，却经常使用该俱乐部的卫生设备，这使得对他没有好感的成员十分不快，他们要求管理人员制止这种"掠夺"。一天，他又若无其事地走进了该俱乐部的卫生间，马上跟进来一个侍者。他提醒史密斯注意本俱乐部有只对俱乐部内成员开放的规定。"噢，"史密斯随口说道，"厕所也是俱乐部吗？"

美国前总统里根在任初期，有一次被枪击重伤，子弹穿入胸部，情况危急。在生命攸关当头，他面对赶来探视的太太的第一句话竟是："亲爱的，我忘记躲开了。"

1988年，当有人问萨缪尔森，凯恩斯主义是否不存在了时，萨缪尔森回答说："是的，凯恩斯死了，正如爱因斯坦和牛顿一样。"

英国首相布莱尔曾跟夫人去一个小镇度假。布莱尔喜欢泡吧，小镇唯一的一家酒吧老板没给他面子，按预定计划关门休假去了。不过，老板仍然很礼貌地在酒吧门口留下这样一张字条："欢迎布莱尔先生和太太，很抱歉，现在我们在放假，假期结束后我们会回来的。很抱歉！"

逸闻第二十六

Anecdotes

如同巴黎所有的创新建筑一样，埃菲尔铁塔一开始即遭到了大部分巴黎人的冷淡和拒绝。虽然铁塔的设计者埃菲尔宣称"法兰西将是全世界唯一将国旗悬挂在 300 米高空中的国家"，但一时也无法说服各阶层反铁塔人士。小仲马、莫泊桑、魏尔伦等名流都对其嗤之以鼻；一位数学教授预计，当盖到 748 英尺之后，这个建筑会轰然倒塌；还有专家称铁塔的灯光将会杀死塞纳河中所有的鱼。

美国作家马克·吐温常常向人说起他小时候的一段伤心往事："我出生时是双胞胎，我和我的双胞胎兄弟长相一模一样，连我们的母亲也分辨不出来。有一天，保姆替我们洗澡时，其中一个不小心跌入浴缸淹死了，没有人知道淹死的究竟是哪一个。""最叫人伤心的就在这里。"马克·吐温说，"每个人都以为我是那个活下来的人，其实不是，活下来的是我弟弟，那个淹死的人是我。"

阿波里奈尔身材微胖，脸松弛虚肿，嘴巴又肥又小，显得很贪吃，鹰钩鼻，据说"像猪油刻出来的拿破仑"。傲慢的毕加索刚见到阿波里奈尔时"惊呆了",立刻一见如故。毕加索夫人这样说他:"很迷人,有教养,有艺术品位。多么优秀的诗人呀!他不刻意,具有孩子般敏感的心,稚气而魅力十足,不合常情,夸张,却简单、朴实。"

有一天,尼采在意大利都灵街上引起了公众骚动。据说,尼采在卡罗·阿尔伯托广场看见一匹马被马夫鞭打,突然上前抱住马的脖子痛哭道:"我受苦受难的兄弟啊!"接着便瘫倒在地上。

战争期间,哈谢克曾住进首都布拉格的一家旅馆,在旅客登记簿"国籍"栏填上与奥匈帝国相敌对的"俄罗斯",又在"来此何事"栏填上"窥探奥地利参谋部的活动"。警察局很快派人把该旅馆密密匝匝地包围起来。真相大白后,警察严厉责问哈谢克为什么开这种玩笑。哈谢克真诚地回答说,他对奥地利警察的效率不大放心,是想考验一下他们警惕性如何。警方哭笑不得,罚他坐了五天牢。

罗素认为,20世纪初法兰西最伟大的人物是亨利·庞加莱。他曾经去庞加莱的住处拜访,他承认见到庞加莱时,"我的舌头一下子失去了功能,直到我用了一些时间(可能有两三分钟)仔细端详和承受了可谓他思想的外部形式的年轻面貌时,我才发现自己能够开始说话了"。

有一个学生在火车上认出了爱因斯坦。他问爱因斯坦:"教授,纽约会在这列火车旁边停吗?"

杰克·伦敦许诺给纽约一家书店写一本小说,却迟迟没有交稿。书店编辑一再催促均无结果后,便往杰克·伦敦住的旅馆打了个最后通牒式的电话:"亲爱的杰克·伦敦:如果24小时内我还拿不到小说的话,我会跑到你屋里来,一脚把你踢到楼下去。我可从来都是说话算数的。"杰克·伦敦回信说:"亲爱的迪克:如果我写书也手脚并用的话,我也会说话算数的。"

1918 年 1 月，勃洛克写完长诗《十二个》时说："这一天，我确信自己是个天才。"

塔夫脱是美国历届总统中体重最重的一位，而且举手投足都显得孔武有力。有一天，他去拜访前任总统西奥多·罗斯福，到罗斯福所住的一个海滨别墅以后，决定到海里去冲冲凉。刚好罗斯福的一个孩子在沙滩上玩够了，跑回家来找罗斯福。"爸爸，我们去游泳吧。"孩子说。"不，孩子，现在不行。"罗斯福抱起孩子说，"总统先生正在使用海洋。"

尽管凡勃伦丝毫不注重衣着，甚至公开鄙视居家杂务，但他对女人还是很有吸引力的。有一次凡勃伦对他的同事抱怨说："如果一个女人对你动手动脚，你该怎么办？"

在一次宴席上，有一位客人对爱丁顿说："教授，听人说世界上只有两个半人懂相对论。爱因斯坦当然是一个，教授，你也是一个。""嗯，不……"爱丁顿带着沉思的神情摇了摇头。"教授，不必谦虚，大家都这么说的。""不，我是在想，那半个人是谁。"

画家范奈莎·贝尔和小说家弗吉尼亚·伍尔芙发起组织了"布鲁姆斯伯里"团体。选择成员时有个标准——"不能忍受呆瓜一样的人。"一旦她们觉得某人"没劲"，就毫不客气地拒绝再邀。她们因此组织了英国乃至世界性的知识分子团体，"在布鲁姆斯伯里，流言也有着闪光的价值"。

曼德尔施塔姆曾有多次坐牢的经历，但他认为自己天生不是坐牢的。比他成名稍晚的叶赛宁说他是天生的诗人，"有了他的诗，我们还写什么？"

当数学家拉曼纽扬病重住医院时，哈代常常去看他。哈代每次走进拉曼纽扬的病房时，总不知道该如何打开话题。有一次，他说的第一句话是："我想我的出租马车车号是 1729，这对我来说似乎是一个很不吉利的数字。"拉曼纽扬回答道："不，哈代！不，哈代！这是一个很有趣的数，它是能够以两种方式表达为两个立方数的和的最小数。"

泡利为人傲慢，言辞犀利刻薄，问题刁钻，且对任何权威都能直言不讳不留情面。他因此得了两个绰号，"上帝的鞭子"和"科学家的良知"。泡利还在上学期间，在一次国际会议上见到了爱因斯坦。爱因斯坦演讲完后，泡利站起来说："我觉得爱因斯坦不完全是愚蠢的。"此话一时传为名言。

1921 年，年近八旬的法国作家法朗士坚持出席了诺贝尔文学奖的盛大庆典。庆典在富丽堂皇的瑞典音乐学院的演奏厅举行。在献词过程中，法朗士一直坐在自己的桌边"打盹"。后来有人问他为什么"打盹"，他解释说："没有这回事，那时我没有打瞌睡，只是我听不懂瑞典语，但我知道他们在谈我——为了表示我的谦虚，我就把头垂了下来。"

赫本初登影坛，即广受欢迎。大量的报纸欣喜若狂地赞美她的美貌、活力、妩媚、典雅，人们称赞她是继嘉宝和褒曼之后的最佳女演员。许多报纸评论赫本说："一位新嘉宝诞生了！"据说英格丽·褒曼在意大利观看《罗马假日》时，竟发出一声惊叫。她丈夫罗西里尼问她："你为什么叫喊？"褒曼说："我被奥黛丽·赫本深深感动了！"

卡夫卡临终时，医生给他打了一针强心剂。他对医生说："四年来您不断地向我许诺。您在折磨我，一直在折磨我。我不跟您说话了。我就这样去死。"他被打了两针。卡夫卡说："杀死我，否则您就是杀人犯。"

1929 年 5 月 16 日，筹备了一年多的美国电影艺术与科学学院的电影奖颁发了。在 1931 年颁发电影奖的时候，学院的图书管理员玛格丽特看到了那个小金人，脱口而出："它真像我的叔叔奥斯卡！"这个奖就渐渐地被叫做奥斯卡电影奖了。这就是奥斯卡电影奖的由来。

数学家乌拉姆出生于波兰并在波兰获得博士学位。1935 年他刚到美国普林斯顿大学时，到公共电话间去打电话，接线员告诉他："占线！"乌拉姆没有听懂，问了一句："我应该占哪条线？"

哈耶克特别喜欢讲他 1921 年去见米塞斯的过程。当时他拿着维塞尔教授写的一封推荐信，信中把哈耶克说成一位前途无量的经济学家。米塞斯看着哈耶克说："前途无量的经济学家？我可从来没有在我的课堂上看到过你。"两个人相视大笑。

墨索里尼站在一栋大楼的阳台上，向 5 万名法西斯党徒喊话："谁是意大利的救星？"5 万人大声回答："墨索里尼！"墨索里尼非常开心："谁是意大利新领袖？"5 万人再次大叫："墨索里尼！"墨索里尼陶醉了："意大利应该由谁来统治？"5 万人叫得更大声："墨索里尼！"这时"布咕"一声，谁放了一个屁。墨索里尼大怒："哪个混蛋在放屁？"5 万人呼声如雷："墨索里尼！！"

关于天才冯·诺伊曼的公式是：（A）冯·诺伊曼可以证明任何事情；（B）冯·诺伊曼所证明的任何事情都是正确的。他的同事们自愧弗如，自嘲时会说："你看，琼尼的确不是凡人，但在同人们长期共同生活之后，他也学会了怎样出色地去模仿世人。"琼尼即是冯·诺伊曼的名字。

有一个好莱坞的女演员问狄兰·托马斯为什么来好莱坞。狄兰说，一来他想摸摸金发碧眼的小明星的乳头，再者想见见卓别林。那个女演员满足了他的愿望，先让他用手指蘸香槟消毒摸她的乳房，然后带上他与卓别林和玛丽莲·梦露共进晚餐。而狄兰在饭前就喝醉了，卓别林很生气，把狄兰赶走，他说伟大的诗歌不能成为发酒疯的借口。狄兰的答复是在卓别林家门廊的一棵植物前撒了泡尿。

法国作家科莱特遭遇过经济危机，她感慨："钱可不好赚。"她为此甚至在1931年开过一家美容院，但很快就关了门。1939年9月3日，英、法对德宣战时，她说："我没有想到人类还会再次走到这步田地。"

20世纪初的哥廷根聚集了当时世界上最具影响力的数学宗师，俨然成为"全世界数学中心"。但纳粹政权上台以后，许多顶尖犹太数学家被迫离开哥廷根大学加盟了美国普林斯顿高等研究院。"量子力学教父"尼尔斯·玻尔的弟弟哈罗德·玻尔曾经高傲地向世人宣称，普林斯顿高等研究院是"银河系数学中心"！

1939年，年仅34岁的葛罗米柯被任命为驻美大使。斯大林接见他时问他英语如何，葛罗米柯说还在攻克之中，尤其是口语还缺乏实践。斯大林建议："你可以到美国的教会、大礼拜堂去听听牧师的布道。要知道，他们英语说得很标准，发音吐字很清楚。要知道，俄国的革命者在国外都没有白待，他们就是采取这种方式完善外语知识的。"

丘吉尔的女婿是一位杂技演员，他不太喜欢女婿。有一次女婿想讨好他的岳父，就问丘吉尔最崇拜的人是谁。丘吉尔想也不想就说是墨索里尼。女婿很奇怪，就问他为什么。丘吉尔回答说："他有胆量枪毙自己的女婿，而我不敢！"

第二次世界大战期间，罗慕洛曾任麦克阿瑟将军的副官，麦克阿瑟比罗慕洛高20厘米。有次登陆雷伊泰岛，他们一同上岸，新闻报道说："麦克阿瑟将军在深及腰部的水中走上了岸，罗慕洛将军和他一起。"一位专栏作家立即拍电报调查真相。他认为如果水深到麦克阿瑟将军的腰部，罗慕洛就要被淹死了。

1946 年 10 月，卡尔·波普尔刚刚出版了《开放社会及其敌人》之后，去剑桥道德科学俱乐部演讲。刚一开始，他就遭到了在场的维特根斯坦的驳斥，随后两人你来我往，唇枪舌剑，气氛越来越紧张。在论战过程中，维特根斯坦一直抓着一根拨火棍，当他激动的时候，拨火棍就在他手中挥舞着。后来，波普尔说了一句："不要用拨火棍威胁访问学者。"维特根斯坦勃然大怒，扔下拨火棍掉头而去。

格劳乔·马克斯的幽默总是基于看起来不可能的、意外的和突发的事件。一次在马克斯兄弟的表演中，他打断演出，来到舞台脚灯前，急切地问："这里有大夫吗？"当一个大夫疑惑地站起来时，他接着问："如果你是个大夫，为什么不在医院待着，把你的病人往死里治，而和一个金发女郎在这儿浪费时间？"

作家贝克特在巴黎的大街上被一个男妓捅了一刀。受伤的贝克特追去问他："你为什么要用刀捅我？"男妓回答说："我不知道，先生。"这件事情给贝克特留下的印记是，世界充满了人的冷漠荒芜的声音和从来不问究竟的荒诞感。

洛尔迦和博尔赫斯只见过一面。见面时，他明显感到博尔赫斯不喜欢他，于是故意模仿博尔赫斯，庄重地谈到美国的"悲剧"体现在一个人物身上。"是谁？"博尔赫斯问。"米老鼠。"他回答。博尔赫斯愤然离去。后来他一直认为洛尔迦是个"次要诗人"，一个"对热情无能"的作家。

布鲁诺·瓦尔特的母亲在他 5 岁的时候就开始每天教他弹钢琴。3年以后，接收他进入音乐学校的老师说："这孩子浑身上下都是音乐。"他 9 岁开始作曲，12 岁成为与柏林爱乐乐团合作演出的独奏家，不久之后成为一名指挥。

克莱茵上了年纪之后，在哥廷根的地位几乎就和神一样，大家对之敬畏有加。那里流行一个关于克莱茵的笑话，说哥廷根有两种数学家：一种数学家做他们自己要做但不是克莱茵要他们做的事；另一类数学家做克莱茵要做但不是他们自己要做的事。这样克莱茵不属于第一类，也不属于第二类，于是克莱茵不是数学家。

据说，希特勒和戈林经过占领的波兰，曾到一个小教堂里暂歇。希特勒指着被钉在十字架上的耶稣问戈林，是否认为他们将来的结局也会是这样。戈林回答："我的元首，我们是非常安全的。等德国完蛋时，已经找不到木头和铁了。"

怀特海与罗素是师生关系，二人合作有巨著《数学原理》。晚年的时候，怀特海在报上发表了一篇文章，被罗素看到了，不同意其观点，于是撰文说"怀特海老糊涂了"；怀特海回报了罗素一下，撰文说"罗素还不成熟"。那一年怀特海90岁，罗素80岁。

有一位法国物理学家拜访狄拉克。那位法国人很费劲地讲着英语，在狄拉克的沉默寡言中介绍自己。过了一会儿，狄拉克的妹妹走进房间，用法语问狄拉克一些事情，狄拉克也以流利的法语作了回答。那位物理学家非常愤怒，大声叫道："你为什么不告诉我，你能讲法语？"狄拉克回答说："你从来也没有问过我呀。"

罗素告诉数学大师哈代，说他曾经做了个梦，梦见200年后剑桥大学图书馆管理员正在把过时无用的书扔掉。当拿起《数学原理》时感到没有把握是否应该扔掉，这时把罗素急醒了。

鲁宾斯坦同阿尔伯特·爱因斯坦曾有合奏小提琴的佳话。在一个乐段，物理学家忽略了一个演奏指示乐节并绕四拍结束。他们重新开始，但爱因斯坦又一次忽略了这个指示乐节。鲁宾斯坦带着嘲讽的愤怒向他的伙伴转过身说："看在上帝的分上，教授，你真的不能数到 4？"

在泡利 21 岁的时候，他为德国的《数学科学百科全书》写了一篇长达 237 页的关于相对论的词条，此文到今天仍然是该领域的经典文献之一。爱因斯坦曾经评价说："任何该领域的专家都不会相信，该文出自一个仅 21 岁的青年之手，作者在文中显示出来的对这个领域的理解力，熟练的数学推导能力，对物理深刻的洞察力，使问题明晰的能力，系统的表述，对语言的把握，对该问题的完整处理，以及对其评价，是任何一个人都会感到羡慕的。"玻恩曾经认为，泡利也许是比爱因斯坦还伟大的科学家；不过他又补充说，泡利完全是另一类人，"在我看来，他不可能像爱因斯坦一样伟大"。

有证据表明数学家伯格曼总在考虑数学问题。有一次深夜两点钟，他拨通了一个学生家里的电话号码："你在图书馆吗？我想请你帮我查点东西！"

新闻巨头卢斯在美国没有家乡。人们见面时会问："你是哪里人？"一般情况下的回答总不外乎说或是加州，或是内华达州、华盛顿州什么的，而卢斯的回答却是："我的家乡是中国的登州。"

有人问过柏林爱乐一位团员，在富特文格勒手下演奏，他们怎么知道当于何时开始？那人回答说，这很简单，只要看见富特文格勒在台侧一露面，团员们便默数节拍，数到第 40 拍便只管开始。

玻耳兹曼不喜欢往黑板上写东西，学生经常抱怨听不懂，希望他能板书。玻耳兹曼答应了，但他在课堂上开始滔滔不绝时又忘记了他的承诺。他最后总结说，大家看这个东西如此简单，就跟 1+1=2 一样。这时他突然想起了对学生的承诺，于是拿起粉笔，在黑板上工工整整地写下"1+1=2"。

有一次，李普曼夫妇举行了极为盛大的鸡尾酒会，其规模之大远远超过往常。内阁官员们混杂于外交官、国会议员和新闻记者之间，还有一些昙花一现的舞台名流或文坛人士前来助兴，平添情趣。一位年轻人第一次参加李普曼的晚会，他在门口一大队警察面前停下来说："怎么这儿戒备森严啊？里面是谁？"警察说："先生，人人都在里面。"

1953年，新西兰登山家希拉里在向导的陪伴下登上了珠穆朗玛峰。下山的时候，希拉里遇到迎接他们的队友，他说的第一句话是："我们征服了这家伙！"

诺贝尔文学奖得主、美国著名剧作家奥尼尔一次接到代理人拍来的一份电报，内容是：大明星哈洛小姐要找一位最好的剧作家写一个电影剧本，能否麻烦奥尼尔先生回一电报，电报字数不超过20字，电报费由收电人支付。奥尼尔回电如下："不不不不不不不不不不不不不不不不奥尼尔"。

拉美国家对聂鲁达获奖的反应是复杂的，但主流是自豪和赞扬。政治上保守的阿根廷文学大师豪尔赫·刘易斯·博尔赫斯曾在60年代同聂鲁达一起被提名为诺贝尔奖候选人。博尔赫斯说："尽管我们政见不同，但我认为文学院授予他文学奖是非常明智的。"

罗宾逊夫人厌恶教条的东西，以向陈规宣战为己任，不断寻求更新的突破，那种坚韧让很多人为之钦佩和振奋，就连庇古这位以鄙视女性而著称的经济学家，也不得不对她另眼相看，把她当做"尊敬的男士"。

金斯堡去拜访凯鲁亚克。他对运动员凯鲁亚克既畏惧又惊奇，这个大个子运动员对诗歌敏感、有悟性。金斯堡说："我在离别之际，对着房门鞠躬、敬礼，又对着走道敬礼。就在一刹那间，我们突然有了某种默契，因为他说他在告别某一个地方的时候，也是这样做的。当他对某个地方说再见，或当他从某个地方匆匆经过时，他经常感到这是一个伤感的、催人泪下的时刻。"

萨瑟兰被称为美声女高音界的"祖师婆婆"。帕瓦罗蒂善于学习，他与萨瑟兰同台演出，就跟萨瑟兰成为最佳合作伙伴。萨瑟兰多次校正他发声的缺陷，甚至让他把手放在她肚皮上来感受正确的运气方法。帕瓦罗蒂后来称萨瑟兰是"最伟大的世纪之声"。

二次大战后，冯·诺伊曼除了进行大量科研工作之外，还成为美国政府决策的顾问。在他病危期间，国防部长、陆军部长、海军部长、空军部长和参谋总长等围绕在他的病床周围，倾听他最后的建议。一位海军上将回忆说，他从来没有看到过如此动人的情景。

1963 年，维格纳获得诺贝尔奖之后访问故国匈牙利时，有人问，冯·诺伊曼在世时，美国的科学政策和核政策很大程度上是否由他决定？维格纳回答道："不完全是这样。但是一个问题经冯·诺伊曼博士分析之后，该怎么办就十分清楚了。"

英国诗人拉金从未结婚，是一个隐士般的单身汉，虽然他曾与很多女人有过密切来往。他仇视放荡的生活，嫉妒后来的年轻人比他有更多的自由。他曾写过"在 1963 年初次与女人性交"。那时他已 41 岁，太晚了！

为了应对烦恼和压力，贝克特总是突发奇想。比如，在他七八十岁高龄的时候，他只会在上午 11 点到 12 点之间接听电话。他还约定了一系列的程序化用语，回信的内容是标准化的："贝克特先生从来不接受采访", "贝克特先生谢绝审阅关于他的作品的论文和手稿", "贝克特先生去乡下了"。

1968年1月，索莱伊到罗马求见费里尼。大导演请她共进午餐，她想在费里尼的片中演个角色，费里尼拒绝了，因为他觉得"你太美了，演不了我片中的女人"。费里尼和她谈论星相学，亲昵地对她说："我的女巫，去学星相学吧。"一语定下索莱伊终生。

小泽征尔有一次去欧洲参加指挥家大赛，在指挥中，小泽征尔发现乐曲中出现了不和谐的地方。开始他以为是演奏家们演奏错了，就指挥身边的乐队停下来重奏一次，但仍觉得不自然。这时在场的权威人士都郑重声明乐谱没有问题，那是他的错觉。但经过再三考虑，他坚信自己的判断是正确的，于是大吼一声："不，一定是乐谱错了！"他的喊声刚落，评委们立即向他报以热烈的掌声，祝贺他夺魁。原来，这是评委们精心设计的"圈套"。

艾略特住在伦敦时，寓所楼上住着几个彻夜跳舞、吵闹的年轻人，艾略特向房东太太抗议，她回答说："艾略特先生，你要忍耐一些，他们是艺术家。"

安德罗波夫说过："光喝汤不喝酒，不是傻瓜就是木头。"他没有开展全面的反酗酒运动，也没有像赫鲁晓夫那样提高酒价。他让一种普通牌子的伏特加酒降价，老百姓马上称这种酒为"安德罗波夫卡"。他想了个妙招：规定商店开始售酒的时间从每天上午10时推迟到中午12时。俄国酒鬼今日有酒今日醉，当天买酒当天喝，12时才开始卖酒，让酒鬼一早醒来无酒可喝，只好去上班。

《麦田里的守望者》令青少年如此入迷的地方在于：它为你的不快乐、愤怒、格格不入提供了理由。崇拜列侬的查普曼在刺杀列侬后，对记者们说:"去读《麦田里的守望者》吧,它包含了许多答案。"

20世纪80年代,埃及人当中普遍流传着一个笑话。穆巴拉克的车开到了一个十字路口,穆氏问司机:"纳塞尔前总统会怎么走?""一直向左走。"司机答道。"那萨达特总统又会怎么走呢?"穆氏继续问道。"他会说一直向右走。"司机道。"那好,先左走,再右拐,之后停车。"穆氏指挥道。

1987年获诺贝尔经济学奖的罗伯特·索洛在经济增长理论方面做出了很大贡献,此人说话诙谐。当他成名后,有许多记者打电话要采访他,他说:"每次电话把我从床上吵醒,我甚至都来不及穿内衣。"他评论弗里德曼时说:"任何一件事情在弗里德曼那里都让他想到了货币供给量。而任何一件事在我这里都让我想起了性行为,但我把它排除在我的论文之外。"

叶戈尔·盖达尔的爷爷是布尔什维克革命的草莽英雄之一,14岁参加红军,革命胜利后成为一位著名的儿童文学作家。作为将文武合而为一的苏联人物,他给孙子留下了一个备受尊敬和影响的姓氏。很多年以后,叶利钦承认,在选择他的内阁部长时,盖达尔这个充满魅力的姓氏确实对他的决定有所影响。

据说,克林顿和叶利钦曾在首脑会谈的间歇闲聊。叶利钦对克林顿说:"你知道吗,我遇到了一个麻烦。我有一百个卫兵,但其中一个是叛徒而我却无法确认是谁。"听罢,克林顿说:"这算不了什么。令我苦恼的是我有一百个经济学家,而他们当中只有一人讲的是事实,可每一次都不是同一个人。"

文苑第二十七

Literary World

罗丹是一个独行者。在漫长的艺术生涯中，他沉潜于但丁和波德莱尔创造的世界，沉潜于米开朗琪罗和达·芬奇创造的世界，沉潜于石头和青铜的世界，沉潜于自然之中。做过他秘书的诗人里尔克说："没有人跟他对话，只有石头与他交谈。"

易卜生所写的大量揭露现实的戏剧，总是提出问题以激发观众去思考。在《玩偶之家》的结尾，娜拉出走之后向何处去？是个问号。《人民公敌》的结尾，坚持真理的斯多克芒医生成为孤独的少数派，不但自己失去了工作，连同情他的女儿、朋友也都失去了工作。他今后怎么办？是个问号……他因此被称为"伟大的问号"。

苏利·普吕多姆获得 1901 年首届诺贝尔文学奖。当他知道自己所获得的奖金是他写了 35 年诗的总收入的 4 倍以上时，异常惊喜，激动之下他表示要拿出其中一部分资助那些无力出版第一本诗集的青年作者。他的承诺一出，请求资助的信件纷至沓来，以至于普吕多姆惊叹："如果我全部答应的话，足可将我的奖金吞得一文不剩。"

乔伊斯的文学生涯始于 1904 年，那年他开始创作短篇小说集《都柏林人》。在写给出版商理查德兹的一封信中，他明确地表述了这本书的创作原则："我的宗旨是要为我国的道德和精神史写下自己的一章。"这实际上也成了他一生文学追求的目标。

1905 年，巴黎秋季沙龙美术作品展揭幕时，一位名叫路易·沃塞尔的批评家被一幅幅用纯色随意涂抹成的油画惊得目瞪口呆。展室中间有一尊多那太罗的雕像，批评家指着雕像惊呼："多那太罗被野兽包围了！"这一句话给西方美术史上的崭新流派命名了"野兽派"，作为这个潮流的灵魂人物，马蒂斯的大名也不胫而走，蜚声世界。

安德鲁·莱西特说吉卜林："对比所享有的荣誉，他其实是一个很低级下流的作家。"但马克·吐温热情洋溢地赞美吉卜林说："我了解吉卜林的书……它们对于我从来不会变得苍白，它们保持着缤纷的色彩；它们永远是新鲜的。"由于吉卜林"观察的能力、新颖的想象、雄浑的思想和杰出的叙事才能"，他于 1907 年获得诺贝尔文学奖，成为英国第一位获此奖的作家。

谷崎润一郎的创作倾向颓废，追求强烈的刺激、自我虐待的快感和变态的官能享受，自称为"恶魔主义"。

以希尔伯特命名的数学名词多如牛毛，有些连希尔伯特本人都不知道。有一次希尔伯特曾问系里的同事："请问什么叫做希尔伯特空间？"一次在希尔伯特的讨论班上，一个年轻人作报告，其中用了一个很漂亮的定理。希尔伯特说："这真是一个妙不可言的定理呀，是谁发现的？"那个年轻人茫然地站了很久，对希尔伯特说："是您……"

1908 年，在巴黎秋季沙龙的展览上，当野兽派画家马蒂斯看到毕加索和布拉克的那些风格新奇独特的作品时，不由得惊叹道："这不过是一些立方体呀！"后来，作为对毕加索和布拉克所创的画风及画派的指称，"立体主义"的名字便约定俗成了。

第一次世界大战期间，在法国边境上，一个士兵要求伊戈尔·斯特拉文斯基申报职业，他回答说："音乐创作者。"

20 世纪初，罗曼·罗兰的创作进入一个崭新的阶段。罗兰为让世人"呼吸英雄的气息"，替具有巨大精神力量的英雄树碑立传，连续写了几部名人传记：《贝多芬传》《米开朗琪罗传》和《托尔斯泰传》。1915 年，为了表彰"他的文学作品中的高尚理想和他在描绘各种不同类型人物所具有的同情和对真理的热爱"，罗兰被授予诺贝尔文学奖。

毛姆说他自己："我只不过是二流作家中排在前面的一个。"

有一次，三位记者不约而同去访问柏格森。柏格森正要外出，于是说："请把诸位的来意和问题全都说出来。"他一面倾听，一面握笔疾书。当三位记者的话音刚落，柏格森就从椅子上站了起来，一面做出送客的姿态，一面向三位记者递去一张张纸，微笑着说："你们所说的，以及所要的答案，我都写在纸上了。"

乔治·费多是法国著名的戏剧家，他成功地创作了许多滑稽剧，《马克西姆家的姑娘》一剧曾轰动一时。在他开始创作时，他很坦然地接受了观众的冷遇。有一次，费多混在观众当中，同他们一起喝倒彩。"你是发疯了吧！"他的朋友拉住他说。"这样我才听不见别人的骂声，"他解释说，"也不会太伤心。"

1920 年秋天，曼德尔施塔姆在乌克兰海滨城市费奥多西亚被白军抓获。白军认定他是布尔什维克间谍，把他关入牢房。曼德尔施塔姆大声喊道："快放我出去，我天生不是坐牢的！"

玻尔是哥本哈根学派的领袖，他以自己的崇高威望吸引了国内外一大批杰出的物理学家。曾经有人问玻尔："你是怎么把那么多有才华的青年人团结在身边的？"他回答说："因为我不怕在年轻人面前承认自己知识的不足，不怕承认自己是傻瓜。"

奥威尔有一种平等精神。他写《缅甸岁月》，背景是殖民地社会，对英国人和缅甸人都一视同仁，无分轩轾。这使人想起福斯特的《印度之行》。福斯特说过："大多数印度人，就像大多数英国人一样，都是狗屎。"

凯恩斯曾跟马克斯·普朗克教授一同进餐。普朗克是一位在数学方面具有天才的人物，量子力学就是在他手里发展起来的，这门学问是人类智力比较惊人的成就之一。普朗克对凯恩斯说，他曾一度考虑要从事研究经济学，但是后来放弃了这个念头，因为它太难了。凯恩斯把这句话转告了一个朋友，谁知朋友说："啊，这就奇怪了，伯特兰·罗素有一次告诉我，他也想研究经济学。但是因为它太简易，决定作罢了。"

当卡夫卡的第一部作品《观察》出版时，卡夫卡告诉朋友："安德烈书店售出了11本。10本是我自己买的。我只想知道，是谁得到了那第11本。"说这话时他满意地微笑着。

美国诗人埃兹拉·庞德曾写过一首长达30行的诗作——《在一个地铁车站》。写完以后，他感到很不满意，一年之中逼着自己改了两次，最后只剩下两行："人群中这些面孔幽灵一般显现，湿漉漉的黑色枝条上的许多花瓣。"

苏联导演爱森斯坦执导了电影《战舰波将金》，卢那察尔斯基承认："在俄国，人们不是一下子就懂得这部光辉灿烂的片子所蕴有的全部革命力量和它所运用的新技巧。我们是从德国人的反响中才明白我们的电影艺术所取得的进步。"戈培尔说："世界观不坚定的人，看了这部片子就会成为布尔什维克。"

庞德曾经想阻止艾略特发表一篇东西，告诉他说那是垃圾。结果，艾略特还是发表了，只是附上一篇前言，注明"庞德说这是垃圾"。

曾有人问马蒂斯和卢奥，如果你们流落在荒岛上，失去了一切，包括与人交流的希望，你们会继续画画吗？马蒂斯没有直接回答，却机巧地说："没有一个艺术家会没有观众，艺术家总希望被人理解。"卢奥则说："我会继续画画，即使一个观众也没有。"

1936年，在挪威奥斯陆举行第十届国际数学家大会，这届大会的亮点是颁发国际数学最高奖——菲尔兹奖章。加拿大数学家菲尔兹把2500加元作为基金交给大会，用以奖励世界上最杰出的数学成就。这一奖章用14K金制成，正面文字是："超越一个人的个性限制并把握宇宙"，反面是："全世界数学家一起向知识的杰出贡献者致敬。"

弗吉尼亚·伍尔芙每写出一部作品，首先关注的是朋友们的反应，尤其是被她称为摩根的福斯特。她有阅读报纸的习惯，有关她作品的评论文字她一篇也不放过。她抽着烟，焦灼地搜寻着一个名字，喃喃地说："摩根在哪里？摩根为什么不说话？"在她看来，如果摩根不发表观点，那么就意味着她的作品——尽管她为之呕心沥血——是失败的。

沃尔芙29岁发表了《天使，望故乡》，宛如"骤然间光芒四射的一场爆发"，震惊了西方文坛。他的故乡以他为荣，连他父亲的石匠大锤都特地造了纪念碑，镇中心的雕像正是他的天使，微张着翅膀庇护的样子。他死在巴尔的摩。在他生命后期，他向大学辞职，与情人断绝往来，在纽约布鲁克林的一个公寓里住了下来，经过了十年井喷一样的写作后，撒手而去，死时只有38岁。在他逝世前，他反复重复着一句话：

"你不能再回家。"

巴甫洛夫是专心投入学术研究的典型学者，只专心研究，不注意衣食住行等生活细节。70岁以后，巴甫洛夫每天仍乘电车上班，有次电车尚未停稳，他就从车上跳下来，跌倒在地。路旁一位老妇人惊叫说："天啊！看这位天才科学家连电车都不会搭！"

有一次，维特根斯坦问罗素："你是否认为我是个十足的白痴？"罗素不解："为什么你想要知道这个问题？""如果我是，我就去当飞艇驾驶员；如果我不是，我将成为一名哲学家。"罗素说："这个我不太清楚。但如果假期里你给我写一篇哲学文章，我读了后就告诉你。"一个月后文章送到了罗素手里，罗素刚读完第一句，就相信他是一个天才，并向他担保："你无论如何不应成为一名飞艇驾驶员。"

西班牙内战的爆发使聂鲁达重新确定行动主义和政治诗的方向。他说："世界变了，我的诗也变了。"

赛珍珠获得1938年的诺贝尔文学奖以后，受到很多人的非议。大诗人罗伯特·弗洛斯特曾说："如果她都能获得诺贝尔文学奖，那么每个人得奖都不该成为问题。"威廉·福克纳说，他宁愿不拿诺贝尔文学奖，也不屑与赛珍珠为伍。

1942年，美国数学家莱夫谢茨去哈佛大学作学术报告。伯克霍夫是他的好朋友，讲座结束之后，就问他最近普林斯顿大学有什么有趣的新闻。莱夫谢茨说有一个人刚刚证明了四色猜想。伯克霍夫根本不相信，说如果这事当真，他就用手和膝盖，直接爬到普林斯顿的大厅去。

"二战"期间，好莱坞对自己的影片在前方所受的夸奖与赞美喜形于色。华纳兄弟公司发表了军人来信，说该公司的《卡萨布兰卡》给远征北非的部队带来了欢乐。派拉蒙公司也宣布丘吉尔对他们的纪录片《醒来的岛屿》大为赞赏。米高梅公司的老板梅耶则逢人便说：丘吉尔亲自写信给他，夸奖他的影片《米尼弗夫人》"是最好的战时动员，抵得上100艘战舰"。

1945 年，泡利终于拿到那个他觉得自己 20 年前就应该拿到的诺贝尔奖后，普林斯顿高等研究院为泡利开了庆祝会，爱因斯坦为此在会上演讲表示祝贺。泡利后来写信给玻恩回忆说："当时的情景就像物理学的王传位于他的继承者。"

1947 年，哈耶克组织了"朝圣山学社"，俊采星驰、群贤毕至，39 名成员来自 10 个国家。据说哈耶克本人希望将学社命名为"阿克顿·托克维尔学社"，芝加哥大学的弗兰克·奈特反说："你不能用两位天主教徒的名字来命名一个自由主义者的团体。"

1949 年，福克纳得知自己获诺贝尔文学奖后，一度不太相信，他喝得醉醺醺的。在真正启程去领奖前，他还在喝酒。他在斯德哥尔摩发表的演说是诺贝尔文学奖最精彩的感言之一。他说道："我拒绝认为人类已经走到了尽头……人类能够忍受艰难困苦，也终将会获胜。""我不接受人类末日的说法。"

1950 年，诺贝尔奖得主恩里科·费米提出了这个最著名的问题："外星人在哪里？"他与物理学界的同行们讨论了这样提问的原因，如果宇宙中充满生命，为什么没有一个人看到过外星人文明的任何迹象。数学家布乔克给出的答案是：外星人没与我们接触，是因为它们还没有时间发现我们。

经常有人问安·兰德，她首先是位小说家还是位哲学家？她的回答是："两者皆是。"

哥德尔的举止以"新颖"和"古怪"著称。爱因斯坦是他要好的朋友，他们经常在一起吃饭。麦克阿瑟将军从朝鲜战场回来后，在麦迪逊大街举行隆重的庆祝游行。第二天哥德尔吃饭时煞有介事地对爱因斯坦说，《纽约时报》封面上的人物不是麦克阿瑟，而是一个骗子。证据是什么呢？哥德尔拿出麦克阿瑟以前的一张照片，又拿了一把尺子。他比较了两张照片中鼻子长度在脸上所占的比例。结果的确不同：证毕。

作家塞林格在第一次见到泰勒时曾为她的美貌倾倒："她是我见过的最漂亮的女人。"

1957年，还是籍籍无名的马尔克斯在巴黎街头一眼认出名人海明威。二人素未谋面，马尔克斯不知道该上前去请他接受采访，还是去向他表达对他无限的景仰。最后，马尔克斯只是向对街的人行道大喊："大——大——大师！"海明威明白在众多人当中不会有第二个大师，就转过头来，举起手像小孩子似的对马尔克斯大叫："再见，朋友！"以后二人再也没见过面。

1969年，滚石乐队的灵魂人物之一，布莱恩·琼斯死在了自家的游泳池里。为了纪念这位摇滚英雄，鲍勃·迪伦在专辑中重新演唱了《像一块滚石》："这感觉如何？感觉如何？孤独一人，没有家的方向，像一个陌生人，像一块滚石。"

西蒙·温切斯特是著名的传记作家，他在谈到写书的动机时说，有一次他在逛哈佛大学附近的书店时偶然看到《中国科学技术史》，就问起谁是李约瑟。书店的职员大为惊讶，脱口说，先生您连李约瑟都不知道，还能算是文明社会有教养的人吗？温切斯特为此深受震动。

洛尔迦和聂鲁达一见如故。聂鲁达喜欢洛尔迦的丰富以及他对生活的健壮胃口。他们俩都来自乡下，对劳动者有深厚的感情。洛尔迦对聂鲁达的诗歌十分敬重，常打听他最近在写什么。当聂鲁达开始朗诵时，洛尔迦会堵住耳朵，摇头叫喊："停！停下来！够了，别再多念了。你会影响我！"

波兰学派的人喜欢在咖啡馆里讨论数学。库拉托夫斯基和斯坦因豪斯是有钱人，他们一般在高档的罗马咖啡馆里谈论数学；巴拿赫、乌拉姆和马祖尔穷一些，则待在一个苏格兰咖啡馆里，每次有什么重大发现，就记录在册，并保存在店里，这就是著名的苏格兰手册。当然，老板对他们好的一个原因就是他们每次都会消耗大量的啤酒。据说有一次聚会长达 17 小时，其间，巴拿赫不停地饮酒，乌拉姆说巴拿赫是难以超越的。

除了对最佳雪茄、美食和美酒的敏感欣赏，钢琴家鲁宾斯坦还是位美术鉴赏家。他说："我发现了毕加索，在我成为鲁宾斯坦之前。"

有一次，维特根斯坦对罗素再版《数学原理》评论说，《数学原理》有许多错误，靠出一个新版本也无济于事。维特根斯坦的苛刻是一种非常认真公正的态度。有一次罗素在学术会议上对"几个傻瓜"保持礼貌，结果维特根斯坦义愤填膺，认为罗素没有当面告诉那几个傻瓜，他们是多么愚蠢，是一种缺德的世故。

据记载，阿西莫夫曾宣称自己不喜欢看色情文学作品。他说："我每次看这种书都觉得难为情。"朋友们可以为此作证。他曾在婚后光顾过纽约的下流剧院，但只去过一次，他认为整个过程枯燥乏味。有一次，在第 42 大街上，一位妓女找上了他。他后来声称，当时他根本不知道她是在拉皮条，但当他弄明白后，他吓得拔腿就跑。

1958 年，帕斯捷尔纳克获诺贝尔文学奖，获奖原因是"在现代抒情诗和伟大的俄罗斯叙事文学领域中所取得的杰出成就"。他感动得致电瑞典皇家学院："极为感谢！激动！荣耀！惊讶！惭愧。"

厄内斯特·海明威不大注意拼写，例如动词 have 变成现在分词时忘记去掉字母 e 再加 ing。连词 nor 用于否定时，他总用得不妥当。在他一生中，他总是把 already 同 all ready 混淆，还认为英文里确有 alright 这个词。但是他在中学读书期间在写作上所表现出来的冲天干劲和敢闯精神，以上这些缺点与之相比就显得十分次要了。后来，他有句口头禅："你写文章，可请别人替你改正错别字。"

"二战"后，海德格尔曾认为，尼采把他弄坏了。他非常担心人们会因为他卷入纳粹主义而认为他不是一个有价值的人，伽达默尔在这方面帮助了他，以致海德格尔很感激伽达默尔。

当 1965 年诺贝尔文学奖通知电报来到肖洛霍夫身边的时候，他正在郊外的森林里打猎。后来，在他亲赴斯德哥尔摩领奖时，大批记者来采访他。他说瑞典文学院迟了二三十年才颁奖给他，实际上他是第一位真正该得此项奖的苏联作家。他还说："当我得知获得诺贝尔文学奖的那天，我正好朝天放了两枪，结果除了掉下两只大雁外，还十分意外地掉下了诺贝尔文学奖。"

俄国人纳博科夫最终把自己归类为美国作家。1969 年，他这样告诉记者："在现时的概念里，一位美国作家意味着一位当了 25 年美国公民的作家，它还意味着我所有的作品都首先在美国发表，意味着美国是唯一的一个使我在精神和感情上感到是家的国家。"

奥登晚年公开披露了他的同性恋倾向，他暗示说，他沾染这种恶习使他在这个不安宁的世界获得一段较为轻松的时刻。"在天国，"他写道，"我们都有着平等的意识，大家都有着独立的人格，都有着独立的世界观，都是一个种类。"

1972 年，蒙塔莱出版了他最重要的评论集《我们的时代》。在这部评论集中，他批评文学艺术被纳入工业生产的轨道，背弃了其作为"时代晴雨表"的庄严使命。1975 年，蒙塔莱因"独树一帜的诗歌创作，以巨大的艺术敏感性和排除谬误和幻想的生活洞察力阐明了人的真正价值"，以其全部作品荣膺当年诺贝尔文学奖。蒙塔莱说："这个世界上蠢人往往是胜利者。现在，我也成为其中之一了吗？"

卡内蒂跟穆齐尔的关系伴随了他一生，在获诺贝尔奖时，他仍提到了这位他尊敬有加的作家："穆齐尔的作品直到今天还使我入迷，也许直到最近几年我才全部理解了他的作品。"

1975 年，博尔赫斯在密歇根州大激流市接受公开采访。有人问他："你认为作家的主要职责是什么？"博尔赫斯毫不犹豫地答道："创造人物。"有人说，这位伟大的作家本人从没有真正创造过任何人物。

有人问塞林格，《麦田里的守望者》是否是自传性小说。他说："算是吧，当我完成这本小说时，我大大松了口气。我的少年时代和书中的男孩相当类似，向人们讲述这个故事是一种巨大的解脱。"

萨特是个勤奋的人。除了去世前几年间因半失明而辍笔外，他一生中从没有停止过写作。与许多人把笔耕看成是一种苦役不同，萨特把它当做是一种乐趣，一种需要，一种人生的基本支撑点。他这样说："我没办法让自己看到一张白纸时，不产生在上面写点什么的欲望。""无日不写"成了他的座右铭。

对 20 年后才出录像带的《E.T. 外星人》，斯皮尔伯格有一种无可言喻的私密情感。他认为它是他心中最珍爱的电影，而且也绝不可能拍出一部比它更好的续集。他说："既然不能更好，何苦玷污它的完美？"

　　在德勒兹心目中，福柯是同时代最伟大的哲学家。他评论《知识考古学》时指出，福柯是一位新档案保管员；在评论《监视与惩罚》时则说，福柯是一位新地图绘制者。而在福柯一方，同样表达了自己的由衷敬佩。在评论德勒兹《差异与重复》和《意义逻辑》时，福柯说："有朝一日，德勒兹时代也许会来临。"

　　布罗茨基曾说，曼德尔施塔姆的命运是出版自由与诗人之间最离奇的事件："我不能不说，他是一位现代俄狄浦斯：他被遣往地狱却再也没有归返。他的寡妻在占地球表面六分之一的土地上东躲西藏，将一只暗藏他诗卷的平底锅握在手中，夜深人静时默默背诵他的诗歌，时刻提防手执搜查证的复仇女神闯入内室。这是我们的变形记，我们的神话。"

　　据说，希区柯克最喜欢开的一个玩笑是：挤在电梯的人堆里，等电梯到了他要去的那一层时，便对身边的人说："我怎么也不相信只是开了一枪，那里到处是血。"说完走出电梯，让留下的人整天去猜测他究竟是在谈什么可怕的事。

　　1992 年秋天，在关于茨维塔耶娃的一次国际研讨会上，诺贝尔文学奖获得者布罗茨基宣称："茨维塔耶娃是 20 世纪最伟大的诗人。"有人问："是俄罗斯最伟大的诗人吗？"他答道："是全世界最伟大的诗人。"有人又问道："那么，里尔克呢？"布罗茨基有些气恼地说："在我们这个世纪，再没有比茨维塔耶娃更伟大的诗人了。"

　　1992 年，曾有"欧洲好莱坞"之美誉的罗马电影城深陷危机，不得不拍卖道具等财产。这是费里尼最热爱的地方，他深感痛心："看到电影城没落，让我觉得自己老了。没有别的事像这样突然让我觉得老了。"

　　1920 年，27 岁的米罗到巴黎时，毕加索为了接济他，买下了他的一张自画像。当时，米罗也与以记者身份旅居巴黎的美国作家海明威相处甚欢。生活拮据的海明威,为了帮助困难之中的米罗,曾经凑了 5000 法郎买下米罗的早期重要作品《农场》。到了 2007 年底,米罗题为《蓝星》的作品创下了 1160 万欧元的拍卖纪录。另一幅作品《鸟》,则以 620 万欧元成交。

毕加索在晚年很少离开他的山顶别墅。他似乎感到世界正在悄悄地从他身边逝去,尤其是他的朋友接二连三地死去。他把自己关在房门内,拒绝去接外来的电话。在大部分时间里,他仍在画画。他的另一位朋友说:"你可能会认为他是在试图用生命的最后时光去做几个世纪的工作。"

厄多斯是 20 世纪最具天赋的数学家。他没有家,他说他不需要选择,他从未决定要一年到头每一天都研究数学。"对我来说,研究数学就像呼吸一样自然。"然而,他并不轻言休息,简直可以公认是巡回世界的数学家。他喜欢说:"要休息的话,坟墓里有的是休息时间。"

武林第二十八

Military Field

日俄战争期间，日军统帅大山岩的孙子问他靠什么指挥打仗，大山岩回答："嗯，靠的是装糊涂。"

德国元帅兴登堡在"一战"中声名鹊起，受国人狂热追捧，被誉为"护国之神"。但他在战争中有个最大的特点——爱睡觉。在兴登堡去德国最高统帅部之后，对他不满的霍夫曼以假装敬畏的神情告诉到战地来采访的人说："这里是战前元帅睡觉的地方，这里是战时元帅睡觉的地方，这里是战后元帅睡觉的地方。"霍夫曼曾愤愤不平地说："真正有能耐的人是否也会碰巧当上元帅？"

"一战"期间，德国参谋总长法尔肯海因将军主张集中攻击法国，但他并不认为大规模突破是必要的。他打算选择一个在情感上被奉为神圣的地区"使法国把血流尽"，"为了守住这个地区，法国将不得不投入他们所有的每一个人"。"凡尔登绞肉机"由此概念最终成为事实，他自己则被称为"凡尔登屠夫"。

在索姆血腥大战中，有最好的人，也有最坏的人。在后来成为知名人士的那些人中间，有军人伯纳德·蒙哥马利和阿奇博尔德·韦维尔，诗人埃德蒙·布伦登、罗伯特·格雷夫斯、约翰·梅斯菲尔德和西格弗里德·萨松。在德国堑壕里怀着期待的心情等待着的，则是下士阿道夫·希特勒："……我毫不羞愧地承认，我被热情所陶醉……并且承认，我跪了下来衷心地感谢上苍，为了荣幸地允许我活在这样的时候。"

在坦克到达战场前，劳合·乔治访问了黑格和霞飞。看到几千匹军马后，他反对说，对密集的自动炮火进行骑兵冲锋是屠杀。但指挥官们恳切地告诉他说，文官对军事问题的知识，充其量也是无足轻重的。道格拉斯·黑格爵士从来不完全相信，机枪和坦克已使骑兵袭击成为历史陈迹，在整个大战中，他的发亮的长筒靴总是带着踢马刺的。

在1914年马恩河战役中，德军向福煦的第九集团军发动猛攻。福煦并不抵挡，而是也发动进攻，和德军对战拼命。最终德军承受不了，被迫停止进攻。福煦在给霞飞的电报中说道："吾左军崩之，吾右军溃之，吾中军退之，形势妙哉！吾正继续猛攻也！"

很多人认为马恩河战役的最大功臣并非霞飞这个"反应迟钝"的家伙，而是巴黎卫戍司令加里埃尼。后者在战时征用了包括出租车在内的巴黎所有的机动车辆，组建了世界战争史上第一支摩托化部队，确实对战役胜利起到了重要作用。对于"抬加贬霞"的人，霞飞的回答相当经典："我不知道战役的胜利应该归功于谁，但我知道如果此战失败谁将为之负责。"

伊普雷之战，英军有着冲到英吉利海峡的宏大计划，但结果只得到几平方英里毫无价值的沼泽地，包括荒芜的帕尚达埃尔村庄在内。黑格的老对手劳合·乔治辛酸地说，这场战斗"连同索姆和凡尔登的战斗，将列为战史上所曾进行过的最残忍、最无益和最血腥的战斗",乔治痛斥,这是"在所有灾难记录中无与伦比的顽固和狭隘的自高自大"的结局。

1917 年 3 月,俄国爆发二月革命,沙皇被迫逊位;高尔察克是第一位宣誓效忠临时政府的海军上将。他说:"我不是为这种或那种形式的政府服务,而是为被我视为高于一切的祖国服务。"

福煦做了协约国总司令后,跟麾下三位大将仍有矛盾,尤其是和美军总司令潘兴将军。有一次福煦要把美军拆开分给英军和法军,潘兴不同意,福煦把他的计划往桌上一丢,说完拂袖而去。后来潘兴曾对别人说,那一刻他恨不得一巴掌把福煦抽死。

"一战"中,德军攻入比利时将军勒芒防守的阵地,发现勒芒将军被压在一大块砖石下面,看来已经气绝身亡。一名满脸污垢的副官守卫在侧,他说:"请对将军尊重一点,他已经死了。"其实勒芒还活着,只是失去了知觉。救活之后他被送到冯·埃姆米希将军面前,他交出指挥刀说:"我是在昏迷中被俘的。务必请你在战报中说明这一点。""你的指挥刀并没有玷污军人的荣誉,"埃姆米希答道,同时把指挥刀还给将军,"留着吧。"

"一战"期间,英国将军艾伦比出征前,劳治·乔合首相对他说:"我希望你能拿下耶路撒冷,作为献给咱们大英帝国的圣诞节礼物。"就这样,艾伦比从西线战场调到了中东战场。造化弄人,正是在中东战场,艾伦比才创造了他一生中最辉煌的战绩,使自己成为"一战"中最了不起的英国陆军名将。

意大利卡多纳将军有着顽固的军事纪律观念,可用古老的皮埃蒙特格言来概括:"上级总是对的,越是错时越是对。"唯恐士兵忘却,卡多纳向他的指挥官发出纪律指令，劈头一句就是："最高统帅部要求，无论何时何地，铁的纪律应当统治全军。"对违犯规章的处分，他则采用了文明军队废弃已久的野蛮刑罚。

一次战役之后，德军伤亡 1 万人，中断进攻而不救援友军的俄国将军连年坎普夫的伤亡共达 14.5 万人。失去理智的连年坎普夫抛弃了他的军队，飞快逃回俄国。没得到救援的吉林斯基将军对他的怯懦行为大发雷霆，极力要求把他立即撤职。俄军内部混乱不堪，连年坎普夫甚至被指责为通敌："他本是个德国人，你还能指望他做什么别的事情呢？"但总司令不但把连年坎普夫贬黜，还把吉林斯基也撤职："因为他失去理智，不能掌握作战。"

英国将军贝蒂的名字常常跟日德兰海战联系在一起。其好战个性跟另一将军杰利科的过分沉着是两个极端，"一旦抓住绝不放手"是德国人对他的形容。当第一海务大臣要求第五战列舰分队归贝蒂指挥时，杰利科极力反对："给的船越多，他的胆子越大。"

1916 年 5 月，"一战"期间规模最大的海战——日德兰海战爆发。德英两国舰队都想引诱对方靠近自己的主力，然后再歼灭之。尽管初战不利，旗舰"雄狮"号受创，贝蒂对"雄狮"号舰长说："我们这些该死的船今天有点毛病。"这种冷静泰然被日后的英国史学家所称颂，接着他下达了一道典型的纳尔逊式的命令："再近一点接敌。"

因为指挥失利，小毛奇被免去德国最高指挥官之职。但此事暂时保密，以免震惊全国。为了粉饰太平，毛奇每天不得不去参加讨论战略，在那里，没有人征询他的意见或把他当做一回事。他不得不坐在他从前的对手、现在是他的继任人的旁边，一言不发。毛奇后来说："但丁的地狱都容纳不了我被迫在那时遭受的这些痛苦。"

法国使者敦促俄国人在东普鲁士发动攻势。沙皇的伯父、总司令尼古拉斯大公，是一位亲法者，他向大使保证说："我甚至可以不等我的几个军全部集合。我一感到足够强大，我就进攻。"可是，这位热心的俄国人，忽视了为他们的军队准备充分的食物、补给或运输工具。

第一次世界大战期间，同盟国与协约国斗得筋疲力尽之时，美军作为有生力量踏上欧洲的土地。但潘兴不急于投入战斗，而是认真地进行战前训练，这可把在堑壕里苦战的英国人和法国人急得不得了。就连潘兴的参谋也提醒他："我们的训练计划需要的时间太长了，会使人们感到德国人的预言是正确的——在英法军队垮台之前，美军到不了前线！"潘兴回答说："我不知道德国人的想法，我只知道没有受过训练的士兵打不了仗！"

施里芬从未亲自指挥过军队作战，因其制定的"施里芬计划"而获得"统帅"的美名，他对此评论说："我们已经堕落得太深了。"当小毛奇继他出任总参谋长后，因举办一次演习被授予高级勋章的时候，施里芬说，在他叔父（老毛奇）获得同样勋章的时候，必须冲锋陷阵，打赢数次战争。

"一战"期间，特伦查德指挥航空队主动出击，轰炸了德国的铁路、机场和工业目标。反对者批评他，说他让飞行员去送死，特伦查德回答："岂有打仗不死人哉？不死人何以赢得胜利乎？！"他后来被誉为"皇家空军之父"。

"一战"时，隆美尔随部队开赴法国，后又在东线与罗马尼亚人和意大利人作战，被德皇威廉二世授予功勋奖章。"一战"结束后，他担任过步兵营长和陆军学院教官。隆美尔有着惊人的军事素质，他把德国军事学说的进攻精神融于自己的军事指挥之中，善于捕捉稍纵即逝的战机，敢于力排众议，果断发起进攻。丘吉尔曾这样评价隆美尔："尽管我们在战争浩劫中相互厮杀，请准许我说，他是一位伟大的将军。"

1930年1月，马其诺将争论多年的防御计划交由议会进行讨论以投票表决，马其诺发挥其演说才能说服了议会成员。他警告说："不管新的战争会采取什么形式，战争的手段是空战，是毒气战……我们无人不晓遭受侵略的代价，随之而来的是财产物质的惨重损失和士气颓败。"拒敌于国门之外成就了军事史上著名的"马其诺防线"，英国军事家李德·哈特认为，法国的军事思想要落后20年。

丘吉尔在军队工作极为认真。据说，他经常戴一顶浅蓝色的法国钢盔穿行在阵地上，在官兵们面前表现得刚毅果决、勇敢机警。他经常对士兵们说："战争是一种游戏，应当满面笑容地作战。"他的乐观精神极大地鼓舞了官兵们的士气。

戴高乐在德国人入侵前4个月大声疾呼，不管法国政府把马其诺防线加强得如何好，敌人可以摧毁它或绕过它。他警告说，如果突破一个缺口，那么整个马其诺防线就会崩溃，汽车到巴黎只有6个小时的路程。他说："在上一世纪，每一次巴黎被侵占，法国的抵抗力量在一个小时内就被瓦解了。"1940年6月14日，那个时刻又到来了，戴高乐的预言成了现实。

1934年，富勒走出了更加错误的一步，他公开认可法西斯主义的一些思想，包括法西斯对犹太人的态度。他在自己的一些文章中也对犹太人进行了谴责。30年后，富勒为自己这个时期的行为申辩，抱怨人们错误地理解了他的政治观点。他说："我并不反对民主政治。我反对的只是过于泛滥的选举，因为这既不负责任，又缺乏良好的组织。我之所以部分认可法西斯理论，其中一个原因是，他们与我一样都主张建设机械化部队。"

苏联五大元帅中的三位，图哈切夫斯基、布柳赫尔（即加伦将军）和叶戈罗夫被枪决，剩下的两位，布琼尼和伏罗希洛夫也岌岌可危。1939 年内务部的人包围了布琼尼的住宅，这位驰骋疆场的骑兵统帅端起机枪便向内务部人员扫射，逼得他们只好向后退，布琼尼赶紧给斯大林打电话："斯大林同志！发生了反革命叛乱，有人来抓我。我向您保证：绝不让他们活捉。"斯大林听了哈哈大笑，命令叶若夫："放过这个傻瓜吧，他对我们没危险。"

山本五十六心里清楚日本海军与美英海军的差距，他曾对近卫首相说："如果真和美国打，我只能坚持一年到一年半。"

1927 年，59 岁的松井石根受命为日本上海派遣军司令官，他得到了人生中最后一次扬名立功的机会。他学写汉诗，发出过这样的感慨："汗了戎衣四十年，兴国如梦大江流。军恩未酬人将老，执戟又来四百州。"

1940 年 5 月，二次大战的西线战役打响。古德里安率领装甲部队疯狂挺进，毫不停歇，第一天就越过了卢森堡和比利时，不久就攻克了法国色当要塞。德军速度实在太快，快得让法军根本反应不过来，待到他们清醒过来时，已在德军的战俘营里了。6 月，古德里安的装甲兵团神速挺进到瑞士边境。当古德里安汇报战果时，希特勒都不敢相信，他问是不是搞错了。古德里安说："一点没错，我本人就在瑞士边境的潘塔利！"

打下新加坡没多久，山下奉文的本性暴露无遗，他下令对当地华人进行屠杀，同时又掠夺了大量财宝。战后这只"马来之虎"在马尼拉军事法庭受审，被判处绞刑，麦克阿瑟乐呵呵地批准了判决。麦克阿瑟说："其犯罪乃是文明之耻辱，其经历乃是军人之耻辱。"

莫德尔将军回到德军最高统帅部，请求增派一个坦克军归他指挥。希特勒答应了，但为坦克军用于什么地区，发生了激烈的争论。希特勒固执己见，毫不让步，莫德尔最后大喊："我的元首，是你在指挥第九集团军呢，还是我在指挥？"希特勒惊诧地抬起头，终于让步。但他强调说，莫德尔必须对由此引起的一切严重后果负责。

1940 年夏天，丘吉尔在北非前线与他的爱将蒙哥马利就餐时，他关心地问蒙哥马利喝什么酒。蒙哥马利将军回答说："我喝水，不喝酒，不吸烟，睡眠充足，这就是我保持百分之百的状态且捷报频传的原因！"丘吉尔看着蒙哥马利怡然自得的神态回敬道："我嗜酒如命，很少睡觉，酷爱雪茄，这就是我保持百分之两百的状态且指挥你获胜的原因！"

1941 年，日本天皇想起了 1905 年和沙皇俄国发生的那场海战，于是召见了帝国海军军令部总长（即海军总司令）永野修身，问道："你觉得能取得一场大胜吗？就像当年的对马之战一样。"永野修身回答说："我很抱歉地回答您，那是不可能的。"裕仁天皇说道："那么这将是一场令人失望的战争了。"

1941 年日本偷袭珍珠港，进军东南亚，当时麦克阿瑟正担任美国远东军司令驻扎菲律宾，一贯瞧不上日本人的麦克阿瑟被"皇军"打了个措手不及，狼狈不堪，他丢下一句"吾还将回来！"的豪言壮语逃到了澳洲。

由于丘吉尔的干预，韦维尔在跟隆美尔的对决中失利，一代名将黯然收场。在前线视察工作的安东尼·艾登大臣说："韦维尔一夜之间老了 10 岁。"还有人这样评论："隆美尔已经把韦维尔新近赢得的桂冠，从他的头上扯下来扔在沙漠中了。"经过反复考虑之后，为了推卸责任，丘吉尔决定换马。他和内阁和军界有关方面商量之后，决定让韦维尔去担任印度军总司令。

当珍珠港被日军偷袭后，罗斯福马上任命尼米兹担任美国太平洋舰队司令。生性豁达乐观的尼米兹来到舰队总部后马上重振士气，调整部署，迅速制定出相应的战略计划。他对将士们说："我对各位完全信任，我们挨了一次猛揍，但是我们对于最后的结果毫不怀疑，胜利一定是我们的。"

1943 年，麦克纳马拉加入美国空军参加"二战"，职责是运用统计方法帮助空军评估和改进轰炸机的使用效率，这是统计学方法早年的典范性运用。数字证明他是一个相当成功的专家，但更有效轰炸意味着更多平民的死亡。他说："我们在东京活活烧死的平民就有 10 万，而总共死亡的平民高达 90 万。"

为了让朱可夫得到攻占柏林的功劳，斯大林把罗科索夫斯基调离。斯大林表示，他不反对罗科索夫斯基把他的参谋班子带走。对于一个高级将领的调动来说，这是一个合情合理的要求。在伤心之余，罗科索夫斯基回答说："我将把我的参谋班子留给朱可夫，我将一个人去第二白俄罗斯方面军，我相信我能在那里找到合格的参谋人员。"

马歇尔曾说过一句名言："一个真正的将领无论环境如何艰苦，都能够展现才华，转败为胜！"

1944 年盟军在诺曼底登陆后，巴顿率领第三集团军全速推进，对德军发动猛攻，如利剑一样从法国本土迅猛刺入德国腹部，一直杀至捷克边界。当他看到遍地德军尸体时兴奋地喊道："看啊，难道还有别的东西比这更壮观吗！"当他先于蒙哥马利的英军渡过莱茵河时他又如疯子般狂呼："让全世界都知道我们过河啦！"渡河时他还朝河里吐了一口唾沫，以此表示自己对德军的鄙视。

当墨索里尼命令格拉齐亚尼元帅率 40 万大军进攻驻埃及的 2 万英国军队时，这位自诩"意大利最勇敢的军人"向墨索里尼发出了一封很可能是空前绝后的战地电报："领袖，您这简直是让我们去送死啊！"战前，这位意大利元帅则在向墨索里尼的报告中表示说："伟大的领袖，如果您有一天，下定决心，号召整个罗马重新为他的尊严而战时，您将看到的是一群最勇敢的战士，而不是卑鄙的胆小鬼团结在您的周围！"

马汉痴迷海军，但他并非是喜欢开着军舰去战斗者，他喜欢纸上谈兵。他自己就说过："这年头已不是出海上英雄的时代了，仅凭勇敢就成英雄那是很困难的，还不如搞点海军理论研究呢。"

巴顿是一位充满传奇色彩的人物。巴顿性格暴躁，战场上，他用极富个性的粗俗语言激发士兵的斗志。艾森豪威尔曾说："在巴顿面前，没有不可克服的困难和不可逾越的障碍，他简直就像古代神话中的'大力神'，从来不会被战争的重负所打倒。"

巴顿将军说："我宁可在我的部队的前方出现一个德国师，也不希望在我的部队的后面待着一个法国师。"

据说，在"二战"期间，德军总部收到消息，墨索里尼领导的意大利已经参战。"我们得用 10 个师来对付它！"一个将军说。"不，他是我们这边的。"另一个将军说。"哦，这样的话我们得需要 20 个师。"

从将军到普通一兵，在战斗中的责任意味着要不顾个人安危，同时还意味着要能够无限度地艰苦工作。乔治·巴顿在这两方面的态度是毋庸置疑的。他曾说过："一品脱美国人的汗水可挽救美国人的一加仑鲜血。"

伦德施泰特是第二次世界大战期间德国最能干的指挥官之一。他曾指挥第二集团军入侵捷克，指挥南方集团军群入侵波兰。对苏联的入侵期间，伦德施泰特指挥的南方集团军群，围歼了苏联元帅布琼尼部队的主力。暗杀希特勒的事件败露后，伦德施泰特认为这是一种叛逆行为，他说："作为一个军人，要受宣誓效忠的约束。"

1945 年 4 月 21 日，鲁尔战役，莫德尔指挥的 B 集团军群几乎被美军全歼，鲁尔工业区全部被美军攻占。莫德尔带了 3 名军官和几个士兵逃到杜伊斯堡附近的密林中。在那里，他说要自杀，并让人将他的尸体埋在选定的一棵松树之下。3 名军官竭力劝阻，莫德尔不听，他握着他们的手说："我从未想到自己会如此绝望，我只效忠于德国……"随即开枪自杀，结束了他传奇的一生。

1944 年，第二次世界大战的局势尚未完全明朗，日本造谣说，美国第三舰队的大部分军舰已经沉没，剩下的正在撤退。美国太平洋舰队司令哈尔西立刻回电反驳："我们的军舰已经被拯救，目前已向日本舰队高速撤退。"

在"霸王"战役发动前夕直至战斗打响之后，德军方面仍蒙在鼓里。1944 年 6 月 6 日，德国第七军团司令杜尔曼将军竟下令暂时解除经常戒备状态，召集高级将领到 125 英里外的勒恩进行"图上作业"，盟军空降伞兵被认为是声东击西的手法，西线海军向总司令报告说："荧光屏上有大量黑点。"但西线总司令的参谋长说："什么？在这样的天气里一定是你们的技术员弄错了。也许是一群海鸥吧！"

1954 年 2 月 16 日，梦露抵达韩国进行为期 4 天的劳军活动，受到 10 万美军疯狂的欢迎。当时有记者报道说："梦露要来的消息就像野火一样燃烧了整个军营，有些美国大兵甚至哭了，还有的突然沉默地向往那一刻的到来。"

杜鲁门执意要麦克阿瑟去职，他先通过广播向全世界公布了这一消息，然后才送达书面通知："出于总统和美国三军总司令的职责，我非常遗憾地解除你盟军最高司令、联合国军指挥部总司令、美军远东总司令、远东美国陆军司令的职务。""请立刻将你的指挥权交给李奇微接管。如你选择前往某一地点，兹授权你下达有关命令，以完成所需的旅行。"

在一次阿以交战中，阿拉伯联军抓住了两名以色列士兵，以军司令官摩西·达扬决定抓几个阿拉伯联军士兵，以便交换以军士兵，但参谋们为制定各种营救方案陷入无休止的争论之中。沙龙对后方的扯皮深恶痛绝，径自带了几个士兵，驾着吉普车，冒着阿拉伯联军的枪林弹雨冲过停火线，穿上阿拉伯的长袍，伪装成约旦的农民，智擒几名阿拉伯士兵。一小时后，达扬的桌上留有沙龙的字条："摩西，俘虏在地下室。"

关于经济学家的作用，萨缪尔森曾经非常自信地说："第二次世界大战是在剑桥、普林斯顿和洛斯阿拉莫斯国家实验室的学术讨论室里取胜的。"

战争期间，在欧洲某海湾，德国海军的布雷艇每周一、三、五来布雷，英海军扫雷艇每周二、四、六来扫雷。有一天英国人厌烦了，没去扫雷，想看看明天会发生什么事。结果第二天德军布雷艇撞中自己上次布下的水雷而沉没了。英国人把德国人救了上来，德军艇长破口大骂："你们怎么能这样不负责任？这在我们海军里是绝不允许的！"

在一次茶会上，一位法国将军问著名演员伊丽莎白·泰勒："你知道吗？法国妇女因为受你的影响，一年用于服饰和化妆品上的钱，比法国整个军事预算，还要多上一倍。""我一点也不觉得惊奇，将军。"泰勒回答说，"因为她们所战胜的，不也要超过整个法国军队的一倍吗？"

　　德国空军将领乌戴特将军患有谢顶之疾。在一次宴会上，一位年轻的士兵不慎将酒泼洒到了将军头上，顿时全场鸦雀无声，士兵惊骇而立，不知所措。倒是这位将军打破了僵局，他拍着士兵的肩膀说："兄弟，你以为这种治疗会有作用吗？"全场顿时爆发出笑声。

　　美国将军马克·韦恩·克拉克在日常生活中，是一位富有情趣的乐观者。有一次，有人问克拉克："在别人提出的所有劝告中，哪一个是最有益的？"克拉克说："我认为最有益的劝告是'和这位姑娘结婚吧'。""那么，是谁向你提出这一劝告的呢？""就是姑娘自己。"克拉克回答说。

　　道丁堪称"二战"期间最出色的空军将领，他成功地指挥了世界军事史上最大规模的空战，粉碎了希特勒征服英国的企图，直接影响了"二战"局势。丘吉尔曾称赞皇家空军的飞行员们说："在人类战争史上，从没有过这么少的人对这么多的人做出过这么大的贡献。"

　　亚历山大元帅以其超凡的人格魅力征服了无数官兵，不少官兵都觉得当亚历山大的部属要比当蒙哥马利的部属舒服多了。蒙哥马利也十分敬佩亚历山大，说他是"唯一一位让陆海空将军都愿在其麾下效力的人"。军史家李德·哈特对亚历山大的评价更有意思，说他"如果不那么善良温厚，可能会是个更伟大的指挥官"。

修辞第二十九

Rhetoric

——

法国第三共和国第八位总统阿尔芒·法利埃有一天访问了大雕塑家罗丹的工作室。看到屋子里到处都堆满了未完成的作品部件——头、手、脚、躯干，总统风趣地说："天哪，这些人走路太不注意了。"

由于政绩平平，克利夫兰被历史学家称为"虎头蛇尾"的总统。但他有一句伟大的格言："公职乃公众信赖之职！"

马赫在哲学、科学、音乐等众多领域研究深入，他多次申明他是科学家而不是哲学家，甚或不想被人称为哲学家。但是他说，他只是作为"周末猎手"在这些领域中特别是在哲学中"漫游"。

美国第 27 位总统塔夫脱曾经被困在一个叫克斯维尔的乡村火车站，因为搭不上火车而一筹莫展。他偶然听说如果有很多人想上车，快车也会在小站停。不久，列车调度员收到一份电报，说在克斯维尔有一大批人等着上车。当快车在克斯维尔停住时，塔夫脱孤身一人上了车，并向迷惑不解的列车员解释说："可以开车了，我就是那一大批人。"

美国最高法院的大法官奥利弗·温德尔·霍尔姆斯一生有很多格言，如他说："税收是我们对文明社会的付出。""想象一旦拉长，将无法恢复到原来的尺寸。""罪犯逃之夭夭与政府的非法行为相比，罪孽要小得多。""人们更需要的是提醒，而不是去教导他们。"

卡尔·巴特认定上帝的话是圣经的中心，他写《罗马书注释》，出版商不愿意出版，只印了1000本。但此书一问世却造成欧洲神学界震撼，巴特就开始出名了。他打比方说："自己是跌落在黑暗中摸索的人。没想到在黑暗中找到了拉钟的绳索，一拉就把钟敲响了，从而惊醒了镇上的人。"

1916年5月，杰利科指挥英国舰队与德国舰队展开了"一战"期间唯一的一次海上大厮杀——日德兰海战，双方200多艘战舰杀得天昏地暗。双方都宣称自己获胜，但德国海军元气大伤，从此再无力与英国海军血拼。日德兰海战关系重大，有人说："杰利科是唯一可能在一个下午输掉整个战争的人。"

诗人阿波里奈尔首先使用了"超现实主义"一词。1917年，他给朋友写信说："再三考虑后，我确实认为，最好还是采用我首先使用的'超现实主义'这个词，它比'超自然主义'这个词更好。'超现实主义'这个词在词典中还找不到，它比由诸位哲学家先生们早已应用的'超自然主义'这个词用起来更方便。"

柯立芝总统任期快要结束时，他发表了有名的声明："我不打算再干这个行当了。"记者们觉得他话里有话，老是缠住他不放，请他解释为什么不想再当总统了。实在没有办法，柯立芝把一位记者拉到一边对他说："因为总统没有提升的机会。"

1919年，熊彼特同意在德国政府新建立的一个促进工业国有化的委员会中任职。一位年轻的经济学家曾问他，何以一个对私人企业如此倍加赞美的人会在促进企业国有化的委员会中任职？熊彼特答道："如果在某人想要自杀时，有位医生出现，那可是件好事。"

1920 年 2 月，在一帮青年学生的筹划之下，斯宾格勒同马克斯·韦伯对话。这场思想交锋自一开始就对斯宾格勒不利，台下坐着许多韦伯的狂热拥护者，韦伯的学院大师的身份对地位寒微但凭借巫师般的预言暴得声名的斯宾格勒也是一大压力。韦伯嘲讽斯宾格勒说："我从窗口看到了外面，一边说'现在阳光灿烂！'一边以深沉的表情对我的那些虔诚的信徒说，'诸位，请确信未来某个时候会下雨吧！'"

鲍桑葵认为，艺术的美有两类：一类是"艰难的美"，一类是"容易的美"。他说："美是情感变成有形。"

在举国饥饿的阴晦日子里，胡佛却让新闻记者拍下了他在白宫草坪上喂狗的照片。他竞选时，人们报之以嘘声、怪叫、愠怒、木然的沉默、臭鸡蛋、西红柿，以及"绞死胡佛"、"打倒凶手"的口号和标语。他面对听众寥寥的场面显得局促不安，紧握讲稿的双手不时地颤抖，雕塑家格曾·博格勒姆说："如果你放一朵玫瑰花在胡佛手里，它就会枯萎。"

爱丁顿写过许多科普著作，他最著名的言论是在 1929 年阐述的一个"无限猴子理论"："如果有无限多猴子任意敲打打字机键，最终可能会写出大英博物馆所有的书。"

桑巴特说："奢侈是任何超出必要开支的花费。"他认为，奢侈很难定义。如果一定要定义，那只能说："所有个人的奢侈都是从纯粹的感官快乐中生发的。任何使眼、耳、鼻、舌、身愉悦的东西都趋向于在日常用品中找到更加完美的表现形式。而恰恰是在这些物品上的消费构成了奢侈。"

心理学家皮亚杰小的时候，十分喜欢生物。当他有了很多疑问时，他决定找自然博物馆馆长请教。他给馆长写了一封信，不久就收到了回信："好吧，欢迎你来这里充当浮士德的仆人！"馆长让"小仆人"每星期六晚上博物馆闭馆以后来当差，给贝壳标本贴上标签。他对皮亚杰说："别嫌麻烦，我的小仆人！为了获得知识，浮士德不惜向魔鬼出卖自己的灵魂，而你，为了知识，也该向浮士德出卖一下体力。越是努力干，你越能获得足够的知识！"

胡佛曾说，年轻人总是要受到祝福的，因为他们必将是国家债务的继承人。

克罗齐曾创造了一个词："野驴政治"，他把政府比喻成高声喊叫的驴，以此来形容意大利法西斯运动以及领袖贝尼托·墨索里尼的执政风格。有人说，这是对恶政的鄙视，是对亚里士多德有名的三个政治名词——僭主政治、寡头政治和民主政治的一个讽刺的补充。

扎米亚京如此评论爱伦堡的小说："有个关于年轻母亲的故事：她太爱自己未来的孩子，想尽快见到他，没等九个月，六个月便生下来了。爱伦堡写小说类似这位年轻母亲生孩子。"

1938年3月，瓦尔特与维也纳爱乐乐团第一次录制马勒的《第九交响曲》之后的两个月，希特勒的军队就开进了维也纳的街道。爱乐乐团解雇了所有的犹太音乐家，瓦尔特和他的家庭也逃命了。他跟朋友说："你可以想象一位最美丽的女人，她的美丽已经被天花或其他的可怕疾病给毁坏了，现在她像小丑一样，充满恐惧地在街上徘徊着——这就是奥地利和维也纳的特殊命运。"

庞德翻译的中国古诗文偶尔出彩。"学而时习之",他译为:"学习,随着时间的白色翅膀。"艾略特称庞德是"为我们的时代发明了中国诗歌的人"。

犹太科学家豪特曼斯认为,小小的匈牙利出现了这么多震撼世界、建立了卓越功勋的犹太科学家并不奇怪,因为这些匈牙利犹太人并不是地球上的人,而是"从火星来到地球上的来访者"。

慕尼黑协定墨迹未干,希特勒即下令出兵占领整个捷克斯洛伐克。此后不到一年,希特勒又向波兰开刀。张伯伦在宣战演说中无可奈何地说:"这对我们大家来说都是一个可悲的日子,而对任何人都没有比对我来说更为可悲了。我曾为之奋斗过的一切,我曾希望过的一切,在我的公务生活中我曾信奉过的一切,都毁灭了。"

戴高乐将军抵达英国后得到了大力支持。丘吉尔在下院发表讲话说:"让我们勇敢地承担义务,以致英帝国和她的联邦在1000年后人们也可以这么说:'这是他们最光辉的时刻。'"

罗斯福以拿自己的水龙带帮邻居救火的假设,形象地说明了"租借"的实质:"现在我怎么办呢?在救火以前,我不会对他说,'邻居,我这条浇水用的水龙带值15美元,你得给我15美元才能用。'不能这样做!那怎么办呢?我不要这15美元——在把火扑灭之后,我把水龙带拿回来就是了。"

"二战"爆发后,面对纳粹德国对犹太人的迫害和英国对犹太复国主义的压制,本·古里安权衡利弊,提出了贯穿"二战"的著名政策:"我们将帮助战争中的英国,就像没有白皮书一样;我们将反对白皮书,就像没有战争一样。"

1943 年 4 月 18 日，对哈尔西来说，是一个值得记忆的日子，他终于实现了自己的复仇之梦——除掉山本五十六。他奉尼米兹之命，派出米切尔少将率领的"闪电式"战斗机群截击了山本的座机，仅三分钟就结果了这位日本帝国头号名将的性命。哈尔西兴奋地在电报里说："祝贺你们成功！在猎获的鸭子里，似乎还有一只孔雀。"

美国政治家查尔斯·爱迪生在竞选州长时，不想利用父亲（大发明家爱迪生）的声誉来抬高自己。在作自我介绍时，他这样解释说："我不想让人认为我是在利用爱迪生的名望。我宁愿让你们知道，我只不过是我的父亲早期实验的结果之一。"

第二次世界大战期间，艾森豪威尔作为欧洲盟军司令视察了一支陷入严重困境的部队。在他的简短演说之后，士兵们报以热烈的掌声。他在走下讲台时，失足摔在泥淖里。士兵们顿时大笑起来，艾森豪威尔跟他们笑在一起。他说："某些迹象告诉我，我这次来到你们中间视察已取得了巨大的成功。"

1944 年 2 月，人类历史上第一台计算机诞生了。它的外壳用钢和玻璃制成，长约 15 米，高约 2.4 米，自重达到 31.5 吨，有恐龙般巨大身材。它以令当时人们吃惊的速度工作，每分钟进行 200 次以上的运算，它做 23 位数乘 23 位数的乘法，仅需 4 秒多的时间。艾肯的学生形容说："当机器运行时，整个物理大楼的地下室会发出轰鸣的噪声。有人说它像咔嚓作响、韵律单调的乐队，有人说它像满屋子的女人在编织机上织毛衣。"

对于海森堡的价值，美国"曼哈顿工程"的组织者格罗夫斯将军曾这样说道："对我们来说，在德国崩溃的时候得到他，比俘获 10 个师的德国军队要有价值得多。如果他落到俄国人手里，对俄国人来说，他会是一个无价之宝。"

听到甘地绝食的消息，刘易斯·蒙巴顿和妻子不得不去看望他。蒙巴顿惊讶地发现，绝食中的甘地仍然保持着平素的"狡黠神色"，甚至仍然富有幽默感。"哎呀！"甘地一面欢迎客人，一面开玩笑地说道，"看来我只有绝食，贵人方可驾临。"

麦克阿瑟在国会的告别演讲极为精彩，他说："我52年的军旅生涯就要结束了。我在世纪之交以前参军，圆了我少年时代的希望与梦想。自从我在西点军校的'大平原'操场上宣誓以来，世界上发生了许多次翻天覆地的变化，而这些希望与梦想很早就被遗忘了。但我仍然记得那时候最流行的一首歌谣，唱起那首歌来就让人倍感自豪——'老兵永不死，只会悄然隐去。'"

狄兰·托马斯很早就预感他活不长，自称要创造一个"紧迫的狄兰"，一个有着自我毁灭激情的诗人。1953年11月9日，他因酗酒死亡。他说的最后一句话是："一个人一不留神就到了39岁。"

金斯堡的《嚎叫》等诗集如今被学界公认是后现代经典，在当时却激怒了屈瑞林夫人。这位批评家尖刻地说："这是一场蓄谋已久的暴动，一次学院派与波希米亚的短兵相接。"

与海明威硬汉精神相吻合的是，他那具有鲜明个人特点的写作风格，那就是简洁利索。他放弃了无关的素材，技巧的花哨，感情的泛滥，蹩脚的形容。英国作家欧·贝茨所说："他以谁也不曾有过的勇气，把英语中附着于文学的'乱毛剪了个干净'。"据说，《永别了，武器》的结尾他重写了39次。《老人与海》他校改了200多次，本来可以写成1000多页的长篇巨著，最终浓缩为只剩下几十页的一个短中篇。

有一次，巴黎举行的联合国会议席间，菲律宾代表罗慕洛和苏联代表团团长维辛斯基激辩。罗慕洛讥讽维辛斯基提出的建议是"开玩笑"。维辛斯基说罗慕洛："你不过是个小国家的小人物罢了。"因罗慕洛穿上鞋子后的身高只有 1.63 米。

卢西安诺设宴招待马塞利亚。席间，卢西安诺"适时"地去了趟洗手间，回来后发现马塞利亚已被人乱枪打死。卢西安诺叫来警察，并解释说，他没看见谁杀了马塞利亚，也不知道为什么有人要杀马塞利亚，谋杀发生时他在厕所撒尿。"我每次撒尿的时间都很长。"——卢西安诺的这句话成为次日《纽约时报》的头条。

1959 年苏联的人口调查中，根本没有提到苏联的德意志人，他们被列入"其他"项下，即列入那些成员在两万人以下的人种单位之中，尽管他们有 160 万。在一次激烈的争论中，有一位党委书记问一个男人："您说说看，您究竟是哪一个民族的？"对方非常敏捷地回答："其他类。"

奥斯卡·汉默斯坦很会写歌词，他曾写道："他们的联合像密西西比河一样强大，波涛汹涌奔流向前。"晚年的丘吉尔曾告诉议会，说他高兴地看到英国和美国的联合……接下来就是汉默斯坦的这句歌词。

在麦克米伦的带领下，英国保守党在 1959 年大选中取得胜利。他们的竞选口号是："保守党下的生活好得多！"保守党的成功无疑是经济改善的成果。麦克米伦自己也评论道："无疑，容我直接地说，绝大部分国民都从未试过有那么好的政府。"这句话后来常常被演绎为："你从未有过那么好的政府。"

阿登纳每天午睡，但拒不承认。如果有人问他睡得怎样，他会厉声地说："我没睡，我忙着呢！"这不仅仅是出于虚荣心。阿登纳相信，为拯救西德，他责无旁贷。

1963 年 2 月的一天，白宫举行了盛大的授奖仪式。为表彰著名的美国航空学家冯·卡门在火箭、航天等技术上做出的巨大贡献，美国政府决定授予他国家科学奖章。当时的冯·卡门已经 82 岁，并患有严重的关节炎。当他气喘吁吁地登上领奖台的最后一级台阶时，踉跄了一下，差一点摔倒在地上。给他颁奖的肯尼迪总统忙跑过去扶住了他。冯·卡门对肯尼迪总统说："谢谢总统先生，物体下跌时并不需要助推力，只有上升时才需要……"

肯尼迪去世一个星期后，杰奎琳接受《生活》杂志记者的专访，她将肯尼迪在白宫的日子比喻为亚瑟王神秘的圆桌骑士们。她说："肯尼迪现在已经成为一个神话了，可是他宁愿还是一个男人。"

林登·约翰逊总统曾经对经济学家加尔布雷思说："肯，你是否想过作经济学报告就像尿裤子，你自己觉得热乎乎的，别人根本无所谓。"

英国前首相威尔逊曾一直反对英镑贬值。当英镑随后在 1967 年 11 月贬值后，他却在电台讲话中，视贬值为一种胜利，并说道："从政治的角度来看，一个星期是一段长时间。"

1969 年，第一任费米实验室的负责人罗伯特·威尔逊向国会报告实验室在增强国防中的作用。威尔逊说："我们的实验将给国家带来荣誉，但不可能对国防有任何的直接益处，不过我们有一点可以明确，建造费米实验室将使得这个国家更值得保卫。"

早在 20 世纪 40 年代，厄多斯便一再在书信里宣称自己已经老了。1970 年，他在洛杉矶作了一次"我从事数学的前 25 亿年"的讲演："当我还小时，据说地球已有 20 亿岁年龄。现在，科学家们说地球有 45 亿岁。这样一来，我就有 25 亿岁了。"有人问他："恐龙是怎么一回事？"厄多斯答："你看，我忘记了，因为一个老人只记得很早时候的事，而恐龙则是昨天才出生的，就在 1 亿年以前。"

对于法兰克福学派，卢卡奇一向冷漠少语，但他有一句判词，说他们建造了一座"深渊上的豪华大酒店"。

杰拉尔德·R.福特是美国第 38 任总统，他说话喜欢用双关语。有一次，他回答记者提问时说："我是一辆福特，不是林肯。众所周知，林肯既是美国很伟大的总统，又是一种最高级的名牌小汽车；福特则是当时普通、廉价而大众化的汽车。"

萨特曾说写作"不仅是我的习惯，也是我的职业"。以写作为职业的萨特被咖啡馆的老板喻为"一个裹着毛皮的小墨水瓶"。

有一次基辛格应邀讲演。经介绍后，听众起立，鼓掌不断。最后掌声终于停止，听众坐了下来。"我要感谢你们停止鼓掌，"基辛格说，"要我长时间表示谦虚是很困难的事。"

印巴和谈期间，法拉奇采访巴基斯坦总理阿里·布托，她诱使布托说了一句话："英迪拉·甘地才智平庸，远远赶不上她父亲贾瓦哈拉尔·尼赫鲁。"这句话对布托造成了灾难性的后果，巴基斯坦正为和平而努力，而这一句话却堵住了和谈的大门。

达利曾说："因为我是天才，我没有死亡的权利，我将永远不会离开人间。"

詹姆斯·托宾因"资产组合选择理论"荣获诺贝尔经济学奖。很多人想知道这个理论讲什么，托宾尽力运用最通俗的语言来解释。当托宾解释完之后，人们仍然追问他说："噢！拜托，请你用通俗的说法来解释嘛。"最后，托宾只好解释说，资产组合选择理论的精髓是为了减少投资风险："知道吧，不要把你所有的鸡蛋放在同一个篮子里。"结果，全球报纸的新闻标题都是："耶鲁的经济学家因'不要把所有的鸡蛋……'而获诺贝尔奖。"

当托宾的获奖理由被通俗化后，他的一位朋友送给他一份剪下的漫画。漫画根据托宾的"鸡蛋"托辞，虚构了来年医学奖得主解释自己获奖的原因："每天吃个苹果，使你远离医生！"

蒙塔泽里是 1979 年伊斯兰革命当中的重要人物，曾被指定为伊朗最高领袖哈梅内伊的接班人。哈梅内伊说蒙塔泽里是他"一生的成果"。哈梅内伊说："他吸取了我的精髓，不是一次或两次，而是多次。"

凡勃伦的代表作《有闲阶级论》被看做愤世嫉俗之作，而加尔布雷思从中不仅看到对人类消费行为的天才观察，更从"炫耀性消费"模式中洞见现代丰裕社会的基本特征和病症所在。加尔布雷思毫不吝啬地赞美说："《有闲阶级论》是一篇有史以来论述社会势利和虚伪的内容最广泛的论文。"

社会学家罗纳德·多尔说："不打破几个历史的鸡蛋，就做不成社会学的煎蛋。"

柯尔莫果洛夫认为，一个人作为普通人的发展阶段终止得越早，这个人的数学天赋就越高。他说："我们最天才的数学家，在四五岁的时候，就终止了一半才能的发展了，那正是人成长中热衷于割断昆虫的腿和翅膀的时期。"他认为自己 13 岁才终止了普通人的发展，开始成长为数学家；而另一位数学家亚列山德罗夫是 16 岁。

李光耀把世界分成有所作为和无所作为的国家。他说："现在有大树，有小树，还有藤蔓。大树是俄国、中国、西欧、美国和日本。其他国家中，有些是小树，可能会变成大树；但绝大多数是藤蔓，它们由于缺乏资源或缺乏领导，将永远成不了大树。"

萨特去世时，萨冈说：既然那个早她30年来到了这个世界上的人离去了，她也不愿意在没有他的世上再多活30年。

当瑞典文学院宣布诺贝尔文学奖授予匈牙利小说家凯尔泰斯时，这位年逾70的老人对纷纷前来表示祝贺的人们说道："这是一场幸福的灾难。"

1980年里根与吉米·卡特竞选美国总统，争夺十分激烈，特别是经济问题是双方关注的重点。里根在辩论时说："如果你的邻居失业了，说明美国经济在衰退，如果你的亲人失业了，说明经济在萧条；如果卡特失业了，说明美国经济要增长。"

塞缪尔·贝克特的肖像让人过目难忘。他的脸瘦削狭长，尖下颏，直鼻梁（稍有点右倾），薄嘴唇，薄薄的耳朵支棱着。他的朋友，1986年诺贝尔和平奖得主埃利·威塞尔说他的脸是"一座充满面具的坟墓"。"倘若你愿意，"威塞尔说，"这就是对诺贝尔桂冠诗人塞缪尔·贝克特的世界观的悲观总结——如在他的作品中表达的那样。"

穆巴拉克一直将"稳定"作为其执政的第一目标，他曾经在继任总统的演讲当中说，我要坚持萨达特的道路。30年后，"稳定"已经变异成为经济滞涨、贫富差距以及自由丧失的代名词。有人说："太多的稳定就是埃及木乃伊化。"

乔丹给人印象深刻。他谦逊和蔼的微笑，常常吐露的舌头，几乎躺地的后仰跳投，飞翔如鹰的空中轨迹，还有他那停滞在人头之上的"空中大灌篮"……都让人对他喜爱有加，"魔术师"约翰逊认识了这位小弟弟后就拜倒在他脚下。人们在乔丹的比赛中甚至惊讶得有些语无伦次，有人说："即使上帝穿上球衣也休想拦住乔丹。"

1929 年的大萧条是一次特殊的历史事件，关于其原因的讨论至今没有停止。诺贝尔经济学奖获得者克鲁格曼感慨地说："理解大萧条是现代宏观经济学的圣杯。"

乔姆斯基是个著名的"持不同政见者"，他抨击美国政府最起劲，他有一句名言："美国是当今世界头号恐怖主义者。"

席琳·迪翁曾这样赞扬波切利："如果上帝也会唱歌，那听起来一定像是波切利的歌声。"

2000 年，萨特逝世 20 周年讨论会。被称为"新哲学家"的贝尔纳·亨利·莱维作开场白，他的一句话给人留下了深刻印象。他说："我不知道自己是否喜爱萨特，就像我不知道自己是否不喜爱萨特一样。"

引言第三十

Quote

英国有一档娱乐节目，名字叫做"老大哥"。节目引自奥威尔在小说《1984》里面的话："老大哥在看着你。"

埃德温·史密斯曾做过律师，在一起由一个盲童做原告的案子里做被告一方的律师。他和法官争论起来，为了让对方不再纠缠，法官用了培根的一句话来对付年轻的律师："年轻与谨慎是一对冤家。"史密斯则反驳说："尊敬的先生，培根也说过：'多嘴的法官就像一根破音叉。'"

一次，马克·吐温与一位摩门教徒争论一夫多妻制的问题。"一夫多妻，太不好了，连上帝也反对。"马克·吐温坚持说。那位摩门教徒问："你能从《圣经》中找出一句反对一夫多妻制的话来吗？""当然可以，"马克·吐温一本正经地说，"《圣经》曰：'一仆二主，人皆莫能也。'"

1917年，十月革命爆发，起义的水兵们攻打冬宫时唱着马雅可夫斯基的诗句："你吃吃凤梨，嚼嚼松鸡，你的末日到了，资产阶级！"

卢森堡富有革命激情，她在哪里演讲，群众就潮涌而去。反动派称她为"嗜血的罗莎",工人称她为"勇敢的女英雄"。她一生九次被捕或被判处监禁。1919年,她与李卜克内西同时被捕,当日即被凶杀,遗体被投入运河,五个月后才浮出水面,安葬于柏林弗里德里希墓地。列宁曾列举了卢森堡一生所犯的"错误",仍认为"她始终是一只鹰"。列宁还引用了俄国一个寓言的两句话:"鹰有时比鸡还飞得低,但鸡永远不能飞得像鹰那样高。"

第一次世界大战后,法国总理克里孟梭引用政治家、外交家塔列朗的话说:"战争实在是太重要了,以至于不能将其完全托付给将军们!"

1920年,27岁的"红色拿破仑"图哈切夫斯基,在率军攻打白军时,高声朗诵着《哈姆雷特》中的诗句:"我的命运在高声呼唤,让全身神经犹如铜丝坚硬。"当时的世界几乎没有这么年轻的传奇,如同汉尼拔、亚历山大、拿破仑的传奇。斯大林像西路战线军事委员会的其他人一样拥抱了他,祝他好运。

经济学家马歇尔心胸宽广,他曾经说,在他认识的人中只有两个他不喜欢。他声称喜欢自负的人,因为他们总有值得自负的东西。在哲学上,他最喜欢的箴言是:"无中有万物。"

丘吉尔关于第一次世界大战报道中的最精彩的著作是《后果》和《东方阵线》,前者描述了凡尔赛和平会议,后者是他在完成了其他五卷后的两年内写成的。在这两本书中丘吉尔都不是主要角色。但有人说,在这两部多卷本历史著作中,丘吉尔充分地实践了他著名的格言:"创造历史的最好方法是把它写出来。"

"一听到'文化'这个词,我就要拿起我的勃朗宁(著名手枪品牌)。"这句话作为戈林的名言被世人熟知。实际上,戈林并不是这句话的原创者。德国剧作家汉斯·约斯特在剧作《斯拉格特》第一幕中写道："一听到'文化'，我马上伸手拔枪。"另外，除了戈林，鲁道夫·赫斯也经常说这句台词。

弗兰兹·卡夫卡这样说过："如果巴尔扎克的手杖上刻着'我在摧毁一切障碍'，那么我的手杖上则刻着'一切障碍都在摧毁我……'"41 岁就去世的卡夫卡被誉为"弱的天才"。

富兰克林·德拉诺·罗斯福正式成为美国第 32 届总统时，引用了《新约·哥林多前书》第 13 章："即使我能说万人的方言和天使的话语，而没有爱，那也犹如钟鸣钹响，徒有其声。即使我有先知讲道之能，深通万物奥秘；并使我有全备的信念，力能移山，而没有爱，那我又能算得了什么？即使我倾囊周济所有穷人，并舍己焚身，而没有爱，那么于事于我仍将徒劳无补。"

有人说，在美国历史上，没有一位领导人像赫伯特·胡佛一样受到过激烈的中伤。在朋友众叛亲离、敌人恶毒诽谤的处境中，他终于战胜了逆境。在他的暮年，他比那些诋毁者的形象更高大。他的一生印证了沙夫克里斯诗句中的一个真理："只有到了晚上，才能懂得白天多么光辉灿烂。"

苏联历史上的许多灾难性后果，是否应当完全归罪于斯大林呢？西蒙娜·薇依说过："革命不可能，因为革命的领袖无能；革命违反愿望，因为他们是叛徒。"但是，她始终认为制度是根本的。她说，"反对派"托洛茨基反对的只是斯大林本人，而不是斯大林所建立的制度；为此，薇依特别引用了笛卡儿的话："一架出故障的钟对于钟的法则来说并不是例外情况，而是服从于自身法则的不同机制而已。"

冯·劳厄是一个典型的不合作者。在 1933 年 9 月的德国物理年会上，他把德国纳粹政府对待爱因斯坦和相对论的行为比喻为中世纪宗教裁判所对伽利略的审判，发言结尾时他用意大利语说出了伽利略临终时的话：“然而，在任何压迫面前，科学的捍卫者都具有完全胜利的信念，这信念就是伽利略的这一句话：‘无论如何，它在运动！’”

1940 年，海明威出版了小说《丧钟为谁而鸣》，书名引自约翰·邓恩的《祷告》：“谁都不是一座岛屿，自成一体；每个人都是那广袤大陆的一部分。如果海浪冲刷掉一个土块，欧洲就少了一点；如果一个海角，如果你朋友或你自己的庄园被冲掉，也是如此。任何人的死亡都使我受到损失，因为我包孕在人类之中。所以别去打听丧钟为谁而鸣，它就是为你而敲响。”

1941 年，裕仁天皇发动太平洋战争。在开战的最后一刻，裕仁吟诵他祖父在日俄开战前下决心的诗：“四海皆兄弟，何缘起风波。”他批准了对美开战。

罗斯福去世后，华盛顿教区的安格斯·邓恩大主教给他主持了简短的主教派葬仪，他在祈祷后的悼词中引用了罗斯福首次就职演说中的那句话：“我们唯一必须恐惧的就是恐惧本身——会使我们变退却为前进的努力陷于瘫痪的那种无可名状的、缺乏理性的、毫无根据的恐惧。”

1945 年 7 月 16 日上午 5 时 24 分，美国在新墨西哥州阿拉莫戈多的“三一”试验场内 30 米高的铁塔上，进行了人类有史以来的第一次核试验。面对巨大的爆炸，曼哈顿工程负责人之一、被称为“原子弹之父”的著名科学家奥本海默在核爆观测站里感到十分震惊。他想起了印度一首古诗：“漫天奇光异彩，有如圣灵逞威，只有一千个太阳，才能与其争辉。我是死神，我是世界的毁灭者。”

1945 年，“二战”结束，带领英国人民走向胜利的丘吉尔却被抛弃了。他后来引用古希腊作家普鲁塔克的话说：“对他们的伟大人物忘恩负义，是伟大民族的标志。"

英国议院关于印度独立问题的议会辩论，结束了优等民族的命运。任何讲话都没有塞缪尔子爵的评论更能概括描述英国立法者们当时的心境："毋庸置疑，当人们谈及大英帝国时，最好引用莎士比亚评论考特男爵麦克佩斯时的话语：'他的一生行事，从来不曾像他临终的时候那样值得钦佩。'"

达利的画风日趋成熟，他吸收了西格蒙德·弗洛伊德的思想理念，对弗洛伊德关于性爱对于潜意识意象的重要性很赞同："当我们的清醒头脑麻木之后，潜藏在身上的童心和野性才会活跃起来。"

由于把日本的安全置于美国的羽翼之下，吉田茂同时招致主张重整军备的右翼分子和反美的左翼分子的反对。公开接受某种形式的泛亚中立主义，这在政治上对吉田会更好办一些。但吉田认为，对于一个弱小的国家来说，中立是毫无意义的。他引用日本古老的格言提醒那些持不同意见的人："井底之蛙，不知天高地厚。"

1955 年 4 月 18 日，12 位爱因斯坦最亲近的人聚集在一起，与他告别。其中一人吟诵了歌德的诗句。诗曰："我们全都因他受益，他的教诲惠及全球，那专属他个人的东西，早已传遍人间。他如将陨的彗星，光华四射，无尽的光芒与他永伴。"

奥尼尔在生前最后两年半时间里，一直住在波士顿市谢尔登旅馆内。妻子卡洛塔隔离了他跟旧友的来往，使他心情沮丧，极愿了却此生。在去世前一个月，他感伤地向卡洛塔吟诵英国诗人奥斯丁·多布森的诗作《在我身后的日子里》，着重重复了其中一句："他一生忠实于艺术创作，从未为耻辱或贪欲服务。"

每年的 6 月底到 7 月初，在英国都要举行世界上最古老的网球赛事——温布尔登网球锦标赛。在球员必经的中央球场入口大门上方刻着一行字，这行字其实是吉卜林的一句诗："你是否能在失败之后拥抱胜利，并认识到二者皆为虚幻？"

1958 年，尼克松问赫鲁晓夫，苏联新闻界为什么赞同当年在委内瑞拉首都加拉加斯共产党领导的乌合之众对他们夫妇所进行的袭击。赫鲁晓夫回答说："我们有一句谚语：'您是我的客人，但真理是我的母亲。'所以，我将回答你提出的非常严肃的问题。你们是那里的人民发泄正义的愤怒的目标。他们的行动不是针对你个人的，而是针对美国的政策——针对你们美国失败的政策。"

肯尼迪的政治事业并非一帆风顺。他在演说中多次引用过一首传奇式的诗篇：在生命行将熄灭的余烬里，令我引以为憾的是：我做"对"了时，没有人会记住；我做"错"了时，没有人会忘记。

弗兰克·波曼是美国第一次飞出地球轨道任务的指挥官。当他在 25 万英里外的天空中回望着地球时，他念出了《圣经》中的第一句话："起初神创造天地。"这话从太空中传回地球。他解释说："我有种很强的'感动'，宇宙中一定有一个远超过任何人类的力量，那就是神，那一定也就是宇宙的起源。"

1972 年 9 月 5 日，在慕尼黑参加奥运会的 11 名以色列运动员和教练员，被一群巴勒斯坦武装分子绑架并且杀害。事件发生后，74 岁的女总理果尔达·梅厄夫人宣布："从现在起，以色列将进行一场消灭杀人成性的恐怖分子的战斗。不管这些人在什么地方，以色列都将无情地杀死他们。"随后，她对周围的将军们背诵了《圣经》上的一条严厉的戒条："以眼还眼，以牙还牙。"

1974 年，经济学奖得主哈耶克在受奖宴席上引用马歇尔的一句严正忠告："社会科学者必须戒惧赫赫之名：当众人大捧之时，灾祸亦将随之。"

聂鲁达引用过诗人阿波里奈尔的话："怜悯我们这些正在开拓非现实疆域的人吧！"有人说，聂鲁达是自豪与骄傲的，他的诗歌献上了精神的面包，献上爱，也赢得了遍布世界的尊敬，赢取了无数的耳朵。

埃及总统萨达特援引过一句阿拉伯格言，这句格言说：一个统治者如果是公正的，那他很自然地会遭到一半臣民的反对。所有领导人都有反对者，所有人都希望由历史来证明自己是正确的。

1982 年团结工会被取缔之后，米奇尼克被关押在监狱里，他引用了诗人米沃什的一句诗："雪崩的形成，有赖于滚落的石子翻了个身。"他说："于是，你想要成为那块扭转事件方向的石子。"

1986 年 1 月 28 日，在得悉"挑战者"号意外坠毁后，里根延迟了他的新年国情咨文演说，并改为向全国发表关于意外的演说。在演说中他引用了美国诗人约翰·马吉的诗句："我们永远不会忘记他们，这也不会是我们最后一次看到他们。因为就在今天早上，他们准备出发并且向我们挥手道别，接着'脱离了阴沉的大地束缚'而'触摸了上帝的脸庞'。"

撒切尔夫人引用过亚伯拉罕·林肯的话："你不能通过削弱强者来增强弱者……你不能通过摧毁富人去赈济穷人——你不能不断通过包揽一切来帮助那些自己能够做到、也应该做到的人。"

1991 年，昂山素季获得了诺贝尔和平奖。她无法亲自前往挪威领奖，只好让儿子代替自己发表了答词。这份答词中引述了昂山素季的名言："在缅甸追求民主，是一国民作为世界大家庭中自由与平等的成员，过一种充实全面、富有意义的生活的斗争。它是永不停止的人类努力的一部分，以此证明人的精神能够超越他自然属性的瑕疵。"

池田大作社会意识较强，他说自己在思考文学的作用时，总会想起萨特曾经说过的一句话："对于饥饿的人们来说，文学能顶什么用呢？"

身价530亿美元的布洛德夫妇曾在声明中承诺，他们在生前与生后捐出75%财富，夫妻两人引用石油大王卡内基的名言："带着巨富而死，是一种耻辱。"

阿玛蒂亚·森引用泰戈尔的话："在那里，心是无畏的，头也抬得高昂；在那里，知识是自由的；在那里，世界还没有被家园狭小的墙隔成片断；在那里，话是从真理的深处说出的。"森说，泰戈尔给了他一生的启示。森的学术经典《伦理学和经济学》《以自由看待发展》正是沿承了泰戈尔的那些信念。

科斯发表《企业的性质》一书时，当时并未引起注意，但后来对许多经济学者的思想产生了重大的影响。他认为，如果是好观念，迟早会为人所接受。科斯引用坎南的话："错误的观念只能幸存一时；唯有真理才能长存，赢得最终的胜利。"

萨缪尔森说，每当他忆及一朋友动人但忧伤的眼神时，不禁会想套句威廉·詹姆斯的话——如果他出生时有一瓶香槟，应该会成为比较快乐的人。

有"股市猎手"、"华尔街的教父"之称的格雷厄姆一生的经历恰如商海中沉浮的扁舟，跌宕起伏，却永不低头。他常常朗诵的《尤利西斯》中的一句话："我的理想支撑着我，乘一叶小舟，迎着落日的余晖，沐浴着西方的星辰，前进，直至我生命终结。"

对于那种认为"自由本身不是目的，只有联系伟大的目标才有意义"的论调，阿隆曾引用托克维尔的名言回答说："谁要从自由之中寻求自由以外的东西，谁就只配侍候人。"

1979 年 11 月 14 日，勃兰特在波恩发表演讲："在近年来，社会民主党的理论讨论中就伯恩施坦发表了许多意见，恰好也从哥德斯堡的角度谈到他，一再把他称做这个纲领的鼻祖。实际上，伯恩施坦所作的反对马克思——首先是反对某些马克思主义者——的社会分析有许多部分是说对了的。他那雷鸣般响彻全党的名言'运动对我来说就是一切，目的是微不足道的'使他看起来像一个'哥德斯堡人的先驱'，这句话的意思是：社会主义、民主、改良是持久的任务。"

与普通日本人温吞、谨小慎微的性格不同，石原慎太郎个性豪放，直言不讳，口无遮拦，这使他在日本影响广泛。石原慎太郎在街头演讲时，时常引用日本思想家福泽谕吉的话："立国需要个人精神，没有独立之心，就无法深切地为国家着想。"

米奇尼克曾经说："我在监狱的时候，有两件事情我对自己发过誓：第一，永远不会参加一个老战士组织，它给那些反共产主义制度做斗争的人颁发奖章；第二，永远不寻求报复。但是我经常对自己重复赫伯特的诗句：'永远不宽恕，因为你无权以那些人的名义来宽恕，那些倒在黎明之前的人。'我想我们注定要遇到这种难题，我们可以原谅加之于我们本人身上的过失，但是无权原谅加之于别人身上的过失，而人们有权要求正义。"

贝克特最喜欢古希腊哲学家德谟克利特说过的一句话："没有什么比虚无更加真实的东西了。"他曾说过："我从孩提时代起就一直希望有朝一日等我老的时候，我可以从纷繁复杂的存在中找到事物的本质。"

菲律宾药品食物管理局给"伟哥"颁发了许可证，据说这是在总统拉莫斯授意下进行的。原来拉莫斯也有"寡人之疾"，因此对全国 30 万"痿哥"颇为同情。他自己不能去医生处索要"伟哥"，以免被视为"精疲力衰"而失去民心。拉莫斯夫人悄悄地去医生那里，但医生口风不紧，第二天报纸上便出现了"第一夫人给总统吃伟哥"的消息。后来教会出来圆场说："给性无能的已婚男子服用伟哥，符合《圣经》的教义。"

在阿尔及利亚的世界文化遗产蒂巴萨，有一块友人为加缪竖立的纪念碑。那里是一片古罗马的遗迹，满坡因海风倒伏的柏树，面向地中海。纪念碑上镌着加缪的一句话："在这儿我领悟了人们所说的荣光，就是无拘无束地爱的权利。"

20 世纪末，在遭到毁誉近一个世纪以后，英国终于给了王尔德竖立雕像的荣誉。1998 年 11 月 30 日，由麦姬·汉姆林雕塑的王尔德雕像在伦敦特拉法尔加广场附近的阿德莱德街揭幕。雕像的标题为"与奥斯卡·王尔德的对话"，同时刻有王尔德常被引用的语录："我们都在阴沟里，但仍有人仰望星空。"

预言第三十一

The Prophecy

埃菲尔在设计铁塔时就说过："只有适当的油漆，才能保障这座金属建筑的寿命。"

左拉卷入了"德雷福斯案件"，他在法庭上说："上下两院、文武两制和这些报纸制造的恶毒舆论都可能反对我；帮助我的，只有思想，只有真实和正义的理想"，"然而将来，法国将因为我拯救了她的名誉而感谢我"。

在 20 世纪之初，伴随着暴力、革命的风暴的降临，亚历山大·勃洛克曾说："整个知识界一夜之间就会发现，自己已身陷社会最底层。"

尼采曾向朋友承认，他担心："有朝一日不知什么无理而不合时宜的举动会与我的威望联系起来。"他要求行动，要求由一位新式的恺撒来改变世界的政治行为，他说："我知道我的命运。总有一天，我的名字要同那些对可怕事物的回忆，对那史无前例的危机的回忆联系在一起……我不是人，我是炸药！"

凯恩斯在剑桥大学没能拿到第一名而放弃了数学学习，他有幸旁听了经济学家马歇尔的课程。他把考卷交上去，马歇尔看后，突然发现了这个天才。马歇尔在答卷上这样写道："这是一份非常有说服力的答卷，深信你今后的发展前途，绝不仅止一个经济学家而已！如果你能成为那样大的经济学家，我将深感欣慰。"

1901 年，高尔基的《海燕》发表，它只是作家一篇小说中的一部分。小说被禁，这首没有"煽动倾向"的"小诗"，却成为仅次于《国际歌》而风靡全球的革命诗章。"让暴风雨来得更猛烈些吧！"成为不亚于"全世界无产阶级联合起来"而在 20 世纪最富煽动性的口号。

吉卜林迎合了他那个时代的种族歧视。他年轻时就说过，看见"一个褐腿东方人的儿子"穿着大学硕士服时，他会觉得非常"滑稽可笑"。当南非约翰内斯堡印度人社区突遇一场淋巴腺鼠疫时，吉卜林说："在南非的印度人预示着麻烦和骚乱。"

纪伯伦的画风和诗风一样，都受英国诗人威廉·布莱克的影响，所以，文坛称他为"20 世纪的布莱克"。他在巴黎艺术学院学习绘画艺术期间，罗丹曾肯定而自信地评价纪伯伦："这个阿拉伯青年将成为伟大的艺术家。"

1917 年 5 月 1 日，高尔基创办了《新生活报》，以"不合时宜的想法"为题连载了 20 余万字的檄文，揭露当时的混乱、野蛮等等丑恶现象和种种不光彩的行径。7 月 16 日，《新生活报》被查封。高尔基诅咒布尔什维克："你们像狐狸一样拼命地夺取政权，像狼一样使用政权，但愿也会像狗一样死掉。"

1919 年，法国名将福煦认真看了战胜国与德国签订的《凡尔赛和约》后，感叹说："此非和平，乃 20 年之休战也。"

"一战"刚结束没多久，戴高乐就猜想如果未来再有大战，坦克必是主角。他极力发挥专长，写了很多文章，强烈呼吁法国赶快建立一支强大的机械化部队。对希特勒，戴高乐也有极强的预见力。纳粹刚上台后不久，戴高乐就说："希特勒早晚有一天要与法国动武！"

在杀害了图哈切夫斯基元帅之后，苏联政府又开始逮捕他的亲朋好友和同事。当内务部的一个工作人员看见一位被捕者住所的墙上仍挂着元帅肖像时，惊奇地问："你怎么还不把它摘下来？"被捕者回答说："你要知道，将来人们会给他竖立纪念碑的。"

20世纪20年代后期，美国全国就业人数达4500万，工资、地租、利润和利息总额共达约770亿美元，这样大的收入，同世界上以前所看到的情况是无法比拟的。当时的赫伯特·胡佛总统说："靠了上帝的恩惠，在不久的将来，贫穷将在美国绝迹。"

意大利将军，"制空权论"的创立者杜黑原来是个炮兵，但他"不务正业"，狂热地爱上了飞机。飞机刚问世没有多久，杜黑就说："可怕！在不久的将来，战争将在天上发生，控制蓝天重于控制大海。"

保尔·瓦雷里在大学时代便表现了突出的诗歌天赋，当时就有报纸说："他的名字将在人们的口头传颂。"《年轻的命运女神》发表后，许多诗人学者以相互背诵该诗为乐。巴黎的杂志举办"谁是法国今天最大诗人"的选举，瓦雷里被读者不谋而合地选中。

罗曼·罗兰曾到罗马游学两年，其间，年轻的罗兰得到了70岁的老太太玛尔维达·冯·迈森布洛的友谊。后者说："与这位年轻人之间的友谊是我极大的乐趣，这不仅局限于音乐，还有其他的方面。对于年逾古稀的我来说，最大的满足莫过于在这个年轻人身上重新发现自己曾拥有的理想，为了达到最高目标所具有的进取心，对浅薄庸俗的鄙弃，还有为了自由而奋斗的勇气。"她说，罗兰将会带来法国最富有想象力的文学的诞生。

凯恩斯在给乔治·萧伯纳的信中，这样骄傲地写道："我相信自己将写一部经济理论书，它将彻底改变——我猜想不是马上而是今后的 10 年里——世界思考经济问题的方式。"

约翰·洛克菲勒 14 岁那年，在克利夫兰中心中学上学。放学后，他常到码头上闲逛，看商人做买卖。有一天，他遇到一个同学，两人边走边聊起来。那个同学问："约翰，你长大后想干什么？"年轻的洛克菲勒毫不迟疑地说："我要成为一个有 10 万美元的人，我准会成功的。"

阿赫玛托娃幼年时住在皇村。小安娜接触了普希金语言生动活泼、内容丰富多彩的作品；同时，又受到俄罗斯文化的浸染，从小就有显亲扬名的志愿。15 岁时，阿赫玛托娃便指着自己出生的小木屋说："这里有朝一日要挂上一块纪念牌！"

1917 年，俄国十月革命爆发，罗曼·罗兰与法朗士、巴比塞等著名作家一起反对欧洲帝国主义国家的干涉行动，他公开宣称："我不是布尔什维克，然而我认为布尔什维克的领袖是伟大的马克思主义的雅各布宾，他们正在从事宏伟的社会实验。"

1921 年，在勃洛克死后两星期，古米廖夫倒在行刑队枪口下，身为"人民的敌人"，他的墓地只有诗人最后的呼吸和目光：布尔什维克们没有让他开口。他临终前不久残存的诗札写道："刽子手将砍下我的头。"布罗茨基在《哀泣的缪斯》里写道："诗人尼古拉·古米廖夫被秘密警察镇压了，据说是国家的首脑弗拉基米尔·列宁直接下达的命令。"

1921 年，考茨基将俄国革命与法国革命作了比较后确认，俄国布尔什维克未来的发展将导致一次新的热月九日："……布尔什维克准备对官僚政治、军国主义和资本主义作出一切可能的让步，借以维持自己的生存。可是在他们看来，对民主作出让步等于自杀……没有民主，俄国就要毁灭。最后的结局是可以预见的。不一定恰好在热月九日，可是我担心，离热月九日已不远了。"

当甘地最亲密的战友之一、历史学家克里帕拉尼第一次听到甘地表述要用"非暴力"的方式来解放印度时，他大吃一惊。他直截了当地说："甘地先生，您可能了解《圣经》和《薄伽梵歌》，但您根本不懂得历史。从没有哪个民族能和平地得到解放。"甘地笑了。"您不懂得历史，"他温和地纠正道，"关于历史，您首先得明白，过去没有发生过的事并不意味着将来也不会发生。"

著名经济学家马赫卢普回忆，1924 年他当学生时经常陪米塞斯回家，路经国家信贷银行时，米塞斯总说这家银行迟早要倒闭。1931 年这家银行果然倒闭。米塞斯的妻子马格瑞特在回忆录里也曾写道，1929 年国家信贷银行有意请米塞斯任高职，但米塞斯拒绝了。他说："这家银行快要倒闭了，我不想让我的名字和此事联系在一起。"

针对印度的独立运动，温斯顿·丘吉尔很早就攻击甘地。丘吉尔说："丧失印度，对我们是决定性的致命一击。它使我们逐渐变成一个微不足道、黯然失色的国家。"

尼赫鲁和蒙巴顿一见如故，彼此之间产生了好感。蒙巴顿不顾同僚们的反对，决定携同尼赫鲁，一起乘坐敞篷轿车周游新加坡各地。有人说，此举只能抬高英国敌手的身价地位。"抬高他的身价地位？"蒙巴顿快快不快地反驳说，"相反，正是他给我带来荣誉。有朝一日，他将成为独立后的印度总理！"

1932 年初，阿隆在一篇文章中发出警告：不要低估德国社会民主党和德国共产党等左派政党的衰落，更不能漠视希特勒国家社会党的崛起。阿隆说："德国全体人民都狂热地受到国家社会主义的感染。希特勒一旦大权在握，必将战云密布，欧洲岌岌可危。"

"一战"后，富勒继续痴迷于坦克战，但没有人相信坦克会成为陆战的主角。黑格元帅认为，坦克仅仅是人和马匹的辅助工具而已。富勒坚持自己的观点：坦克将成为陆战主角，能赢得大的战争！堑壕战过时了！像法国的马其诺防线貌似很强大，但早晚有一天会成为法国军队的坟墓……军界无法忍受他的聒噪，富勒最终于 1933 年以少将军衔退役。

1933 年 10 月 7 日，爱因斯坦从英国登上一艘去美国的轮船，同行的有妻子艾尔莎、助手迈耶尔博士和秘书艾伦·杜卡斯。爱因斯坦自己也没想到，他这是在与欧洲永别。朗之万预言家般地说了一句后来果然应验的话："这是一件大事。它的重要性就如同梵蒂冈从罗马搬到新大陆一样。当代物理学之父迁到了美国，现在美国成为世界物理学的中心了。"

西蒙娜·薇依曾说，纳粹德国和苏联之间的合作，有一天会签订互不侵犯条约。在她预言 6 年之后，苏德互不侵犯条约果然签订了，而且其中还附上瓜分东欧国家的秘密协议书。

1938 年到 1939 年期间，意大利指挥家维克多·德·萨巴塔看了卡拉扬指挥后，说："我发现了一个具有震撼力的指挥，他的音乐思想必将影响到后半个世纪。"

甘地的欧洲之行受到热烈欢迎。在巴黎，欢迎的人群黑压压一片，整个北站被挤得水泄不通，甘地不得不站在行李车上，向前来迎接他的群众发表讲话。在瑞士，他受到挚友、作家罗曼·罗兰的款待，莱芒牛奶工人工会主动要求为"印度之王"提供膳食。在罗马，面对甚嚣尘上的法西斯运动，他警告墨索里尼说，法西斯主义"将一触即溃，土崩瓦解"。

冯·诺伊曼真正懂得历史，他对世界局势有着明确的分析。20世纪30年代初，他就认识到，要是纳粹的小伙子上台，德国科学就会在一代人之间破坏殆尽。希特勒独揽大权后，诺伊曼很悲观，认为战争不可避免。他还预见到苏联是德国人的主要对手。他的朋友对法国修建的马其诺防线印象颇深，但他说，法国不顶事。1939年9月，德国入侵波兰后，美国当时并未参战，他预言说，美国将在1941年参战。

1941年，伯恩斯坦进费城学习指挥。他引人注意的天才使一位朋友说："伦尼是命中注定会成功的。"

1941年6月，希特勒突然发动对苏联的进攻，斯大林一度陷入绝望之中，他曾喃喃自语："列宁缔造的国家毁在了我们的手上。"他打算给希特勒割让土地，为此与保加利亚大使接触，这个敌对国家的大使知道他的意图后，告诉斯大林的使者："希特勒永远不会战胜俄罗斯人民的，请斯大林不要为此担忧。"

1943年，IBM的总裁托马斯·沃森在评价一家新公司时说："我认为世界市场上或许只有5台计算机的需求量。"50多年后，IBM成了世界上最大的个人计算机生产厂商。

1945年5月8日，朱可夫代表苏联最高统帅部，在柏林接受了法西斯德国的投降。艾森豪威尔称赞他说："有一天肯定会有一种苏联勋章，那就是朱可夫勋章。这种勋章将被每一个赞赏军人的勇敢、眼光、坚毅和决心的人所珍视。"

原子弹的问世使爱因斯坦再次成为世界关注的焦点，尽管没有爱因斯坦也能造出原子弹。厄多斯曾问爱因斯坦："40 年前你想到过你的质能方程会在你的有生之年得到应用吗？"爱因斯坦说："我没料到。我曾想也许最终会得到应用，但没料到会那么快。"

1948 年，萨缪尔森的《经济学》初版时，有人曾断言："下一代人将跟随萨缪尔森学习经济学。"他自己则说："我知道这是一本好书，但我自己也没有想到，这本书居然有这么强的生命力。"

在收容所里，戈林有一个别人比不上的嗜好，就是向人们吹嘘他昨天的辉煌地位和业绩。从一个逃亡者到帝国元帅，成为帝国二号人物，戈林有过他的骄傲，有过他的荣光，有过他的业绩，他说："再过五六十年后，赫尔曼·戈林的铜像就会在德国重新竖立起来。"

即使在迪斯尼乐园获得成功以后，迪士尼也拒绝考虑有人提出的见好就收的建议。他说："只要世界上还存在想象力，迪斯尼乐园就永远不会完工。"

有人问英国首相丘吉尔，做个政治家要有什么条件。丘吉尔回答说："政治家要能预言明日、下月、来年及将来发生的一些事情。"那个人又问："假如到时候预言的事情未实现，那怎么办？"丘吉尔说："那就要再说出一个理由来。"

1956 年夏天，巴西著名足球运动员布里托将一个孩子带到了桑托斯俱乐部的官员面前，并对他们说："相信我，这个孩子将会成为世界上最伟大的球员。"这个孩子就是贝利。

毕加索给斯坦因画了一幅肖像，当时见到此画的人都十分惊讶，认为一点也不像斯坦因。毕加索说："总有一天，她要长成这个样子！"

多年后，斯坦因指着这幅肖像，对别人说："瞧，他说得多么对，我现在终于长成这副样子了。这是我唯一的肖像，也是我永远的肖像。"

1963 年，86 岁的阿登纳遭遇一生中最严重的政治危机，他屈服于年轻的政治家们的压力，同意在他的第四任的两年后下台。一名长期以来的反对派想表示一下宽容，他对阿登纳说，阿登纳设法使西德在 1954 年被接纳为北约组织的成员国还是对的。阿登纳冷冷地看了这人一眼，然后作了一个简洁的回答："你我之间的差别，就在于我是事前正确。"

1967 年，尼克松的一个朋友沃尔特斯到巴黎去担任美国大使馆武官，他从 1942 年起就认识戴高乐了。戴高乐召见了沃尔特斯，问起尼克松。戴高乐说，他相信尼克松会当选总统的，尼克松和他"都已越过'荒凉的境地'"。他还说："尼克松先生像我一样，在自己的国家里过着流放的日子。"

作为一个华裔，李光耀对中国有一种独到的、直接的了解。早在 1967 年，他就说："毛泽东是在镶嵌工艺品上画画。他一去世，大雨就将来临，会把他所画的东西冲刷掉，而中国将照样生存下去。"

1969 年 7 月 20 日，阿姆斯特朗和奥尔德林跨出登月舱，踏上月面。阿姆斯特朗率先踏上月球那荒凉而沉寂的土地，成为第一个登上月球并在月球上行走的人。当时他说出了此后在无数场合常被引用的名言："这是个人迈出的一小步，但却是人类迈出的一大步。"

萨缪尔森曾说，他自己倒想鼓吹"萨缪尔森法则"："永远要回头看。你可能会由过去的经验学到东西。我们所作的预测，通常并不如自己记忆中的那样正确，二者的差异值得探究。"因为格言有云："如果你必须预测，那么就经常为之。"

在 1972 年 5 月和 1973 年 5 月，英国史学家汤因比和日本社会活动家池田大作进行的"展望二十一世纪"的两次对话中，汤因比断言：中国文化将是 21 世纪人类走向全球一体化、文化多元化的凝聚器和融合器。这是时代的呼唤，这是人类的希望。他甚至预言："将来统一世界的大概不是西欧国家，也不是西欧化的国家，而是中国。"

加尔布雷思对经济预测比较反感，他说："有两类经济预测专家：一类是并不知道经济状况的；另一类是不知道自己不知道的。"也有人说："经济学家是这样一种专家，他明天就会知道，为什么他昨天预言的事情在今天没有发生。"

当奥纳西斯宣布他与杰奎琳·肯尼迪的婚期时，卡拉斯诅咒他："记住我的话，上帝会报应你的，这是公正的力量。"她说中了，奥纳西斯唯一的儿子死于空难，他的女儿也在 1975 年奥纳西斯去世后不久死去。

1975 年，年仅 19 岁的比尔·盖茨决定退学。他说："我们意识到软件时代到来了，并且对于芯片的长期潜能我们有足够的洞察力，这意味着什么？我现在不去抓住机会反而去完成我的哈佛学业，软件工业绝对不会原地踏步等着我。"

哈维·米尔克预感到自己被杀的结局，以录音的方式选择了他的继任者，并留下了他著名的遗言："如果一颗子弹将要射入我的脑袋，我愿它摧毁所有的同性恋橱柜。"1978 年 11 月 27 日，怀特携带手枪和子弹，从市政厅地下室窗户爬入，枪杀哈维·米尔克。

1981 年，吉拉斯预言，南斯拉夫将会由于铁托式官僚主义的倒塌带来种族和民族主义而瓦解："我们的体系建立在铁托个人管理上。既然铁托走了……这将导致南斯拉夫开始崩溃。""米洛舍维奇仍然有可能……保住一个联邦。最终可能会像英联邦，一个松散的邦联的贸易国。但首先，恐怕会有民族战争和叛乱。有如此强烈的仇恨在这里。"

苏联解体后，吉拉斯说："记住黑格尔说，历史总是重复两次，一次是悲剧，一次是闹剧。我的意思是说，当南斯拉夫解体时，外面的世界将不会干预，因为它会和 1914 年一样。……南斯拉夫是共产主义实验的解体，我们会比苏联解体走得更远。"

1991 年年初，古米廖夫预见到国家分裂的危险，大声疾呼反对民族中心主义，主张用"非对抗性的竞争"来保持国家的统一。针对当时流行的苏联是"邪恶帝国"和"各民族监狱"的说法，作为一个多次无辜被捕、饱受牢狱之灾的学者，他说："在我年轻的时候，苏联恰好是俄罗斯。现在它之所以不再是俄罗斯，正是因为它已经开始解体。而解体绝非民族政策的最佳选择。"就在这年年底，苏联真的解体了。

法国哲学家雅克·德里达逝世前曾说，人们将在他离世后几个月内将他彻底遗忘，除了他那几十本"世界上只有不到 30 人"能真正读懂的著作。

在大学时，安·兰德的表兄读了尼采哲学，他送给安·兰德一本尼采的书并预言："这个人的作品你应该看，因为他与你的主意很合拍。"

费米小时候就很聪明，高中毕业，他去投考比萨大学。入学考试要求每个人交一篇论文，费米就写了一篇论声音的文章，把主考官吓了一大跳。主考官专门面试他，然后告诉费米说："你前途无量。"

冷战结束后，《外交事务》季刊发表亨廷顿的《文明的冲突？》一文。去掉问号的同名单行本在政治学界掀起了一场风暴。很多人都拒绝相信，在冷战结束后，未来的冲突竟然会围绕如此老式的东西展开。亨廷顿说："冲突的主要根源将是文化，各文明之间的分界线将成为未来的战线。"

费曼是美国本土的第一位诺贝尔物理奖得主，在高中时他喜欢的是数学而并非物理，高中毕业后费曼进入麻省理工学院学数学，听过一个学期课后，他去问数学系主任："学这些高等数学，除了为了学习更多的数学外，还有什么用呢？"那位主任说："你既然这么想，说明你不适合学数学。"于是费曼转入物理系学习。

有人问伯林："冷战后，随着全球一体化的进程，会不会出现一个'人类普世文化'？"伯林回答："果真如此，就意味着文化的死亡。我高兴的是我已经快死了，不会看到那一天了。"

自觉第三十二

Self Awareness

尼采说："听我说啊！我是这样独特而又这样杰出的一个人。不要把我与任何其他人混淆。"

尼采发疯前在致发疯前的斯特林堡的一封信中说，个性是一个人成为人的标志，没有个性的人等于零。他俩共同的朋友勃兰兑斯则说，无数个没有个性的人加在一起还是等于零。斯特林堡自承："我是瑞典最炽烈的火焰。"

20世纪初波兰元帅米格莱·雷诺说："同德国人在一起，我们有丧失自由的危险；而同俄国人在一起，我们有丧失灵魂的危险。"

伯恩施坦承认修正主义"是长年以来的内心斗争的产物"，他对于自己从马克思主义者到修正主义者这个思想变化的过程，曾借用德国农业化学创始人尤斯图斯·李比希的学术用语，称为政治上的"脱毛"。

莫奈是阳光和空气的歌者，他对朋友这样说："我像小鸟鸣啭一样作画。"

小毛奇有"战争狂人"之称，总是急于发动战争，他说过："我们已经准备就绪，战争对我们是越快越好！"但他又有自知之明，当德皇提出要他接任参谋总长一职时，他说："一旦发生战争，我不知道将如何是好。我对自己很不满意。"

法国总理克里孟梭有"老虎"之称，他曾伸出胳膊搂住英国首相劳合·乔治的脖子说："一切伟大人物都是伟大的骗子。"

1919年，爱因斯坦9岁的儿子爱德华问父亲："爸爸，你到底为什么这样出名？"爱因斯坦对儿子解释说："你看见没有，当瞎眼的甲虫沿着球面爬行的时候，它没有发现它爬过的路径是弯的，而我有幸发现了这一点。"

齐美尔对《货币哲学》的评价高于自己其他著作。他跟朋友说，写完这本书后，他发现之前写的作品都是那么微不足道，以至于他觉得唯一一本能够代表他而立于世间，使他区别于其他人的作品就是《货币哲学》。

莫洛托夫是一个谨慎、拘泥的人。在一次政治局会议上，托洛茨基咒骂说："无情的党内办事人员用石头般的屁股扼杀了劳动群众自由的主动性和创造性。"莫洛托夫一边扶正夹鼻眼镜，一边结结巴巴地说："并非人人皆是豪杰，托洛茨基同志。"

早在1912年8月22日，刚届而立之年的乔伊斯就在致妻子诺拉的信中写道："我是也许终于在这个不幸的民族的灵魂中铸造了一颗良心的这一代作家之一。"1936年，乔伊斯边读着英国版《尤利西斯》的校样边对弗里斯·莫勒说，他为了这一天，"已奋斗了20年"。

茨维塔耶娃的父亲是莫斯科大学的艺术史教授，普希金国家造型艺术馆的创建人之一；母亲极具音乐天赋，是著名钢琴家鲁宾斯坦的学生。茨维塔耶娃与妹妹常常听着母亲美妙的钢琴声入睡，她后来说："有了这样一位母亲，我就只能做一件事了：成为一名诗人。"

莎乐美一生阅人无数，但她在其回忆录《生命的回顾》中宣称："我是里尔克的妻子。"这一告白说明莎乐美对这段爱情格外看重。

萨缪尔森开始学习生涯的 1931 年，世界经济正处于"大萧条"之中，求解现实世界问题的好奇心成就了其学术生涯。当然，萨缪尔森的确是个天才，他说："如果说经济学是为我而设的，也可以说我是为经济学而出现的。"

赫斯特的《纽约日报》曾参与战争宣传而获得巨大利益，其他报纸也尾随其后，参与了战争宣传。普利策曾十分后悔参与了这种为不义战争营造气氛的运动，但他又说："尽管我认为《新闻早报》有错——我不愿去学它，但报纸总不免言过其实，毕竟它是一份报纸。"他甚至佩服赫斯特制造舆论的本领，说："这正是我们的报纸需要的一种脑筋。"

1935 年，帕斯捷尔纳克参加了巴黎的反法西斯大会。德莱塞、纪德、阿拉贡、奥登、福斯特等著名作家都参加了。帕斯捷尔纳克发言说："我明白这是作家们组织起来反抗法西斯的大会。我只有一件事要对你们说：不要组织起来！组织是艺术的死亡。只有个人的独立才重要。在 1789、1848 和 1917 年，作家们没有组织起来支持或反对任何事。不要，我恳求你们，不要组织起来。"

洛尔迦返回祖国后碰见一个自大学时代就认识的牧师。牧师为他外表的变化大吃一惊，问纽约是否也改变了他的个性。"没有，"洛尔迦快活地回答，"我还是我。纽约的沥青和石油改变不了我。"

甘地曾说:"让恨者有爱最为困难。"这首先意味着战胜自己,战胜自己身上的种种偏见和嫉恨。他认为:"我的非暴力是更为积极的力量。它不容纳怯懦甚至优柔寡断。暴力的人有希望变成非暴力。懦夫却不然。"

米塞斯说,他的主要学术成就就是他的"私人研讨会"。研讨会始于 1920 年,从当年 10 月到次年 6 月间,有一群年轻人每两周聚集一次。在这个研讨会中,除了米塞斯、哈耶克、哈贝尔勒、马赫卢普、莫尔根斯泰因等著名的经济学家外,还有一批杰出的哲学家,如考夫曼、舒茨、弗格林等。

1932 年 3 月,扎米亚京谈起自己的小说时说:"人们给我讲过波斯的一个关于公鸡的寓言。一只公鸡有一个坏习惯,总爱比别的鸡早叫一小时。主人陷入尴尬的处境,最终砍下了这只公鸡的头。小说《我们》看来也是这只波斯公鸡:问题以这种形式提得太早。"

去西班牙参加内战是自觉的行动,奥威尔曾向一位朋友说:"我要到西班牙去了。"那人问:"为什么?"他答道:"这法西斯主义总得有人去制止它。"

布尔加科夫给斯大林写了不少信,他对斯大林说:"在苏联俄罗斯文学的广阔原野上,我是唯一的一只文学之狼。有人劝我在狼皮上涂点颜色,这是个愚不可及的劝告。涂上颜色的狼也罢,剪去毛的狼也罢,怎么也不像一只鬈毛狗。"

托马斯·曼一直在德国慕尼黑生活和写作,希特勒当政之后,托马斯·曼公开发表声明拒绝承认纳粹政权。他因此受到迫害,他知道在德国已没有生存的地盘,他自己将不得不离开德国。他说过这样一句话:"与其说我是生就的殉难者,不如说我是命定的体现者。"

曾经有人认为本雅明是站在一个新时代的门口，本雅明这样回答："不，我并不是站在新时代的门口，我是站在最后审判的门口。"

德国对波兰宣战，意味着德国同欧洲世界的宣战。希特勒的秘书们注意到，希特勒并无那份信心，他很平静，脸色苍白，沉默不语。有一人听见他对赫斯说："现在，我的一切工作都崩溃了。我的书算白写了。"

丘吉尔表示应当全力帮助俄国，他的私人秘书科尔维尔问他，对他这位头号反共人物来说，这是否是同流合污。丘吉尔回答："完全不是这样。我只有一个目的，就是打倒希特勒，我的一生这样一来就变得简单多了。如果希特勒攻打地狱，我至少也会在下院为魔鬼说几句好话。"

伍尔芙年轻时受到过精神创伤，她成人后非常厌恶甚至弃绝性生活，更不愿生儿育女。她的丈夫尊重她的意愿，和她保持着没有性爱的夫妻关系。她把艺术看得高于一切。性格多变的她，人们经常在脸上看出她内心的痛苦，她的丈夫对她体贴入微，使她深受感动："要不是为了他，我早开枪自杀了。"

海明威总是埋怨、嘲笑他的父母，他的母亲葛莱丝为此给他写了一封长信。很长时间后葛莱丝才把信的抄件寄给丈夫，海明威医生读后称赞说，她的那封信是一件杰作。他将为这封信永远感到骄傲和自豪："家庭生活的道路是漫长的，我们必须勇敢面对现实。要是你停止抱怨，为家人祈祷祝福，那么，生活海洋里的风暴比之我们所知道的风暴就会少得多。"

罗斯福发表著名的"炉边谈话"时说："危险就在眼前，我们必须防患于未然……如果大不列颠一旦崩溃，我们整个美洲的人即将生活在枪口之下，枪膛里装满一触即发的子弹，经济的和军事的子弹都有。我们必须竭尽全力就我们所能支配的人力和物力，生产武器和舰只。"最后，他推出一个广为传诵的著名论断："我们必须成为民主国家的大兵工厂。"

1946 年，指挥家瓦尔特想起他年轻时第一次到维也纳并得到认可的事。瓦尔特说："我觉得我属于维也纳，我从前没有发觉这一点，现在知道了。从精神上说，我是维也纳人。"

蒙巴顿到印度时，首先接见尼赫鲁。他对尼赫鲁说："尼赫鲁先生，我希望您不要把我看做结束英国统治的最后一任副王，而是前来为新印度开辟航道的首任副王。"尼赫鲁笑着回答老朋友说："他们说您富有危险魅力，现在我才知道这句话的含义。"

卡冈诺维奇是犹太人，1949 年斯大林反犹期间，他的一位近亲被捕，近亲的妻子想方设法求见他。足足过了 9 个月，卡冈诺维奇才接见了她，没等她开口，就对她说："您千万别以为，如果我能帮什么忙的话，我还会袖手旁观 9 个月；您必须懂得：太阳只有一个，剩下的不过是些可怜巴巴的小星星。"

面对人民的欢呼，年轻的艾薇塔回答说："我只是一个普通女人，一个协助贝隆拯救黎民的女人。我所能做的，就是将贝隆与人民拉近到心连心的距离。"

以色列前总理果尔达·梅厄说过："有这样一种女人，她不愿待在家里，宁愿将自己生活中的孩子及家庭置于不顾，她生来就需要更多别的东西，她无法脱离更大的社会生活，她不会因为孩子而缩小自己的视野，这样的女人永远不会休息。"

缪尔达尔说他自己："我年轻时是一个最热心的'理论'经济学家。"从 20 世纪 40 年代起，"我就成了一名制度经济学家"。

"我很清楚我比父亲聪明得多。"IBM 的创始人托马斯·沃森说这话时刚满 18 岁，他是一个走街串巷的乡村货郎，开始尝试用对比的方式对自身能力作出判断。与老沃森对其父亲的评价完全不同，小沃森终生保有对父亲的敬仰："我从来没有宣称过自己胜过父亲，但至少有一点，我的成功可以让人们这样说：将门无犬子。"

1948 年，以色列建国后，欧洲的很多犹太人都迁移过去；但策兰还是决定留在欧洲——他选择了定居巴黎。在给以色列亲戚的信中，他写道："也许我是活到欧洲犹太人的精神命运终结的最后一个人。"

除号称"灵魂乐第一夫人"外，"灵魂歌后"的尊称更确切说明了艾瑞莎·弗兰克林在美国流行音乐的地位。从一个苗条的年轻女人到后来重达 100 公斤的身躯，艾瑞莎坦然表示："在很长一段时间里，我为了保持别人希望看到的身材，经受了太多太多的痛苦。可是，我从来就不想变成像模特儿一样的女人，我只是用心与灵魂唱歌的艾瑞莎。到现在为止，人们好像明白了这一点。"

作为家喻户晓的"阔嘴"明星演员，阿姆斯特朗有一条简单的信念。他说："我从来不想探索证明什么哲理，只想怎样搞好演出。音乐是我的生命，它高于一切。但音乐如果不为大众服务，它就没有一点意义。我为广大的听众活着，要到他们中去为他们提供美的享受。"

在就读于著名的三一学院时，贝克特的天分显露无遗，他的自恋也远远超过了别人："多年来，我一直闷闷不乐，其实我是有意这么做的，尤其中学毕业进入了都柏林三一学院之后。我越来越封闭，越来越不容易接受他人，而且越来越瞧不起别人，甚至瞧不起自己。如果心灵中没有闪现过死亡的恐惧的话，那么时至今日，我一定还沉醉在灯红酒绿之中，一定还目中无人，终日无所事事，因为我觉得自己太优秀了，优秀得别无选择了。"

卡萨尔斯思想上的进一步转变，表现在 1951 年同慈善家和哲学家史怀哲的谈话上。史怀哲敦促他重返舞台时说："创作比抗议好。"卡萨尔斯答道："为什么不两者兼备呢？为什么不既创作又抗议呢？"

肯尼迪在 1956 年被提名为副总统的竞选中败北于对手。失败后，他乘飞机去欧洲休养。一天他在住房前晒太阳，他妹妹的前夫坎菲尔德刚巧从他面前经过。坎菲尔德问他为什么想当总统。"我想这是我唯一能干的事情。"肯尼迪漫不经心地说。

杜鲁门宣读讲稿，语调平板，密苏里口音浓重，但是，在搞竞选活动时，他却能打动听众。"有的总统伟大，有的总统不伟大。"杜鲁门在 1959 年 12 月一次接受采访时说，"我之所以这样说，因为我就是一个不伟大的总统。""但是，"他又说道，"我自始至终是朝这个方向努力的。"

有一次丘吉尔走进下院的吸烟室，坐在一位新当选的议员旁边，向那位议员问道："年轻人，你也许想知道究竟是什么鬼力量使我投身于政治吧？"那位年轻的议员回答说，当然想知道。丘吉尔对他说："是虚荣心，年轻人！是赤裸裸的虚荣心！"

杜尚终其一生都在抑制一切人类自身的褊狭而造成的规矩和定义，他向我们呈现了一种轻松幽默的自由人生。他认为自己最好的作品是他的生活，他多次表示："我非常幸福。"

保罗·格蒂年轻时即表现出贪婪和不择手段，他攻击父亲乔治的经营方法，批评父亲没有听他的劝告在俄克拉荷马建造储油库。他叫父亲用 600 美元贿赂印第安人理事会，以击败对手美孚石油公司，从而得到新泽西州的一块租借地的开采权。父亲告诉儿子说："我宁愿保住我的

600 美元及我的诚实与名誉。"

美国数学家、后来担任过芝加哥大学校长的斯通曾经写了一本关于希尔伯特空间的书，他的父亲谈到自己的儿子时，总是自豪地说："我困惑又很高兴，我的儿子写了一本我完全不理解的书。"

诺贝尔生理医学奖获得者埃德尔曼学习过 15 年音乐，但他最终放弃了音乐。他说："我并没有音乐天赋。我有这方面的常识和经验，但没有天赋和灵感。"

1964 年，瑞典皇家学会"因为他思想丰富、充满自由气息和探求真理精神的作品对我们的时代产生了深远的影响"，决定授予萨特诺贝尔文学奖。出乎意料的是，萨特宣布拒绝接受这一世界文学的最高荣誉。他说："我一向谢绝一切来自官方的荣誉。"

凯瑟琳·赫本像一只充满了生命力和战斗力的野生动物，龙行虎步，咆哮尖叫。她说："我的身体中有一个男孩和一个女孩。"

有些激进的黑人批评阿姆斯特朗逆来顺受，他不加理睬。当他知道亚拉巴马州的警察用暴力镇压要求自由的黑人游行队伍时，他说："如果耶稣参加游行，他们也会向他挥舞棍棒的。也许我没有参加第一线斗争，但我要为他们提供捐款以表示我对他们的支持。音乐是我的职业，如果他们打伤我的嘴巴，我就无法吹号唱歌，无法保障对他们继续提供支持。"

纳博科夫成名后，喜欢作声明，他一再强调："我是一个非常好玩的人。"

1970 年 2 月 2 日，罗素伯爵以 98 岁的高龄死于威尔士的家中。罗素是这样描述自己漫长、刺激、复杂生活的动力的："三种简单而又极度强烈的情感支配着我的一生：对爱情的渴望、对知识的追求和对人类苦难的深切同情。"他说，只有一种情感即对爱情的渴望得到了完全的满足。当他第四次结婚时，他已 80 岁高龄了。

1979 年，特蕾莎获得了诺贝尔和平奖，同年也获得印度政府颁发的全国最高荣誉奖。她发表感言说："这项荣誉，我个人不配领受。今天，我来接受这项奖金，是代表世界上的穷人、病人和孤独的人。"

熟悉杰克·肯尼迪的人，都知道他为人刚强自信，在青年时期就颇有魄力、热望和独立性。不少人以为肯尼迪受了父亲的影响，他的父亲也如此自夸。杰奎琳·肯尼迪后来说："不管我丈夫有多少位父老兄长，他总归是他今天这样的一个人——再不然就是另外一个领域里的这样一个人。"

艾略特常常当众朗诵他的诗作。他读得很轻，但当他以全速的音调读完《荒原》时，听众常常深受感动。他说自己："在信仰上是一个盎格鲁天主教徒，在文学上是古典主义者，在政治上是保皇党。"

贝克特曾跟朋友说："对我来说，用标准的英语写作已经变得很困难，甚至无意义了。语法与形式！它们在我看来像维多利亚时代的浴衣和绅士风度一样落后。"他声称："为了美，向词语发起进攻。"

劳达说她用女性直觉来作决策，她说："我还没碰到过一个人是从书本和学校里学会经商本领的。"她认为："绝不要低估妇女对美的追求欲望"，"无论我们付出什么，上帝都会给予回报的"。她自己的墓志铭是："这儿躺着克斯蒂·劳达——她创造并享用它。"

米罗说："当我画画时，画在我的笔下会开始自述，或者暗示自己，在工作时，形式变成了一个女人或一只鸟儿的符号……第一阶段是自由的，潜意识的……第二阶段则是小心盘算。"他自承："我的画是从心里长出来的。"

1976 年 9 月，波兰发生了工人抗议事件，米奇尼克参加了一次对工人的审判。"我听到了不适当的宣判词，我见到了人们波浪般的喊叫，我为愤怒的浪潮感到震惊。我感到不可能把这些人丢下不管。"米奇尼克后来用了一个类似哈维尔的表达："它来自一个道德上的冲动。"紧接着，米奇尼克从知识分子的立场分别就此事公开发表了自己的看法，呼吁西方的知识分子支持波兰工人。

作家亨利·米勒说："我对生活的全部要求不外乎几本书、几场梦和几个女人。"

有一次，美国盖洛普民意测验的结果显示，艾柯卡成了美国人最受崇拜的人，其声望仅次于当时的总统里根和教皇保罗二世。他平均每天收到 500 封信，许多人都希望他竞选总统。对此，他说："我没有这个愿望，也不想再去攀登一座山峰。"

卡尔·波普尔说："我是我见过的最幸福的哲学家。"他"常常深深陷入不可解决的困难中，但在发现新问题时、同这些问题搏斗时、取得进展时最为高兴"。在他看来，这就是最好的生活，这就是高度的自满自足。

1987 年 5 月 17 日，星期日，阴雨绵绵中的意大利都灵体育场。在全场几万球迷依依不舍的挽留声中，普拉蒂尼射中了最后一个球。在这个告别仪式上，普拉蒂尼说："每个人的一生都像是一场球赛，对于我来说，球场就是战场。我在球场上是胜利者，在生活中也是强者。"

批评家们把卡拉扬称做自负的神，他的朋友莱斯利说："而卡拉扬则会说我是上帝的工具。他在执行使命时是无情的。他对我讲过:'我做过一些糟糕的事。'但解释说是为了完成使命不得已而为之的。"

列维·施特劳斯说:"我的头脑有个特点,也可能是个缺点,那就是我很难对同一个主题关注两次。"

昂山素季认为,人们不应羞于在政治上谈论同情心和爱心,同情和爱的价值理应成为政治的一部分,因为正义需要宽恕来缓和。有人问她:"你和别人交谈时总是对宗教谈论很多,为什么?"她的回答是:"因为政治是关于人的,我不能将人和他的精神价值分离开。"

1992年,麦当娜在与《名利场》谈话中概括了自己性欲天性:"我爱我的性,我认为这是我生活的浓缩。"大多数人可能想着这个,可能考虑把这种肆无忌惮的表达讲给朋友听,但如果要公之于众则是另当别论。麦当娜说:"性主导世界。"

费里尼说:"我一天不拍片,就觉得少活了一天。这样说来,拍片就像做爱一样。"

纳博科夫说:"我天生是一个世界公民,我的俄国只比一个祖传庄园的园林稍大一点。"他跟人说过:"我是美国作家,出生于俄国,在英国受教育修习法国文学,然后在德国住了15年,却不太懂德语。"

经历了"二战"的地下抵抗运动,在斯大林时期不与官方合作,长达十几年的默默写作,在西方人眼中,赫伯特是铁骨铮铮的"异见诗人"。尽管赫伯特并不回避政治,也不怯于表露自己的立场,但他的"持异见"与其说是政治的,不如说是文化的。赫伯特曾这样表示:"诗的语言不同于政治的语言。毕竟诗人的生命比任何可见的政治危机更长久。"

阿里是一位拳击手，但是他时常能够跳出拳击台来看待这项运动。他说："我们只不过是拳击台里的两个奴隶罢了。老板从黑人当中挑选了两个健壮的奴隶，让他们进行打斗，而白人们则开始进行赌博，他们争着说：'我的奴隶肯定能打败你的。'"

曼德拉呼吁黑人"将武器扔到海里去"，而不要"将白人赶到海里去"。有人说，曼德拉拯救了一个新南非，他的一生正是博大胸怀的自然写照，书写着一个坦荡而豁达的胸襟，体现着一种包容万事万物的海量。南非总统姆贝基说过："曼德拉只有一个，他是英雄、巨人，我不可能是他，我只能是塔博·姆贝基。"

离开权力中心之后的戈尔巴乔夫自承："追求权力的人应该有一种不能滥用职权的精神意志。在这方面，我的良心是清白的。"

读书是博尔赫斯生活中一项具有压倒性优势的活动，而且对于他的写作意义重大。他曾说："我是一个作家，但更是一个好读者。"在被任命为国立图书馆馆长的时候，他已经近乎完全失明，所以他不无苦涩地写了一首诗向上帝致敬："他以如此妙的讽刺／同时给了我书籍和失明……"

贝利说："我为足球而生，就像贝多芬为音乐而生一样。"

伍迪·艾伦在英格玛·伯格曼逝世时说："因为我多年来对他的狂热赞美，当他去世的时候，许多报纸杂志约我作访谈。似乎除了再一次称颂他的伟大，我还能给这个噩耗带来什么价值。他们问，伯格曼是如何影响你的？我说，他没有影响我，他是一个天才，而我不是。天才是无法学习的，否则其魔术就能延续了。"

什么叫命运？凯尔泰斯解释说是"悲剧的可能性"。为了摆脱这种可能性，他作了最大努力的挣扎，然而仍然无法逃脱极权主义的可怕的境遇。他说，"我个人的空间是充满失败的胜利"，"我只是胜利史书中没有文字的黑色一页"，"惨败是今天唯一可以完成的体验"。

很多人视索罗斯为一个可怕的人，人们甚至叫他"金融大鳄"。索罗斯自己说："我是一个复杂的人，在世界一些地区，我以迫使英格兰银行屈服和使马来西亚人破产而出名，即作为投机者和魔鬼而出名。但在世界其他地区，我被视做'开放社会'的捍卫者。"

扎克伯格这样描述自己的兴趣：开放，创造事物帮助人们彼此联系和分享对自己而言重要的事情，革命，信息流，极简主义。他说："一个透明度高的世界，其组织会更好，也会更公平。"

中外第三十三

Sino-Foreign

日俄战争爆发，两国却在中国东北的土地上交战。托尔斯泰给交战国皇帝的信，开首一句就是《圣经》中的话："你悔改吧。"

在中国东北，一伙土匪劫持了一辆马车，从车上下来的人正是年轻的李提摩太，胡子们看到后以为看到了怪物，一哄而散。接着，他们又招来同伙，他们问他："你是干什么的？"李提摩太说："我是教人向善的。"他们又问："你手里有什么东西？"李提摩太说："教人向善的书。"于是他向他们散发起《圣经》，土匪们又一哄而散了。

丁韪良翻译的《万国公法》在中国人中引起了震动，也在来华西方人士中引起了骚动。赫德、蒲安臣等人支持丁韪良的翻译工作，他们认为，这本书的翻译可以让中国人看看"西方国家也有'道理'可讲，他们也是按照道理行事的，武力并非他们唯一法则"。而法国临时代办可士吉则极为反对，他甚至喊道："这个家伙是谁？竟想让中国人对我们欧洲的国际法了如指掌？杀了他！——掐死他；他会给我们找来无数麻烦的！"

伊藤博文到中国漫游见到辜鸿铭，辜鸿铭送他一本自己刚出版的《论语》英译本。伊藤博文说："听说你精通西洋学术，难道还不清楚孔子之教能行于两千多年前，却不能行于 20 世纪的今天吗？"辜鸿铭回答："孔子教人的方法，就好比数学家的加减乘除，在数千年前，其法是三三得九，如今 20 世纪，其法仍然是三三得九，并不会三三得八。"

在李提摩太的倡议下，伦敦成立了以市长为首的"市长官邸赈灾基金会"，两万余两银子运到中国灾区。李鸿章亲自派人将国外募捐的银子运到山西，李提摩太依马随行。已经能说一口流利中国话的李提摩太听见押运的士兵嬉笑说："看看，这都是（傻乎乎的）英国人的银子。"

傅兰雅曾自称："半生心血……惟望中国多兴西法，推广格致，自强自富。"后来他却说在中国的一切不过是南柯一梦。

当摄影家汤姆逊来到中国时，他感受到政府的腐败，他认为："中国改革应当是政府本身的改革。"而对中国人民，他说："中国人相当诚恳、好客。我相信任何一个能用语言表达自己的思想及能使对方理解的外国人，在中国的大部分旅途中不会遇到什么敌意的对待。"他的愿言是："我希望中国能够尽快从它毫无生气的现状中觉醒。"

宫崎滔天曾对孙中山十分狐疑，他后来曾如此说明自己的担心："此人果真能身负中国 400 州郡而立地者乎，能君临 4 亿苍生而执号令之旗者乎，可堪辅佐以终遂我平生之志？"通过了解，宫崎完全被孙中山的气质和理想折服。他感慨道："乍一看去，其外貌气质像是涉世不深的后生小伙，又如天真无华的村野姑娘。然而其思想何其深邃，其见识何其拔群，其抱负何其远大，其情感又何其真切。"他因此成了孙中山的朋友。

李提摩太建议中国政府进行教育改革，并为此每年投入 100 万两白银。对这个建议，李鸿章回答说："中国政府承担不了这么大一笔开销。"李提摩太说，那是"种子钱"，必将带来百倍的收益。李鸿章问什么时候能见成效。"需要 20 年才能看到实施现代教育带来的好处。""噢！"李鸿章最后说，"我们等不了那么长的时间。"

为了使中国人了解电报的作用，丁韪良专门请中国政府派官员来观看实验，但是派来的几位官员丝毫不感兴趣，一个翰林甚至轻蔑地说："中国虽然没有电报，却已当了 4000 年的伟大帝国。"几位老大臣也并不重视，只将其当做一种有趣的玩意儿。丁韪良感叹说："在文学方面他们是成人，而在科学方面，他们仍然是孩子。"

燕京大学的创办是一个艰难的过程。最初筹款的任务交给了亨利·卢斯，即路思义先生，一个虔诚的传教士。他不得不去美国变成了宣传中国的"传教士"。燕大一贫如洗，只是一个概念，连地点都没有选好，他却拉下面子去朝别人要钱。卢斯说，这过程，"就好像在水底给码头打地基一样"。

英国作家毛姆来华旅游，慕名专程拜访了辜鸿铭。毛姆说："久闻先生大名，今天特地前来拜访。"辜鸿铭回答说："你想来看我，我觉得非常荣幸。""你们的国人只同苦力和买办往来，你们想所有的中国人不是苦力就是买办。"

有一次，司徒雷登和号称"五省总司令"的孙传芳见面。孙好奇地问："为什么你们外国人要到中国来教育中国人呢？"司徒雷登回答："文明不是民族性的，而是世界性的。如果把各个民族的文明融合为一体，那么就能加深各民族间的相互了解。我们的目的就是要同古老的中国文化合作，以帮助产生一种新的文化。"孙传芳当场就把随身带的 100 美元捐给司徒雷登，随后又慷慨地捐了两万美元，并把儿子送进燕京读书。

傅兰雅曾对黄炎培说："我几十年生活，全靠中国人民养我。我必须想一个办法报答中国人民。我看，中国学校一种一种都办起来了。有一种残疾人最苦，中国还没有这种学校，就是盲童学校，因此我事先要求我的儿子专门学习盲童教育，现在他已毕业了，先生能否帮助带他到中国去办一所盲童学校？"

英国作家毛姆曾讲述一外国人亨德森的故事。亨德森刚到上海，拒坐黄包车，盖其认车夫亦人类一分子，如此苦力服务，有违他关于个人尊严的思想。其后因天热，急于赶路，他偶尔尝试此种属于退化之交通工具。当毛姆见到他时，他坐着黄包车，车夫拉他拉得大汗淋漓。当黄包车车夫差点错过一个拐弯的地方时，亨德森叫起来"在街口拐弯，你这个该死的蠢家伙"，同时为了使他的话更有分量，他往车夫的屁股上狠狠地踢了一脚。

1923 年，司徒雷登第一次去东北见张作霖。张作霖听了司徒雷登的来意后说："你办的教育事业本来是应该我们中国人自己做的。现在你做了，我十分感谢！"当场捐款五千大洋。以后，只要司徒雷登开口，张作霖总是毫不推脱，慷慨出手。张作霖还把儿子张学曾送进了燕京。

在中国的演讲中，杜威总想通过不同的角度不厌其烦地告诉中国人，现代西方文明的精髓在于精神文化，中国人若想从西方得到启示，就得从这一点着眼，来改造自己的民族精神。他见到孙中山后，告诉别人："孙逸仙是位哲学家。"

孙中山曾盛赞鲍罗庭"是一个无与伦比的人"，去世前还由鲍罗庭与宋庆龄守在床边，托付了遗嘱和致苏联的遗书。孙中山弥留之际，还以古代刘备托孤之语，对汪精卫、何香凝说："要师事鲍顾问。"当时国民党内便将鲍罗庭称为"亚父"。

罗素在中国停留了近一年，他带着对西方工业文明与俄国革命的双重失望，来中国"探寻一种新的希望"。他注意到中国的贫困，后来说："中国只要在改进农业生产技术的同时结合移民和大规模的控制生育，是可以永远消除饥荒的。"他对中国的感情让人动容。"总的说来，我认为中国人是我遇到过的最优秀的民族之一。"他说，"当中国人以一种沉默的尊严冷对白种人的傲慢时，我们西方人应该感到羞愧，因为中国人不愿意用以牙还牙的态度贬低自己的身份。"

杜威一度为中国人表现出来的对国家问题的冷漠而震惊。在上海时，他问一个中国人对日本占领"满洲"的看法，后者神色自若地答道："哦，那是满洲人的事儿。"杜威到北京后，一天从清华大学回到住处去，他看到一个行人被马车撞翻在街道上，受伤很重，但行人不予理睬，最后还是一群外国人把伤者送到医院。

泰戈尔访问中国，使很多中国人以为泰戈尔带来了救国救民的灵丹妙药，就连孙中山也认为他是来"开展工作的"。但是泰戈尔一到上海便说："余只是一诗人。"

泰戈尔离开上海的演讲，即其《告别辞》说："你们一部分的国人曾经担着忧心，怕我从印度带来提倡精神生活的传染毒症，怕我动摇你们崇拜金钱与物质的强悍的信仰。我现在可以吩咐曾经担忧的诸君，我是绝对不会存心与他们作对，我没有力量来阻碍他们健旺进步的前程……我没有本领可以阻止你们奔赴熙熙攘攘利来利往的闹市。"

当蒋介石、冯玉祥先后叛变革命，被解职通缉的国民党政治顾问鲍罗庭途经郑州时，曾对冯玉祥感叹曰："苏联用了三千余万巨款，我个人费了多少心血精神，国民革命才有今日成功。"

萧伯纳在香港大学演讲中说："如果你们在 20 岁时不做赤色革命家，那么在 50 岁时，将成不可堪的僵石。你们要在 20 岁时，成一赤色革命家，那么，你们才得在 40 岁时，不致有落伍的机会。"

1932 年 1 月 7 日，"史汀生不承认主义"出台。当天，美国国务卿史汀生照会中国和日本政府，称"美国政府不能承认任何事实上情势为合法，凡中日两国政府或其他代表所订立的任何条约和协定，足以损害美国或其人民在华条约上的权利，或损及中国主权及领土及行政完整，或违反国际关于中国的制裁，即通常所谓'门户开放'者，美国政府都无意承认"。

萧公权曾到美国求学，他有机会见到杜威，问杜："中国积弱的主要原因何在？"杜威回答："中国文化过度了。"

毕加索称张大千为"了不起的天才画家"，然后拿出用中国毛笔临摹的五大册中国画，毕加索说自己正在学习中国画法，请张大千指教。待张大千把画册全部讲解完毕，毕加索认真思索一会儿，盯着张大千的眼睛认真地说："我最不懂的，就是你们中国人，为什么要跑到巴黎来学习艺术。不要说法国巴黎没有艺术，整个西方，白种人都没有艺术！"

李约瑟提出了科学史上著名的"李约瑟难题"：为什么近代科学只在欧洲文明中发展，而未在中国文明中成长？而且为什么在公元前 1 世纪到公元 15 世纪期间，中国文明在获取自然知识并将其应用于人的实际需要方面要比西方文明有效很多？

1934 年，司徒雷登赴美，突然接到燕京大学要他火速返校的急电，原来北京学生为反对政府对日不抵抗政策，组织请愿团赴南京，燕京大学学生宣布罢课。一些人以为，作为校务长的司徒雷登是不会支持罢课的，不料他却说："我在上海下船时，首先问来接我的人，燕大的学生是否也去南京请愿了。我听到答复'是'，这才放心。如果此次燕大学生没有参加请愿，那说明这些年来我的教育就完全失败了。"

萧伯纳见到鲁迅时说："他们称你为中国的高尔基。但是你比高尔基漂亮！"鲁迅回答说："我更老时，还会更漂亮。"

费正清 1932 年来到中国，执教清华，任讲师，讲授经济史。他在北京认识了梁思成、林徽因夫妇并成为朋友。费正清这个中国名字是梁思成替他取的。他的英文原名一般译为约翰·金·费尔班克，梁思成告诉他叫"费正清"好，意思是费氏正直清廉，而且"正"、"清"两字又跟英文原名谐音。梁说："使用这样一个汉名，你真可算是一个中国人了。"

20 世纪 30 年代，荣格见到胡适，他知道这是一位中国的"哲学家"。荣格问胡适对中国的《易经》怎么看，胡适说："噢，那本书不算什么，只是一本有年头的巫术魔法选集，没有什么重要意义。"几番对话下来，荣格的结论是，胡适"对这本书没什么感觉"。

史沫特莱认为，鲁迅是中国的伏尔泰。她说："在我身上，激励着我的精神力量的鲁迅，已成为我人生的路标。我从这位伟大的作家那里所感受到的一切，将铭刻在我心中直到永远。"

赛珍珠曾讲过，世界上最美的人是中国人，最美的地方是中国农村的田野和村庄。1938 年，在诺贝尔奖的奖台上，她说："假如我不为中国人讲话那就是不忠实于自己。因为中国人的生活这么多年来也就是我的生活。""当我看到中国空前地团结起来反对威胁其自由的敌人时，我感到从来没有像现在这样钦佩中国。凭着这种争取自由的决心——在深刻意义上是天性的基本美德，我知道中国是不可征服的。"

抗战期间，胡适做驻美大使。他多次宣传中国人民抗战的决心，有一次演讲结束，一个普通的美国人拦住他从口袋里掏出三块钱，对胡适说："这三块银元，捐给中国，因为中国抗战太艰难了……"

在朱德总司令的窑洞里，史沫特莱注视着像农民老大爷一样的总司令说："我希望你把这一生的全部经历讲给我听！"朱德惊讶地问："为什么？"史沫特莱说："因为你是一个农民。中国人中十个有八个是农民，而迄今为止，还没有一个人向全世界谈到自己的经历。如果你把身世都告诉我，也就是中国农民第一次开口了。"

1939年10月下旬，白求恩在涞源县摩天岭战斗中抢救伤员时左手中指被手术刀割破，后给一个外科传染病伤员做手术时受感染，仍不顾伤痛，坚决要求去战地救护。他说："你们不要拿我当古董，要拿我当一挺机关枪使用。"随即跟医疗队到了前线。终因伤势恶化，转为败血症，医治无效，于11月12日凌晨在河北省唐县黄石口村逝世。

离开中国后，奥登和依修伍德去了美国。他们写了一篇《给中国人民的信》，发表于1939年4月的《远东杂志》上，信中说："在近来的欧洲危机中，在你们看来似乎西方已经把中国遗弃了。这不是真的。在这些悲剧性的艰难日子里，我们想告诉你们，有这样一群英国人（不是少数）了解你们所英勇进行的斗争是为了自由和公正，每个国家都在为之奋斗。""我们祈祷，为你们也为我们自己，不论形势多么恶劣，都不要丧失对正义的信心，坚持斗争直到胜利是这个国家每个人的希望。"

抗战期间，蒋介石访问印度，他想拜见甘地受到英国人的阻挠。甘地给蒋介石写信，为"吾人所不能控制之环境"而不能相见深感惋惜，甘地说："任何国家一旦失去自由，乃千百年长久之损失。"蒋介石读信后悲伤不已，下决心与甘地见面。

1943 年，宋美龄在美国参众两院发表演说，受到热烈欢迎。罗斯福见到宋美龄即表示，当尽力援助中国，"上帝所能允许之事无不可办"。

1943 年，费正清敏锐地判断出国民党已现颓势，不会久远。费正清有一句名言："共产主义不适合美国，但却适合中国。"他解释说："美国和中国的文化不同，社会秩序不同，民主、自由、人权、法治都是西方的独特产品，并不能移植到以农民为主体而又具有长期专制传统的中国。"

开罗会议前，英国首相丘吉尔拜会蒋介石夫妇。丘吉尔问宋美龄："你平时必想，丘某是一个最坏的老头儿吧？"宋美龄反问："那请问，你自己是否为坏人？"丘吉尔表白："我非恶人。"宋美龄回答："如此就好了。"

1946 年 8 月 6 日，毛泽东接受了美国记者斯特朗的采访。毛泽东通过列举俄国沙皇、德国希特勒、意大利墨索里尼和日本帝国主义的例子，说明："一切反动派都是纸老虎。看起来，反动派的样子是可怕的，但是实际上并没有什么了不起的力量。从长远的观点看问题，真正强大的力量不是属于反动派，而是属于人民。"斯特朗因此被称为"纸老虎女士"。

罗慕洛在 1955 年参加万隆会议时结识了周恩来，会后他的感言是："周恩来是我去的时候的敌人，回来的时候的朋友。"

1957 年，毕加索创作了石版画《斗牛》系列，从中可见他深受东方绘画艺术影响的痕迹。《斗牛》系列极似中国的写意画，用笔奔放，画面大量留白，毕加索用细点腐蚀技法的反差，充分运用了空间、色彩与线，凸显了斗牛场面的激情，充满西班牙风情。毕加索曾说过："如果我是中国人，我会成为书法家。"

1962 年，在意大利共产党代表大会上，意大利党的领导人直接批评中国共产党的观点，并声称："像我们这样的一个党不需要指桑骂槐。"陶里亚蒂警告中国代表团："当你们说资本主义已经在南斯拉夫复辟时，大家都知道这不是真的——就没有人相信你说的其余一切了。"中国为此发表多篇文章，讨论"陶里亚蒂同志同我们的分歧"。

1964 年，费正清很有感触地对一位中国学者说："学者第一位的责任是保持学者的品格；我们都面临着危险，即我们的社会活动可能损害我们对社会的长期价值。"

汤因比在最后的一本著作《人类与大地母亲》中说："如果中国人真正从中国的历史错误中吸取教训，如果他们成功地从这种错误的循环中解脱出来，那他们就完成了一项伟业，这不仅对于他们自己的国家，而且对处于深浅莫测的人类历史长河关键阶段的全人类，都是一项伟业。"

1971 年，基辛格从北京返回美国后给马思聪带来了周恩来总理的一句话。周总理说："我平生有两件事深感遗憾，其中之一就是马思聪 50 多岁离乡背井去美国，我很难过。"听完这些，马思聪把自己关在房间里，失声痛哭。

高本汉晚年见到英国汉学家李约瑟，李约瑟问："你最近一次去中国是哪一年？"高本汉回答："1928 年。""为什么近几十年都没回到中国去看看？"高本汉沉默了片刻，仿佛自语般地说："我更喜欢古典的中国。"

据说，安东尼奥尼在中国只拍摄残旧或过时的事物。他"专门去寻找那些残墙旧壁和早已不用了的黑板报"；"田野里奔驰的大小拖拉机他不拍，却专门去拍毛驴拉石碾"；他拍摄难堪的时刻，"穷极无聊地把擤鼻涕、上厕所也摄入镜头"；还有无纪律的时刻，"他不愿拍工厂小学上课的场面，却要拍学生下课一拥而出的场面"。有人说，这是"恶毒的用心，卑劣的手法"。

1971 年，韩丁见到周恩来。一次，周恩来对韩丁说，到农村考察，不但要看成绩，还要看阴暗面，中国农村还有很多落后陋习。韩丁的女儿卡玛说："这年头谁敢考察阴暗面呀，回头再说你别有用心。"周恩来笑了："卡玛，你太敏感了。"

20 世纪 70 年代初，日本公明党委员长竹入义胜第一次访问中国。周恩来接见了他，在会见后送客时，周恩来突然走到他的跟前说："竹入君，我们中国不会永远这样下去的。"说罢转身就走。竹入义胜后来告诉李慎之，他当时分明看到周恩来的眼里噙着眼泪。

尼克松访华，见到毛泽东时说："主席的著作推动了一个民族，改变了整个世界。"毛泽东回答说："我没有能够改变世界，只是改变了北京周围的一些地方。"尼克松谈了一些国际现象，毛泽东说："这些问题不是在我这里谈的问题。这些问题应该同周总理去谈。我谈哲学问题。"

小泽征尔访问北京时，在中央音乐学院聆听《二泉映月》。据说，听着听着，小泽征尔情不自禁地掩面而泣："这样的音乐只应当跪下去听啊。"并且真的从坐着的椅子上顺势跪下去。有人说，这话可能是"出于对民间生命力的礼赞，有由衷的敬意，也有某种场合下的客套"。

英国前首相撒切尔夫人曾说过"不要怕中国"的话，她说："因为中国没有那种可以用来推进自己的权力，进而削弱我们西方国家的具有'传染性'的学说。今天中国出口的是电视机，而不是思想观念。"

"二战"期间，中国驻维也纳总领事何凤山向数千犹太人发放了前往上海的签证，使他们免遭纳粹的杀害，被称为"中国的辛德勒"。2001

年 1 月，何被以色列政府授予"国际正义人士"称号。德国前总理施罗德说："在他的面前，我们看到了人性的光辉，从而感到了我们自身的渺小。"

伽达默尔认为："中国人今天不能没有数学、物理学和化学这些发端于希腊的科学而存在于世界。但是这个根源的承载力在今天已枯萎了，科学今后将从其他根源找寻养料，特别要从远东找寻养料。"他预测："200 年内人们确实必须学习中国语言，以便全面掌握或共同享受一切。"

获得诺贝尔奖的日本作家大江健三郎曾说："我同中国文学的渊源很深，从 12 岁起就一直读鲁迅的作品。"那时的大江生活在日本四国岛上一个森林和山谷环绕的小村子里。他说："我还专门把《故乡》的最后一段抄写在了学校发给学生的粗糙的写字纸上。"

汶川大地震发生后，法国前总统德斯坦曾用中文在吊唁簿上一笔一画地写下"深切哀悼四川死难者"。他曾经说："中国的历史和文化与西方迥然不同。仅通过一些数据，我们不可能理解中国。中国毫无在全球攻城略地的野心，不像美国那样对世界其他地方兴趣盎然。此外，中国的形而上学思想也与西方哲学截然不同。所以，我们不应用西方的标准来'思考中国'。中国不是价值观的输出者。"

世界之中国的眼光和个人完善

记得《非常道》出版的时候，不少读者期待我能推出文明史上其他时段的同类产品，莫之许先生甚至要给我配备助手来做这一工作。由于我的兴趣广泛，我并没有在这方面用力。我得承认，我甚至希望有人来做这一工作。

遗憾的是，跟风《非常道》的书虽然不少，媒体关于"声音"、"话语"一类的栏目也普及开来，2009 年开始，微博成为我们社会最有前景的媒体形式。到本书出版两年后，微信也兴起，跟微博一样成为我们社会的流行文体。但是，直到今天，微博微信中还很少生长出经得住考验的产品。由于这类产品的匮乏、缺席或劣质，我们的社会教育领域要么浮躁、冷漠，要么污染，离开了家庭家族教育和学校教育的人们就经受宣传、新闻、时尚或口水一类的毒害或轰炸……

关心自身生存的人们自然忙于兑现"现代生活"的承诺，但在社会发展的过程中，人们越来越多地关心我们的社会现状和前景。人们不仅理解了"全球化"、"地球村"等词语的真实含义，人们也理解了进步、发展、都市的意义，更理解了温室效应、2012、绿色经济、复杂社会之崩溃跟我们自身的联系。一句话，我们中国人在一代人的时间内，就经历了从"农耕之中国"到"都市之中国"、从"中国之中国"到"亚洲之中国"到"世界之中国"、从"传统病"到"现代病"的时位变迁。

在这样巨大的变迁中，我们中国人正以自身的生存经验服务于文明世界，今天更以"不差钱"的底气参与了国际社会或人类事务。因此，"我们从哪里来，到哪里去"这样的人类命题虽然若隐若现，甚至淡化成我们的背景，但我们此生何为，我们将如何自处或相处，仍纠结着有了人生厚味的每一个体。这绝非"光荣孤立"的民族主义者、挣扎着的民粹主义者所能否认的人生缘分或国际文明缘分。"人类情感认知的急迫性"从未像今天这样真实、复杂而危难。

一般来说，我们中国人以为人生百年当以成仁取义为目标，以希圣希贤希王为目标。这种圣贤仁义、王者情怀，说到底，跟人类文明体的经验或追求并无二致。即西人说的人是目的，人的自我价值的实现，佛法说的人皆可成佛，即人的自觉、人的自由独立、人的充分的社会化和充分的个体化，即我们中国人说的人的高贵和尊严。但我们中国人在总结人生目标时，充分地考虑了时间教化的意义，就是说，即使认知问题解决了，但仍需要行动即时间来展开。这就是大易之道的爻位秘密，得其时位则驾，不得其时位则只能蓬累而行；"不在其位，不谋其政"，这不仅是一个有无权力谋其政的问题，而且是一个有无能力谋其政的问题。

因此，我们中国人更把人生百年看做历史长河的一段，我们都有自己的命运。我们传统说人生的最高完成需要积累，我们由过去积累，我们也在为未来积累。是以我们中国人说人生的高贵需要几代人的努力，培养一个贵族得三代人的努力。据说西人也有此谚语：一夜之间可以造就一个百万富翁，要培养一个贵族却要三代人的努力。一夜之间可以出很多暴发户，但暴富起来之后的人家，其德必须足以荫庇后人，才能培养出"人类的骄傲"。自然，对后人来说，仍需要努力才有望抵达这"人类的骄傲"。是以我们中国人说富起来的人家需要教化而不能僭越，需要足够的谦卑而不能狂妄，"三代看吃，四代看穿，五代看文章"。鲁迅曾痛切地说过：人类的血战前行的历史，正如煤的形成，当时用大量的木材，结果却只是一小块……这样的文明总结，我们知道，对个人的成长同样适用。

但是，今天人类的物质成就，使得我们一代人之内就可以获享这四五代人才能达到的人生可能性。锦衣美食以及其中的趣味，在今天有着极为方便的展示机会和消费机会，我们既可以自我培养吃穿的品位，也可以从媒体、专家那里获得相关知识。网络技术的发展，使得我们每一个人都成为博客、播客、微博客，我们每一个人都成为道德文章或智力文章或勇气文章的象征。这种秀或炫耀或展示贵族般的吃、穿、文字，今天正成为我们人类生活的常态。

今天的文明因此是意味深长的。从很多方面看，它跟传统的人类骄傲并非同道；它不是走向进步、文明，而是走向乖戾、浮躁，甚至是自杀式的。有人早已预言，我们正迎接"后人类时代"的来临。我们很少在创造人类的高贵，我们更多是在消费、滥用人类的财富；我们很少在积累，我们更多是在消耗；我们很少厚积薄发，我们更多是在制造口水泡沫或房产泡沫或股市泡沫；我们很少是可以生根发芽开花结实的种子，我们更多是吞噬养料制造废品、垃圾的病毒……

这大概是我们中少有人静心用心于生产创造的原因，我们今天几代人的无根无依是空前的。皈依、养生、读经、圈子、都市成功、移民……成了我们病急投医的选择。但这些消费式选择反而加重了我们社会的浮躁。显然，如果我们真的以为自己一夜富贵，可以任意指点前人、经典，我们不过是在作孽。用我们中国网民的总结，不过是脑残。如果没有足够的自身创造，如果没有足够的信心，如果没有足够的谦卑，我们的文明成就不过是抱着地球同归于尽。

我之愿意向读者朋友贡献本书，缘由也大抵如此。我希望人们在生活中，在生命的自我完善之路上，能够有一些可以信赖、可以依靠的路标、基石。20世纪以来的中国已经参与到国际社会和人类事务中来，我们向他国他人学习多多，这种学习多半是浮皮潦草的，或如学者们所说是有"嫉羡"心理的，因此谈不上真正了解了他人言行的经验教训。对全球化的成就我们想当然，对西方的失误不足我们同样想当然……其实，只要低下我们偏执愚妄的脑袋，我们能够领悟：经过两次世界大战、冷战、革命、全球化……的现代人类文明已经成为我们生活的背景，也当然是我们可宝贵的遗产，是我们前行的基础。

我不揣冒昧地把那些触动过我的人物话语整理结集，推荐给读者朋友。我相信人同此心、心同此理，那些感动过、挑战过我的历史人物的言行也仍有益于世道人心。我相信回想这些切近的域外人物，可以获得"世界之中国"应有的广阔而个人的视野，可以积累我们正当有效的世界关怀。

卜居云南乡间的时候，我曾有在道观小住的经历。其时有两位英国女孩在道观学太极拳，我读书之余，也就临时作了翻译。长日无事，跟道长、英国姑娘们喝茶聊天，我蹩脚的英语或作笑语或作邦交语或作探讨学问语，其中，我考问了姑娘们达尔文、弗洛伊德、伍尔芙、奥威尔、《夏洛的网》、《哈利·波特》、安吉丽娜·朱莉、自由主义等文史常识，我很满意人家都多少知道这些；她们也考问了我一些"中国元素"，如老子、孔子、易经、道、太极、毛泽东、"贫而乐，富而好礼"……人类的交往日益扩大，我们确实需要在影视、新闻之外，寻求最低限度的伦理共识和文史共识，我相信这也是我们个体和整体走向完善的道路。

是为后记。

—— 余世存

人名索引

A

昂山素季（Aung San Suu Kyi, 1945—），缅甸民主派运动领袖。26，70，365，392

奥巴马（Barack Hussein Obama II, 1961—），美国总统。253

奥本海默（J. Robert Oppenheimer, 1904—1967），美国犹太人物理学家，"曼哈顿计划"的主要领导者之一，曾被称为美国"原子弹之父"。亦被称为"政治不安全人物"。88，100，133，145，162，210，220，362

奥黛丽·赫本（Audrey Hepburn, 1929—1993），著名电影女演员，奥斯卡影后，晚年曾任联合国儿童基金会特使。57，177，206，282，310

奥登（W.H. Auden, 1907—1973），诗人，剧作家，文学评论家。36，109，245，329，383，402

奥尔德林（Buzz Aldrin, 1930—），第二个登上月球的美国航天员。377

奥古斯特·罗丹（Auguste Rodin, 1840—1917），法国雕塑家。93，117，151，166，176，185，287，320，346，370

奥纳西斯（Aristotle Sokratis Onassis, 1906—1975），希腊船王。24，378

奥斯卡·汉默斯坦二世（Oscar Hammerstein II, 1895—1960），美国音乐人、导演。353

奥斯卡·王尔德（Oscar Wilde, 1864—1900），剧作家、诗人、散文家，曾被称为"颓废主义者"。44，117，150，225，241，368

奥斯特洛夫斯基（1904—1936），苏联作家。130，290

奥斯特瓦尔德（Friedrich Wilhelm Ostwald, 1853—1932），德国科学家，曾被称为"反动的哲学教授"、"渺小的哲学家"、"神学家手下有学问的帮办"。106，141，155

奥威尔（Orwell George, 1903—1950），英国小说家、散文家、评论

家，曾被一些人称为"一代人的冷峻良知"，另一些人则指责他"具有不切实际的小资产阶级虚幻性"，是"反共作家"。49，96，98，99，110，161，172，175，245，251，259，323，359，384，410

B

巴比塞（Henri Barbusse，1873—1935），法国作家，曾被称为"反法西斯革命作家"。372

巴顿（George Smith Patton，Jr.，1885—1945），美国将军，曾被称为"战争狂人"。4，119，120，205，341，342

巴尔蒙特（1867—1942），苏俄诗人，曾被称为"颓废、个人主义、反革命"。169

巴菲特（Warren Buffett，1930— ），投资家、慈善家。9，139，146，147，149，189

巴甫洛夫（1949—1936），俄国科学家，高级神经活动学说的创始人。46，325

巴格沃蒂（Jagdish Bhagwati，1934— ），美国经济学家。285

巴克斯特（Leon Bakst，1866—1924），俄国画家。78

巴列维（1919—1980），伊朗末代国王，曾被称为"美国的附庸"。91，248，250

巴拿赫（Stefan Banach，1892—1945），波兰数学家。28，328

巴托尔迪（Bartholdi，FredericAuguste，1834—1904），法国雕刻家，"自由女神像的塑造者"。202

白里安（1862—1932），法国政治家，外交家。3

白求恩（Norman Bethune，1890—1939），加拿大共产党员，被称为"中国人民的好朋友"。402

柏格森（Henri Bergson，1859—1941），法国哲学家，曾被称为"反

动的唯心主义哲学家"。242，322

板垣征四郎（1885—1948），日本陆军大将，第二次世界大战甲级战犯。279

褒曼（Ingrid Bergman，1915—1982），瑞典籍电影演员。55，310

保尔·艾伦（Paul Allen，1953—），曾经的世界第二富人。37

保罗·艾吕雅（Paul Eluard，1895—1952），法国诗人，曾被称为"超现实主义诗人"、"人道主义战士"。134，156

保罗·策兰（Paul Celan，1920—1970），德国诗人。134，281，387

保罗·厄多斯（Paul Erdos，1913—1996），匈牙利数学家。7，33，35，66，89，91，147，165，175，199，209，289，332，354，355，376

保罗二世（John Paul II，1920—2005），罗马教皇，曾被称为著名的"反共先锋"、强硬的"反共教皇"。77，127，252，271，391

保罗·格蒂（Jean Paul Getty，1892—1976），美国石油大王。119，123，136，292，293，388

保罗·克鲁格曼（Paul R. Krugman，1953—），美国经济学家，1991年获克拉克经济学奖，2008年获诺贝尔经济学奖。38，163，358

保罗·萨缪尔森（Paul A. Samuelson，1915—2009），美国经济学家，曾被称为"资产阶级学者"、"以疯狂攻击和诬蔑马克思劳动价值论及其转型问题而扬名"。10，32，77，104，158，198，207，261，306，344，366，376，377，383

保罗·约瑟夫·戈培尔（Paul Joseph Goebbels，1897—1945），纳粹党宣传部部长，纳粹德国国民教育与宣传部部长，曾被认为是"创造希特勒的人"。76，84，86，170，217，229，300，324

鲍勃·迪伦（Bob Dylan，1941—），原名罗伯特·艾伦·齐默曼（Robert Allen Zimmerman），有重要影响力的美国唱作人、民谣歌手、音乐家、诗人，获2008年诺贝尔文学奖提名。173，209，327

子"。8

勃洛克（1880—1921），苏俄诗人。61，94，309，369，372

博厄斯（Franz Boas，1858—1942），美国人类学家。156，268

博尔赫斯（Jorge Luis Borges，1899—1986），阿根廷诗人、小说家兼翻译家，曾被称为"自由主义右派"。37，56，91，101，115，122，132，150，159，164，200，270，313，316，330，393

卜合（Bob Hope，1903—2003），美国影星。90

布尔吉巴（Habib Bourguiba，1902—2000），突尼斯总统，曾被称为"宪政社会主义者"、"狂热反华分子"。8，70，89

布尔加科夫（Mikhail Afanasievich Bulgakov，1891—1940），俄罗斯作家。289，384

布坎南（James Mc Gill Buchanan Jr.，1919—2015），美国经济学家。75

布拉格（William Lawrence Bragg，1890—1971），英国物理学家。196

布拉克（Georges Braque，1882—1963），法国画家，"立体派"大师。5，321，322

布莱恩·琼斯（Brian Jones，1942—1969），美国歌手。327

布莱德雷（Omar Nelson Bradley，1893—1981），美国将军，曾被称为"战争贩子"。120

布莱希特（Bertolt Brecht，1898—1956），德国作家，曾被称为"左翼资产阶级知识分子"。18，33，50，91，125，229，302

布勒东（André Breton，1896—1966），法国诗人。134

布雷斯韦特（Braithwaite，1873—1948），英国演员。301

布柳赫尔（1890—1938），即加伦将军，苏联元帅。曾被称为"打入苏联内部的日本间谍"。339

C

查理·斯宾塞·卓别林（Charlie Chaplin, 1889—1977），英国电影演员、导演、制片人。30，54，111，172，173，205，227，260，293，300，311，312

柴尔德（G.V. Childe, 1892—1957），英国考古学家，曾被称为"进步的考古学家"。121

柴门霍夫（L.L. Zamenhof, 1859—1917），波兰医生，世界语的创始人。序009，140

陈纳德（Claire Lee Chennault, 1893—1958），美国将军。205，206

池田大作（1928—　），日本社会活动家。207，366，378

重光葵（Mamoru Shigemitsu, 1887—1957），日本外务大臣，甲级战犯。246

川端康成（1899—1972），日本作家。53，211，223

茨威格（Stefan Zweig, 1881—1942），奥地利作家，曾被称为"资产阶级人道主义作家"。48，185，245

茨维塔耶娃·玛琳娜·伊万诺夫娜（1892—1941），俄罗斯著名诗人、小说家、剧作家，曾被认为是二十世纪俄罗斯最伟大的诗人之一。5，171，229，331，382，383

D

达尔朗（Francois Darlan, 1881—1942），法国将军。65，100

达拉第（Edward Daladier, 1884—1970），法国总理，曾被称为"资产阶级政客"。278

达利（Salvador Dali, 1904—1989），西班牙艺术家。110，161，216，355，363

大江健三郎（1935—　），日本作家。406

大山岩（1842—1916），日本名将，曾被称为"日本侵华的罪魁祸首

国主义文化侵略的代表人物"。395，397

东条英机（Toujou Hideki，1884—1948），日本首相，第二次世界大战日本法西斯主犯之一，日本军国主义的代表人物。87

杜黑（Giulio Douhet，1869—1930），意大利军事家，被称为"战略空军之父"。371

杜勒斯（John Foster Dullers，1888—1959），美国前国务卿，曾被称为"反共老手"、"共产主义的死对头"。162，270

杜鲁门（Harry S. Truman，1884—1972），美国总统，曾被称为"战争贩子"。31，89，134，186，206，246，247，280，283，344，388

杜尚（Marcel Duchamp，1887—1968），二十世纪实验艺术的先验，曾被誉为"现代艺术的守护神"。34，68，78，81，94，275，276，284，288，388

杜威（John Dewey，1859—1952），美国哲学家，曾被称为"帝国主义学者"、"美国实验主义哲学的头子"。86，398，399，400

多列士（Maurice Thorez，1900—1964），法国共产党总书记。101

多明戈（Placido Domingo，1941— ），西班牙歌唱家。164

E

恩里克斯（F. Enriques，1871—1946），意大利数学家。196

F

法恩斯沃思（Philo Farnsworth，1906—1971），美国发明家、电视之父。215

法尔肯海因（Erich von Falkenhayn，1861—1922），又译为法尔根汉、

法金汉。德国军事家、元帅。333

法捷耶夫（Alexander Fadeyev，1901—1956），苏联作家。99，101

法拉奇（Oriana Fallaci，1929—2006），意大利记者，被称为"资产阶级新闻记者"。90，185，284，303，355

法朗士（Anatole France，1844—1924），法国作家，曾被称为"资产阶级人道主义作家"。41，118，185，310，372

凡勃伦（Thorstein B Veblen，1857—1929），美国经济学家，制度学派的创始人。204，298，309，356

凡尔纳（Jules Gabriel Verne，1828—1905），19世纪法国著名小说家、剧作家及诗人。1，41，180，181

范奈莎·贝尔（Vanessa Bell，1879—1961），英国画家。309

房龙（Hendrik Willem Van Loon，1882—1944），荷裔美国人，出色的通俗作家。174，258

菲茨杰拉德（Francis Scott Fitzgerald，1896—1940），美国作家。15，256，257，280

菲尔兹（John Charles Fields，1863—1932），加拿大数学家、教育家。18，80，324

菲利普·罗斯（Philip Roth，1933— ），美国作家。163

费德里科·费里尼（Federico Fellini，1920—1993），意大利导演。58，318，331，392

费迪南（Archduke Franz Ferdinan，1864—1914），奥匈帝国皇储。118

费曼（Richard Feynman，1918—1988），美国物理学家。33，56，74，104，113，124，161，162，243，380

费米（Enrico Fermi，1901—1954），美国物理学家。133，145，204，326，379

费雯丽（Vivien Leigh，1913—1967），英国演员。87

费正清（John King Fairbank，1907—1991），美国学者，曾被一方称为"美国特务教授"，被另一方称为"毛主义的文化特务"、"共党间谍"、"披着学者外衣的共党同路人"。57，401，403，404

冯·埃姆米希，一战期间德国将军，生卒年不详。335

冯·德·舒伦堡，德国驻苏大使。170，171

冯·卡门（Theodore von Kārmān，1881—1963），美国科学家。3，291，354

弗拉基米尔·伊里奇·列宁（1870—1924），著名的马克思主义者、革命家、政治家、理论家、布尔什维克党创立者、苏联建立者和第一位领导人。他发展了马克思主义，形成了列宁主义理论。马克思列宁主义者称他为"全世界无产阶级和劳动人民的伟大导师和领袖"。14，46，62，84，107，108，150，167，169，243，276，360，372，375

弗莱明（Alexander Fleming，1881—1955），英国科学家，青霉素引（即盘尼西林）的发现者。121

弗兰克·H.奈特（Frank H. Knight，1885—1972），美国经济学家。75，326

弗兰克·西纳特拉（Frank Sinatra，1915—1998），美国歌星。164

弗兰兹·卡夫卡（Franz Kafka，1883—1924），奥地利小说家。10，29，87，119，131，155，157，167，204，276，310，323，361

弗朗哥（Francisco Franco，1892—1975），西班牙独裁者。54，86，87，143，217，248

弗里茨·哈伯（Fritz Haber，1868—1934），德国化学家。130

弗里德曼（Milton Friedman，1912—2006），经济学家。21，36，88，319

弗里曼·戴森（Freeman Dyson，1923—），美国物理学家。161，162

G

古德里安（Heinz Wilhelm Guderia，1888—1954），纳粹德国将军，"德国装甲兵之父"。155，339

古拉·伊万诺维奇·布哈林（1888—1938），苏联政治理论家、革命家、思想家、经济学家。62，131，170，178，227

古斯塔夫·施特雷泽曼 (Gustav Stresemann，1878—1920)，德国政治家。3

谷崎润一郎（188—1965），日本作家，被称为"唯美派文学大师"。321

顾拜旦（Le baron Pierre De Coubertin，1863—1937），法国教育家，现代奥林匹克运动之父。

顾彬（Wolfgang Kubin，1945—），德国汉学家。

H

哈贝尔勒（Gottfried Haberler，1901—1995），奥地利经济学家。384

哈贝马斯（Habermas Jürgen，1929—），德国哲学家。284

哈勃（EdwinPowell Hubble，1889—1953），埃德温·哈勃，美国科学家。77

哈代（Godfrey Harold Hardy，1877—1947），英国数学家。31，78，217，259，309，310，314

哈尔西（William Frederick Halsey，1882—1959），美国将军。343，351

哈里·康宁汉，美国企业家。156

哈理斯（Sydney J. Harries），英国作家。222

哈利法克斯伯爵（1881—1959），英国政治家。19

哈罗德·玻尔（Harold Bohr，1887—1951），丹麦数学家。312

称为"黄色新闻大师"。42，383

黑格（Douglas Haig，1861—1928），英国将军。334，374

黑塞（Hermann Hesse，1877—1962），德国作家。15，28，193

亨里克·索卡尔·詹科斯基，波兰神甫。272

亨利·福特（Henry Ford，1863—1947），美国汽车工程师与企业家，福特汽车公司的建立者，曾被称为"矛盾的反犹主义分子"。48，92，183，254，261

亨利·詹姆斯（Henry James，1843—1916），英国和美国作家。31

亨廷顿（Samuel Huntington，1927—2008），美国政治学家。113，115，379

胡佛（Herbert Hoover，1874—1964），美国总统。4，348，349，361，371

胡佛，杜克大学的教授。257

胡志明（1890—1969），革命家、越南共产党领导人。53，103

华西列夫斯基（1895—1977），苏联元帅。

怀特海（Alfred North Whitehead，1861—1947），英国哲学家，曾被称为"反动哲学家"。129，152，195，294，314

惠勒（John A. Wheeler，1911—2008），美国物理学家。162

惠特妮·休斯顿（Whitney Elizabeth Houston，1963—2012），美国歌手。34，35

霍尔姆斯大法官（Justice Oliver Wendell Holmes，1841—1935），美国最高法院大法官，曾被称为"美国实用主义法学的创始人"。85，242，266，347

霍夫曼（Max Hoffmann，1869—1927），德国将军。333

霍金（Stephen Hawking，1942—），英国科学家。37，79，115，

K

L

科学家。161，327，400，404

里宾特洛甫（Joachim von Ribbentrop，1893—1946），纳粹德国外长。75

里根（Ronald Wilson Reagan，1911—2004），美国总统，曾被称为"反共分子"。24，81，164，177，224，237，238，251，306，357，365，391

里斯（Jacob Riis，1949—1914），美国记者。43

理查德·罗蒂（Richard Rorty，1931—2007），美国哲学家。285

理查德·派迪，美国赛车手。197

利奥塔（JeanFrancois Lyotard，1924—1998），法国哲学家。82

利帕（Lipman Bers，1914—1993），俄裔数学家。300，301

列宾（Ilya Yafimovich Repin，1844—1930），苏俄画家。168

列夫·古米廖夫（1912—1992），俄国学者，阿赫玛托娃的儿子。38，113，379

列夫·托尔斯泰（Lev Tolstoy，1828—1910），俄国作家、思想家，他曾被称颂为具有"最清醒的现实主义"的"天才艺术家"，一度也被称为"资产阶级人性论作家"、"卑污的说教人。"1，42，44，72，93，106，128，150，166，265，275，395

列夫·舍斯托夫（Lev Shestov，1866—1938），俄国哲学家。168

列侬（John Winston Lennon，1940—1980），英国著名摇滚乐队"披头士"（The Beatles，也译作"甲壳虫"）成员、诗人、社会活动家。22，237，318

列维·施特劳斯（Claude LeviStrauss，1908—2009），法国结构主义思潮创始人，曾被称为"反动学说权威"，被誉为"二十世纪人类学之父"。39，156，162，178，211，219，305，392

林德伯格（Charles Augustus Lindbergh，1902—1974），又译林白，美国飞行员。54，68，141

M

米兰·昆德拉（Milan Kundera，1929— ），捷克作家。137

米格莱·雷诺，波兰元帅，生卒年不详。381

米勒（Henry Miller，1891—1980），美国作家，曾被称为"流氓作家"。75，391

米列娃，爱因斯坦的前妻。107

米罗（Joan Miro，1893—1983），西班牙画家。122，259，260，331，332，390

米丘林（Ivan Vladmirovich Michurin，1855—1935），苏联植物学家，曾被称为"无产阶级的卓越科学家"。46

米塞斯（Ludwig von Mises，1881—1973），经济学家，曾被誉为"现代奥地利学派之父"，据说是主观主义者或者说是"庸俗经济学家"，"他们为资产阶级利息的正当性做出各种不符事实的辩护"，"死硬的社会主义制度的反对者"。88，142，176，229，244，299，311，373，384

米沃什（Czesiaw Miiosz，1911—2004），波兰诗人。69，183，365

米歇尔·福柯（Michel Foucault，1926—1984），法国哲学家，曾被称为"资产阶级的最后堡垒"。37，81，176，211，223，305，331

密特朗（1916—1996），法国总统。9，81，200，305

闵可夫斯基（Hermann Minkowski，1864—1909），德国数学家。71，175

缪尔达尔（Gunnar Myrdal，1898—1987），瑞典经济学家。103，104，292，386

缪勒（Hermann Joseph Muller，1890—1967），美国遗传学家。214

摩尔（G.E. Moore，1873—1958），英国哲学家。108

J.P.摩根（J.P. Morgan，1837—1913），美国银行家，曾被称为"强盗贵族"。42，71，254

N

纳博科夫（Vladimir Nabokov，1899—1977），俄裔美国作家。35，91，249，329，389，392

纳吉（Imre Nagy，1896—1958），匈牙利政治家，曾被称为"右倾机会主义分子"、"隐藏在革命队伍内部的资产阶级代表人物"、"社会主义的叛徒"、"帝国主义走狗"。51

纳拉扬·戴赛（Narayan Desai），印度作家。267

纳赛尔（1918—1970），埃及总统，曾被称为"正确独裁主义者"、"阿拉伯社会主义者"。53，236，306

纳图拉姆·戈德森，印度教徒，刺杀甘地的暴徒。49

奈保尔（V.S. Naipaul，1932—），特立尼达和多巴哥作家。25

南丁格尔（Florence Nightingale，1820—1910），英国护士，被称为"世界上第一个真正的女护士"。140

南希，里根夫人。24，81

南希·阿斯特（Nancy Astor，1879—1964），英国议员。208

内贾德（Mahmoud AhmadiNejad，1956—），伊朗总统。82

能斯特（Walther H. Nernst，1864—1941），德国科学家。119

尼布尔（Reinhold Niebuhr，1892—1971），美国神学家。73

尼采（Friedrich Wilhelm Nietzsche，1844—1900），德国哲学家，西方现代哲学的开创者，卓越的诗人和散文家，其思想曾被称为"反动学说"、"纳粹主义的源头"。1，15，40，83，137，151，153，213，226，308，329，369，379，381

尼尔斯·玻尔（Niels Henrik David Bohr，1885—1962），丹麦物理学家，哥本哈根学派的创始人，曾被称为"资产阶级唯心主义者"。3，79，121，132，142，168，196，323

P

帕累托（Vilfredo Pareto, 1848—1923），意大利经济学家，曾被称为"资产阶级经济学家"。182，267

帕斯捷尔纳克（1890—1960），苏联作家、诗人，曾被称为"社会主义革命的诬蔑者和苏联人民的诽谤者"。64，66，67，90，99，100，111，112，131，229，275，302，328，383

帕瓦罗蒂（Luciano Pavarotti, 1935—2007），意大利歌唱家。124，149，164，210，317

帕维尔·连年坎普夫，"一战"时期俄国将军。336

潘兴（John Joseph Pershing, 1860—1948），美国将军。119，124，335，337

庞德（Ezra Pound, 1885—1972），美国诗人，曾被称为"法西斯主义者"。89，91，192，255，323，324，350

庞加莱（Jules Henri Poincaré, 1854—1912），法国数学家。151，281，308

泡利（Wolfgang E. Pauli, 1900—1958），美籍奥地利科学家。76，77，108，120，155，157，196，310，315，326

佩罗（Ross Perot, 1930—），实业家，曾经竞选美国总统。37，253

朋霍费尔（1906—1945），德国基督教神学家。72，73，131，169，244

蓬皮杜（Georges Pompidou, 1911—1974），法国总统。80，158，199，211，305

皮埃尔·特鲁多（Pierre Trudeau, 1919—2000），加拿大总理。199，224，305

皮诺切特（Augusto José Ramón Pinochet Ugarte, 1915—2006），1973年至1990年为智利军事独裁首脑。91，271

Q

书记。223，224

契诃夫（Anton chekhov，1860—1904），俄国作家，曾被称为表现了"小资产阶级人道主义的悲哀"。41，289

契切林（1872—1936），苏联外交家。95

恰林·库普曼，经济学家，生卒年不详。136

乔丹（Michael Jordan，1963—），美国运动员。188，295，357，358

乔姆斯基（Noam Chomsky，1928—），美国语言学家。138，251，358

乔舒亚·格林，电影导演，生卒年不详。160

乔伊斯（James Joyce，1882—1941），爱尔兰作家，曾被称为"小资产阶级社会主义思想家"。157，180，192，321，382

乔治·但泽，经济学家，生卒年不详。136

乔治·费多（Georges Feydeau，1862—1921），法国作家。209，322

乔治·格蒂，美国石油大王保罗·格蒂的父亲。119，388

乔治·坎南（George Kennan），美国外交官。272

乔治六世（Albert Frederick Arthur George Windsor，1895—1952），他是最后一位印度皇帝（1936—1947）、最后一位爱尔兰国王（1936—1949），以及唯一一位印度自治领国王（1947—1949）。65

乔治·舒尔茨（George Shultz，1920—），美国国务卿。115

琼·罗宾逊（Joan Robinson，1903—1983），即罗宾逊夫人，英国经济学家。135，146，162，285，292，316

丘拜斯，俄罗斯私有化之父。105，224，295

丘吉尔（Winston Churchill，1874—1965），英国首相，曾被称为"战争贩子"、"极端仇恨社会主义的帝国主义头子"。5—7，31，33，36，52，65，67，74，75，98，109，112，133，134，152，155，157，208，217，218，230，232，246，247，279，303，312，326，

史汀生（Henry Lewis Stimson，1867—1950），美国政治家，曾被称为"殖民主义者"。400

舒曼·海因克（Ernestine Schumann Heink，1861—1936），奥地利女低音歌唱家。3

司徒雷登（John Leighton Stuart，1876—1962），美国传教士，曾被称为"帝国主义侵略中国的特务"。194，397，398，400

斯宾格勒（1880—1936），德国历史学家，曾被称为"反动学者"。191，204，348

斯大林（1879—1953），苏联领导人，"二战三巨头"之一，曾被称为大独裁者、暴君。13，14，18，44，47，64，76，84，89，97，98，111，112，154，170，173，215，216，219，220，227，232，246，247，269，270，289，300，312，339，341，360，361，375，384，386

斯诺（Edgar Snow，1905—1972），美国记者，曾被称为"中国人民的美国朋友"。

斯派克·米利甘（Spike Milligan，1918—2002），英国演员。225

斯皮尔伯格（Steven Allan Spielberg，1945—），美国著名电影导演、编剧和电影制作人。176，262，330

斯泰隆（William Styron，1925—），美国作家。77

斯坦贝克（John Steinbeck，1902—1968），美国作家。52

斯坦豪斯（Hugo Dyonizy Steinhaus，1887—1972），德国数学家。27，28

斯坦尼斯拉夫斯基（Konstantin Stanislavski，1863—1938），苏联表演艺术大师。192

斯坦因（Gertrude Stein，1874—1946），又译为斯泰因，美国女作家。5，192，376，377

斯坦因豪斯（H. Steinhaus，1887—1972），波兰数学家。328

索尔兹伯里（Salisbury, Robert Arthur Talbot GascoyneCecil, 3rd Marquess of 1830—1903），英国首相，曾被称为"资产阶级政治家"。155

索菲亚·罗兰（Sophia Loren, 1934—），意大利演员。196，211

索罗金（Pitirim A. Sorokin, 1889—1968），俄裔美国社会学家，其理论曾被称为"资产阶级实证主义社会学"。144

索罗斯（George Soros, 1930—），著名的货币投机家、股票投资者、慈善家和政治行动主义分子。38，104，149，224，263，295，394

索末菲（Arnold Johannes Wilhelm Sommerfeld, 1868—1951），德国物理学家。29，196

T

塔蒂亚娜·玛基娜（Tatiana Malkina），俄罗斯记者。273

塔尔斯基（Alfred Tarski, 1902—1983），波兰裔美国逻辑学家、语言学家和哲学家。286

塔夫脱（William Howard Taft, 1857—1930），美国总统，曾被称为"帝国主义侵略分子"。245，297，309，346

泰德·特纳，美国传媒大亨，简·芳达的丈夫。23

泰德·休斯（Ted Hughes, 1930—1998），英国诗人。21

泰戈尔（Rabindranath Tagore, 1861—1941），印度诗人，曾被称为"资产阶级人道主义作家"。15，107，153，366，399

泰勒（Alan John Percivale Taylor, 1906—1990），英国历史学家，曾被称为"修正主义者"。134，303

泰勒（Frederick Winslow Taylor, 1856—1915），美国管理学家、经济学家，被称为"科学管理之父"。107

泰西埃（Elizabeth Teissier），法国占星师。81

W

维克多·德·萨巴塔（Victor de Sabata, 1892—1967），意大利指挥家。374

维纳（Norbert Wiener, 1894—1964），美国数学家，控制论的创始人。133, 220, 221, 227

维塞尔（1851—1926），奥地利经济学家，曾被称为"资产阶级庸俗经济学家"。311

维特（1849—1915），俄国政治家。140

维特根斯坦（Ludwig Wittgenstein, 1889—1951），哲学家，曾被称为"资产阶级唯心主义哲学家"。50, 74, 77, 108, 120, 130, 143, 150, 154, 313, 325, 328

维辛斯基（1883—1954），苏联政治家。156, 353

魏茨曼（Chaim Weizmann, 1874—1952），以色列政治家。99

魏刚（Weygand, 1867—1965），"二战"期间的法国将军。99

沃尔夫（Thomas Clayton Wolfe, 1900—1938），美国小说家。

沃尔特·莫德尔（Walter Model, 1891—1945），纳粹德国陆军元帅。340, 343

乌戴特（Gen. Ernst Udet, 1896—1941），德国将军。345

乌拉姆（S. Ulam, 1909—1984），数学家，"氢弹之父"。17, 18, 311, 328

伍德罗·威尔逊（Thomas Woodrow Wilson, 1856—1924），美国总统，曾被称为"资产阶级政客"。44, 95, 186, 203, 242, 243, 289, 297

伍迪·艾伦（Woody Allen, 1935— ），美国导演。151, 393

伍尔芙（Virginia Woolf, 1882—1941），英国女作家，意识流小说的代表人物之一。46, 47, 76, 120, 125, 221, 309, 324, 385, 410

X

西奥多·罗斯福（Theodore Roosevelt, 1858—1919），美国总统，曾被称为"帝国主义者"。43, 118, 214, 297, 309

西贝柳斯（Jean Sibelius, 1865—1957），芬兰音乐家，被称为"芬兰民族之魂"。180, 276

西格尔（Carl Ludwig Siegel, 1896—1981），德国数学家。184

西格瑞（Emilio Segre, 1905—1989），又译为埃里米奥·塞格雷，美国物理学家。206

西哈努克（Norodom Sihanouk, 1922—），柬埔寨国王，曾被称为"中国人民的老朋友"。236

西蒙娜·薇依（Simone Weil, 1909—1943），法国作家、思想家。5, 74, 96, 108, 126, 170, 216, 361, 374

西蒙·温切斯特（Simon Winchester, 1944），美国作家。327

希尔伯特（David Hilbert, 1862—1943），德国数学家。28, 48, 60, 73, 107, 109, 153, 192, 203, 244, 321

希尔顿（Conrad Hilton, 1887—1979），美国旅馆业巨头，人称"旅店帝王"。191

希拉克（Jacques Chirac, 1932—），法国总统。25, 26, 164, 239

希拉里爵士（Sir Edmund Percival Hillary, 1919—2008），新西兰登山家。207, 316

希梅内斯（Juan Ramon Jimenez, 1881—1958），西班牙诗人。20

希区柯克（Sir Alfred Hitchcock, 1899—1980），电影导演。8, 186, 187, 223, 283, 303, 331

希思（Sir Edward Heath, 1916—2005），英国首相。122

席艾玛（D.W. Sciama, 1926—），英国科学家。124

谢瓦尔德纳泽（Eduard Shevardnadze，1928—），苏联外长，格鲁吉亚总统。115，224

辛普森夫人（Wallis Simpson，1896—1986），美国平民，辛普森夫人能在英国史上留名和她得以如此出名，都是因为温莎公爵为她放弃王位，曾被称为"俘虏国王的女人"。16，32

兴登堡（Paul Ludwig Hans Anton von Beneckendorff und von Hindenburg，1847—1934），德国元帅、总统，曾被称为"帝国主义头子"。46，333

熊彼特（J.A. Joseph Alois Schumpeter，1883—1950），美籍奥地利经济学家，曾被称为"当代资产阶级经济学代表人物之一"。163，193，204，258，259，347，348

Y

雅戈达（1895—1938），苏联官员，曾被称为"沙皇暗探局的侦探、骗子和盗用公款者"。64，152

雅诗·兰黛（Estee Lauder，1908—2004），美国实业家。32

亚当·沙夫（Adam Schaff，1913—2006），波兰哲学家，曾被称为"人道主义的马克思主义者"。137

亚历山大（Harold Alexander，1891—1969），英国将军。345

亚米契斯（E.D. Amicis，1846—1908），意大利作家。41

叶夫图申科（1932—），苏联诗人，曾被称为"苏修反动诗人"。

叶戈尔·盖达尔（Yegor Gaidar，1956—2009），俄罗斯前代总理、"休克疗法之父"。319

叶戈罗夫（1883—1939），苏联元帅。339

叶利钦（1931—2007），俄国总统，曾被称为"共产党历史上最大的叛徒"，也曾被誉为"英雄"、"民族领袖"。10，127，138，178，

Z